Felipe Benítez Reyes
Mercado de espejismos

Felipe
Benítez Reyes

Mercado de espejismos

Premio Nadal 2007

Ediciones Destino
Colección
Áncora y Delfín
Volumen 1076

Diagonal, 662-664. 08034 Barcelona
www.edestino.es
Primera edición: febrero 2007
ISBN: 978-84-233-3906-8
Depósito Legal: B. 5.001-2007
Impreso por Cayfosa-Quebecor, S.A.
Impreso en España - Printed in Spain

¿Jugamos?
(UN CRUPIER A UN TAHÚR, o viceversa)

1

Coordenadas preliminares.
Retratos de familia.
Y alguna digresión.

Me llaman Jacob, pero ese no es mi nombre, como es lógico. Para ustedes, de todas formas, seré Jacob: la máscara de un nombre.

(Pónganse también su antifaz, si les parece, y así vamos empezando a conocernos.)

Por raro que parezca, el hecho de que me llamen Jacob tiene que ver con la psicodelia y con el libro del Génesis, según me permito explicarles.

Jacob tuvo un sueño absurdo, como todos: vio una escalinata que se apoyaba en la Tierra y que ascendía hasta el Cielo. Por ella subían y bajaban los ángeles. (Luego Jacob disfrutó del privilegio de que le hablara Dios, y tuvo un número sin duda excesivo de hijos, etcétera.) En 1970 estaba yo en Londres, en casa de unos amigos circunstanciales, bebiendo whisky, fumando marihuana y escuchando un nuevo disco de Deep Purple, porque la juventud consiste en un trabajo bastante duro: hacer todo lo que no te apetece hacer con la convicción de que quieres hacerlo a toda costa. (Lo digo porque nunca me ha gustado el whisky, porque nunca me ha gustado fumar, porque nunca me ha gustado la marihuana y porque jamás me ha gustado Deep Purple.) A mitad de aquello, apareció uno por allí con unos secantes de ácido y con un disco de Iron Butterfly, muy en el papel de maestro de ceremonias de los trasmundos. «Es la combinación perfecta», nos aseguró. Con un poco de recelo, porque siempre he sido temeroso de las irrealidades, me metí en la boca aquella basurilla milagrosa, de cuya capacidad de encantación todo el mundo se hacía lenguas por entonces, y, al cabo de una hora larga, vi ante mí la escala soñada por Jacob. Los ángeles bajaban y subían por ella con alas rígidas y fabulosas, aureolados, con pasos etéreos. Mayestáticos. Andróginos.

«Veo la escala de Jacob. Podemos subir al Cielo», pero mis amigos, que andaban ocupados en embridar sus alucinaciones respectivas, no me hicieron caso, de manera que decidí subir solo, cruzándome con ángeles que olían a pájaro disecado, hasta que me hallé ante el rostro mismo de Dios: una espiral *pop art*.

(Iron Butterfly: la mariposa de hierro. Y yo era Jacob. Y tenía delante de mí a Dios, líquido, mutante y mudo.)

Al día siguiente, les conté a aquellos amigos mi viaje. «Muy bien, Jacob», dijo un irónico. Y los demás dijeron: «Jacob». A partir de entonces, a todo el mundo le decía yo que mi nombre era Jacob, por gustarme más que el mío. Y se me quedó lo de Jacob, pronunciado a la inglesa. Y me nació en el centro mismo del pensamiento este Jacob que les habla.

De modo que pueden llamarme Jacob, el que subió la escalera.

Pero vayamos hacia atrás...

Según tengo entendido, la gente acostumbra dormir a sus hijos pequeños con la narración de las proezas prodigiosas de las hadas, con el relato de las gestas desmesuradas de los gigantes, con fábulas protagonizadas por animales moralistas o bien con leyendas de dragones que acaban siendo asesinados por alguien que empuña una espada de aleación secreta y que cabalga a lomos de un caballo blanco por los bosques refulgentes del país de lo imposible. Una invitación —supongo— a la pesadilla, ese sucedáneo democrático de la fantasía.

A mí, sin embargo, procuraban dormirme con alguna explicación relativa a los orígenes del mito de Hermes Trimegisto (guía de las almas de los difuntos y donante a la humanidad de la Tabla de Esmeralda, como más adelante se verá), con el cuento del lobo que es hijo de Saturno y que devora a un rey para purificarle el alma, con la leyenda según la cual los antiguos habitantes de la isla Caffolos colgaban a los enfermos de los árboles para que se los comiesen los pájaros, a los que tenían por ángeles, en vez de los gusanos impuros de la tierra, o bien con alguna anécdota referida a las quimeras de los alquimistas alejandrinos, asuntos que tampoco consiguen ahuyentar los galimatías líquidos de los malos sueños, según puedo asegurarles por experiencia propia, ya que manejas mitos deformes en un espacio deforme de conciencia. Ocurrían cosas aterradoras en mis sueños infantiles, en fin, y todavía ocurren, por supuesto, porque los sueños implican casi siempre una rara retrospección: un regreso alucinado al lugar en el que nunca estuvimos. Cada noche, al cerrar los ojos, al golpear esa aldaba de niebla que abre los portales de niebla de la niebla de los sueños, mi tiempo resbala por un tobogán, y allá vamos: en el caldero de un mago que ha perdido la razón hierve la esencia onírica de mi infancia, entre alas de murciélago y utopías decapitadas por la realidad, entre hojas de mandrágora y horas bruñidas por la melancolía, que suele ser un sentimiento sin retorno.

En cualquier caso, me temo que todas las infancias son la misma infancia: un aprendizaje del terror, un adiestramiento para poder pasarnos el resto de nuestra vida temblando de confusión y de miedo sin que se nos note demasiado, con una mano vanidosa puesta en la cintura, distrayendo la llegada del momento de nuestra muerte con la filatelia o con la numismática, con expediciones científicas por regiones hostiles o con la ayuda de espejismos intelectuales como el amor o la teología, esas dos supersticiones que, generación tras generación, nos consuelan de nuestra intrascendencia en el universo, porque, se mire como se mire, un universo es siempre una cosa demasiado grande para cualquier conciencia individual.

De una manera o de otra, mucho me temo que todos caminamos hacia la Nada (aunque no faltan quienes ponen en duda esa obviedad ontológica, ellos sabrán por qué), pero nadie surge de la Nada, de modo que les hablaré, así por encima, de mis orígenes... De los orígenes de mi nada que camina hacia la Nada, si he de expresarme con propiedad, con pesimismo y con un toque de retórica trascendentalista, que siempre otorga un poco de hondura a los tópicos. (Y espero explicarme bien: cualquier vida es una nada, pero una nada repleta de cosas, como no haría falta decir. De cosas que tienen la misma dimensión metafísica que las muelas picadas de la gente que ojea una revista en la sala de espera de una clínica dental, poco más o menos.)

Mi padre se llamaba Luis Vinuesa Martel, un erudito errático: no estaba especializado en ninguna materia concreta, aunque no me atrevería a calificarlo de especialista en generalidades, porque no se trata de una calificación honrosa: algo así como ser muchas personas a la vez para acabar siendo un don nadie, y mi padre fue al menos una sombra prestigiosa en el terreno de la arqueología y de la egiptología y una celebridad en el ámbito de la compraventa de objetos artísticos. En su juventud escribió, además, un ensayo divagatorio y algo confuso sobre los principios teosóficos de mi pseudotocayo Jakob Boehme, aquel zapatero que derivó en místico, y una breve biografía novelada del rey Raneferef, que se publicó en una editorial chilena especializada en la divulgación de la vida sin igual de los prohombres, y ahí se le paralizó la musa para siempre. Murió hace ahora siete años de una enfermedad intestinal que los médicos atribuyeron a un cóctel de bacterias ingerido gota a gota a lo largo de su existencia movediza, siempre de aquí para allá, a la búsqueda de aventuras intelectuales y sentimentales y de objetos que pudieran venderse a buen precio en las subastas de la casa londinense Putman, con la que trabajó durante casi medio siglo, sobre todo cuando se trataba de colocar falsificaciones y mercancía dudosa, pues las piezas importantes procuraba venderlas sin intermediario, ya fuese a museos públicos o a coleccionistas privados de los cinco continentes.

Mi madre, por su parte, murió cuando yo tenía cuatro años, de modo que poco puedo contarles de ella: un espectro que me viste, me desviste, me baña y me da de comer mientras imita el ruido de un avión con la garganta, todo ello en un escenario de algodones flotantes, que es donde el pasado representa su función fantasmagórica, como si dijésemos.

¿Que a qué me dedico? No resulta fácil de explicar. Hay profesiones imprecisas, profesiones que no son nada en concreto pero que pueden ser muchas cosas en concreto. A lo largo de esta narración irán haciéndose ustedes una idea de la índole de mi forma de ganarme la vida, si así puede llamarse a la actividad pintoresca en que cada cual va malgastando su vida: muñecos laboriosos que tallan un diamante o que construyen autopistas que parecen no tener fin, autómatas afanosos que trabajan para comprar un diamante o que conducen por autopistas neblinosas, antes de que amanezca, para construir otro tramo de autopista por el que puedan conducir de amanecida otros autómatas que vayan a su taller a tallar un diamante o que viajen a la capital para comprar un diamante que tenga el poder de comprar un corazón, mientras la conciencia, al fondo, día tras día, obsesiva y estática, exegeta de sí misma, forma una nube negra, y cae una lluvia negra, y te viene la gana de medio morirte, pues casi nada es casi nada, pero sigues ahí, convencido de que huyes a toda mecha de la Nada.

(Disculpen, por favor, la digresión: mi pensamiento es de talante traslaticio. Una línea recta tiene tendencia a convertirla en una voluta. Un triángulo lo transforma, en cuanto puede, en rocalla. Un silogismo lo vuelve cornucopia. Un punto y aparte puede ser para mi pensamiento un abismo. Unos puntos suspensivos tienden a ser una infinitud.) (Y a veces me duele mucho la cabeza.) (Pero no volverá a ocurrir.) (O eso espero.)

Ha llegado el momento de hablar de tía Corina, lo que significa que ha llegado el momento de hablar de muchísimas cosas.

En el año 50 del siglo pasado, mi padre viajó a Rumania, comisionado por un obispo irlandés católico envenenado de bibliofilia, para ponderar la compra de un manuscrito iluminado que el vendedor atribuía a la mano santa de Dyonisus Exiguus, de quien hasta entonces no se conocía manuscrito alguno. Al final, aquel manuscrito insólito resultó ser una falsificación bastante grotesca ejecutada por el hijo habilidoso de unos chamarileros de Bucarest que tramaban huir del país para instalarse en Nápoles y abrir allí una sala de fiestas al estilo norteamericano, pues todos los miembros de aquella familia eran músicos de formación clásica y de propensión vanguardista, pero el caso es que mi padre no hizo aquel viaje en balde, ya que, aparte de algunos lienzos de mérito y de algunas joyas de damas que habían pasado del champán a la lejía gracias a las artes mágicas del Frente Democrático Popular, se trajo algo de valor incalculable: Corina, una muchacha de quince años que habría de aliviar la viudez de mi progenitor con sus habilidades para llevar la casa, pues no sólo sabía desenvolverse con tino de hechicera entre los peroles, sino que incluso sacaba tiempo para bordarle pañuelos con una L florida o con una V de laderas barrocas, según el día.

Nunca he sabido cómo se las arregló mi padre para traerse a Corina de Rumania como si en vez de una niña fuese una muñeca, ya que no tuvo que padecer grandes epopeyas burocráticas ni allí ni aquí, y mucho me temo que no todo lo relacionado con aquella especie de adopción se ciñó al cauce de las leyes. «Yo aún soñaba con brujas desdentadas y no recuerdo bien cómo se resolvió todo aquello», se limita a decir tía Corina cuando intento escarbar en aquel lance brumoso.

Los padres de tía Corina eran unos campesinos meditabundos, añorantes del fugaz rey Miguel, que vivían con sus cinco hijos en una granja cercana a Bacau, al pie de los Cárpatos Orientales, procurando asimilar con una rebeldía silenciosa y con una pesadumbre evidente los principios fundamentales del credo agrícola del socialismo. Aquellos campesinos vieron el cielo abierto cuando llamó a su puerta, pidiendo por señas un poco de agua, un curioso caballero que, a lomos de un borriquillo del color de la ceniza, iba tocado con un sombrero en el que cimbreaba una pluma de faisán tornasolada y que fumaba en cachimba de espuma de mar, azuzando su cabalgadura con el tacón de sus botas de caña alta de cordobán de lustre ambarino, pues jamás le tuvo miedo mi padre al exotismo indumentario, lo que le valió no pocas burlas, que es la maldición que padece todo dandy.

Y es que, una vez esquivado el fraude de los chamarileros

melómanos, mi padre decidió recorrer el país como un aventurero decimonónico, al albur del camino, sin guía ni rumbo, animado en parte por una primavera que había entrado muy templada, en parte por curiosidad turística y en parte principal por su anhelo de búsqueda de objetos valiosos que pudieran venderse por encima de su valor o bien de objetos sin valor que pudieran venderse como si fueran valiosos, ya que el ancho mundo fue siempre para él una especie de supermercado de cachivaches y, por aquel entonces, Rumania era Jauja en ese aspecto, por esa facultad que tienen las revoluciones de mover las cosas de sitio.

Aquellos monárquicos rurales, en fin, no sé cómo ni cómo no, porque el idioma de señas tiene sus limitaciones, suplicaron al turista que se llevase consigo a la mayor de sus hijas —a la que adivinaban dotes excepcionales no sólo para los asuntos prácticos, sino también para descender a las simas de la meditación, pues andaba siempre cavilosa—, para que de ese modo pudiese crecer en un mundo menos incierto y hosco que el que se le brindaba en los Cárpatos, donde estaba condenada a palidecer y a marchitarse como una desdichada a la que hubiese mordido el conde Drácula en una noche sedienta.

Y así fue.

Aparte de sus labores domésticas, tía Corina se inclinó pronto por la lectura, pues tardó en aprender nuestro idioma lo que tarda en resolverse un crucigrama, y sisaba horas al sueño para implicarse en los enredos geométricos de las ficciones, para adentrarse en las cavernas herméticas de los filósofos y para quedarse con la boca abierta ante las hazañas sobrehumanas de los héroes homéricos.

Ni que decir tiene que mi padre no podía dejar de admirarse ante aquella muchacha que no sólo le solucionaba los trámites del día a día, incluido el de ejercer de madre conmigo, sino que además podía tener pesadillas en las que un cíclope hundía de un manotazo la galera de unos comerciantes fenicios que iban a vender a Robinson Crusoe la máscara de oro de Agamenón, después de haber hecho una visita de cortesía a la Dama de las Camelias, pongamos por caso, porque ya saben ustedes las trenzas que pueden formarse en los sueños y la gente tan inesperada que se cuela por allí, al ser el subconsciente muy hospitalario con cualquiera.

Percatado de aquellas inclinaciones y aptitudes, mi padre fue liberando a la joven Corina de algunos menesteres domésticos para iniciarla, con método y disciplina, en los arcanos múltiples del saber, y él mismo le impartía lecciones, le imponía deberes y le administraba calificaciones mensuales. Corina jamás pisó un centro de enseñanza, incidente que no creo que se debiera a que su situación legal en España no era todo lo legal que suelen ser las situaciones legales —ya que mi padre siempre fue el ilusionista de la documentación apócrifa, y nuestro país no se distinguía entonces por sus remilgos burocráticos relativos a la infancia—, sino más bien a ese nomadismo al que mi progenitor estuvo abocado a causa de su profesión arborescente, digamos, pues no sólo era esa profesión de naturaleza versátil, sino también ramificada: lo mismo estaba una mañana en Calatayud, negociando con un párroco cerril la compra de un lote de platería dieciochesca, que estaba a la tarde siguiente en El Cairo asesorando a los expertos del Museo Nacional en las labores de catalogación de unos hallazgos arqueológicos, antes de partir en un vuelo nocturno para quién sabe dónde, a trajinar quién sabe qué. Y, entre ausencia y ausencia, alguien tenía que hacerse cargo de mí, y de la casa, y de las llamadas, y del pequeño universo desamparado, en definitiva, que toda persona deja tras de sí cuando sale por la puerta con una maleta, y allí estaba tía Corina, niña proteica y vivaz, dándome de comer, planchando camisas, espantando el polvo, barriendo suelos y sumergida, en cuanto tenía un momento de calma, en la lectura de la biografía de los filósofos cínicos, por ejemplo, o de alguna de esas novelas sentimentales en que las heroínas acostumbran expresarse con el envaramiento de un texto notarial, pues era la joven Corina una lectora voraz y desordenada: un papel virgen en el que iba imprimiéndose, por la técnica del palimpsesto y por la vía del asombro, el testimonio plural de los sabios y embaucadores de medio mundo.

Como complemento, estudiaba cinco idiomas a la vez, con el único apoyo de unos libros y discos que le proporcionaba mi padre, y de ese modo iba desentrañando los juguetes musicales del francés, del inglés, del italiano, del ruso y del griego, a los que con el tiempo añadió los del alemán y los del árabe clásico, así como los del viejo anglosajón y los del rígido latín, para disfrutar con ellos de lecturas desusadas.

«En aquella época aprendí tantas cosas, que muchas de ellas no tardé en olvidarlas, pero aprendí algo inolvidable: que todo cuanto se aprende no se olvida jamás, aunque lo olvides», según las paradojas que tanto le gustan.

Y me subo a la máquina del tiempo: «Escucha, niño: mañana tienes que aprenderte la tabla de multiplicar del siete al diez. Ya lo dijo aquel ilustre cotilla que fue Platón: aprender es recordar, porque las almas, ¿sabes?, provienen de algún sitio misterioso en el que todo está ya sabido, de modo que, cuando un alma se encarna en un humano, se degrada y pierde su sabiduría, y hay que avivarle entonces la memoria para que vuelva en sí. Una vez avivado ese engranaje, podemos sentir en nuestro interior el ruido sangriento de las batallas entre los griegos y los persas, el choque del metal soberbio contra el metal tembloroso, la hoja ruda y afilada que traspasa la carne y astilla el hueso; podemos oír dentro de nosotros el bullicio de un mercado de Antioquía en la primera mañana del primer año del siglo I antes de Cristo, podemos incluso sentir lo que sintió la voluble Helena de Troya cuando rompió el cascarón del huevo, porque ella nació de un huevo que puso la hermosa Leda, esposa del rey Tíndaro de Esparta, y ese huevo estaba inseminado por el mismísimo Zeus, que se había disfrazado de cisne para darle muchos besos cuando paseaba ella por la ribera de un río». Y con este tipo de discursos me hipnotizaba tía Corina cuando era yo niño, según apunté al principio de esta historia que no ha hecho más que tomar arranque y que habrá de ser pródiga en sucesos que no creo que merezcan el recuerdo perpetuo de la humanidad, por ser intrascendentes tales sucesos en el conjunto de las derivas del mundo, pero que tal vez alcancen a aportar algunos datos curiosos y tal vez amenos a quien algún día la lea, si llegara ese día.

No sé si porque el español es, al fin y al cabo, su segunda lengua o bien por su comercio continuo con los libros y con las gramáticas de aquí y de allá, tía Corina es dueña de un conversar dulcemente artificioso, antípoda del coloquialismo, y, cuando la escuchas, tienes la impresión de que no estás ante una persona que habla, sino ante alguien que lee en voz alta el fragmento de una obra escrita, con sus giros severos y sus tropos postizos, como si esculpiese en el aire la columna salomónica de la sintaxis. Por eso me gusta mucho escucharla hablar de lo que sea, en buena parte porque su modulación libresca viene a ser la música de fondo de mi infancia. («¿Sabes qué es un unicornio? ¿Sabes en qué bosque alquímico trota ese mito que es un caballo dócil y es un cuerno arrogante y es a la vez el símbolo del espíritu y el del azufre? Pues si no lo sabes, mejor que cierres los ojos y te duermas, porque el sueño te revelará su figura y su alma.»)

Mi padre, que tenía ocurrencias discutibles, me matriculó en un colegio de curas, en régimen de medio pensionista, no porque le interesara mi espiritualidad, por ser él poco amigo de la trascendencia, sino porque le venía bien que me tuvieran allí de nueve de la mañana a cinco de la tarde, al estar yo en esa edad en que una persona es un trasto —si me permiten ustedes la expresión—, a pesar de que él apenas paraba en casa por aquel entonces.

Tía Corina, a la que enfadaba aquello, ponía mucho tesón en depurarme las supersticiones morales que me inculcaban allí, al ser partidaria de escindir la vida humana de la vida de los dioses, por considerarlas incompatibles. «Quiero que te quede clara una cosa: el infierno consiste en creer en el infierno», y me esforzaba en interpretar aquellas sutilezas, aunque sin éxito alguno, claro está, porque mis años daban para poco, y entonces ella rebajaba el discurso: «El infierno es un invento de la gente que vive en el infierno, ¿comprendes?», y le confesaba con pena que no, hasta que reducía todo a su expresión mínima: «El infierno no existe», y ya me quedaba más tranquilo.

Aparte de esas desintoxicaciones teológicas, la joven Corina se afanó en que redactase yo de forma esmerada, y me hacía hincapié en su creencia de que las palabras escritas deben ser precisas y mágicas al mismo tiempo, para que de ese modo signifiquen lo que tienen que significar y, a la vez, para que reverberen como un eco enigmático en el pensamiento de quien las lea. «Las palabras deben volar un poco por encima de sí mismas. No mucho. Sólo un poco, porque si vuelan mucho, se alejan de su significado y se convierten en imprecisas», aunque tardé años en empezar a comprender aquel concepto, que aún hoy no comprendo del todo. «Cada vez que te pongas a escribir una redacción sobre el sol, sobre tu juguete preferido o sobre lo que sea, ten muy claro que el mérito estará en que el sol que describes parezca más amarillo que el propio sol y en que los demás niños te envidien tu juguete preferido, así se trate de una espada de palo rota por la mitad. Las palabras no nacieron por una necesidad de comunicarnos, sino por nuestra necesidad de seducirnos.» Y cada tarde hacía yo una redacción sobre cualquier brizna del universo, y Corina me animaba: «Esto va cada vez mejor», y de ese modo me aficioné a la tarea de echar a volar —un poco, sólo un poco— las palabras, aunque con menos gracia que fatiga, porque tengo para mí que ese vuelo es un don fortuito. «Con esmero, con mucho esmero. Significación precisa y vuelo leve, muy leve», me parece oír a través de los años. Así que, a falta de otras facultades, procuraré esmerarme en la redacción de este informe de infortunios y fortunas, de estupores y curiosidades, aunque les anuncio que no se trata de un proyecto artístico, sino meramente documental, en el que tendrá más peso la realidad que la fantasía, de la que lamento carecer en la misma medida en que mis palabras lamentan no volar como debieran.

Creo que es el momento de dejar clara una cuestión que no tardará en manifestarse y que pudiera dar pie a equívocos, que es casi lo único a que dan pie las peculiaridades ajenas: al margen de perjudicarle la salud, tía Corina no tiene problemas graves con el alcohol, sino más bien una relación armoniosa con él: la pone en sí. (O eso me asegura.) La conduce a su ser inmanente, como suele decirse. «A veces el mundo no basta, porque es una construcción incompleta, y hay que añadirle definición y condimentos.» Entre esos condimentos se cuentan unas cápsulas azules —que contienen un derivado anfetamínico que actúa como potenciador de las alegrías sin porqué— que le elabora un químico andorrano y cimarrón, enemistado con la policía de media Europa, y les confieso que ese condimento me preocupa mucho más que el otro, ya que la aleja demasiado de su realidad y la hace sentirse, no sé, como una niña volatinera. Por suerte, tía Corina sólo recurre de vez en cuando a esas cápsulas ilegales y exclusivas que, en combinación con el alcohol, la mandan de turismo por universos carmesíes y oscilantes, aunque es raro que pierda la clarividencia. Una variante lúcida de la ebriedad es, en definitiva, el estado natural de tía Corina, que presume de no haber dado nunca un traspiés —en el sentido literal de la palabra— y de no haber dejado jamás una frase a medias.

Aparte de eso, lleva desde hace décadas un diario críptico, según la fórmula políglota del disoluto caballero Samuel Pepys, y en él va anotando las incidencias del fluir de nuestra cotidianidad y de su pensamiento. «Será mi herencia. Así te distraes conmigo cuando yo falte», aunque no me veo con paciencia, con facultades ni con tiempo para descifrar esa gran mascarada verbal, escrita de forma aleatoria en once idiomas. «Cualquier vida debe constar de un factor secreto y de un factor delirante. Contada con un poco de astucia, la mayor vulgaridad cotidiana puede transformarse en hito o en leyenda», y le digo que sí.

Tía Corina suele alcanzar el cenit de su locuacidad a media tarde, y da gusto escuchar entonces sus divagaciones fantasiosas y bromistas sobre los cuádruples globos de fuego, sobre las propiedades secretas del mercurio o sobre las interpretaciones que hizo Jung de la doctrina de su paisano Paracelso, que escribió una escueta plegaria al Espíritu Santo en la que le rogaba aprender lo que desconocía y poseer lo que le faltaba, que es una súplica que suscribiría cualquiera, al fin y al cabo.

La conversación de tía Corina representa, ya digo, mi regreso diario a la infancia: «¿Qué dirías tú de un individuo que comparase la anatomía humana con una casa de cuatro pisos en la que la nariz fuesen dos ventanas, los ojos las claraboyas del ático y así sucesivamente? Pues eso fue lo que hizo el judío Tobias Cohn a principios del siglo XVIII, que fue un siglo inmejorable para los majaretas ocurrentes», y se echa a reír, y me río, y pasamos la tarde, hasta la hora de cenar, en esos coloquios.

Tía Corina y yo vivimos en un piso amplio, aunque lo tenemos atestado de trastos y de libros, de gavetas y cajas, de cuadros y pedruscos: todo el batiburrillo heredado de mi padre. Lo que quedó por vender antes de su muerte, lo que vamos vendiendo poco a poco para ir tirando. Pero esa escenografía provisional y confusa, por raro que parezca, resulta acogedora: es como vivir en un bazar abandonado en el que los objetos van cubriéndose de polvo, que es la huella del tiempo al pasar. Es, no sé, como vivir dentro de un reloj de polvo. Más o menos. (O dentro del fósil de un leviatán, si lo prefieren.) Y se está bien. Y de pronto algo desaparece. No porque se trate de una casa encantada, claro está, sino a cambio de la mayor cantidad posible de dinero, que casi nunca es mucho, pero...

2

Sam Benítez y el Prisma Teológico.
La ida a Egipto.
La leyenda de los magos y el cuento de Alif.
La llave de plata y el columbario de Abdel Bari.
La oferta del báculo.
Otros lances e infortunios.

Ninguna vida es una historia, sino algo muy distinto: cualquier vida son muchas historias. Demasiadas tal vez. Y demasiado heteróclitas en su apariencia, aunque todo, al final, revele una armonía un poco terrible: esa es tu atolondrada aventura. La de tu vida. Con sus incomprensibles fallos de guión.

Pues bien, la historia que me dispongo a contar comienza el pasado 10 de junio a las cinco y cuarto de la tarde. Una llamada telefónica: Sam Benítez.

«¿Jacob? Soy Sam Benítez, güey. Te llamo desde Ammán, aunque voy camino de El Cairo. ¿Tienes un momento?»

Hacía un par de años que no sabía de él, y les confieso que me sorprendió su llamada, pues daba yo por hecho que nuestros rumbos jamás coincidirían, por andar cada cual atareado en lonjas diferentes, a pesar de haberse interferido con frecuencia tales rumbos en vida de mi padre, que adoptó a Sam como discípulo.

Después de los prolegómenos mareantes que le caracterizan, Sam me informó de que en El Cairo sólo iba a estar tres o cuatro días, «porque sigo camino a Tailandia para meditar con unos monjes drogadictos y para chingarme a veinte o treinta extraterrestres de aquellas», y a los prolegómenos siguieron los preámbulos, a los prefacios los proemios y a los introitos los preludios. Y así durante una media hora.

Samuel Benítez, natural de Tlaquepaque, allá en Jalisco, perdió casi toda la sensatez que tenía cuando se aficionó a los trances de alucinación que le brindaban los chamanes más chalados de México, con sus doctrinas visionarias y evanescentes materializadas al final en el peyote; poco más tarde, perdió casi por entero esa sensatez menguada cuando sucumbió a los mareos esotéricos que le proporcionaron los libros del mixtificador Castaneda —que él presumía de leer y releer, absorto en aquellos supramundos retóricos— y la perdió por completo cuando le sobrevino la comezón, hace cosa de cuatro o cinco años, de construir lo que ha dado en llamar el Prisma Teológico: un cristal tallado en forma de heptágono, a través del cual —una vez girado con arreglo a combinaciones sometidas a una complicada secuencia matemática aún por determinar y a unos indeterminados factores fotoeléctricos— podría verse el rostro poliédrico de Dios. Y en eso sigue.

A Sam Benítez no le merman la ilusión sus fracasos continuos y no sospecha siquiera que tal vez la Divinidad no quiera asomarse jamás a su prisma. En sus experimentos no cuenta la opinión de Dios, porque Sam es de naturaleza aturdida en cuestiones trascendentales, conforme a esa pérdida total de sensatez a la que antes me referí, aunque, como contrapartida, tiene un instinto infalible para los asuntos prácticos. Sam *El Mexicano,* Sam *El Chingón* o Sam *El Chamancito*, como indistintamente se le conoce en nuestro gremio de profesiones indefinidas; Sam Benítez, en fin, de unos cincuenta y cinco años de edad y de complexión pícnica, cascado por los excesos del cuerpo, del alma y del pensamiento abstracto, lo que no siempre evita que cierre muchos bares que no cierran casi nunca. «La juventud, compadre, es siempre el último día de tu existencia si el penúltimo es bueno», me dijo una vez. (Una de esas frases, ya saben, que simulan profundidades de entendimiento y que por desgracia son tautología pura. Y en eso —y en muchos otros detalles— se le percibe a Sam la ventolera.)

«Tengo un encargo para ti, güey. Lo más grande que hayas hecho en tu vida», me dijo desde Ammán, y quedamos en vernos dos días más tarde en El Cairo, con gastos a su costa.

Hacía años que nadie nos proponía un trabajo de envergadura, y la llamada de Sam animó mucho a tía Corina, que está en esa época en que una persona necesita sentirse útil para situarse más cerca de la vida que de la muerte, aunque a mí no tanto, pues me había habituado a nuestra relativa inmovilidad, al trajín discreto de las pequeñas operaciones sin grandes riesgos, sin grandes beneficios y sin grandes epopeyas, por ser yo pesimista ante el futuro, quizá por el convencimiento de que, a partir de ciertas edades, todo cuanto está por venir resulta siempre peligroso.

«¿Cuántos días estaremos fuera?», me preguntaba tía Corina, ilusionada como una niña que hace su primer equipaje, inquieta ante una aventura al fin y al cabo rutinaria, repetida centenares y centenares de veces, aunque sentida por ella como nueva, y yo disimulaba, para no herirle esa ilusión.

A última hora, tía Corina no pudo acompañarme, ya ven ustedes, porque la diabetes le tiene muy mermado el espíritu nómada que ha alentado siempre en ella y que sigue enervándola, por ser de natural trotamundano. La noche antes de la salida se notó indispuesta —sin duda por aquel nerviosismo de viajera novata que se adueñó de su espíritu por vía del todo inexplicable, pues lleva recorridas las siete partidas del mundo— y el médico, con bastante severidad, le prescribió reposo. Como no hace falta decir, protestó con las fuerzas que tenía, pero acabó asumiendo su derrota. («¿Qué le habré hecho yo al dios de esa gente para que me trate con la punta de la babucha?») Lo sentí en el alma por su fragilidad y lo sentí también por mí, ya que el viaje me resultaría más largo y tedioso sin ella, que siempre acierta a entretenerme con alguna exégesis imprevista, con una broma erudita, con quién sabe qué apreciación reveladora. (Yo, por mi parte, dicho sea de paso, padezco de hipoglucemia, de modo que somos algo así como el yin y el yang de la glucosa, ya que ambas afecciones son completamente opuestas, pero hay momentos en que se convierten en un mismo padecimiento: uno de los grandes riesgos del hiperglucémico consiste en convertirse de repente en hipoglucémico, lo cual ilustra hasta qué punto puede parecerse una enfermedad a una religión asiática.)

Por no sé qué razón indefinible, pues tal vez no haya razón alguna para tal cosa, me gusta mucho El Cairo. Cada cual cultiva, en fin, sus perversiones, y no merece la pena analizarlas, porque el análisis de cualquier tipo de perversión es algo así como meter la mano en el fuego y preguntarse por qué quema.

En el aeropuerto de El Cairo me esperaba Abdalah.

Este Abdalah estuvo durante muchos años al servicio de mi padre, cuando mi padre viajaba con frecuencia a Egipto, sobre todo en la época en que aún era aquello un inmenso mercado fuera de toda ley, excepción hecha de la de la oferta y la demanda, que es una ley inmutable. (Guardias nocturnos de museos que te conducían al almacén de las piezas pendientes de catalogación, vigilantes de excavaciones que, a cambio de unos billetes, franqueaban el paso a extranjeros aprovisionados con bolsas de herramientas; arqueólogos clandestinos, profanadores de tumbas, restauradores oficiales que, en vez de restaurar, falsificaban las piezas y vendían las auténticas a través de la red del apodado Jofu Pe-Guti, faraoncillo del hampa...)

No sé si el coche de Abdalah es más viejo que Abdalah. Sea como sea, tanto Abdalah como su coche podrían ser exhibidos en cualquier museo, al lado de la estatuaria faraónica, sin que nadie lo considerase un anacronismo escandaloso.

A pesar de su mucha edad, Abdalah es gritón y camorrista, quizá —quién sabe— porque es partidario de la armonía cósmica, de modo que el caos global de nuestro mundo, y el de El Cairo en concreto, le enrabia y desconsuela, pues no se me ocurre ningún otro motivo que justifique tanta irritación indefinida, y digo yo que por eso anda siempre de mal humor, maldiciendo a sus congéneres y pidiéndole al dios que los creó que los fulmine.

Entré en el coche de Abdalah, con sus asientos forrados de piel de carnero, y, nada más soltar mis maletas en el hotel, salí a toda prisa para el Café Riche, donde me había citado con Sam.

El tráfico estaba espeso, como allí suele estarlo a muchas horas, y nunca dejará de admirarme la afición que los conductores cairotas le tienen al claxon, que más parece para ellos una prótesis que un ingenio, una especie de garganta alternativa, pues no paran de hacerlo sonar, razón por la que la ciudad entera se da el aire de una sala de ensayo tomada por cientos de miles de trompetistas dementes: una grandiosa sinfonía urbana y deconstruida que resume el espíritu bullicioso y desordenado de aquel rincón del mundo.

Cuando llegué al Café Riche, no estaba allí Sam. Me senté, pedí un agua muy fría, porque el calor asesinaba, y, al rato, se me acercó un camarero, me preguntó si yo era quien soy y me dijo que tenía una llamada telefónica.

«¿Jacob? Escucha, compadre, no te muevas de ahí. Dentro

de media hora a más tardar podré darte un gran abrazo de empatía.» De modo que allí estuve durante más de una hora, ansioso por saber en qué podía consistir aquel tipo de abrazo.

A pesar de esos malos indicios, y en contra de lo que ustedes pudieran suponer, Sam Benítez juega siempre en serio. Quiero decir que, en esta profesión nuestra, tan difícil y delicada, tiene él su prestigio bien ganado, porque no es uno de los tantos administradores de humo que se meten en esto con la codicia ciega y urgente de los buscadores de tesoros fáciles y que acaban en la cárcel, en la tumba o huidos del mundo, o al menos con un par de dientes rotos. No. Y por eso estaba yo en El Cairo: Sam será lo que sea, un botarate mareado por los misticismos agrestes de los chamanes, un iluminado que se empeña en ver a Dios a través de un prisma, de acuerdo; pero en las cosas de trabajo siempre ha sido de fiar: si Sam Benítez te dice que un sargento de la policía de Varsovia tiene a la venta una oreja de la madre de Poncio Pilatos —por poner un ejemplo improbable—, no te lo tomes a broma, y da por hecho que se trata de un negocio serio —al menos en la medida en que puede ser serio un negocio relacionado con una oreja de la madre de Poncio Pilatos, claro está, pero eso es ya otro asunto.

«Sam es como un gato. Te arañará si juegas con él, pero si quieres cazar un ratón, tienes que contar con el gato, porque los gatos están para eso: para cazar ratones, no para jugar contigo», solía decir mi padre, que transmitió al mexicano sus conocimientos empíricos y genéricos de la profesión, aunque luego Sam se encargó de ajustarlos a su carácter, no siempre idóneo para determinadas cosas.

Al fin llegó Sam Benítez y me dio su prometido abrazo de empatía, no muy diferente de cualquier otro tipo de abrazo humano o animal. «Perdona, compadre, ya sabes...» Sam sudaba como tres o cuatro personas a la vez. «Mira esto», y me puso delante una carpeta. La abrí: una docena de dibujos que tenían toda la pinta de ser de William Blake, con sus figuras acartonadas, como de gimnasio celestial, y su escenografía delirante. «¿Son auténticos?», le pregunté. Sam me retó a que lo adivinara. Pero las valoraciones oculares no pasan de ser un juego de azar: si algo te parece bueno a primera vista, es muy probable que te equivoques, aunque si algo te resulta falso nada más verlo, es casi seguro que aciertas... aunque también puedes equivocarte, ya que ni siquiera los grandes artistas están siempre a la altura de sí mismos, del mismo modo que muchos falsificadores acaban estando por encima del artista falsificado.

Aquellos dibujos, así al pronto, me parecieron auténticos. «Parecen auténticos, Sam, pero algo me dice que son falsos.» Sam se rió. «Has acertado por partida doble, cuate. Son más falsos que mi muela superior izquierda. Pero el caso es que parecen tan auténticos como mi muela superior derecha.»

Según me contó, había conocido a un tipo, hijo de unos orfebres de Alejandría, que era un falsificador excelente, aunque maniático, ya que sólo se dedicaba a temas religiosos católicos, por no ofender a Alá con su impostura. «Tiene carpetas llenas de cosas chingonsísimas, güey, y estamos en tratos.» Yo sabía de sobra que Sam no me había hecho ir a El Cairo por nada relacionado con aquella menudencia y que el asunto del falsificador alejandrino era sólo esa tinta de calamar que sueltan todos los embaucadores antes de mostrar, en todo su esplendor, una ballena hinchable, por decirlo de algún modo. «Es un chingón muy práctico, porque no ha caído en la tentación de tocar a los grandiosos. Y podría, porque además sabe envejecer los soportes, los grafitos y los pigmentos, güey, y a veces incluso trabaja con materiales de época. Es un gallo muy listo y se ciñe a los mediocres. Pendejitos como Blake o Max Beckmann. Pura viruta.» Y sudaba como si fluyese dentro de él un afluente del Nilo. «Incluso vendiéndolos como falsos dejarían la chinga de lana.» Y en aquellos preliminares ociosos empleamos un buen rato, hasta que Sam Benítez —nada por aquí, nada por allá— se decidió a sacar de una vez de su chistera el mensaje sorpresa, como enseguida habrá de verse.

«Mira, cuate, lo que tengo que proponerte es un asunto muy cabrón pero bien pinche rentable.» Le dije lo que suele decirse en esos casos: que, antes de precisarme en qué consistía, así como su grado de dificultad, me diese una cifra. Y me la dio. Y era una cifra importante. «Me parece bien. ¿De qué se trata?» Sam me puso delante una fotografía. «De esto.»

Se trataba, en fin, de robar de la catedral de Colonia el contenido de ese relicario que la superstición católica da por hecho que custodia los restos de los tres Reyes Magos. «¿El relicario también?» Pero por fortuna no: sólo las reliquias, circunstancia que, dentro de lo que cabe, aliviaba la operación, pues calculé que aquel complicado delirio de oro y pedrería debía de pesar más que media docena de cadáveres de reyes.

«Me han encargado el trabajo, cuate, pero ahorita no puedo y pensé en ti.» A pesar del aliciente de la cifra, mi ánimo se achicó de repente, porque se me vino encima mi edad, con todo su fardo de irresolución y de pereza. «Tía Corina y yo no estamos ya para eso. Además, no lo veo claro. Es como si me pides que ponga derecha la torre de Pisa.» Pero Sam estaba optimista con respecto al optimismo: «No te creas. El sistema de seguridad es sólido, güey, pero sólo a niveles eclesiásticos, ¿me entiendes? No es más difícil que atracar una joyería de barriada», lo que entraba en contradicción con la dificultad que me había anunciado apenas un minuto antes, pero achacarle a Sam sus contradicciones viene a ser como afearle a un cangrejo sus andares. Me explicó que la plancha frontal del relicario, de forma trapezoidal, se abría de un modo muy simple: bastaba con girar la corona de la estatuilla del rey que preside el lateral inferior derecho, según me señaló en la foto. «Se abre, se meten las reliquias en una bolsa y se sale de allí tranquilamente, admirando las vidrieras y los demás esplendores, que son la santísima rehostia.» Le pregunté qué nivel exacto de protección tenía el relicario. Se quedó meditando. Meditando un embuste, como es lógico, porque ese es el gran defecto de Sam: moverse por la realidad como quien se mueve por un cuento de hadas en el papel de duende travieso que vive bajo una seta alucinógena. «Escaso, güey.» No pude evitar hacerle una pregunta cuya respuesta yo intuía de sobra: «¿Has estado alguna vez allí?». Me miró sorprendido. «¿Y eso qué más da, pinche güey? ¿Has estado tú alguna vez en Sri Jayewardenepura?»

En Sri Jayewardenepura no, pero estuve en Colonia a principios de los ochenta del siglo pasado, aunque no visité la catedral, porque las catedrales no me llaman demasiado la atención. De todas formas, no tenía yo una panorámica tan sencilla del asunto como la tenía Sam: si las catedrales pudiesen saquearse como puede saquearse un huerto de membrillos, los altos jerarcas eclesiásticos tendrían que vender los inmuebles sagrados para aparcamientos o para discotecas, pues no quedaría santo alguno ni retablo ni custodia ni silla de coro en cuestión de semanas, y adiós al decorado intimidatorio de Dios en la Tierra, y vuelta al paganismo. «Hazme caso, compadre. Será como patinar artísticamente en la nieve.» Patinar, sí. En la nieve. En el caso de que haya nieve y de que uno sepa patinar, entre otras cuestiones.

Pero me temo que, antes de proseguir, se impone un poco de información...

La leyenda que circula en torno a esas reliquias coge vuelo en el siglo XII, y se ha ramificado desde entonces en versiones derivativas, ya que el paso del tiempo favorece las mixtificaciones.

Si nos remontamos a los orígenes, tenemos que, allá en el siglo IV de nuestra era, santa Elena, esposa repudiada de Constancio Cloro y madre del emperador Constantino, demostró tener aficiones arqueológicas y además muy buena suerte, pues desenterró en el Gólgota la Vera Cruz, según se cuenta. Alentada por su devoción y por su ansia de coleccionismo, a aquella santa se le metió entre ceja y ceja que las reliquias de los tres astrólogos errantes que siguieron una estrella maga y que llegaron a Belén de Judea para postrarse ante el pequeño Mesías fuesen veneradas en la ciudad a la que dio nombre su hijo: Constantinopla. A pesar de que los restos mortales de los tres magos —o reyes, o astrólogos, o lo que fuesen, en fin, si es que algo fueron— se hallaban dispersos por varias regiones de Oriente (una variante legendaria manda a santa Elena nada menos que a la India en busca de los restos de sus majestades), la santa satisfizo al final su deseo de reunirlos y los trasladó a Constantinopla, a la iglesia de Santa Sofía, donde fueron depositados en un sarcófago de granito que los cronistas de la época califican de fabuloso.

Tiempo después (no se sabe con exactitud cuánto, porque nos movemos por calendarios incoherentes), visitó Constantinopla san Eustorgio, a la sazón obispo de Milán, y el emperador Constantino le regaló los cadáveres —o lo que quedaba de ellos— de los tres monarcas, o lo que fuesen. El obispo compró dos bueyes y un carro, cargó en él aquel fardo ilustre y tomó rumbo a la lejana Milán, guiado, al parecer, por la misma estrella anómala que guió a los tres magos en su peregrinar por los desiertos.

Pero, cuando cruzaba aquel santo las hoscas y escarpadas montañas de los Balcanes, un lobo atacó a uno de los bueyes que tiraban del carro y lo dejó moribundo, porque matar del todo a un buey lleva su tiempo. San Eustorgio se puso hecho una fiera con la fiera: la amonestó, la domeñó y, por último, la unció al yugo vacante del buey malherido, que quedó para los buitres. Con su carro tirado por aquella yunta estrafalaria, entró el santo en Milán, vitoreado por los fieles.

Los milaneses se sentían muy orgullosos de ser poseedores y custodios de aquellas reliquias, hasta que Federico Barbarroja, emperador del Sacro Imperio Romano Germánico y enemigo jurado del sultán Saladino, decidió saquear Milán, reliquias incluidas.

A partir de este punto, la leyenda se bifurca: una versión asegura que el arzobispo de Colonia se llevó a su diócesis, sin más explicaciones ni peripecias, las reliquias de los magos; otra versión, más ajustada a los cánones del folletín, entretiene el enredo de que unos milaneses piadosos enterraron las reliquias bajo la torre del campanario de la iglesia de San Giorgio al Palazzo para preservarlas del afán de rapiña del prelado alemán. Pero debía de ser persona terca aquel prelado, de nombre Rainald von Dassel, arzobispo y canciller del emperador, pues, a pesar de la estratagema, encontró los restos codiciados y con ellos en las alforjas regresó a su patria.

Este entramado mitad legendario y mitad histórico consiente otros detalles dignos de reseña: se supone que cada rey mantenía en el cráneo su corona, se supone también que los tres sarcófagos estaban aureolados por una especie de oro volátil, como aviso de que no debían ser separados jamás; una vieja crónica llega incluso a asegurar que un anciano abad cisterciense de Castilla oyó ante la tumba de los tres magos el relincho nervioso de unos caballos y el sonido de una flauta. (¿?) Y así podríamos estar hasta el fin de los días del mundo, porque no existe cosa más extensible que una leyenda, hermana al fin y al cabo del rumor.

«¿Cuento entonces contigo?», me apremió Sam. A pesar de todas mis dudas, le contesté que sí, reconozco que cegado por la cifra, aunque no le oculté mis reservas ante el éxito de la operación ni la posibilidad de ejercer mi derecho a retracto. Pero Sam, ya digo, estaba muy optimista aquel día y quedó en llamarme para concretar detalles. «Sólo te impongo una condición, cuate: tienes que trabajar con quien yo te diga.» Le repliqué que mis colaboradores los escogería yo, que es lo tradicional y lo sensato. «Lo hablaremos, ¿va?» Me extendió un cheque en concepto de anticipo, me anotó el número de su teléfono móvil y nos despedimos con otro abrazo de empatía.

En la puerta del Riche me esperaba Abdalah, que discutía no sé por qué ni sobre qué con dos paisanos suyos. Le dije que se tomara el resto del día libre, por ver si de ese modo se le aplacaba un poco la acedía, que va a costarle la salud, y me fui a callejear por el zoco, donde tuvieron lugar los curiosos incidentes que paso a relatar.

Hay historias que no deben contarse (en principio porque nadie va a creerlas), pero siempre habrá quien las cuente, ya que esas historias son como grandes pájaros que revolotean sobre nuestra imaginación (dominio de lo incorpóreo y lo imposible) y sobre nuestra conciencia (dominio de lo indeciso y lo secreto), y llega el día en que esas enormes aves hechas de palabras proyectan su sombra solemne sobre el mundo, y sus siluetas corrompen la claridad del cielo: el dueño de la historia la propaga. Y el que la ha escuchado se ve impelido a propagarla. Y se crea una cadena de propagación estremecedora. Y la historia que no debía ser contada pasa a formar parte de la historia de todos. Y es ya un secreto a voces.

(Dicho sea lo anterior a modo de prólogo, porque voy a contarles una historia un poco difícil de creer.)

Tras despedirme de Sam Benítez, según iba diciéndoles, me fui a dar una vuelta por el zoco, que en El Cairo constituye una ciudad dentro de la ciudad, ya que esa es la estructura esencial de la megalópolis egipcia: un derrumbadero de ciudades.

Merodeaba yo por aquel laberinto de mercadurías, despreocupado y ocioso, cuando se me acercó Alif, el pedigüeño tullido que alimenta el ensueño de haber sido en su juventud un soldado sin miedo y un amante sin corazón, aparte de marinero en Córcega y capataz de una explotación de bauxita en la Guinea francesa. Mi padre era benefactor de este Alif, que, desde hace décadas, aparte de ejercer de trujimán y de comisionista de tenderos, se dedica a vender por el zoco leyendas orales, algunas tomadas en préstamo del repertorio tradicional y otras inventadas por él, inspiradas por lo general en historias verídicas, según le marque el día a día del barrio: robos, intrigas de alcoba o sucesos inexplicables. Entretenían mucho a mi padre los relatos de Alif, con su mixtura de paranormalidad y costumbrismo, y a veces incluso anotaba su argumento, sin duda como reverberación de sus aficiones literarias, abandonadas tiempo atrás por la vorágine cotidiana de los negocios.

«Te vendo la más grandiosa y oscura de las historias por cien libras», me susurró Alif al oído en un francés aterrador, legado —supongo— de su etapa guineana, pues a casi todo el mundo susurra él ofertas de esencia misteriosa para estimular de ese modo el humano afán por conocer las materias incógnitas que, en número infinito, conforman el entramado profundo del universo. «¿Cien libras?», y mi sorpresa era sincera, pues por cinco es capaz Alif de contarte las mil y una noches, con sus mañanas y tardes. Aquello, por lo insólito, me despertó una vaga intriga, que al instante por suerte dormí.

Me insistió en que fuésemos a una cafetería a tomar algo, y teatralizó su propuesta abanicándose con una mano y secándose el sudor de la frente con la otra. Como el caso es que yo también estaba sediento, y por respeto a la costumbre que tenía mi padre de invitarlo, le dije que bien, aunque con el aviso de que reservase su historia para un oyente más ávido de curiosidades, al tiempo que le daba un par de billetes pequeños para abonarle sus servicios narrativos, que yo para nada quería. «Esto es para que estés callado.» Pero Alif sabe manejar los recursos de encantamiento propios de los mercaderes a fuerza de tanto comerciar con materias verbales: «Mira, yo te la cuento y si la historia te gusta, me das las cien libras; si no, quedamos en paz».

Me mantuve en mi negativa, porque no deseaba que nada ni nadie enturbiara la limpieza que lustraba ese día mi ánimo, inclinado de suyo a lo sombrío. Pero, contra su costumbre, que consistía en narrar los cuentos de memoria, Alif se sacó un papel mecanografiado del bolsillo y empezó a leer en plena calle: «Escucha, amigo Jacob, la historia más triste de cuantas se recuerdan en Egipto... En el siglo IV de los cristianos, bajaron flotando por el Nilo tres sarcófagos de piedra. Surcaban las aguas con lentitud, alineados, y sobre ellos brillaba un aura de oro que tenía la forma de una nube redonda. Un pescador consiguió agarrar uno de ellos y se quemó las manos, y quedó inválido para siempre de ellas, pues un fuego invisible le dejó a la vista los huesos, y jamás tocó ya más cosa ni mujer. Un pez gigantesco se tragó uno de aquellos sarcófagos, y al instante aquel monstruo marino se redujo a ceniza. Unos niños que nadaban intentaron subirse a ellos, y todos quedaron ciegos para el resto de sus días en este gran espectáculo de apariencias, dedicados a contar la leyenda magnífica de su desgracia por las calles para obtener limosna...».

No hay cosa que me intranquilice más en este mundo, se lo confieso a ustedes, que las simetrías del azar. Aparte de intranquilizarme, desconfío de ellas, porque el azar no suele tener talante geométrico: es un magma, y como tal se comporta, y si se comporta de otro modo es que ya no es azar.

Nos sentamos en la terraza de una cafetería a la que se empeñó en llevarme, aunque a mí, si me viene a mano, me gusta ir —¿qué le vamos a hacer?— al turístico Fishawi, porque la realidad se observa desde sus veladores como una especie de diorama exótico. Pedí un botellín de agua, y un refresco de uva y un narguile pidió Alif, a cuenta mía.

«¿De dónde has sacado esa historia, Alif?» Y se puso a hacer visajes que pretendían sugerir que aquello era materia reservada. «¿La termino?», me preguntó, y le dije que adelante, porque las historias inconclusas acaban siendo perjudiciales para el sosiego de la imaginación. «Así que quien se acerque a esos sarcófagos conocerá en toda su plenitud la desventura, y morirá entre grandes padecimientos, y arderá durante toda la eternidad en el fuego del reconcomio.»

Dobló el papel y se lo guardó en el bolsillo. «¿Eso es todo?» Alif asintió y me reclamó las cien libras. Saqué de mi cartera unos cuantos billetes de cincuenta piastras y se los di. Los contó con dedos ágiles de avaro. «Dije cien libras. Tú me das miseria. Por una gran historia. Tu padre siempre era un caballero conmigo.» Con dolor de corazón, porque admito que no me gusta regalar el dinero, así se trate de calderilla, le ofrecí a Alif doscientas libras si me decía quién le había pagado para que me contase aquella historia. «Nadie. Yo vendo historias. Nadie compra a Alif. Alif vende.» Como ustedes saben, no resulta fácil bregar con un comerciante egipcio, así lo sea de historias. «Doscientas libras, Alif.» Pero Alif se levantó, negando con la cabeza, negando con todo el cuerpo, sin querer mirarme. «Doscientas», insistí. Miró en derredor con ojos de intriga y se pasó el dedo por el cuello como si el dedo fuese una daga. «Ni por todo el oro de la tumba de un faraón», y volvió a simular que se rebanaba el cuello. «Trescientas», le oferté, lo que para Alif era ya una pequeña fortuna y para mí un tonto despilfarro, pero apuró su vaso de refresco, dio un par de caladas al narguile y se fue a la carrera como quien huye del presidente de la tentación, dando cojetadas habilidosas entre el gentío, hasta confundirse y borrarse en aquel hormiguero.

Pensé que el universo debía de estar boca abajo para que Alif renunciara a un fajo de billetes, al ser él codicioso por condición y por necesidad. Y en barajar hipótesis en torno a aquel fenómeno casi parapsicológico empleé un buen rato, aunque sin resultados dignos de mención.

Noté entonces que uno de los camareros me observaba más de lo preciso, circunstancia que tal vez no sea relevante en una ciudad en la que resulta habitual la impertinencia, tanto por parte de los nativos como de los turistas, ya que unos y otros se analizan mutuamente con estupor antropológico. Pero el camarero aquel me analizaba con demasiada insistencia, pendiente del más insignificante de mis gestos. Descartado, por ilógico, el móvil sexual, sólo me quedaba la opción de aferrarme a mis aprensiones paranoicas, que fue lo que hice.

En una mesa contigua a la que ocupaba yo, una turista sonrosada y sonriente, rubia de fantasía cosmética, de unos cincuenta años de edad, con aspecto de hacer estupendas tartas de arándano o de cosas similares cuando el prozac conseguía tumbarle los demonios íntimos, cayó de pronto al suelo, para divertimento de un par de camareros del negocio, que procuraban incorporarla entre un carrusel macabro de risas de pocos dientes, abanicándola con cartones e incluso con una babucha que uno de ellos cogió del tenderete de un zapatero vecino. Pero resultó que la turista no se había desmayado, sino que estaba muerta, tragedia sobre la que voy a permitirme alguna que otra conjetura, si son ustedes tan amables.

Para empezar, creo que estaremos de acuerdo en que los turistas no van muriéndose de pronto, así como así, por las terrazas de los bares del mundo. Aceptemos, no obstante, que el hecho de que una turista se muera de repente en la terraza de una cafetería de El Cairo entra dentro de lo posible, porque todos estamos cogidos con un hilo a la vida, según se encargan de recordarnos, por motivos distintos, los sistemas religiosos y las revistas médicas.

Pero centrémonos en un detalle: sobre la mesa de la turista malograda había un botellín de agua idéntico al mío. ¿Una casualidad? Por supuesto. Mucha gente bebe agua, y más en tierras tórridas, y es normal que en una cafetería de mala muerte tengan una sola marca de agua embotellada. Pero llega un momento en que uno comienza a desconfiar del factor casual de las casualidades y a alimentar pequeñas paranoias que no están reñidas con la cordura: Sam Benítez me propone el robo de las presuntas reliquias de los presuntos Reyes Magos; al rato, Alif me cuenta la historia atroz de tres sarcófagos que bajan flotando por el Nilo y se empeña en arrastrarme a esa cafetería, un camarero de esa cafetería me vigila y una turista cae muerta a mi lado, frente a un botellín de agua idéntico al mío, con la agravante —y a eso iba— de que el camarero llevó ambos botellines en una misma bandeja: primero me sirvió a mí y luego a la mujer. Cuando me disponía a abrir el botellín, el camarero que me lo había servido me lo arrancó de la mano y puso el otro sobre la mesa, farfullando no sabría decirles yo qué —y es probable que él tampoco—. Espié su siguiente movimiento, como era natural, para encontrarle alguna explicación a aquel proceder extemporáneo y vi que dejaba sobre la mesa de la turista el que durante unos segundos había sido mi botellín. Creo, insisto, que, ante una secuencia de esa índole, uno tiene derecho a alimentar pequeñas paranoias razonables, que tan poco alimento necesitan. Porque en aquel instante yo estaba convencido de que Alif había sido pagado por alguien para transmitirme una amenaza en forma de fábula. Y también estaba dispuesto a sostener ante los más rígidos tribunales que la turista murió más envenenada que Sócrates, aquel desventurado muñeco de ventrílocuo del redicho Platón, según suele definirlo tía Corina. Y no había quien me quitase de la cabeza que el botellín de agua envenenada se lo sirvieron a ella por un despiste al que siguió otro despiste, porque estaba destinado a mí.

Los acontecimientos que irán observándose a lo largo de esta historia confirmarán en parte —en la parte más inesperada— tales hipótesis, aunque para eso aún falta tiempo. Por ahora, quedémonos en esa terraza ensombrecida de pronto por la tragedia, donde aún me aguardaba un lance insólito.

La turista llevaba escrita la muerte en los ojos, aunque algunos filántropos se empeñaban en reanimarla.

«Esa pobre mujer ya no hará más tartas de arándano o similares», pensé. Y, en ese mismo instante, a pesar del barullo, me percaté de que el camarero que había estado vigilándome retiró a toda prisa el vaso y el botellín de la mesa de la difunta, detalle que me afianzó en la negrura de mis suposiciones.

Los curiosos iban agolpándose ante aquel escenario fortuito, por esa ansia universal de novedades que tienen los transeúntes, siempre dispuestos a detenerse ante cualquier anomalía repentina de la realidad. Al ser muy estrecha la calle, pronto se taponó, y no había forma humana de escabullirse de aquel cónclave caótico, a no ser en una esterilla voladora, de modo que sentado me quedé, en contra del dictado de mi instinto, a la espera de que apareciese por allí la policía, o algo parecido a eso, y aclarase la aglomeración.

Entonces me di cuenta de que un tipo me hacía señas y me mostraba una llave de plata, digna de ser, por su tamaño, de un templo o fortaleza. Me encogí de hombros para darle a entender que no entendía nada de lo que pretendía darme a entender, pero él seguía mostrándome la llave, que agitaba como si fuese un hisopo.

El hecho de que te muestren una llave es tentador: una llave siempre abre algo, algo que está cerrado, algo que esconde algo, algo oculto y secreto, algo que no puede estar abierto sin peligro de ser profanado o robado o desvelado. Porque las llaves nunca son inocentes. Son, más bien, la punta del rabo del demonio, como si dijéramos. De todas formas, decidí no prestar atención a aquel sujeto: de sobra estaba ya cumplido el día.

La policía no tardó en llegar y en disolver la feria que se había formado en torno a la difunta. Así que me levanté y proseguí mi deambular despreocupado, dispuesto a que ningún nuevo incidente me enervara. Pero el tipo de la llave de plata me siguió, hasta que se decidió a abordarme. Hablaba una jerigonza que mezclaba palabras bereberes, inglesas, italianas y creo que también griegas, aunque me quedó claro que su propósito era que lo acompañase, a fin de poder abrir quién sabe qué con aquella llave que no paraba de agitar.

Entre los muchos consejos profesionales que me dio mi padre se contaba el de no temer lo desconocido, al ser precisamente en ese ámbito donde puede manifestarse un buen negocio. («Es lo que nos ha tocado, hijo mío. No podemos ser cobardes aunque estemos muriéndonos de miedo.») Así que tras aquel desconocido me fui, sorteando nativos y turistas, pues se movía él como una culebra entre la turbamulta, hasta que entramos en un portal, subimos una escalera, pasamos por el taller herrumbroso de un hojalatero, por una portezuela de aquel taller accedimos a una habitación en la que dos niños desnudos jugaban con una naranja reblandecida y con una pelota de trapo, bajamos por otra escalera, entramos en un túnel que no tenía más de un metro de altura y unos cinco o seis de longitud y salimos a un patio en el que había un burro tordo, dos bicicletas y una fuente de la que manaba un hilillo lánguido de agua, como si viniera de un manantial moribundo. Entonces mi guía, el de la jerigonza, me señaló una puerta, la gran puerta de taracea que se abría con la llave de plata.

Aquel individuo de habla confusa abrió la puerta y me invitó a que pasase, cosa que hice con recelo, en buena parte porque me acordé de lo que se cuenta de Charli Juárez, el perista boliviano: estaba él en Ankara y le ofrecieron varias piezas del tesoro funerario del rey Mausolo, cuya sepultura mereció figurar entre las siete maravillas del mundo. Aunque me avergüence reconocerlo, la verdad es que nadie puede resistirse a una oferta de esa envergadura, siquiera sea para desengañarse a los cinco minutos, porque la experiencia nos avisa de que, en esos casos de expectativa grandiosa, todo se inclina al fraude. Y Charli no se resistió, porque el fundamento de su trabajo consistía en no resistirse. («¿Mausolo?», te preguntas. «Imposible», te respondes. Pero vas.) Al parecer, a Charli lo subieron a un coche, lo llevaron a un sótano y allí le mostraron varios abalorios idénticos a los que podían comprarse al peso en cualquier joyería turca de medio pelo, aunque estaban patinados aquellos con betún, con ceniza y con adobe, aparte de arañados y abollados, para darles así prestigio de antigualla ante ojos inexpertos, que no era el caso ni por asomo. Charli miró toda aquella quincalla con un desprecio tan justificado como imprudente y, según quiere la leyenda, les preguntó a los tratantes si no tenían también a la venta la polla de marfil que se metía Artemisa después de enviudar de Mausolo, porque la verdad es que Charli Juárez siempre fue muy malhablado, y aquello le perdía, aquellos feos modales suyos de matachín.

Nadie sabe con exactitud qué diabluras le hicieron los estafadores ofendidos, pero el caso es que Charli apareció a la semana de aquello tirado en una calle, mudo y envejecido de repente, con la mirada fija en un punto irreal del horizonte, y así se quedó para los restos, o al menos así sigue al día de hoy, y de aquello hace más de seis años.

De todas formas, entré, porque no es buen sistema ponerse siempre en lo peor, y al pronto no vi nada, al estar todo oscuro. Cuando me quise dar cuenta, mi guía se había esfumado, lo que no logró inquietarme, pues de sobra sabía yo que se trataba de un simple peón en el tablero. Una vez que mis ojos se adaptaron a aquella tenebrura, aprecié la silueta arácnida de una lámpara de brazos que colgaba del techo. En el aire flotaba ese olor a pie fantasmagórico que adquieren las alfombras polvorientas. Empezaba a sentirme incómodo cuando se abrió al fondo un portillo: un rectángulo de luz en el que se recortaba una figura que me hacía señas para que me acercara, y así lo hice.

De pronto me encontré en medio de un palomar. «Te preguntarás por qué te he hecho venir hasta aquí de esta manera tan liosa, amigo Jacob, pero todo tiene su explicación en este mundo, incluso lo inexplicable.» Quien me hablaba de ese modo, en un inglés de pocas vocales, era un anciano tapón y mole, de piel tirante y cobriza, que daba de comer a sus palomos con la gestualidad vanagloriosa de un dios que repartiese a capricho el maná sobre la Tierra. «Tú no te acuerdas de mí, pero fui amigo de tu padre, y con él te vi varias veces cuando eras un muchacho. Mi nombre es Abdel Bari», y siguió dando de comer a los palomos, que se le posaban en los hombros y en la cabeza como si el orondo Abdel Bari fuese la estatua oronda de sí mismo. Zureaban aquellos pájaros, arrastrando la cola, hinchando el buche, galantes y apestosos. «Las palomas son los piojos de los ángeles», y le dije que muy bien.

Abdel Bari, en fin, mentía. No sé si trató a mi padre alguna vez. Es posible. Pero yo estaba seguro de no haberle visto jamás, porque una de las muchas enseñanzas que recibí de mi padre fue la de no olvidar nunca una cara, y he respetado ese precepto como si fuese un dogma: mi memoria está llena de caras, con nombre o sin él.

Les confieso que siempre me ha parecido una descortesía cercana a la grosería el hecho de dilatar la revelación de los enigmas, de modo que insté al llamado Abdel Bari a que me explicase qué pintaba yo en su palomar. Y el gordo habló: «Te he mandado traer para prevenirte. Si tocas el relicario de Colonia, reza al dios en el que creas, porque vas a necesitar la divina misericordia infinita para prolongar tu pequeña infinitud. No te impliques en ese asunto, amigo Jacob. Es como meter la cabeza en el infierno». Dicho lo cual, Abdel Bari hurgó debajo de una paloma que empollaba, le quitó un huevo, lo puso en la palma de su mano izquierda y con la derecha lo aplastó. En la palma de Abdel Bari se retorció durante unos segundos un engendro cegato, un palomo a medio hacer, un monstruo germinal, entre sangre y fluidos del color de las pesadillas. «El mismo infierno, Jacob», y agitó la mano para sacudirse aquel emplasto de muerte.

«¿Te apetece beber algo?», y le contesté lo que contestaría cualquiera a alguien que acaba de hacer una porquería semejante. «¿De verdad que no te apetece beber nada? ¿Un té? ¿Una tisana de toronjil, excelente para calmar los espasmos? ¿Una granizada de jugo de acebo y berenjena, que alegra el pensamiento?» Volví a contestarle que no. «Bien, amigo Jacob. Podría matarte en este preciso instante», me informó Abdel Bari. «Pero hoy es tu día de suerte y voy a hacer un trato contigo. Si consigues robar el contenido del relicario alemán y me lo traes, te dejaré con vida y te daré un poco de dinero. Si consigues robarlo y no me lo traes, pero me dices quién es su nuevo propietario, te dejaré con vida, aunque no te daré ni una piastra. Si consigues robarlo y no vuelvo a tener noticias tuyas, serás tú el que tenga noticias mías, así te escondas en una cueva submarina, y serán noticias malas para ti, ¿de acuerdo?» Abdel Bari dio un par de palmadas lánguidas —los palomos se asustaron, y algunos se estrellaron contra la tela metálica— y al instante apareció mi guía, el de la jerigonza, con la espalda curvada en gesto de servilismo.

«Te rogaría, amigo, que, antes de irte, bebieses de la fuente del patio, porque es la fuente amiga que restituye el juicio al aturdido, la prudencia al temerario y la rectitud al que pierde la senda. Pero, como sé que no lo harás, aquí tienes esto», y me dio un frasquito de cristal en forma de corazón, con taponadura de filigrana de plata, relleno de un líquido turbio y espeso. «Es de la fuente proverbial, que trae un agua filtrada por más de doscientas raíces de plantas distintas. Además, le he añadido esencia de saúco, de malvavisco hervido en harina de haba, de marrubio recolectado bajo el signo de Virgo y unas gotas de zumo de estoraque», y siguió atendiendo a sus palomos, mientras yo, con aquel frasco en la mano, no podía dejar de sentirme como un idiota ni de pensar que aquel gordo era otro idiota, cada cual disfrutando de su peculiar variante de idiotez, por mal que esté decirlo.

«Acompaña al señor hasta la calle», le ordenó Abdel Bari al que había sido mi guía en el camino de ida, y así lo hizo aquel lacayo, de modo que emprendimos el itinerario laberíntico a la inversa, hasta que me vi de nuevo en pleno zoco.

La imagen del embrión asesinado se me había metido en las tripas. Y se alzaba ya la luna, mutilada y menguante, errante daga blanca de la noche, más o menos.

A la puerta del hotel me abordó un sujeto (bigote bravío, chaqueta de tono penitencial, boca alegre y mirar torvo) que se mostró empeñado en venderme un báculo de apenas medio metro de altura, similar al que portaban los faraones como emblema de Osiris. Según él —que me hablaba en un inglés impecable—, aquel báculo estaba hecho con una rama del acebuche bajo el que expiró el mago Tamiro (¿?), o Temuro (o algo así), a quien aquel marchante callejero atribuyó el título de Príncipe Africano de los Ensalmos. Al parecer, el tal Tamiro o Temuro transfirió a la savia de aquel árbol silvestre sus amplios saberes de la naturaleza y de los arcanos sobrenaturales, pues, al írsele el alma de su prisión mundanal, se refugió la dicha alma en el acebuche bajo cuya sombra sesteaba el mago cuando fue a buscarle la muerte, la amante fría.

«Cualquier zahorí vendería a sus hijas para poder comprarlo, porque descubre todos los manantiales que fluyen bajo la tierra. Y, sobre todo, sirve también para localizar cadáveres enterrados con sus joyas, ¿comprende?», y me guiñó un ojo, al tiempo que me exhibía con gran ceremonia el báculo portentoso, que tenía una empuñadura de latón muy desgastada y una contera en forma de áspid.

«Los cadáveres pueden ser un buen negocio...».

Aquello colmó el vaso, ¿verdad?, de mi suspicacia, que es vaso corto a fuerza de experiencia y de escarmientos más que por defecto de carácter.

Al parecer, no había chalán ni regatón en El Cairo que no estuviese al cabo de la calle del negocio que había apalabrado yo con Sam Benítez, o esa impresión me daba, suspicacias al margen. Es cierto que en esta profesión resulta difícil mantener en secreto las operaciones, pues siempre hay bocas ligeras, a pesar de que el éxito de cualquier operación suele depender en gran medida del secretismo. Pero aquella divulgación tan instantánea, y a niveles tan bajos, confieso que acabó por desconcertarme, de modo que me propuse localizar a Sam Benítez, aunque sin fe, porque él anda siempre escabullido y sólo se aparece cuando quiere, lo mismo que los santos. Lo llamé varias veces al número de teléfono que me dio, pero como quien llama a una nube.

Salí a cenar a un restaurante cercano para que la noche se me hiciera más corta, aunque mal casa el placer de la mesa con el hábito de la cavilación.

Cuando volví al hotel, llamé a tía Corina. No quise alarmarla con el relato de mis raras aventuras, de modo que estuvimos bromeando sobre naderías, y con su voz me vino el sueño, por reflejo de infancia, y soñé con Abdel Bari transfigurado en palomo, que les aseguro que es una mala fantasía para el descanso.

A la mañana siguiente, muy temprano, llamé a Sam, pero se ve que no había forma de hacerme con él, así que le indiqué al fiero y fiel Abdalah que se apostara en la puerta del Café Riche —con el ruego de que no arriesgase en una trifulca huera con sus compatriotas los cuatro o cinco dientes que por entonces le quedaban—, por si acaso Sam había tomado aquel local como oficina de campaña para despachar sus asuntos, que él cuenta siempre por decenas a donde quiera que vaya, por ese afán suyo de rentabilizar al máximo la naturaleza portátil de las mercancías. A eso de la una, Abdalah me llamó al hotel: «Ni rastro de ese hijo de la gran puta mexicano», según su informe, expuesto en un inglés bastante particular, como todo él.

Mi avión de regreso salía a las cuatro de la tarde, y las tribulaciones me asediaban. Me sentía como quien acaba de firmar un pacto en principio ventajoso y a la larga terrible con Belcebú, el de fétido aliento. Pero, en eso, de la mano antojadiza de la providencia, cuando estaba cerrando la maleta para salir, sonó el teléfono: «Compadre, ¿cómo va todo?».

Cité a Sam en el aeropuerto. Me dijo que le resultaba imposible, porque estaba allá en la quinta chingada, y yo, en contrapartida, le informé de que daba por deshecho nuestro trato. Se alarmó. Protestó. Se hartó de llamarme pinche güey, que había sumado a su colección de coletillas. Y se fue para el aeropuerto, porque las cosas sólo son imposibles hasta cierto punto.

De todas formas, me extrañó esa docilidad repentina de Sam, que siempre ha sido muy rebelde con respecto al deber.

«¿Ya estás contento, güey? ¿Te pone cachondito que tu compadre cruce El Cairo de punta a rabo para sonarte los mocos?» Sudaba mucho, y se le veía agitado. Le pedí que me contase *todo*, a pesar de que sé de sobra que nadie está dispuesto a contar *todo*, al menos en esta profesión: guardamos ases en la manga, y comodines de bufones sonrientes, e incluso una baraja entera de recambio, por lo que pueda terciarse.

Le referí el relato de Alif el cuentacuentos, la muerte de la turista sonrosada, la vigilancia a la que me sometió el camarero, la entrevista con Abdel Bari y la oferta del báculo. Sam insistía en que no me preocupase más de lo prudente, ya que se trataba de un trabajo como cualquier otro, y entonces pasó a halagarme: «Pensé en ti para traspasarte el encargo porque eres un águila, güey. Así que déjate de chingaderas». Le di unas gracias irónicas, porque en esto nadie es bueno ni malo: bueno y malo son apaños retóricos, conceptos de esencia movediza. Un buen profesional puede estar muerto o en la cárcel, o en la ruina, con fama incluso de gafe. Un chapuzas, en cambio, puede tener dos golpes de suerte y ganarse una reputación de eminencia. En esto, ya digo, hay veces en que las cosas salen bien y veces en que las cosas salen mal. A una operación perfecta puede seguir un desastre absoluto, porque jugamos con imponderables... en el caso de que no sean los imponderables los que juegan con nosotros. Nuestra jerarquía funciona, en definitiva, al antojo del viento, y nadie es el mejor, porque nadie manda en el viento, y yo menos que nadie.

«Sólo te pido que me digas una cosa. ¿Qué pinta en esto Abdel Bari?» Sam hizo un gesto despreciativo con la mano. «Mira, cuate, ese Abdel Bari vive todavía en los tiempos de Simbad el Marino y le gusta darse ínfulas de nigromante y de herborista, pero no es más que un gordo maricón hijo de la gran chingada que no sabe ni por dónde mea.» Le repliqué que al menos una cosa sí sabía: nuestro trato. Sam dudó por un instante. «Se lo dije yo.» No hace falta ni sugerir que estaba mintiéndome. «Se lo dije porque nos interesa que se sepa, güey, y ese gordo es un chismoso que presume por ahí de conocer secretos. Está convencido de que los poseedores de secretos son seres privilegiados, cuando todo el mundo sabe que nadie es dueño de un secreto, sino que todos somos esclavos de los secretos.» Le pregunté entonces qué motivo había para que resultase beneficioso el hecho de que se divulgara nuestro trato, sólo por calibrar hasta dónde llegaba su capacidad de improvisación con el embuste. «Sería muy largo de explicar.» Nos quedamos entonces en silencio, Sam rumiando nuevas mentiras y yo alimentando viejas suspicacias. «Intentaré averiguar cosas, güey, y te digo, ¿va?» Y volvimos a quedarnos en silencio.

«Este asunto no me gusta», le dije al cabo de un rato. Empezó a darme razones enredadas y lo atajé con un farol: «Me gusta tan poco, que vas a tener que duplicar la cifra convenida», y Sam se puso como un derviche sobre ascuas, girando sobre sí, loco de atarlo, aunque curiosamente muerto de risa, quizá —pensé— como secuela de algún narcótico que se había metido, porque él siempre ha sido de la cofradía de los encantados. Cuando se tranquilizó, me dijo que aquello era imposible, pero ya saben ustedes lo que me atrevo a opinar de las cosas imposibles. «Te gusta más la lana que a tu padre, güey.»

Al final, conseguí pactar con Sam una cifra que no era el doble de la ya apalabrada, como es lógico, pero que convertía aquella cifra importante en una cifra un poco más importante, lo que, lejos de darme alegría, me sumió en inquietudes muy difusas, porque esa subida de honorarios significaba que el asunto era peor de lo que había imaginado, a pesar de haberlo imaginado a través de la lente de aumento del pesimismo, que es la lente que nos prescribe la experiencia de las cosas del mundo.

3

El argentino de oro.
Conjeturas de tía Corina.
Y un intento de transacción.

Gracias a una rara ventura (*overbooking* en clase turista), el trayecto de vuelta lo hice en esa otra clase que algún ingenioso bautizó como *business*, él sabrá por qué. Al lado me tocó un argentino de Rosario, más o menos de mi edad, que venía decepcionado de su excursión a causa del deterioro que había apreciado en las pirámides, de lo angustioso del acceso a su interior, de la aridez y el vacío de aquellos recintos milenarios y de la falta de imaginación de las autoridades egipcias, a las que no se les había ocurrido montar ni siquiera un restaurante panorámico en aquellos yermos repletos a diario de turistas sudorosos y con la garganta reseca, pero deslumbrado en cambio por las refulgencias del tesoro de Tutankamón, según correspondía al nuevo rico que era.

«Vos sabés con certeza que el tesoro de Tutankamón no es falso, ¿verdad?» Y es que un amigo suyo, no sé si ignorante o bromista, le había asegurado que todo aquello tenía cuatro semanas. «Puedo asegurárselo. Otras cosas no. Pero aquello es auténtico», y el hombre respiró.

Se llamaba Alfredo Casares, tenía el brazo derecho un tercio más corto que el izquierdo, se le notaba al cuarto whisky que le gustaba mucho el whisky y era dueño de una fortuna rápida y, por lo que deduje, inmensa.

Abrió su bolsa de mano y se entretuvo en exhibirme sus adquisiciones: bibelots de colores rabiosos, una esfinge de marmolina, bisutería del montón y platería impura. «En las valijas llevo muchísimo más.» (Enhorabuena.)

Hablamos luego de la afición de los potentados egipcios a momificar sus perros, sus cabras e incluso sus serpientes y luego meterlos en sarcófagos dorados, y llegamos a la conclusión de que hay que sentir respeto por una civilización que alcanza esos extremos de arrogancia ante la muerte, porque todas las actitudes de rebeldía ante la nada siempre son pocas, por delirantes que resulten.

«Igual yo momifico mi caballo...»

Me regaló un bolígrafo con el logotipo de una de sus empresas y, por corresponderle, me eché mano al bolsillo y le regalé el frasco de agua mágica que me dio Abdel Bari —sin dejar de referirle, en clave de ironía grandilocuente, sus excelencias contra todo tipo de trastorno melancólico— para que lo sumara a su colección de chirimbolos ecuménicos, pues se tenía pateado aquel argentino un tercio del mundo. De paso, le comenté que tenía algunas piezas egipcias antiguas, correspondientes a distintas dinastías, y que estaban a la venta, de modo que, en la espiral de la euforia mutua, quedé en llamar a Casares a un hotel de Córdoba, ciudad en la que se disponía a renovar los asombros exóticos antes de proseguir ruta, en busca de lo mismo, por Sevilla, Cádiz, Málaga, Granada y Barcelona, desde donde regresaría a su tierra para seguir amasando plata a lo grande, hasta que la codicia le diese un respiro y viajara a alguna otra región del universo en que hubiera bazares en los que poder comprar chilabas, budas de alabastro, camellos de ébano o lo que fuese.

Cuando llegué a casa, tía Corina me esperaba con la mesa puesta, repleta de las cosas humeantes que me gustan, porque sabe que, cuando viajo solo, como poco, mal y a deshora, y le aterra que la muerte se me cuele por el mismo resquicio que a mi padre. Durante la cena, le conté mi viaje sin omitir detalle alguno, aunque el del huevo aplastado lo dejé para después del café, al no ser un cuento apropiado para comensales.

Se quedó meditabunda durante un rato, hasta que se puso a pensar en voz alta: «Vamos a ver... Sam Benítez no me ha gustado nunca, por bien que le cayera a tu padre, aunque reconozco que es un buen profesional, al menos en la medida en que es correcto decir que una araña es una buena profesional de las telarañas. Hay que tener en cuenta, de todas formas, que la gente puede meterse de pronto en líos de cualquier tipo, porque la conciencia es muy frágil. El honrado vendedor de ultramarinos decide un día trucar el peso para sisear unos gramos a sus clientes de toda la vida. El cajero intachable de un banco, dos semanas antes de su jubilación, decide quedarse con la cartera que ha dejado olvidada en el mostrador un pensionista. Y así sucesivamente. Imagínate lo que puede esperarse de un sujeto que, cuando le da el siroco, se va a México, se planta en la guarida de un chamán y se pone hasta las cejas de peyote. Imagínate lo que puede esperarse de un hombre que está empeñado en verle la cara a Dios». Tía Corina dio un trago a su gintonic y prosiguió el escrutinio: «Lo de Alif es muy sospechoso. Hay millones de millones de historias posibles, y es demasiada casualidad que vaya a contarte la de tres sarcófagos malditos un rato después de que hayas apalabrado con Sam Benítez el asunto de Colonia. Eso es lo más inquietante de todo, ¿verdad? Demasiado... simétrico. Demasiado», y le dio otro tiento al gintonic. «Ese Abdel Bari no sé quién será. No me suena de nada, y no creo que sea cierto que conociera a tu padre, porque lo acompañé muchísimas veces a El Cairo y nunca tuvimos trato con nadie que se llame así ni que responda a tu descripción. En cualquier caso, me preocupa menos, porque debe de ser un fantasioso engolado, con ese cuento intragable de la fuente encantada, a estas alturas… En cuanto a lo del báculo, ¿qué quieres que te diga? No creo que pase de ser una tonta coincidencia. En El Cairo pueden intentar venderte por la calle incluso la dentadura postiza de Nefertiti.» Tía Corina desvió la mirada al techo, la posó luego en el fondo de su vaso y suspiró: «Si este asunto se sabe, es que no debería saberse, y no sé si me explico», y asentí, aunque les confieso que al principio me quedé un poco mareado ante aquel apotegma paradójico. «Por otra parte, es muy raro que Sam esté empeñado en imponernos a los colaboradores. ¿Cuándo se ha visto una cosa así? ¿Por qué no los contrata él directamente sin contar con nosotros y se ahorra el dinero? En definitiva: en todo esto hay un factor anómalo. Así que tenemos tres opciones: renunciar al encargo sin más, aceptar el encargo sin más o bien intentar descubrir la índole de ese factor anómalo y ya luego renunciar o aceptar, según nos convenga. Tú decides.» Pero en aquel momento yo no estaba en condiciones de tomar ninguna decisión de envergadura, excepción hecha de la de irme a dormir cuanto antes, como así fue.

Nada más levantarme, me dediqué a reunir las piezas egipcias que había por la casa, con idea de organizar mi viaje a Córdoba, contento ante la perspectiva de un negocio tranquilo. En vida de mi padre, todo estaba inventariado, clasificado y en orden, pero debo reconocer que tía Corina y yo tenemos menos mano y menos diligencia para administrar esos objetos entre los que vivimos y de los que en buena parte vivimos, pues dan la impresión de errar por su cuenta en un peregrinaje caótico, o incluso en desbandada, ya que, por más que procuremos mantenerlas en su sitio, aparecen cosas en sitios impensables, como si fuesen víctimas de un fenómeno espontáneo de telequinesia.

Al cabo de varias horas, conseguí reunir lo siguiente: media cabeza de terracota del rey Surid, las piernas de un escriba, un escriba sentado junto a un chimpancé que lucía en la cabeza el disco solar, dos tablas de arcilla con mensajes diplomáticos, un diminuto tocador de arpa en bronce, un peine de madera del Nuevo Imperio, cinco flechas y otras tantas chucherías: dijes de zafiro, restos de collares, fragmentos petrificados de diversos utensilios... Mi padre había vendido las piezas egipcias importantes, muy apreciadas en el mercado, y quedaban, en fin, aquellas limaduras, que eran menos que nada, sin ser gran cosa, porque me temo que casi todas eran más falsas que un sol eléctrico. «No te hagas demasiadas ilusiones. Si consigues vender esto a tu amigote argentino, te monto una tienda de electrodomésticos averiados», me desengañaba tía Corina. «Pero tú sabrás mejor que yo cómo está el ambiente en la lonja, no sé.»

Antes de cenar, tasamos aquel rebujo pieza por pieza y luego fijamos un precio por el lote, por si acaso al turista argentino se le ponía cuerpo de despilfarro. Era una cifra alta, aunque razonable, porque la verdad es que en ese momento, al andar nuestras cuentas más bien mustias, nos urgía un ingreso sustancioso. Desde la muerte de mi padre, no habíamos intervenido sino en operaciones de muy poca monta, con ambiciones de mera supervivencia (con la excepción, quizá, del robo de media docena de lienzos de Díaz Caneja en la fundación que tiene en Palencia ese paisajista tosco y lírico), porque el negocio ha variado mucho en los últimos tiempos. Por otra parte, no resultaba prudente cobrar el cheque que me extendió Sam Benítez en El Cairo, en concepto de anticipo, hasta que se disiparan nuestras incertidumbres, que eran muchas, ya que, una vez cobrado, no habría opción de dar marcha atrás: el dinero en mano hechiza, al no haber forma humana de soltarlo por voluntad propia.

Después de cenar, llamé al argentino Casares a su hotel cordobés, pero no estaba. Y la vez siguiente tampoco. Y a la quinta llamada seguía sin estar. Más allá de la una de la madrugada me hice con él. Se le notaba, por la voz, que había estado celebrando algo, así fuese su soledad de magnate errabundo. Tardó un poco en entender de qué le hablaba, hasta que cayó en la cuenta: «Sí, los egipcios...». Y quedamos en vernos al día siguiente, sobre las once de la mañana, en la cafetería del hotel al que da nombre Maimónides, autor de una práctica *Guía de los indecisos*, de inspiración aristotélica.

Me subí a un tren tempranero, con el surtido egipcio en un maletín, y llegué a una Córdoba radiante y calurosa. Sobre las diez y media ya estaba yo en la cafetería del hotel, hojeando el periódico local y comprobando que los periódicos locales son para los forasteros algo así como una novela de millones de páginas que uno empieza a leer por la página setecientas ochenta y cuatro mil ochocientas nueve, por ejemplo. (¿Quién es este Núñez que denuncia las actuaciones urbanísticas de Miranda? ¿Qué diabluras habrá hecho Miranda? ¿Qué entienden aquí por «el caso Sonesbec»?) Y, en mitad de mi recorrido por la novela municipal, entró en la cafetería Alfredo Casares, argentino de Rosario, con sus brazos irregulares, con el pelo mojado y con aspecto de tener la sangre atosigada por los alcoholes de la noche anterior.

«¿Cómo está usted?» Y nos sentamos.

Tras un prolegómeno de cortesía, abrí el maletín y fui sacando las piezas del lote egipcio, que tía Corina se había tomado la molestia de envolver en papel de seda. A medida que desembalaba cada vestigio, iba ilustrándolo yo con una reseña de su antigüedad y valía, inclinándome de forma progresiva a la hipérbole y a la falsedad, pues percibía en los ojos de Casares no sólo el rastro del envenenamiento etílico, sino también la sombra de la decepción, hasta que llegó el momento en que comprendí que no iba a comprarme nada.

«Es que todo esto no es más que...», y cogió con dos dedos las piernas del escriba, las miró al derecho y al revés como quien mira una rana muerta y no terminó la frase.

Mucho me temo que Casares había calculado que iba a ofrecerle algo muy parecido a la máscara funeraria de Tutankamón, colega suyo en la prosperidad, de modo que todo aquello que estaba extendido sobre la mesa no podía considerarlo él sino escombros. De todas formas, se veía que el hombre estaba por agradar y me pidió precio por el lote. Cuando se lo di, se echó las manos a la cabeza, bufó, sonrió con amargura y me dijo que por la mitad de ese dinero podría comprar como esclavo al presidente electo de Argentina, y que aún le sobraría para ponerle una argolla de oro de medio kilo en la nariz.

Fui envolviendo las piezas, contrariado no tanto por el hecho de no haber culminado el negocio como por no haber adivinado que aquel iba a ser un negocio fallido, pero se ve que nadie hila con finura cuando le apremia la necesidad de dinero, esa materia mágica que huye cuando se la persigue, al igual que el amor, los pájaros y el mercurio.

Casares insistía en que me tomase algo. «¿Un whisky? ¿Un vermut?... ¿No?» Creo que faltó muy poco para que me regalase un par de billetes, porque se le notaba apurado por el mal rumbo que había tomado la transacción y compadecido de aquel buhonero que había intentado venderle cosas rotas.

Me dijo que no podía negarme a comer con él. Y, bueno, comer había que comer, y eso al menos que me ahorraba. Asumida la secuencia desgraciada de los acontecimientos, daba ya igual, así que a comer nos fuimos.

Delante de unos platos suculentos, aunque para mi gusto muy especiados, Casares me habló de su vida, a la que el mucho dinero no había logrado sacudir de tenebrismo: los problemas de conciencia con respecto a sus padres, el secuestro y asesinato de su socio, su fracaso matrimonial, el desengaño cíclico que le proporcionaban sus novias oportunistas, la conducta irresponsable de sus dos hijos... El repertorio.

De repente, y dado que el ánimo tiene un instinto pasmoso de supervivencia, me alegré de no haberle vendido nada, porque dos castigados se deben respeto mutuo. Era un pobre hombre ahogado en plata y en whisky, pero con el corazón en sombra. Mejor que se gastase el dinero comprando bibelots y baratijas por ciudades lejanas. Mejor que no nos hubiésemos cruzado nunca por un azar disfrazado de *overbooking*.

A los postres, mientras observaba a Casares trocear una cuña de melón con el movimiento asimétrico de sus brazos, analicé mi papeleta: «Estoy en Córdoba, con un maletín lleno de chatarra egipcia, sentado frente a un millonario argentino al que no volveré a ver y que me ha invitado a almorzar por el simple hecho de que no he conseguido estafarlo», y sentí pena, en definitiva, de mí mismo, esa modalidad amable de la pena a la que solemos recurrir para recuperar un poco de orgullo en casos extremos de indignidad, o al menos para cambiar una indignidad por otra.

Casares bebió mucho vino durante la comida, y luego se animó con el whisky, lo que acabó poniéndole la lengua espesa, el ánimo turbio y la memoria en carne viva: «¿Conocés mi mayor desgracia?». Y yo no sabía adónde mirar, porque, ante las confidencias íntimas de los desconocidos, te sientes como si acabaran de volcarte un bote de pintura roja en la cabeza.

En cuanto pude, me despedí de Casares y de su epopeya de pesadumbre con un apretón de manos. Me dio su tarjeta. Se empeñó en regalarme un mechero y yo me empeñé en convencerle de que no fumo, aunque al final me vi obligado a aceptarlo: SUMINISTROS CASARES. Por último, me animó a que fuese a Rosario cuando quisiera, que su casa era mi casa, que las mujeres de allí eran hermosas y alegres, que él era allí el emperador.

En el tren de vuelta, vi cómo se caía el sol con su tramoya barroca allá en el teatro barroco del horizonte, y con esas prestidigitaciones celestes me distraje, para no pensar.

4

La investigación de tía Corina.
Resultados de esa investigación.
La casta de los cobardes.
El baúl de los iconos.

Cuando llegué a casa, tía Corina estaba fortificada entre libros. «¿Qué tal ha ido todo? ¿Mal o muy mal?» Le di el informe melancólico que podía darle y me aseguró que todavía no había nacido el turista argentino al que lograra colocar nada de aquello. «Mejor que hubieras intentado venderle un traje de torero del siglo XII. Cada cliente es igual que una cerradura y hay que llevar la llave que la abre, no la que la cierra.» Y tenía razón, como siempre.

«¿Qué lees?» Tía Corina estaba documentándose sobre los Reyes Magos, porque su curiosidad es la cosa más viva que conozco. Me sumé a su tarea, y en aquellos rastreos y pesquisas se nos fue la noche, entretenidos en los meandros de la trama legendaria.

Por si acaso fuese del interés de ustedes, me tomo la libertad de resumirles la información que logramos reunir, a veces de fuentes poco fiables por inexactas o por fantasiosas, pues lo mismo consultábamos libros de lumbreras que de embaucadores, de sabios que de sabelotodos:

a) aquellos magos no existieron (algo que los niños descubren en torno a los ocho años: dejan de oír esas babuchas sigilosas que se arrastran por el pasillo durante la madrugada del 6 de enero, dejan de oír el frufrú rígido de las capas polvorientas);

b) en la Biblia sólo se les menciona, muy de pasada, en el evangelio de san Mateo (2, 1-12), donde son presentados como «sabios de Oriente», sin especificar su número, aunque algunos comentaristas se apresuran a deducir que son tres por ser tres las ofrendas: mirra, incienso y oro, cuya simbología, por cierto, da pie a complicadas interpretaciones que no vienen al caso;

c) si hemos de creer al pie de la letra —que es una mala forma de creer— lo que se nos cuenta en ese evangelio, aquellos sabios se fueron un poco de la lengua al informar al asustadizo Herodes de que en Belén acababa de nacer el rey de los judíos, puesto que su imprudencia los convirtió en causantes involuntarios de la llamada «matanza de los inocentes», que algunos cifran, mediante un cálculo del todo descabellado, en ciento cuarenta y cuatro mil recién nacidos degollados por mandato de Herodes;

d) en el protoevangelio de Santiago (XXI, 1-4) se nos ofrece una versión casi idéntica del relato que encontramos en el evangelio de san Mateo, mientras que en el evangelio del pseudo Mateo (XVI, 1-2) se nos asegura que aquellos magos orientales llegaron a Jerusalén dos años después del nacimiento de Jesús, de modo que, con arreglo a esto, Herodes debió de ordenar la matanza de niños de más o menos dos años de edad, ya que hubiera sido un derramamiento inútil de sangre el hecho de pasar a cuchillo a los recién nacidos, al no poder hallarse entre ellos el futuro rey de los judíos que la profecía de Balaam relacionaba con el advenimiento de una estrella;

e) según parece, ninguno de los llamados padres de la Iglesia asegura que aquellos tres nómadas fuesen reyes (aunque Tertuliano, azote de herejes, los supone de estirpe real, en lo que coincide el obispo san Cesario de Arles, defensor de la flagelación como método disciplinar para las monjas traviesas), y hay quien sospecha que la palabra «sabios», en los textos originales, deriva del griego *màgoi* y del latín *magi*, palabras que a su vez derivarían de la palabra persa *magù* (que a su vez derivaría de la palabra avéstica *mogu,* relacionada con la palabra sánscrita *mahat*), nombre que se daba a los sacerdotes del culto a Zoroastro, aunque no falta quien supone que fueron sacerdotes de Mitra, el dios solar (a saber);

f) a estas alturas, queda claro que, cuando algo puede ser muchas cosas, lo más probable es que no sea nada, pero sigamos;

g) parece ser que los magos fueron ascendidos a reyes porque la palabra «mago» tenía connotaciones antipáticas para la Iglesia —en pugna constante con las corrientes mistéricas y gnósticas—, sobre todo a causa de sus desavenencias con Simón el Mago, que dio nombre al pecado de simonía y que, al parecer, se elevó sobre el cielo de Roma gracias a las artes del Príncipe de las Tinieblas, hasta que las oraciones de san Pedro y san Pablo lo hicieron desplomarse, quedando descalabrado y medio muerto, circunstancia en la que algunos quieren ver un ensayo de lo que le sucederá al Anticristo en el caso de que se anime a entrar en acción;

h) en cuanto al número de esos reyes o magos, las cifras enloquecen: la tradición siria, por ejemplo, dio por bueno que eran doce, ellos sabrían por qué (tal vez por ser doce las tribus de Israel); en algunos sectores coptos fueron más optimistas y elevaron ese número a sesenta (sobrecoge y abruma el solo hecho de imaginar esa multitud de monarcas, perdidos por desiertos y por valles tórridos, vigilando el rumbo de una estrella paranormal en los cielos nocturnos, anhelantes por llegar a un destino ignorado); en el llamado *Evangelio armenio de la Infancia* —que se supone redactado en el siglo V— los reyes son tres y hermanos; por su parte, en el *Evangelio árabe* que se conserva en la Biblioteca Laurenziana de Florencia el número de reyes oscila entre tres, diez y doce. Y así sucesivamente. Parece ser que el primero que estableció la terna fue el alejandrino Orígenes, pero acabó siendo el papa san León, en el siglo V, quien, en un intento de poner orden en los cálculos hiperbólicos, fijó su número en tres; por lo demás, en un sermón atribuido a san Agustín se supone que la historia de los magos representa la unidad de la sustancia divina y la distinción de las personas en la Trinidad. (Tía Corina, que lee en este instante por detrás de mí esto que escribo, me sugiere que les recomiende la lectura del libro *Los Reyes Magos. Historia y leyenda*, del profesor Franco Cardini, no sin avisarles de que se trata de un estudio árido y un poco desordenado.)

i) aquellas entelequias itinerantes tuvieron nombres diversos: en griego, Malgalat, Galgalat y Sarathin; en hebreo, Appellius, Amerius y Damascus; en sirio, Larvandad, Hormisdas y Gushnasaph; en armenio, Kagba, Badalima y no sé qué, etcétera (y con grafías oscilantes, claro está). En el llamado *Libro de la Caverna de los Tesoros*, que se supone compuesto en Mesopotamia entre los siglos V y VI, se atribuye a los magos un origen caldeo y se les identifica con Hormizd de Makhodzi, rey de Persia; con Jazdegerd, rey de Sabá, y con Perod, rey de Seba; en un manuscrito datado entre los siglos VII y VIII, a los reyes se les denomina Bithisarea, Melichior y Gathaspa, y así hasta que ustedes quieran;

j) hay quien marea la hipótesis de que los tres reyes representarían a las tres familias descendientes de Noé, custodio del zoológico flotante;

k) son varias las ciudades que se arrogan el privilegio de haber sido el punto de partida de los magos. (Marco Polo, por ejemplo, cuenta que la expedición partió de Sabá, donde aseguraba haber visto los sepulcros de los Reyes Magos, cuyos cadáveres estaban «todavía enteros, con cabello y barba».) Si, según el evangelio de san Mateo, los reyes venían «de Oriente», tía Corina y yo, después de ponderar diversas fuentes documentales, nos arriesgamos a deducir que por fuerza debían de proceder de Persia, Media, Asiria o Babilonia, que eran los únicos reinos orientales en que estaba instituido un sacerdocio de magos en el momento en que nació Jesucristo; su ruta, por tanto, debió de ser más o menos la siguiente, si no calculamos mal ni interpretamos mal lo que leímos, que todo puede ser, porque teníamos en el aire demasiadas pelotas de malabarista: cruzaron el desierto de Siria, llegaron a Alepo (también llamada Beroea o Halab, según fuesen sus invasores de turno) o bien a Palmira (la maltratada Palmira, cuyas ruinas describió con asombro sombrío el inquieto conde de Volney), de allí debieron de encaminarse a Damasco, para proseguir rumbo al sur por la actual ruta de la Meca, bordearon por el oeste el mar de Galilea y el río Jordán, llegaron a Jericó y de allí al pesebre belenita, lo que supone un recorrido de unos mil ochocientos o dos mil kilómetros;

l) como resulta fácil apreciar, tía Corina y yo, a esas alturas de escudriñamiento, habíamos dado ya corporeidad a ese trío de fantasmas mágicos o de fantasmas regios o de fantasmas astrólogos, como lo hizo, a su modo, el pseudo Beda, que fue quien los caracterizó con profusión de detalles, incluido el color de los zapatos de cada rey. (En el siglo XIII, el arzobispo genovés Giacopo da Varaggio —conocido en España por el nombre imponente de Jacobo de Vorágine— se afanó también en establecer el nombre de los reyes, su origen, la naturaleza de la estrella y el simbolismo de las ofrendas.) Eran ya muñecos automáticos para nosotros, pequeñas figuras articuladas que avanzaban por tierras ásperas y ajenas, con el pelo terroso, a lomos de cabalgaduras sudadas. Aquellos nómadas alunados tenían ya huesos, y un corazón palpitante, y unos ojos fijos en el celaje anochecido;

m) el asunto de la estrella: un tópico. Entre los antiguos era una superstición generalizada el asociar el nacimiento de un dios, de un mesías o de un gran hombre con la aparición de una estrella insólita. (Fueron los casos de Abraham, de Julio César, de Pitágoras, de Zoroastro y de Krishna, por ejemplo.) (Aparte de eso, en el año 60 a. de C., el estro de Virgilio dispone que Eneas sea guiado por una estrella en un viaje a Troya, por ejemplo.) Santo Tomás de Aquino quiso ver en la estrella que guió a los magos de Oriente una manifestación del Espíritu Santo. Las modernas teorías de los modernos ociosos barajan infinitud de conjeturas sobre la estrella en cuestión: ¿una conjunción de Júpiter y Saturno?, ¿un cometa?, ¿una cambiante *stella nova*?

n) En ese batiburrillo que se conoce por el nombre de *Opus imperfectum in Matthaeum* se reproduce la siguiente leyenda, cuyo origen está en el *Liber nomine Seth* (también conocido como *Revelación de Adán a su hijo Seth*): existía un pueblo costero en Extremo Oriente cuyos habitantes estaban convencidos del advenimiento de una estrella que habría de conducirles hasta el Mesías. Movidos por la esperanza de aquel prodigio, eligieron a doce de los vecinos más versados en los arcanos de la astrología para que vigilasen la aparición de aquella señal. Cuando moría alguno de los doce sabios elegidos para espiar los cielos, su hijo o su pariente más próximo lo reemplazaba. Año tras año, después de recolectar las cosechas, subían los doce vigilantes celestes a un monte y allí se pasaban tres días rezando. Así generación tras generación. Hasta que un día se estampó en el cielo la estrella ansiada, que resultó tener forma de niño y sobre la cual se apreciaba una cruz de contornos difusos. De modo que pusieron rumbo a Judea, en una peregrinación que duró dos años. (Una historia muy similar la encontramos en el ya referido *Libro de la Caverna de los Tesoros*);

ñ) y muchísimas cosas que omito y otras muchísimas que

jamás conoceré, porque, a estas alturas de civilización, harían falta al menos tres vidas consecutivas para abordar la bibliografía existente sobre cualquier particular, por nimio y extravagante que sea, o quizá por serlo. (En un manuscrito del siglo XIII, pongamos por caso, se da por hecho que un remedio eficaz para la epilepsia consiste en murmurar al oído del afectado una jaculatoria en la que se repitan, como un mantra, los nombres de los tres magos y sus tres ofrendas.) (Y más aún: Roberto de Torigny, autor de la *Crónica Universal*, asegura que los tres cuerpos que san Eustorgio llevó a Milán estaban enteros y aparentaban tener quince, treinta y sesenta años de edad.) (Y así.)

Nos sorprendió el amanecer en esas faenas, amasando humo, y nos retiramos a dormir con la imaginación acelerada, que es mala cosa para el sueño.

Pero el sueño, aunque tarde, siempre llega y creo recordar que soñé que estaba muy sediento, que tenía un vaso de agua delante y que me resultaba imposible llevármelo a los labios. (Algo así, no sé, como la metáfora onírica de un desierto.) (O bien lo que un freudiano disponga, claro está.)

Cuando me levanté, más allá del mediodía, tía Corina había reemprendido la investigación, y allí estaba ella, tonificada por la ginebra y por la curiosidad, otra vez entre libros, con las gafas en la punta de la nariz. «Se nos ha pasado por alto algo fundamental.» Hice una interrogación con los hombros. «Todo el mundo sabe que el noventa y ocho por ciento de las reliquias que circulan por el mundo son falsas, de acuerdo. Pero ¿para qué puede querer alguien unos huesos que vete a saber de quiénes son? Si está claro que los Reyes Magos no existieron, ¿cómo pueden existir los huesos de los Reyes Magos y cómo puede existir alguien interesado en poseer los huesos de los Reyes Magos?»

Era una pregunta doble que me había hecho a mí mismo en el preciso instante en que Sam Benítez me planteó la oferta de trabajo, pero aún no tenía respuesta. Ni siquiera Sam la tendría, porque él no era más que un intermediario, ajeno a la esencia de los caprichos de la clientela, que a menudo resultan insondables. Pero el sentido común nos advierte de que el mundo es un raro lugar habitado por gente más rara que el mundo mismo, circunstancia que vuelve posible cualquier cosa improbable y que vuelve probable cualquier cosa imposible, y de ahí tal vez la condición circense de la vida. «¿Quizá una organización de delicuentes infantiles? Dime tú, por favor», bromeó tía Corina mientras pasaba el dedo por el párrafo del libro II de la *Historia natural* de Plinio, en el que da fe de que sus contemporáneos de Roma adivinaron a un dios en una estrella que tenía forma humana.

Una de las pocas personas que vienen a casa es Lolo Letaud, asceta cincuentón que fue profesor de griego y de latín en un instituto hasta que, hará cosa de un lustro, se desengañó de la pedagogía al advertir un factor básico de incompatibilidad entre el ablativo absoluto y los abalorios de plata que adornaban las orejas, las narices, el ombligo y los labios de su alumnado, al que Hélade le parecía un nombre de discoteca y al que los poemas de Virgilio le sonaban a jerga de tribu antropofágica, por no hacer mención siquiera de lo que sacaban en claro aquellos pupilos de una explicación relativa a los misterios de Eleusis, por ejemplo, porque Lolo se resistía a limitarse a la enseñanza de la lengua y procuraba ganarse a su clientela adolescente con esoterismos y mitologías, aunque ni por esas.

Tía Corina conoció por casualidad a Lolo Letaud hace un

par de años en la librería La Atlántida, ante la pequeña sección de clásicos grecolatinos. Entablaron conversación, y hasta hoy.

Como nadie vive del aire, aunque él lo intenta a brazo partido, Lolo Letaud anda empeñado desde que abandonó la enseñanza en escribir una novela de éxito popular, acogida al patrón moderno de los quimerismos históricos, y se dedica a manosear los temas que alimentan esa industria: la herejía cátara, el Grial, los enredos templarios, las intrigas vaticanas o los manuscritos del mar Muerto, entre otros, todos ellos mezclados con exotismos científicos y con piruetas criptológicas. Pero el problema de Lolo Letaud es que siempre hay algún autor que se anticipa a las intrigas que él concibe, quemándole así sus invenciones, y se ve obligado a abandonar el proyecto en el cenit de la inspiración y el entusiasmo. «Yo tengo mala suerte, Jacob. Y no deja de ser una cosa misteriosa la mala suerte, ¿verdad? Una especie de voluntad averiada», y le digo que sí, por no saber qué otra cosa decirle.

Las novelas inconclusas de Lolo Letaud forman una pila marchita de tramas descabelladas y trepidantes en las que se funde la historia con el delirio, el ocultismo con el espionaje y la solemnidad, en fin, con la subliteratura. Aunque me duele decirlo, su prosa tiene una cualidad grumosa, porque se le enredan las palabras a la hora de ponerlas en orden, así las tuviese muy claras en el pensamiento, que es una patología muy frecuente entre los aspirantes a la gloria literaria, de modo que, tras leer varios párrafos suyos, acabas siempre descolocado, ya que sus grumos sintácticos te trastornan un poco la cabeza, y no sabes bien en qué lío verbal estás metiéndote, que es algo que la mayoría de la gente sólo les tolera a los filósofos y a los redactores de los manuales de instrucciones de los electrodomésticos, que tienen en común la obligación de divulgar lo incomprensible.

Lolo Letaud viene a casa de vez en cuando por tres motivos: para ponernos al tanto de un nuevo proyecto, para leernos algún capítulo de una novela en marcha o para lamentarse de que le han pisado la idea.

Consulta Lolo con tía Corina los pormenores eruditos de sus ficciones, así como el radio imaginativo de tales ficciones, que jamás es radio corto. Por ejemplo: «¿Qué te parece si empariento a María Magdalena con Mahoma? De ese modo, dando por hecho que María Magdalena tuvo descendencia con Jesús, quedarían unidos los dos grandes linajes del islam y del cristianismo... Sería mi aportación a la Alianza de Civilizaciones». Y tía Corina enarca entonces una ceja, atónita ante aquellos desparpajos, y le dice que le parece una ocurrencia inmejorable, sin duda porque sabe que nunca la llevará a término, por esa desventura que persigue a Lolo Letaud de que siempre haya algún novelista que se anticipe a los vuelos de su musa dislocada.

«¿No se te ha ocurrido nunca escribir una novela sobre los Reyes Magos?», le preguntó tía Corina, porque ella anda preocupada por el día a día de Lolo, que vive de lo que le da el Estado por estar deprimido y de la pensión de su madre, que se pasó media vida limpiando un cine y una caja de ahorros para que su hijo pudiera colgar de la pared un título de licenciado en unas materias que ella no alcanza todavía ni a entender lo que son. «¿Los Reyes Magos?» Lolo Letaud se quedó meditabundo, hasta que se le iluminó la cara. «Es una idea aprovechable.» Tía Corina le advirtió de la existencia de una novela de Michel Tournier sobre el asunto, pero que eso no suponía un obstáculo, y era cierto, porque la obra del francés consiste en una mera reconstrucción legendaria, y la corriente intelectual de nuestros días prefiere las novelas que se sitúan en un marco contemporáneo para indagar en arcanos pretéritos, con el apoyo de todos los avances científicos y tecnológicos de los que pueda uno echar mano. «Además, la novela del pobre Tournier arranca de la peor manera posible: "Soy negro, pero soy rey", de lo que se deduce que no habla un rey negro del siglo I, sino un francés del siglo XX, así que tanto el punto de vista histórico como el hechizo de la ficción quedan desbaratados, ¿no os parece?» Y Lolo y yo le dimos la razón. «Un error tremendo de perspectiva histórica, psicológica y narrativa», apuntilló Lolo, y tía Corina y yo le dimos la razón.

«En realidad, con una Biblia en una mano y con un manual de física y química en la otra se puede escribir un *best seller* impresionante», le animó tía Corina, y Lolo en efecto se animó, convencido como anda de que, al margen de las veleidades de la suerte, el éxito es una cuestión de voluntad, una voluntad de dominio, concepto en el que coincide con Nietzsche, que acabó como acabó.

«Anímate a escribir una novela sobre el robo de las reliquias de los Reyes Magos. Lo único que tienes que idear es un motivo pintoresco para el robo, añadirle un poco de acción, arriesgar una suposición histórica sorprendente, introducir algún factor alquímico y arreglártelas para que, al final, el protagonista masculino acabe en la cama con la protagonista femenina, que incluso puede ser descendiente directa de Krishna, de Cristo o de Odín, según te lo pida el argumento», le sugirió tía Corina, jugueteando con nuestro problema. A Lolo Letaud le pareció todo aquello razonable, e incluso se mostró dispuesto a aplazar el proyecto que tenía entre manos: una novela sobre la vejez de Judas, que, con las treinta monedas que cobró por traicionar a Cristo, se había comprado un terreno en las afueras de Jerusalén, en un pago llamado Hakeldama (que en hebreo significa «el campo de la sangre», como ustedes saben), donde vivía sin problema alguno de conciencia, mientras que sus antiguos socios de apostolado, cegados por la ambición del poder espiritual, propagaban la doctrina del Maestro y se dedicaban a infamar a Judas, de quien hicieron correr la leyenda de que se había ahorcado, presa del remordimiento y la atrición. (Lolo nos confesó que la idea se la había brindado la lectura de la *Vida de Jesús*, de Ernst Renan, que tía Corina le prestó y que al día de hoy no nos ha devuelto, como tantos otros libros.) «Me pongo a la tarea enseguida», nos comunicó con mucha euforia, seguro de que aquella iba a ser la tecla buena, y sé que tía Corina pensó en ese instante lo mismo que yo: que dentro de un par de semanas aparecería una novela sobre el robo de las reliquias de los Reyes Magos, porque Lolo Letaud tiene la suerte de espaldas y, cuando la suerte adopta esa postura, no hay cosa en el mundo que consiga darle la vuelta.

Tía Corina me sugirió que llamase a Sam Benítez y que le exigiera más datos sobre el entramado oculto de la operación, porque todas las alarmas de nuestra suspicacia habían saltado. No es que aquel trabajo entrañase un grado mayor de absurdidad que cualquier otro (todos son absurdos, todos se resisten al análisis de la razón: haces un trabajo sin comprender para qué lo haces). No, ya digo. Era sólo una cuestión de instinto, y el instinto nos había avisado de algo. «¿De qué?» No podría yo especificarlo: el instinto no entra en detalles.

El problema era que Sam debía de andar ya por Tailandia, entre monjes y putillas, convertido en el diablo mexicano de Bangkok, con horario de loco. Varias veces le llamé, y todas ellas para nada.

«¿Por qué no llamamos a Vassil?», me preguntó tía Corina, y me pareció bien.

Vassil Dimitrov fue médico antes que anticuario. Escapó de la URSS de Kruchov en cuanto vislumbró una rendija y vagó durante años por Europa y América, hasta que se instaló en Frankfurt, dedicado a vender antiguallas y cosas que lo parecieran y a dar cobijo en su caja fuerte a mercancías de origen delicado. «Llámalo y pregúntale si no le importa darse una vuelta por Colonia para inspeccionar la catedral», y así lo hice. Descolgó una mujer. Como sólo parecía conocer el idioma alemán, que yo no domino, le pasé el teléfono a tía Corina, que intercambió con ella apenas un par de frases antes de colgar. «Vassil está muerto», me informó, con la mirada un poco ida. «Murió hace más de cuatro años», y cerró los ojos, supongo que para reconstruir la imagen de Vassil en su memoria. «A este paso, va a hacernos más falta un médium que un teléfono.»

Volví a llamar a Sam. Tampoco.

«Pues tú decides, ¿seguimos o lo dejamos?» Pensé en el anticipo: una pequeña fortuna en forma de cheque sin cobrar, que alegraría nuestras finanzas. Pensé en el negocio fallido con el argentino Casares. Pensé en lo breve y estrafalaria que puede ser la vida y en lo complicado que resulta subsistir sin sobresaltos ni tribulaciones. Pensé en la vejez galopante de tía Corina y pensé también en mi vejez, que canturreaba ya a la vuelta de la esquina próxima, pintarrajeada, con los tacones desmochados, con el bolso atestado de medicinas contra el dolor. «Por mí, adelante», le dije, porque hay ocasiones en que la sensatez se pone temeraria. De manera que, saltándonos a la garrocha la exigencia de Sam de trabajar con quien él nos indicase, empezamos a ponderar las cualidades de los distintos profesionales del gremio, a la búsqueda del personal idóneo.

«¿A la búsqueda del personal idóneo?», es posible que se pregunten ustedes. Y aquí se impone una explicación, a saber: tía Corina y yo, como en su día lo fue mi padre, somos gestores y organizadores de operaciones diversas, pero jamás sus ejecutores. Quiero decir que es más que probable que ustedes se mueran sin habernos visto trepar por los contrafuertes volantes de una catedral, romper una vidriera, descender por una cuerda hasta la nave, descerrajar el sagrario y salir de allí con un cáliz de oro del siglo XIV incrustado de zafiros, esmeraldas y amatistas, por ejemplo. No es esa nuestra tarea en este mundo. Nosotros, si recibimos un encargo de ese tipo, estudiamos, in situ y en planos, la estructura de la catedral en cuestión, hacemos un informe sobre su sistema de seguridad, su horario de apertura al público, etcétera; nos documentamos —por simple gusto, por mera curiosidad en la mayoría de los casos— sobre el cáliz del siglo XIV, pensamos en la persona adecuada para llevar a cabo la operación, le hacemos una oferta, le sugerimos un plan de actuación acorde con la información acumulada, le recogemos la mercancía lo antes posible y se la entregamos a quien corresponda en el lugar y hora que nos haya indicado. No es lo que se dice una epopeya, pero, aun así, les aseguro que resulta más cómodo relatar el proceso que llevarlo a cabo.

Con arreglo al escalafón y a la jerga del gremio, tía Corina y yo estamos en la categoría de los denominados «cobardes», aunque espíritus más amables se refieren a nosotros como «la retaguardia». La nuestra es, en definitiva, una labor de corretaje de mercadurías en las almonedas de un hampa de guante blanco, con un margen de beneficio que suele rondar el cuarenta por ciento del monto acordado por la operación. Ahora bien, si el cálculo de la estrategia degenera en un azar incontrolable, la cosa acaba en déficit, de lo que se resienten no sólo el bolsillo y el ánimo, sino también —y sobre todo— el prestigio: no sólo pierdes dinero, sino también la posibilidad de ganarlo, porque las noticias de las pifias las divulga la estafeta del viento, que siempre va con sellos de urgencia, y cuesta mucho borrarse el estigma de perdedor.

Por si acaso les interesa, les diré que entre los riesgos principales de nuestra profesión se cuentan los llamados «mensajeros falsos»: infiltrados policiales dedicados a tramar operaciones ficticias para intentar echarnos el guante, como es lógico, pero también para crearnos un clima de desconfianza, ya que se trata de una estrategia de eficacia sobre todo psicológica: no puedes fiarte de cualquier desconocido que te llegue con un ábrete-sésamo, lo que constituye un método muy astuto para reducir nuestro ámbito de operatividad y para condenar el gremio a la endogamia, por así decir, y más de cuatro andan penando a causa de su candidez o de su codicia, que siempre es ciega, o tuerta como poco.

Por otro lado, si algún factótum acaba entre rejas, el asunto se complica, ya que en el trato verbal suele contemplarse la cláusula de que el llamado cobarde tiene la obligación de asumir todos los gastos procesales que acarree esa contrariedad y de pasarle una pensión mensual al desventurado mientras cumpla condena, lo que es ya la ruina. En caso de incumplimiento por parte del cobarde, el factótum encarcelado (al que en la jerga de la profesión se conoce por el nombre genérico de «conde de Montecristo») adquiere el derecho moral de poder delatarlo sin que ello le reporte entre los del gremio una fama de confidente, que es fama mala en cualquier gremio, incluido el de los confidentes.

Una moral, en suma, un tanto asquerosilla, como casi todas, pero al fin y al cabo inevitable: la jacarandaina también necesita vivir atemorizada por sus propias leyes.

Tía Corina, mi padre y yo tuvimos una vez en la cárcel a Teo Friber, que conoció la prosperidad gracias a uno de esos golpes estelares de la suerte: estaba él en 1971 en Leningrado, atento a algún trapicheo cuya índole desconozco, cuando por casualidad se topó con un borrachín nativo que, tras muchos tanteos de desconfianza, le confesó, entre vaso y vaso, que tenía algo que podría interesarle, ya que Teo le había revelado su condición de marchante artístico. En esos casos, lo frecuente es que el tipo acabe enseñándote unos cuadros postimpresionistas que pintó su abuelo o una cacerola abollada que él imagina prehistórica. De todas formas, por respeto a la ley del por si acaso, se subió Teo de paquete a la motocicleta de aquel sujeto, que puso rumbo a las afueras de la ciudad. Cuando llegaron a una dacha ruinosa, el ruso le abrió un baúl repleto de iconos antiguos. Más de treinta. Un par de ellos del siglo XV, media docena del XVI y los restantes del XVIII y del XIX. Por lo visto, había encontrado aquel baúl bajo tierra hacía cosa de un año, cuando cavaba una fosa para enterrar un caballo de unos parientes suyos que murió de una anemia infecciosa o de algo parecido a eso. Con arreglo a la hipótesis del ruso, un grupo de terratenientes asustadizos, ante el temor de que los revolucionarios de Octubre se dedicaran a mandar a los creyentes junto a su dios por el camino más corto, habrían decidido enterrar los iconos heredados de una larga cadena de antepasados devotos, con la esperanza de poder recuperarlos una vez que los bolcheviques se calmasen. El hecho de que los iconos siguieran bajo tierra en 1970 sólo podía significar una cosa: que ninguno de sus propietarios logró sobrevivir a aquella confabulación de malentendidos escabrosos que propició la Revolución, hasta convertir Rusia en un matadero a escala industrial en los tiempos de Stalin, que tan mal hizo en nacer.

Los iconos se quedaron bajo tierra, en fin. Sus dueños murieron sin poder desenterrarlos, sin duda alguna porque ellos tampoco tardaron en estar bajo tierra. Ellos y, con toda seguridad, sus descendientes. Sea como sea, no quedó nadie que pudiera desenterrar los iconos. Murieron todos los que conocían el secreto, y con ellos murió el secreto de los iconos ocultos... Hasta que la divina Providencia se le manifestó al borrachín bajo la apariencia del cadáver de un caballo, porque esa Providencia da la impresión de tener domicilio en una tienda de disfraces y de artículos de broma.

Teo estuvo viviendo durante varios años a cuenta de aquel lote. Se compró una casa de campo en Mijas, se casó, se divorció, se arrojó a los brazos de las muchachas del champán y de la madrugada, se arruinó y volvió al trabajo. Tía Corina, mi padre y yo le hicimos un encargo de poca monta: chalet periférico, vacío en agosto, sistema de alarma rudimentario, dos grabados de Rembrandt. Salió mal. Casi dos años pasó Teo

Friber en una cárcel catalana, soñando con su época áurea de disipaciones y dispendios. Durante ese periodo, le ingresábamos cada mes el dinero que él consideró que le correspondía, para pagarle de ese modo su fracaso, su ineptitud y el gasto que quisiera hacer en el economato de la prisión. Para pagarle —sobre todo— su silencio.

Por eso hay que calibrar muy bien a quién se le encarga un trabajo.

Y, aunque lo calibres muy bien, ahí estará siempre el azar, calibrando por su cuenta.

Pero sigamos con lo nuestro, que no es poco.

5

Carambolas.
Una llamada en vano.
Los jueves de juego.
Un cadáver imprevisto.
Y algunas confidencias.

Cuando necesito una dosis de realidad me acerco a los Billares Heredia, y eso fue lo que hice aquella noche, porque andaba saturado de leyendas y de quimererías.

Soy un jugador pasable y no demasiado entusiasta, un esforzado desentrañador de la llamada teoría de los diamantes, que viene a ser algo así como el fundamento geométrico y a la vez metafísico del billar.

Allí soy «el profesor», no porque me haya atribuido esa categoría laboral ante la clientela, sino porque los habituales me la otorgaron como apodo. (Alguien que sabe de cosas, alguien con poco pelo, que no prueba el alcohol ni fuma, alguien que lleva siempre chaqueta y corbata: un profesor.) (Bien está.)

Suelo jugar con Mani, policía municipal jubilado que sueña con viajar algún día por América, porque tiene metido en el pensamiento que todo es allí prodigioso y desmesurado, desde el tamaño de la fruta hasta el corazón de las mujeres, pasando por la bravura de los volcanes; con Margalef, panadero de madrugada y montador de maquetas navales cuando no está durmiendo ni jugando al billar; con Estaban Coe, que traspasó su joyería cuando empezó a ver nublado, porque se le difuminaban los contornos del oro, y con Mahmud, un tangerino que en su juventud quiso ser muecín y al que el fluir inopinado de las casualidades convirtió en taxidermista, dedicado a inmortalizar trofeos de caza.

Hablamos tanto como jugamos, y se nos van las horas entre carambolas y paliques, cada cual interpretando a su modo el universo.

Es un reducto curioso: entre las paredes de color gabardina de los Billares Heredia, los ganadores decentes no sonríen al ganar, porque quienes están obligados a sonreír son en cualquier caso quienes pierden. Ese es el código. Al contrario que en otros juegos (con excepción del ajedrez y del póquer, que también son de ánimo frío), en el billar no caben las efusiones triunfalistas, porque le tomarían a uno por trastornado. El perdedor, en cambio, tiene que comportarse como un ganador, así tenga el alma en los pies, y conservar la impavidez cuando lo humillan. Un sistema de apariencias morales bastante exótico, desde luego, aunque respetado por todos los cabales.

(Un chasquido amortiguado, la bola blanca en movimiento, su runrún al rodar por el tapete, y luego, si el cálculo ha sido perfecto, dos chasquidos como chispas, y aparentar que no ha pasado nada, y no mirar a nadie, y moverse alrededor de la mesa como un oteador. Me gusta eso.)

Los Billares Heredia son, según les decía, un reducto de realidad. Pero en casa me esperaban nuevas irrealidades.

Cuando llegué a casa, pasada la medianoche, tía Corina, que andaba rellenando páginas de su diario críptico, me ofreció un vaso de leche y una noticia: «No sé si es una noticia buena o mala», y, por instinto, me puse en lo peor.

El caso es que había estado revisando el listín telefónico de mi padre, por si encontraba en él el nombre de algún profesional adecuado para la operación de Colonia, ya que los que estaban registrados en el nuestro no acababan de convencernos, y se había topado allí, entre viejas glorias y glorias difuntas, con el nombre de Abdel Bari. «Hay un número de teléfono, pero no creo que, después de tantos años, sirva de nada.» De todas formas, llamamos, porque no había mucho que perder. Un robot parlante informó a tía Corina de que se trataba de un número inexistente. Pero ella, que puede ser muy terca, llamó entonces a una operadora, que le brindó la actualización del prefijo, de modo que acabó hablando en un inglés arábigo con el dueño de una tienda de vestidos de bailarina que le juró no saber nada de ningún Abdel Bari. «Mala suerte.»

El hecho de que Abdel Bari hubiese tenido algún tipo de contacto con mi padre no era un detalle de relevancia, aunque, cuando me retiré a dormir, me aplazaron el reposo algunas desazones, que de inmediato enumero:

1) Abdel Bari no era, como había dado yo por supuesto, un mentiroso;

2) Abdel Bari era un mentiroso que a veces no mentía;

3) Abdel Bari era un mentiroso que decía la verdad mediante mentiras;

4) Abdel Bari, por tanto, me había dicho una verdad a través de una mentira;

5) estaba seguro de no haber visto a Abdel Bari antes de mi visita a su palomar, en contra de lo que él me aseguró;

6) porque nunca olvido una cara;

En torno al punto 25 me dormí. Y, como punto final, soñé —por segunda vez en mi vida— con Abdel Bari.

Me levanté muy tarde y con el ánimo confuso.

Reconozco que soy frágil de cabeza, porque tiende a llenárseme de brumas. Y se trata de brumas dolorosas.

Con esas brumas por dentro, me preparé un café, que a veces las disipa, aunque otras veces las adensa. («No tomes café. Sabes que te sienta mal.» Pero no, no lo sé, o no del todo.)

Les ruego, en fin, que me perdonen la insistencia, pero resultaba evidente que en el asunto del relicario de los magos ambulantes había un factor velado, cuya esencia, como era lógico y natural, se nos escapaba, porque ni tía Corina ni yo somos adivinos.

¿De dónde le vino el encargo a Sam Benítez? Pues a través de otro intermediario, ya que esta profesión nuestra funciona como una secuencia de subcontratas, por así decirlo, de modo y manera que si procuras saber cuál es el origen de algo, sólo consigues enterarte —y aun eso con mucha suerte— de un interludio al que precede otro interludio, y a este otro, y así. Somos eslabones que sólo tienen contacto con otros dos eslabones: la persona que te contrata y la persona a la que contratas. Eso es todo. Nadie conoce la longitud de la cadena ni su origen, salvo quien la origina, como es natural. Pero, en este caso, habían surgido al menos tres eslabones impertinentes: el cuentista Alif (y quien le mandara), Abdel Bari (y quien estuviese detrás de él) y el vendedor del báculo prodigioso (y quien le encomendara representar la pantomima). Sobre todo Abdel Bari, ¿verdad?, porque convengamos —no tengo inconveniente— en que lo de Alif y lo del vendedor callejero del báculo pudieran ser meras casualidades, magnificadas luego por mi suspicacia. De acuerdo. (Aunque lamento comunicarles, en sacrificio de la intriga, que no fueron casualidades, como más adelante se verá.) Ahora bien, lo de Abdel Bari se alejaba del ámbito de la casualidad: *sabía*. Y me amenazó para que no hiciese lo que, a esas alturas, yo había decidido hacer pasase lo que pasase, y aun sabiendo que no podía pasar nada demasiado bueno. Pero, al fin y al cabo, si algo pasa es que tenía que pasar, como supongo que diría un maestro zen inclinado al fatalismo cósmico, con el carácter atemperado por un continuo y-a-mí-qué, que es un sistema filosófico tan respetable como cualquier otro, aunque es posible que menos edificante que todos los demás.

Pero sigamos...

Los jueves por la tarde, tía Corina se pinta, se empolva, se pone un buen vestido y se va con sus amigas al Casino Novelty a retar a los crupieres y a las confabulaciones astrales. Una costumbre mítica: sus jueves míticos. Su duelo semanal con la contingencia, a vida o muerte, o casi.

Ese día duplica su dosis habitual de estimulantes, de modo que todos los viernes se los pasa en la cama moribunda, en coloquios trascendentales con el Ser y con la Nada, abatida por lo que ella denomina su «fatiguita miserere».

Viernes: catalepsia.

Para tía Corina, el Casino Novelty significa más o menos lo mismo que significan para mí los Billares Heredia: una visita de cortesía a la realidad. (Aunque ella vuelve de esas visitas en una alfombra mágica, haciendo eses por un firmamento de estrellas multicolores, por expresarlo de algún modo, y ese detalle —por desgracia— nos diferencia.)

El billar es un juego de destreza que sale muy barato si no te implicas en apuestas imprudentes, pero esa rara ludomanía que le entra los jueves a tía Corina, jugadora de lo que se tercie, admite más complicaciones, entre ellas la de quedarse sin dinero para pagar el taxi de vuelta, que entra en la categoría de las complicaciones frecuentes: «Por favor, baja y págale al taxista», y evita mirarme entonces a los ojos, porque sabe que trae los suyos descompuestos de tanto sondear el espectro criptomatemático de la suerte en los naipes urgentes del *blackjack*, en la bola nerviosa que gira en la ruleta, en el cartón de números aleatorios del bingo. De eso y del alcohol, desde luego; y de las cápsulas azules de su merlín de Andorra, y del Tiempo, que es el veneno más fuerte de todos, y sin más antídoto que la inexistencia.

Bajo y le pago al taxista. Subo y oigo vomitar a tía Corina en el baño. Y entonces lloro de un modo impasible, con lágrimas que resbalan hacia dentro y desembocan en ese lago artificial que se forma en la conciencia con todas las lágrimas que no hemos sido capaces de derramar a lo largo de nuestra vida.

Los viernes, mientras tía Corina deambula por los ámbitos de sus pesadillas morales o por sus duermevelas —las complicadas duermevelas, en las que somos y no somos quienes complicadamente somos—, viene Lola a limpiar y a poner en orden lógico las cosas de la casa, lo que significa que tengo que pasarme la tarde restituyéndolas a su desorden lógico: la yegua hindú de terracota (siglo XIV) en su ángulo preciso, el pisapapeles en forma de dragón bicéfalo (Hungría, siglo XIX) en su ángulo preciso, la mano de mármol de Zeus (imitación), con su rayo de mando, en su postura precisa... Y no por nada en especial: sólo, tal vez, por la misma razón por la que los actores que llevan ya varios centenares de funciones de una obra necesitan que toda la utilería esté en su sitio exacto, en el exactísimo sitio en que estaba cada cosa en el día del estreno, porque cualquier alteración distorsionaría el equilibrio de ese ámbito de ficciones, y una casa es también un ámbito de ficción: la mazmorra del ectoplasma en zapatillas, en coloquios consigo.

Lola lleva más de veinte años limpiándonos la casa, pero en todo ese tiempo apenas le habré oído pronunciar unas dos mil frases, y todas ellas sobre asuntos muy concretos. («Necesito bayetas», «Está mojado».) Nos tiene la casa, eso sí, llena de amuletos que ella misma elabora con mejor no saber qué y que esconde en sitios impensables para ahuyentar espíritus intrusos, para espantar estantiguas malévolas, para atraer la suerte... Y le dejamos hacer, porque no hay más remedio que interpretarlo como una majadería afectuosa, aunque a veces nos llevamos un sobresalto al abrir un cajón o una caja de zapatos.

Aquel viernes, mientras tía Corina destilaba en la cama sus excesos y Lola trastornaba nuestras cosas, bajé a comprar el periódico, como tengo por costumbre. Fui luego a La Rosa de California y allí, frente a una tarta de chocolate con raspaduras de mandarina que me resultó un poco dulzona, me zambullí en ese mar de papel que cifra un simple día del mundo, con su oleada de noticias casi nunca buenas, con su clima de naufragio general, porque los periódicos son el megáfono del tremendismo: varios muertos en accidentes de tráfico, decenas de miles de víctimas a causa de un maremoto, enfermedades nuevas, alguien pierde un brazo en la fábrica, alguien ha decidido asesinar... «Esto podría haberme pasado a mí», piensa uno. «Y es posible que me pase mañana.» Y así se nos fuga la vida, que es más supervivencia que otra cosa, por muy trascendentes que nos pongamos con respecto a nuestro papel en este cuento: siempre seremos víctimas potenciales del Lobo.

En aquello estaba yo, en aquel clima de espanto y moribundia, cuando leí el siguiente titular: EMPRESARIO ARGENTINO HALLADO MUERTO EN UN HOTEL MALAGUEÑO. Casares. Sé que no van a creerme, porque nadie cree —ni yo mismo— en las carambolas perfectas de la casualidad, pero el caso es que el empresario argentino «hallado muerto» era Casares, el magnate solitario, el incondicional de Tutankamón, el desengañado de las pirámides.

Casares. «Hallado muerto.»

Según el periódico, no se descartaba la posibilidad del suicidio. ¿Suicidio? No, por Dios. Los hombres como Casares no se matan: ellos colaboran a construir la realidad, a hacer que la rueda dentada gire, con su chirrido de eje mohoso, así el eje mohoso les triture el corazón. No. La gente como Casares no se mata. Ellos esperan, resignados o temblorosos, o ambas cosas a la vez, a que caiga el telón a su debido tiempo, porque quieren conocer a toda costa el desenlace de la tragicomedia, a pesar de ser un desenlace invariable: un poco de sufrimiento, un poco de estupor y, de pronto, la grandeza hueca de la Nada. (Y el olvido inmenso.) No. Ellos no tienen vida alguna que tirar por la borda, porque ni siquiera la muerte se da prisa en reclamarlos: son los longevos, los que llenan los asilos, los que saturan los hospitales, los que acaban perdiendo la memoria y la razón sin que la muerte se dé prisa ninguna en barrerlos con su escoba. Los que van de aquí para allá para crear una ilusión colectiva de realismo. Los que lampan por el dinero o lo derrochan o se vuelven avaros. Los hacendosos. Los atentos al reloj. Los que compran souvenirs. Los que yo qué sé.

No. Si la gente como Casares se suicidara, en tres meses el género humano sería una especie en vías de extinción y el Estado tendría que meter a los hedonistas en un zoológico, con un cartel explicativo colgado de los barrotes de la jaula.

No.

Volví a casa con el ánimo encogido, con la imagen del cadáver de Casares en el pensamiento: su brazo corto, la boca abierta, desbaratado y rígido, en una habitación de hotel repleta de bibelots.

Tía Corina no se levantaría hasta la noche, y en un estado de fragilidad que la mantendría ajena a cualquier cosa que no fuese la extrañeza ante sí misma: la sorpresa del no-ser, y al fondo el recuerdo impreciso de su trance de alcoholemia y ludomanía. Su ensayo general de muerte y de resurrección.

«Casares ha muerto», le dije en cuanto apareció por la biblioteca con cara de ciento veinticinco años. «¿Quién es Casares?»

Hay algo mágico en cualquier muerte, como lo hay en el número del prestidigitador que hace desaparecer ante nuestros ojos la paloma blanca que ha cubierto con un pañuelo dorado. En el preciso instante en que alguien muere, se produce un vacío infinitesimal en el universo, un vacío insignificante, pero un vacío al fin y al cabo: algo que faltará ya siempre, algo que se añade a la congregación ingrávida de las fantasmagorías.

Somos los frágiles y perecederos.

Somos la Historia Universal de Lo Visto y No Visto.

Pero, metafísicas melancólicas al margen, allí estaba aquella muerte en concreto, la de Casares. (Qué mala suerte, peregrino.) (Y sin tumba de oro.)

«La gente se muere, ¿qué quieres que te diga? No vayas a querer ver ahora conspiraciones donde sólo hay incidentes rutinarios. Un hotel de Málaga es un sitio tan bueno o tan malo como cualquier otro para oír la trompetería de los ángeles», comentó tía Corina, pero comprendí que sólo pretendía aliviar mis aprensiones, que eran también las suyas.

En los últimos días, llevaba yo dos muertos casuales: la turista de El Cairo y el turista argentino. Demasiadas muertes imprevistas. Demasiados turistas gafados. No suele ser el azar tan insistente, porque él está más por las volutas fantasiosas y por la renovación del repertorio, reacio a someterse a patrón alguno, y de ahí su condición de misterio insondable, aunque haya ocasiones en que nos lo veamos venir: basta con ponerse en lo peor.

A fuerza de no poder hacer nada, se trataba, en definitiva, de esperar acontecimientos, y el primer acontecimiento no se hizo esperar: aquella misma madrugada llamó Sam Benítez desde Bangkok.

«¿Qué pasó, mi cuate?» Intenté explicarle que lo mejor era que le encargase el trabajo a otro, pero me resultó imposible: Sam no paraba de hablar, con un ruido de fondo que le distorsionaba la voz, porque debía de llamarme desde una sala de juergas, por esa cosa tan suya de debatirse entre la ilusión del Prisma Teológico y las nostalgias babilónicas.

«El cliente me apura, compadre. Mira, tienes que llamar a Cristi Cuaresma.»

Según supe enseguida gracias a un informe rápido de Sam, Cristi Cuaresma era venezolana y vivía en Roma. Acababa de incorporarse a nuestra profesión después de haber sido durante más de diez años la novia de Federico Baluarte, el más cotizado y frío de los sicarios de Colombia hasta que murió a hierro, con arreglo a la maldición contenida en el refrán. «Esa es la hermana que necesitas.» (Hasta ahí la información que me dio, mientras de fondo sonaba un guirigay de karaoke.) Le dije —o al menos lo intenté— que prefería anular nuestro acuerdo en vista de las anomalías que estaban manifestándose incluso antes de empezar el trabajo. «Llama a la hermana Cristi y no me seas más puto baboso», y me dictó un número de teléfono.

Tras consultar el asunto con tía Corina, llamé a la tal Cristi Cuaresma, porque, aparte de haber cobrado el cheque el día anterior, la verdad es que no encontrábamos a nadie que nos infundiera confianza para la operación del relicario: los mejores andaban ocupados en otra cosa, o huidos, o retirados, o encarcelados, o trabajando por su cuenta, o vigilados muy de cerca no sólo por la Interpol, sino incluso por los guardias municipales de su barrio. Además, puestos en lo mejor posible de lo peor posible, nos pareció bien el hecho de dar trabajo a la gente nueva que se anima a meterse en esto, porque nosotros también fuimos jóvenes y mantuvimos la quimera preceptiva de querer comernos el mundo, aunque luego el único comensal resulte ser el mundo mismo.

Llamé, ya digo, a Cristi Cuaresma. Oí su voz en el contestador. Y resultó tener una voz de acero y seda que me recordó de inmediato, como traída del Más Allá, la voz de Natalia Aldunate.

«¿Quién es Natalia Aldunate?» No quería hablar de ella en esta crónica profesional, pero creo que ya va a resultar ineludible: surge un nombre y surge una historia.

Cuando la conocí, en 1986, Natalia pasaba una temporada con su padre, que era el agregado militar de la embajada chilena en Budapest, ciudad a la que había viajado yo con tía Corina y con mi padre para hacer una labor de corretaje en una venta masiva de muebles *art déco* que habrían de encontrar nuevo destino en los almacenes del difunto Giorgio Santini, anticuario milanés que, gracias a un ingenio insólito para marear a la clientela, logró vender tres santos griales auténticos y no sé cuántos cachivaches y despojos de celebridades, de héroes y de santos de todos los tiempos y países: unas sandalias de Julio César, una peluca de Giorgio Vassari, unas botas colegiales de Rimbaud, un anillo de la Laura petrarquista... Y todo lo que ustedes sean capaces de imaginar en sus delirios más floridos, porque Santini tenía el don de poder venderle al Vaticano una paloma disecada como si se tratase del Paráclito, y de aquel don vivió con mucha holgura.

En eso, nos invitaron a una cena fría en casa de Mikulas Szalay, aquel magiar intrépido y clarividente que, entre otras muchas iniciativas, puso los cimientos de la hoy boyante industria pornográfica húngara con rudas grabaciones caseras que luego vendía a una empresa británica dedicada a la distribución internacional de ese tipo de ficciones, pues para todo hay público bajo la luna.

Natalia estaba allí, de negro y rígida, con una copa en la mano, ausente y pálida, removiendo su cóctel con un dedo, distante y gótica, hasta que se sentó al piano y empezó a tocar algo creo que de Satie, algo leve y sombrío en cualquier caso. El enorme salón de Mikulas pareció llenarse de mariposas negras de papel. Luego, a petición del anfitrión, interpretó varios *lieder* con voz gélida y segura, como si estuviera dándole órdenes a su propia alma.

No me pidan, por favor, que les explique cómo ni por qué (les confieso que para mí también constituye hoy un misterio, un misterio... sobrevenido) acabé casándome con Natalia Aldunate, cuatro años mayor que yo, escapada de un matrimonio lleno de espinas y de varias relaciones espinosas: un corazón, en suma, escarmentado. (Lo más curioso de todo es que siempre he estado de acuerdo con aquellos herejes del siglo III que recibieron la denominación de «organistas impuros» y que predicaban que el matrimonio es una invención abominable, al atar las pasiones y desatar en cambio la procreación, pero se ve que nuestras convicciones dejan de resultarnos convincentes en beneficio de la provisionalidad de las circunstancias, que a veces entran en la vida como los maremotos y que se van como ellos, dejando atrás lo que suelen.)

Natalia se vino a vivir a España, a casa, con su piano, conmigo, con nosotros, y aquí celebramos la boda, más porque era necesario regularizar su situación que por frenesí, que también lo hubo de todas formas, por mucho que me cueste reconstruir al día de hoy ese sentimiento desmedido.

Tuvimos, como es lógico, unos meses de fascinación: la fumarola púrpura del mago. Pero hubo también casi dos años de angustia desde el instante en que ambos caímos en la cuenta de que nos habíamos equivocado de espejismo, que es una equivocación demoledora, porque te deja en situación de irrealidad ante una realidad contundente.

Cumplido el trámite inicial de salidas diarias y de regalos fortuitos, de viajes improvisados y de cama a deshoras, Natalia se pasaba el día en su mundo de partituras apesadumbradas y, por una parte, me sosegaba el hecho de que su pensamiento, que resultó ser de esencia muy turbia, estuviese entretenido escalando o despeñándose por el pentagrama, o sacándose de la garganta un despampanante si bemol séptima o lo que fuese. Pero, por otra parte, oírla cantar acabó dándome miedo. Y me daba miedo porque me la figuraba —qué le vamos a hacer— como un pájaro monstruoso en cuyo nido tendría yo que dormir esa noche. Me daba miedo porque, al oír sus melodías desoladas y perfectas, cerraba los ojos y me la imaginaba como una elegante arpía autista que posaba las garras en el teclado de su negro Schimmel esmaltado como un ataúd: su árbol funerario lleno de música.

(Las alucinaciones del corazón, en fin, resultan complicadas, ya sea para bien o para mal, o más generalmente para ambas cosas a la vez.)

El sueño de Natalia consistía en grabar un disco con temas propios, dejar al gentío con el alma en un equilibrio difícil entre la enajenación y el pasmo y, en consecuencia, que los grandes teatros de Europa le abriesen sus portones gloriosos, y a partir de ahí todo lo demás. Esperaba ella al hada de la varilla de centellas titilantes. Pero el hada no llegaba nunca, el hada esquiva de las grandes utopías, y aquella esperanza contrariada iba agriándola, de modo que, para echar fuera el veneno, se dedicaba a despreciar al mundo, incluido yo, como era de esperar, por privilegio de cercanía.

A tía Corina sé que nunca le gustó Natalia, y viceversa. Pero, al contrario que Natalia, tía Corina jamás tuvo un mal gesto hacia ella ni dijo media palabra en su contra. Ni cuando vino ni cuando se fue. Mi padre, en cambio, congeniaba con Natalia, y ella con él si no andaba demasiado envenenada de imposibles, y se reían, y cantaban a dúo coplas de cabaret, y mi padre jugaba a galantearla, y ella jugaba a hacerse la perrilla con el pobre viejo, que se resistía a dar carpetazo a los rituales de fascinación, así fuese con su nuera.

Tengo para mí, no sé, que el amor depende de una fórmula mágica casual: dices o escuchas la fórmula adecuada y el amor se produce, en ti o en el otro, o en ambos a la vez si la suerte está de cara. Un puro sahumerio verbal. La feliz logomaquia. Pero también está lo contrario: unas cuantas palabras equivocadas pueden hacer la función de antídoto.

Una noche, después de cenar, a tía Corina le dio por hablarnos de la astrología fantasiosa de los caldeos, que llegaron a predecir hechos futuros a clientes como Alejandro Magno, Antígono y Seleuco Nicátor, si hemos de creer al historiador Diodoro Sículo, que no siempre es de fiar, dada su inclinación a dar por verídico lo que de ningún modo podía serlo. «Los caldeos creían conocer muy bien la mecánica celeste, pero estaban convencidos de que la Tierra tenía forma escafoide y era cóncava. Ese es el problema de pasarse la vida mirando para arriba, que es lo que hacen los ciegos», bromeó tía Corina, y mi padre y yo nos reímos, pero Natalia no sólo no se rió, sino que apretó los labios para dejar muy claro que lo último que veríamos en ellos en ese instante sería una sonrisa.

Cuando nos retiramos a nuestro dormitorio, mientras se desvestía, Natalia pronunció, en fin, una combinación de palabras equivocadas: «A vosotros os divierten mucho las estupideces, ¿no?». Aquella frase no sólo me ofendía, aunque eso era lo de menos a esas alturas, sino que ofendía a mi mundo: te pasas la vida construyendo un castillo de arena y, de pronto, llega alguien, lo desbarata de una patada negligente y te dice: «He desbaratado tu castillo asqueroso, ¿pasa algo?». Y por supuesto que pasa. A partir de ese instante, todo quedó claro: se trataba de destruirnos el uno al otro en el menor tiempo posible y sin dejar torre en pie, y les aseguro que los dos nos empleamos a fondo en la tarea, porque nadie sale de un matrimonio como quien sale del cine (es decir, con el ánimo agradecido por el regalo fugaz de una ficción), sino como quien sale de una barraca de espejos deformantes (es decir, con una visión grotesca de sí mismo: monstruo mezquino de las piernas cortas, de la barriga de tonel, de la cabeza oval, de los brazos que arrastran por el suelo, gritándole a otro monstruo parecido).

Lo demás ya pueden imaginarlo: cuando en una relación amorosa se instala el rencor, a ver quién es capaz de espantar a esa corneja que ha sido desollada viva, que tirita en carne viva. A ver quién echa de su madriguera a ese animal al que le duele incluso el aire.

Cuando Natalia salió por la puerta para no volver, me pasé tres días en la cama con el ánimo de un fakir cansado de ser fakir, y ya me entienden.

Durante esos tres días purgativos, tía Corina no se apartó del lado de mi cama. Al dormirme, estaba allí, sentada en un butacón, leyendo. Me despertaba y allí seguía, y me ofrecía algo de comer, que yo rechazaba o probaba apenas, y me pasaba una toalla húmeda por la frente, porque había momentos en que se transformaba en el duendecillo de la fiebre mi agitación de espíritu. Incluso de madrugada, al escapar yo de alguna pesadilla por la escalera de incendios, allí estaba ella, dormida, con un libro caído en el regazo, o despierta y silenciosa en la oscuridad, vigilando a los dragones.

Cuando me levanté, le dije a mi conciencia que no había pasado nada, y mi conciencia me creyó en la medida de lo posible.

El espacio que había ocupado el piano quiso parecerme el hueco de un árbol talado, un tocón de silencio.

«No vas a encontrar a otra mujer igual», me reprochó mi padre, y recé para que fuese así.

Ya les he hablado, en definitiva, de Natalia Aldunate, y no pienso volver a hacerlo en mi vida, aunque les rogaría que me tolerasen una breve digresión, a saber: el amor es algo tan valioso, que nos resulta imposible intuir siquiera su precio. Se puede pedir por él lo que se quiera, al margen de la oferta del cliente. Y hay que pagarlo en oro, desde luego, porque ni siquiera acepta la plata: ofrécele a alguien en una bandeja de plata tu corazón macizado en plata y le escupirá.

Mi matrimonio fue, en resumidas cuentas, algo más que un fracaso concreto: fue, sobre todo, una decepción abstracta. Una decepción, para empezar, de mí mismo: en las arenas movedizas de mi corazón se caían a plomo las quimeras que intentaba levantar. (El corazón, fuente principal de la penitencia humana, según el ya mencionado Jakob Boehme.) Además de eso, no sólo supe que ninguna otra sirena iba a conseguir arrastrarme con la seducción de su cántico a una isla de alucinación y sufrimiento, sino que también comprendí que ninguna iba a tomarse la molestia de cantarme, porque las sirenas sólo montan su vodevil para los hombres sosegados y felices y no pierden el tiempo en cantar para los inquietos y dolientes, para los que huelen desde lejos a ruina, a insomnio, a diazepam y a psicoanálisis casero. De todas formas, alguna que otra hubo luego que, más que cantar, me susurró al oído su conjuro de destrucción camuflado de ensalmo (la leve Luisa, asustada del mundo; la astuta Lucía, devoradora del mundo), pero el problema era que yo había dejado de ser navegante para convertirme en náufrago de mí mismo, como si dijésemos, duro de oído ya para esas melodías, y solitario me quedé para los restos, pues solitario sigo al día de hoy, y creo que ya sin enmienda, porque se me ha pasado la edad de las rectificaciones. Perdí el valor, en definitiva, para arriesgarme en las apuestas del sentimiento, supongo que por la misma razón por la que alguien que sobrevive a una caída desde diez metros de altura no se queda con ganas de exponerse a otra caída, aunque sea desde tres metros. («Vente conmigo al país de las hadas», y contestas: «Gracias, pero de momento estoy estupendamente en mi país de gente que habla sola».)

En un plano menos simbólico, no me importa confesarles que soy cliente ocasional de una pantomima: Club Pink 2. (Su nube medio chernóbil de perfumes entremezclados. Sus bebidas a precio de elixir de la inmortalidad. Sus sacerdotisas sinuosas de corazón solitario y sibilino. Mis lumias lunares.) Una vez al trimestre, más o menos, entro allí con un ansia borrosa y salgo con una melancolía difusa, como quien accede a un palacio refulgente por el portón de los reyes y sale por la puerta de servicio al callejón meado por los gatos. Es mi dosis de sexo teatral, digamos; mi tributo amargo al instinto: «Veneno sin dolor de falso amor», según cantó un barroco. («Pobre hombre», pensarán tal vez ustedes. Pero no, no se crean: coloquen su subconsciente delante de un espejo y luego me cuentan lo que han visto.) La mayoría de las veces llego allí, me tomo un refresco mientras charloteo con alguna de las muchachas, le dejo una propina y me voy, porque se me muere de repente el deseo, que nunca ha sido dueño de mi voluntad, ni siquiera de joven, y eso supongo que gano, pues cualquier esclavitud es cosa de temer, así se disfrace de maravilla para los sentidos: siempre tiene trampa, y en casi todas las trampas caemos.

Sé, por algunos clientes habituales, que las chicas se refieren a mí como El San José, por lo del carpintero apacible. Un apodo hiriente, como suelen serlo, pero no me importa: ¿quién no pasa por ser un fantoche ante los demás fantoches? Las muchachas cambian de destino cada cierto tiempo, pero se ve que el apodo se transmite de una tanda a otra, y los apodos de los demás habituales también sobreviven a esas migraciones: El Gitano Merengue, El Delicado, y así, con arreglo a la inspiración satírica de su autora.

A veces —lo reconozco—, pienso en el amor verdadero como quien piensa en el mito de Eldorado o en la leyenda del unicornio: un algo envuelto en bruma, una fantasía cálida de la razón. Y algo inconcretable se reanima entonces dentro de mí por un instante, un sueño rápido que hace sonreír al durmiente. Pero me hago cargo de que ya no es momento de nada: si tienes casi sesenta años y estás descontento con tu vida, no tiene mucho sentido el plantearte un cambio de vida. El planteamiento es ya otro, más sencillo: ¿merece la pena seguir viviendo o no? (Y lo curioso es que viene a dar lo mismo una opción que otra.)

…Se me olvidaba comentarles que Natalia murió hace poco más de tres años en París, donde se dedicaba a cantarle a un médico jubilado, según mis noticias.

Pero dejemos a un lado las escabrosidades colaterales y sigamos con el asunto que nos ocupa.

6

El suicida esfumado.
El juego de las adivinanzas eruditas.
Cita en Roma.
La mano fría de la enfermedad.
Un envío incomprensible.

En cuanto me levanté, bajé a comprar el periódico para enterarme de los detalles de la muerte de Casares, pero no venía nada, porque los periódicos importantes se rebajan a informarnos de las tragedias pequeñas, de los crímenes provincianos, de los horrores intrascendentes y municipales del día anterior, así hayan ocurrido en una aldea de media docena de habitantes, pero al día siguiente todo ese remolino de sangre baladí deja de interesarles por completo, porque la realidad ha renovado el catálogo de tragedias, de crímenes y de horrores triviales y no hay sitio para tanto, de modo que las hemerotecas están llenas de novelas inacabadas que comienzan con el descubrimiento de un cadáver. De todas formas, me acerqué a ese kiosco enorme que está en la Avenida del Almirantazgo y que viene a ser algo así como el gran bazar de las realidades voladeras, con la esperanza de que algún periódico malagueño ampliase la información sobre el suceso.

No hubo suerte.

Al día siguiente, compré ese mismo periódico, pero tampoco había ninguna noticia referida a la muerte de Casares. Al día siguiente tampoco, y ya desistí.

Di por hecho que Casares, que no conocía a Abdel Bari, había muerto envenenado por Abdel Bari, que jamás conoció a Casares ni tenía motivo alguno para envenenarlo. Por eso llevan buena parte de razón quienes aseguran que la vida se basa en carambolas accidentales, en concordancias al tuntún.

...Aunque a veces —y a veces por fortuna— las cosas no son tan sencillas ni tan terribles como parecen a primera vista.

Cuando llegué a casa, tía Corina estaba leyendo. La diabetes va robándole visión, y estoy seguro de que si se ve privada algún día del don de la lectura, morirá del mal de Eratóstenes, aquel bibliotecario de Alejandría que, al comprobar que la debilidad de sus ojos le impedía leer, se dejó morir, desencantado y desdeñoso de todos los demás estímulos terrenales, pues los libros no eran para él cosas del mundo, sino cifra del mundo y arquetipos de la casi infinidad de cosas visibles e invisibles que lo componen.

«Escucha esto», y me leyó en inglés lo siguiente: «Mi cerebro es un palimpsesto y también lo es el tuyo, oh lector. Estratos infinitos de ideas, de imágenes y de sentimientos han ido superponiéndose, leves como la luz, sobre tu cerebro». Me miró por encima de sus gafas. «¿De quién es?» Amagué escarbar en mi memoria, para así seguirle el juego, ya que de un juego se trata: el juego favorito que tenía establecido con mi padre. Uno leía un fragmento, o una mera aporía, o un aforismo contundente, y el otro debía adivinar el autor, sin darse pista alguna. Cada acierto puntuaba, y tía Corina casi siempre estuvo por delante de mi padre a lo largo de los más de veinte años en que se divirtieron con esos rebuscados acertijos.

«Es fácil. ¿Seguro que no lo sabes?» (No, porque reconozco que no tengo buena memoria textual: los libros que he leído forman en mi memoria una bola húmeda de papel, y apenas recuerdo un centenar de frases más o menos célebres.) «¿Sterne?» No. «¿Samuel Johnson?» Tampoco. Y me rendí. «Thomas de Quincey. ¿Adivinas al menos de qué libro?» Le dije, por decir, que de *El asesinato considerado como una de las bellas artes*, que es lo único que he leído de ese desahogado. «No, lo siento. Es de *Suspiria de profundis.*» Y de pronto se quedó meditabunda, caminando con pasos indecisos sobre los algodones gordos del pasado, pensando sin duda en mi padre —que en buena medida también lo fue suyo—, ya que los difuntos pueden ser muy obstinados: nuestros muertos más íntimos no acaban de morirse nunca, precisamente porque se nos están muriendo a cada instante. «Tu padre detestaba a De Quincey. Decía que, de tanto fumar opio, acabó teniendo pinta de anciana vietnamita.»

Por cierto, no sé —y lo digo de verdad— si entre ellos hubo alguna vez una relación propia de amantes. Quizás al principio, cuando la niña Corina se transformó en una muchacha de formas rotundas y de mirada honda y transparente. Y el viudo... Es posible, ya digo, porque la vida es muy corta, y las noches muy largas, y el deseo muy terco. Pero si hubo algo, desde luego no prosperó, pues, desde que tuve conocimiento de las espirales invisibles de la realidad —si me permiten ustedes la expresión—, tía Corina y mi padre se trataban a veces como si fuesen dos hombres y otras veces como si fuesen dos mujeres, y no sé si me explico. Por otra parte, mi padre jamás trajo a ninguna mujer a casa, a pesar de ser él de naturaleza galante y de no tener miedo alguno a las melancolías derivadas de la fugacidad de los dones terrenales, y sospecho que de tarde en tarde se aliviaba las ansias a golpe de cartera para no complicarse el corazón con las marañas de otro corazón, conforme a la tradición atribulada que mantengo.

A tía Corina sólo le he conocido un pretendiente estable: Louis Campbell, aventurero múltiple de Louisiana, que estuvo durante un tiempo en la profesión hasta que, aburrido de incertidumbres y de clandestinidades, decidió montar un restaurante en Kalámata, allá en el Peloponeso. A principios de la década de los ochenta del siglo pasado, aquella relación cogió fuerza. Tía Corina hizo varios viajes largos con él, e incluso pasó un verano en aquella costa, y Louis paraba en casa cuando venía por aquí, siempre con sus chaquetas de aire náutico y su pelo blanco y sedoso de Romeo invencible, pero se ve que la pasión, según suele, acabó en humo, aunque todavía humea, porque se llaman en fechas señaladas y Louis no deja de invitarla formalmente cada año a que lo visite en su isla.

Aparte de eso, tía Corina sigue hablándome de algún que otro caballero que ha conocido en el Casino Novelty, en sus jueves de azares, y en la voz se le nota la ilusión crepuscular de un imposible.

—Oye, por cierto, ha llamado esa tal Cristi Cuaresma, que tiene nombre de monja travesti, en el caso de que tal cosa sea imaginable tanto para las monjas como para los travestis.

—¿Qué te ha dicho?

—Nada en particular. Que la llames.

Al oír la voz de Cristi Cuaresma, oía la voz de ese espectro de espinas que aún me hace sangrar un poco, y algo se estremecía dentro de mi conciencia con un crujido de hojarasca pisoteada, pero esquivé aquella especie de trampa acústica y concerté con Cristi una cita en Roma, a pesar de que intenté convencerla de que aquella cita era innecesaria y sólo reportaría gastos, ya que podíamos vernos en Colonia unos días antes de llevar a cabo la operación y precisar allí mismo los detalles. Pero se ve que hay gente con principios muy sólidos, por lo general a costa de los principios ajenos. «El domingo a las nueve en el restaurante Da Luigi, en Piazza Sforza Cesarini. Tú invitas», y le dije a todo que sí. Como un recluta.

Tía Corina volvió muy de madrugada de su peregrinaje semanal en pos de la fortuna fortuita, de perseguir las pompas de jabón de los números venturosos con un cazamariposas agujereado, siempre a la espera de que la suerte le brinde su enorme sonrisa de gato de Cheshire (ya saben: aquel gato de aspecto diabólico —cualquier felino sonriente tiene por fuerza ese aspecto— con el que se topó la niña Alicia en el complicado País de las Maravillas). Por si acaso tenía que bajar a pagarle al taxista, la había esperado viendo uno de esos debates televisivos que giran en torno a los fangales de la mundanidad, con sus celebridades fugitivas y vociferantes, al que siguió un documental en el que se especulaba con la localización del monte Sinaí.

Llegó derrotada por fuera, pero por dentro victoriosa, con la euforia estampada en unos ojos que se le cegaban de agotamiento. «He ganado durante toda la noche, como si fuese la dueña del talismán infalible que Ruperto de Cavendish le vendió al falso sultán de Witu, ¿te acuerdas?»

Los viernes, como he dicho, tía Corina se los pasa en cama destilando venenos y sólo se levanta un rato a mediodía para que Lola le arregle la habitación y hacia la medianoche para tomar algo, medio sonámbula, hasta que el sábado por la mañana vuelve a la vida con buen son, dentro de lo que cabe. Pero aquella noche no se levantó y me inquieté mucho, de modo que llamé a la puerta de su alcoba y, al no tener respuesta, entré con más pánico que sigilo, temeroso de que la muerte, disfrazada de sueño, se la hubiese llevado.

Parecía no respirar. De todas formas, comprobé que tenía una fiebre altísima, lo que, a pesar de ser una señal muy mala, era una señal buena. Estaba empapada en sudor. La zarandeé, pero no reaccionaba. Pronuncié su nombre no sé cuántas veces, a modo de conjuro nervioso. Y así hasta que soltó un gemido que pareció salir del centro mismo de la agonía, y luego tuvo una convulsión, y pronunció una palabra rota en pedazos: «Agua».

Llamé a un médico que tardó cinco o seis eternidades en venir. «Coma diabético», diagnosticó. Al rato, dos enfermeros entraron por la puerta y nos fuimos en una ambulancia.

Como era de temer, la dejaron ingresada en la UCI, a cara o cruz.

Salí del hospital a media mañana, cansado de cuerpo y de incertidumbres, de estar sentado en una silla de plástico, de presagios adversos, con la luz de los tubos fluorescentes metida en los ojos como una alucinación de blancura.

Nada más llegar a casa, me acosté, pero el sueño me huía, supongo que por culpa de esa ley universal que hace difícil la consecución de cuanto se desea, por insignificante que sea lo que se desee. (Dormir un par de horas, por ejemplo.) Me levantaba. Me acostaba. De nuevo me levantaba. No quería tomarme un ansiolítico por si acaso avisaban del hospital y me pillaban deambulando como un bobo por una arcadia química, como quien dice, y también porque en ese instante estaba convencido —no me pregunten por qué— de que aquel dolor me pertenecía y no debía abandonarlo.

El presentimiento de que tía Corina iba a morirse me desgarraba, por esa cosa que tienen los presentimientos de querer apoderarse de más realidad que los acontecimientos mismos. Lloraba por ella y lloraba por mí. Lloraba por nuestro mundo en miniatura, nuestro pequeño mundo de saberes inútiles y de negocios anómalos. Lloraba por el pasado, por el presente y por el futuro, ese futuro que suele ser para la mayoría de la gente —yo incluido— la categoría más devaluada del tiempo. Lloraba porque me veía llorando en el espejo y porque el llanto llama al llanto. Lloraba de lástima por ese individuo que lloraba ante mí con mi cara, con mis ojos, con mi corazón atenazado por el presagio de un vacío irreparable. (Mi ectoplasma en pena, mi sosias borroso, mi desdibujo.)

«¿Jacob? ¿Cómo va eso, cabrón?» Sam Benítez seguía sembrando el terror hedonista en Tailandia. Le pinté el panorama y le dije que tendría que aplazar mi cita con Cristi Cuaresma. «¡Qué chinga nos pusieron!» (Sí.)

Quedó en llamarme al día siguiente para ver qué rumbo tomaba la cosa, aunque las expectativas eran pesimistas: tía Corina podía morirse o bien seguir moribunda, según el médico.

Como en casa sólo conseguía desasosegarme, me tomé un café y volví al hospital.

«Va bien», me dijo una enfermera con aspecto de bailarina. «Está fuera de peligro, pero habrá que esperar la evolución», me dijo un médico con aspecto de niño que juega a las resurrecciones con los polvos sobrenaturales de su estuche infantil de mago.

Me permitieron entrar a verla durante un momento, a través de una cristalera. Tía Corina era un bulto blanco y dormido entre paredes blancas, entre utensilios sin color, entre figuras blancas: la escenografía de la nada misma. «Tiene que salir», me indicó la enfermera con aspecto de bailarina, y volví a sentarme en el pasillo, a pensar en lo que menos quería pensar.

Tras aquella sucesión de puertas prohibidas para mí, en la cámara hermética de las grandes dudas, tía Corina estaría sumida en esa clase de pensamientos que sólo pueden compartirse con uno mismo, y a veces ni siquiera eso.

Y mi reloj era lento como una vida.

Llamé a Cristi Cuaresma para postergar nuestra cita, circunstancia que advertí que le fastidiaba bastante, sin duda porque estaba deseosa de entrar en danza, que es lo que nos ocurre a todos cuando somos nuevos en esto: nos impacienta el placer de comprobar lo fácil que resulta alterar el orden del universo en cuestión de minutos y ganar además un poco de dinero a costa de esa alteración.

En el contestador tenía varios mensajes de Sam Benítez, todos ellos frenéticos y confusos, de manera que decidí desconectar el teléfono.

Al tercer día, a tía Corina la bajaron a planta. «A partir de ahora, seré una filósofa profesional», me dijo nada más verme. Por un instante, temí que se le hubiese ido la cabeza, que es lo que les ocurre a muchos enfermos después de haber puesto un pie en el Más Allá, trastornados por ese viaje a medias y por los efectos imprevistos de las compotas de fármacos. «¿Recuerdas lo que decía Platón, aquello de que la filosofía es una meditación en torno a la muerte? Pues bien, yo he estado un buen montón de horas meditando sólo y exclusivamente en la muerte. Sólo en eso. Un curso intensivo. De modo que creo que merezco al menos un diploma.» Y nos reímos. Y la vida pareció restablecerse. Y ella estaba mal pero feliz. Y yo estaba aterrado pero feliz.

Tía Corina compartía habitación con una anciana instalada en quién sabe qué limbo, con la boca siempre abierta, respirando a compases de agonía, como si quisiera tragarse la vida. «Ahí tienes la representación más clara de la prueba de san Anselmo para demostrar la existencia de Dios», dijo, señalando a su vecina de purgatorio. «Hay que ser el emperador cósmico para concebir esta canallada, porque a una persona vulgar no se le ocurriría una cosa parecida», y me estremecí, y me acordé de paso de aquella coplilla de los tiempos del barroco que decía que bien está que tengamos que morirnos, pero envejecer, ¿por qué?

Charlamos durante un rato sobre nada en concreto, que es de lo que hablan las personas alegres que temen la disipación de su alegría, y me fui a casa, donde me aguardaba una sorpresa.

«Ha llegado esto para usted», me dijo Elías, el portero del edificio, que es un hombre curioso: hace más de veinte años que no se mueve del cubículo de la portería, pero si tienes la imprudencia de seguirle la conversación, te cuenta sus viajes por los lugares más raros de la Tierra: «El año pasado, cuando estuve en la República de Kazajstán para visitar a mi hermano pequeño, que es allí cazador...». Cuando no anda resolviendo sus tareas, Elías se enfrasca en un atlas, que para él compendia la realidad: allí están todas las ciudades y todos los desiertos, todas las tormentas pasadas y venideras, la infinitud engañosa de los mares, toda la nieve, todas las historias posibles... A vista de pájaro, a vista de Dios. El mundo entero en miniatura, igual de manejable que un juguete, y, detrás de cada nombre, un tesoro escondido: el oro líquido de la fantasía.

«Lo trajo el cartero esta mañana», y Elías, el cosmopolita quimérico, me entregó una especie de palo envuelto en papel de estraza, con mi nombre, sin remite.

Era raro: casi nadie sabe dónde vivo. Todos los envíos me llegan a un apartado de correos. A casi nadie doy la dirección de mi casa ni mi número de teléfono, por un motivo fácil de imaginar: si alguna vez necesito un escondrijo, ya estaré en el escondrijo.

Rasgué el envoltorio mientras subía en el ascensor y al instante tuve entre las manos el báculo que aquel tipo del que ya les hablé intentó venderme a la puerta de mi hotel en El Cairo; aquel báculo que, según parece, contenía el alma inmortal del mago Tamiro o tal vez Temuro, quienquiera que fuese aquel fascinador.

Como pueden ustedes suponer, me quedé menos inquieto que asombrado, con la cabeza repleta de interrogantes huecos y, sobre todo, de signos de admiración, que es de las peores cosas que pueden pasarle a una cabeza humana.

Aquello era un mal síntoma de algo que ignoraba, ¿verdad? Y les confieso que se me hundió el ánimo: estoy un poco mayor para soportar con entereza los misterios que derivan en misterios, pues el entusiasmo ante lo misterioso suele ser privilegio de juventud. Además, a estas alturas de la vida, los misterios vienen a ser fracasos de la razón, porque ya está uno en edad de comprender que en nuestro mundo no hay misterios, sino que todo es un misterio inabarcable, una matemática fantasmagórica, un mecanismo incomprensible aunque perfecto: el álgebra del sin porqué. Los pequeños misterios que nos fascinan o que nos atormentan no son más que parodias del gran misterio básico: el misterio anonadante de vivir en un universo que procuramos interpretar con la ayuda de una mente que ni siquiera consigue interpretarse a sí misma.

Pasado el pico agudo de la sorpresa, advertí que había un trozo de papel enrollado en el báculo, sujeto con cinta adhesiva. RECUERDO DE EL CAIRO. La letra parecía de pendolista, entre arábiga y gótica, con cimeras y rabos.

Pero la caligrafía era lo de menos, ya que lo de más era mi cabeza, que no acertaba a encajar aquello en ninguna zona de la realidad, ni siquiera en las más suburbiales, digamos, como lo es por ejemplo la zona del absurdo, a la que van a parar tantísimas cosas.

Por la tarde fui al hospital. Tía Corina tenía muy mal aspecto, aunque intentaba bromear a toda costa, que es un método como cualquier otro de expresar el pánico. «¿Sabes? Cada vez que me traen la comida, me acuerdo de tu padre, que decía que los menús de hospital tienen sabor a cadáver. Te ponen pollo y no te sabe a pollo, sino a cadáver de pollo.

Te ponen sopa y no te sabe a sopa, sino a bilis de muerto. Hasta la fruta huele a morgue.»

No le comenté lo del báculo, como es natural, porque demasiado tenía ella con lo suyo. Y allí estuve hasta la noche, hablando de intrascendencias, leyéndole fragmentos del libro de Geoffrey Parrinder sobre la brujería, que me había pedido que le llevara («Así practicamos un poco de inglés y, si se tercia, un poco de brujería»), y admirándonos de que en la década de los treinta del siglo pasado hubiese todavía en África perseguidores de brujas: los llamados *bamucapi*, que obligaban a las sospechosas a beber una pócima que garantizaba casi al cien por cien la anulación de su vicio diabólico; en caso de que alguna se animara a reincidir en las prácticas hechiceras después de haber bebido la pócima, se le hincharía el cuerpo hasta extremos impensables, y pesaría tanto que resultaría imposible trasladarlo a una tumba cuando muriese, de modo que quedaría insepulto, para festín de fieras. «Pues así me veo yo como no me den pronto el alta. Esta inmovilidad está matándome de aburrimiento. Ahí viene ya la ayudanta del *bamucapi*.» Y entró una enfermera con una bandeja de pastillas.

Le di compañía durante un rato más y me fui a casa, con mucho desasosiego.

7

En Roma.
Peculiaridades de Cristi Cuaresma.
Las espirales de la alucinación.
Historia del Falso Príncipe.

«¿Dónde chingados te metiste?» Sam Benítez había prolongado su estancia tailandesa, sin duda porque se encontraba allí a sus anchas, crapuleando y trascendentalizando a su antojo, por esa cosa anómala y bipolar que tiene él dentro de la cabeza, aunque no descuidaba nuestro asunto. «Oye, cuate, hay que arreglar eso enseguida.» Le comenté lo del báculo, pero no quiso darle importancia. «Eso son pendejadas», y de ahí no logré moverlo.

Tía Corina estaba mucho mejor, aunque seguía hospitalizada. Le referí los apremios de Sam. «Vete a Roma. Ya me encuentro bien. Vas, resuelves lo que tengas que resolver y en cuanto vuelvas nos ponemos a la tarea... Y no te olvides de sacrificar allí una paloma para que Apolo nos lleve por el buen camino, que falta nos hará.»

Fui a la agencia de viajes y le encargué a Nati un billete para Roma, con la fecha de regreso abierta, en previsión de imponderables. (La diligente, la amable Nati: casi cuarenta años detrás de una mesa, ante la miniatura de un avión, mandando a miles de noveleros y de comerciantes a trotar por las siete partidas del mundo, y ella sin moverse de allí por culpa de su pánico a volar: esos dragones frágiles que pueden morir en pleno vuelo...)

Llegué a Roma a la caída de la tarde. Hacía mucho calor, y a mí el calor me pone endeble y melancólico —de modo que prefiero no imaginar lo que me espera como la leyenda escenográfica del infierno resulte ser literal.

Decía mi padre que Roma es algo así como una gran dama que se tira un pedo en público y sigue siendo una gran dama. Ya saben: el mármol y la mugre, la ruina prestigiosa y la chatarra, el capitel caído y la lagartija, las musas parnasianas y las monjas, los dioses olímpicos y los curas, la huella arquitectónica de Bernini y la de Mussolini... Y todo formando un todo, inseparable. Una constelación en cuatro letras.

Cristi Cuaresma había vuelto a citarme en el restaurante Da Luigi, de modo que para allá me fui en cuanto dejé la maleta en el hotel Locarno, que es donde nos alojamos los de la familia desde siempre cuando vamos a Roma y que queda al lado de la plaza del Pópulo, con un vago aire *art déco*, ajado ya, sin figuras criselefantinas de sílfides ni cuadros de ofelias adolescentes o de náyades cadavéricas, pero grato y discreto, y silencioso, aunque para mi gusto un poco caro, porque dormir en Roma cuesta más que vivir en el 80 % del resto del mundo.

Cuando entré en el restaurante Da Luigi y eché un vistazo a la clientela, comprendí que sólo una de todas las personas que había allí podía llamarse o hacerse llamar Cristi Cuaresma. Sólo una.

—¿Es usted Cristi Cuaresma?

—¿Jacob? Te imaginaba más...

Pero no terminó la frase, de modo que me quedé con la intriga de la índole de aquella expectativa defraudada, y supongo que mejor así.

No sé si este tipo de cosas deben contarse, pero no tengo inconveniente en reconocer que, en mis tiempos universitarios, cuando estudiaba Historia del Arte, me impresionaban las muchachas. Me sentaba en clase lo más lejos posible de ellas, porque me inquietaba su cercanía en la misma medida en que inquieta la proximidad de un abismo por el que no tienes valor para arrojarte. Me quedaba mudo en su presencia, hipnotizado ante esa aleación de carnalidad y de magia. Supongo que por esa razón me menospreciaban. Pero lo curioso es que ya no me impresionan ni lo más mínimo. Ya no me duelen. (Vas a un museo, no sé, y no te angustia el no poder ser dueño de esos cuadros magníficos, de esas esculturas suntuosas.) (Pues igual.) (Por otra parte, y en última instancia, recuerden: Club Pink 2. El museo abierto para ti de cuatro de la tarde hasta la madrugada delincuente, por minutos, a cambio del dinero que estés dispuesto a gastar en hologramas.) (Por cierto, no existió nunca el licenciado Vinuesa. La carrera la dejé en el tercer curso, porque el estudio y valoración del arte me lo impuso la vida como una disciplina laboral, y ya me entienden.)

Cristi Cuaresma era muy hermosa. Hermosa y áspera. A punto de entrar en la cuarentena al son de una marcha triunfal. Se le leía en la mirada que Federico Baluarte, el sicario colombiano, le había hecho muchas perrerías psicológicas y sexuales, y tenía además en los ojos ese helor diamantino de quien ha visto lo que no debiera.

Nos sentamos. Cristi llevaba un vestido negro de tirantes y el pelo corto tintado de mechas purpúreas. El hombro derecho lo tenía tatuado con volutas exóticas que formaban maleza, y una especie de lagarto de escamas de arabescos le descendía por el brazo.

«¿Me has traído dinero?» Y le contesté que aún era pronto para resolver ese particular, pues nadie paga por nebulosas, lo que no le cayó bien, aunque pareció resignarse, que es virtud de los grandes sabios y de los grandes pícaros. «Sam me ha dicho que tienes que darme doce mil euros», y le repliqué que los honorarios los fijaría yo una vez que el plan estuviese definido, lo que le cayó aún peor que lo otro.

«¿Qué coleccionas?», me preguntó, mientras desplegaba la servilleta, con la misma voz de quien he prometido no volver a mencionar. Le dije que nada. «¿Nada? Yo colecciono historias que, a fuerza de ser sublimes, acaban resultando ridículas.» Asentí, que es lo menos que puede hacer uno cuando descubre un engranaje defectuoso en la mente de la persona a la que acaba de conocer. «¿Sabes cuál es la última que he añadido a mi colección?» Y negué con la cabeza, que es lo menos que puede hacer cualquiera cuando una persona a la que acaba de conocer le propone orgullosamente un misterio idiota. «La de Madame d'Audiffret», y de nuevo asentí, aunque no sé por qué, pues de nada me sonaba esa madame. «¿Conoces su historia?» Y le di la respuesta correcta. Sacó del bolso un paquete de tabaco. «¿Fumas? ¿No? ¿Qué edad tienes?» Pronuncié una cifra desagradable. «¿No crees que ya va siendo hora de que empieces?» Y volvió a lo de Madame d'Audiffret: de origen español, fue casada a los quince años con un marqués que, como regalo de boda, le dio unas muñecas. De formación muy religiosa y de natural muy libertino, en cuanto se aburrió de las muñecas se hizo amante del príncipe monegasco de turno, de quien se dice que tuvo un hijo. Luego se arrojó a los brazos de Charles Haas (el modelo del Swann proustiano), de quien tuvo una hija. A la muerte de su marido, ingresó en un convento, arruinada y monógama de Cristo. «¿Qué te parece?» Y le dije que muy bien. «¿Bien? Es una historia asquerosa», y de nuevo asentí, por no ocurrírseme otra cosa mejor.

«¿Qué vino te apetece?» Le dije lo único que podía decirle. «¿Que no bebes?» Y me miró como si acabara de asegurarle que el planeta Tierra tiene forma de sacacorchos. «No coleccionas nada, no fumas, no bebes... Seguro que ni siquiera te metes anfetaminas en las meriendas de cumpleaños de tus sobrinos.»

Bien está. En esta profesión nuestra abunda la gente peculiar y pirada, demasiado peculiar y demasiado pirada a veces. (Ahí tienen ustedes a Sam Benítez, sin ir más lejos.) Pero suele tratarse de gente peculiar y pirada que, por no sé qué paradoja venturosa del carácter, aplica la sensatez a las cuestiones relacionadas con los negocios. (Me acuerdo ahora, no sé, de Chano Espinosa, que se transformaba en un mono destrozón cuando bebía, patoso como nadie y camorrista, y que nunca sabía con certeza con cuántos dientes ni con cuántas orejas iba a volver a casa, pero que jamás probaba una gota cuando estaba metido en algo.) (O de Chelo Ponce, que era temerosa de Dios, devota de las santas y los santos y admiradora conmovida de los mártires, lo que no le impedía salir de cualquier iglesia con una saca repleta de custodias, portaviáticos, portapaces y navetas.) (O de Perro Contreras Suárez, indito de Cochabamba, difunto luego de carretera, que cogió la mala costumbre de quemar las discotecas y bares franceses en que le negaban la entrada por su pinta de antropófago hambriento, pero que fue capaz de organizar y ejecutar algunos de los mejores golpes que se recuerdan, como por ejemplo el de cambiar cuatro pequeños bronces de Degas, cuando estaban en un taller de restauración, por réplicas en estaño, que son las que siguen exhibiéndose en el Quai d'Orsay.) Pero Cristi Cuaresma me pareció, al pronto, una mera pirada, demasiado pagada de sí misma, demasiado bravía para tener temple, impresión que vi reforzada cuando, después de explicarle el asunto del relicario de los magos errantes, me dijo que quería trabajar con el Penumbra.

El apodado Penumbra es hijo del checo Honza Manethová, que tuvo mucho prestigio en la profesión durante la década de los setenta hasta que murió de su muerte en un hotel de Helsinki, donde se hallaba trajinando la venta de una colección de incensarios de plata perteneciente a un obispo alemán que tuvo la insensatez de acoger como asistente a un efebo no recuerdo si palestino o turco que, al cabo de una semana, desapareció al mismo tiempo que los incensarios, dejando maltrecho por partida doble el corazón de su ilustrísima.

A este Penumbra, que era un niño cuando murió Honza, se le aceptó más tarde en la profesión por respeto a la memoria de su padre y por compasión hacia su madre, que quedó desvalida en las cercanías de Waterford, allá en Irlanda, en una casa de pescadores junto al mar Céltico, donde a Honza le dio por localizar el sueño siempre postergado de dedicarse a la pesca con caña y a la meditación, dos ilusiones que una vez tras otra acababan desbaratadas por su tendencia natural al póquer y a la asechanza de las mujeres, que era por donde desaguaban sus fortunas repentinas, sucesivas y fugaces.

Al día de hoy, al menos hasta donde sé, el Penumbra está fuera del escenario, y las noticias que circulan en torno a él son más bien de mala esencia, pero, hasta hace dos o tres años, aunque muy de tarde en tarde, algunos profesionales serios le encargaban faenas de bajo nivel, casi siempre en calidad de figurante o de pinche, pues se ganó fama de ser poco de fiar para empresas que requiriesen habilidades de pensamiento, dadas sus complicaciones de carácter, aunque, según se cuenta, no existe nadie más indicado que él para los asuntos relacionados con los muertos, al no tener reparo alguno en profanar una tumba a las pocas horas de ser sellada, habilidad que, por lo visto, le ha valido la confianza del escalafón más bajo de los *cobardes*: el de los profanadores de tumbas de celebridades contemporáneas, pues, aunque resulte difícil de creer, existe un mercado boyante de reliquias de estrellas del cine, del rock y de las artes populares en general.

Vista así la cosa, la propuesta —la exigencia más bien— de Cristi Cuaresma pudiera parecer razonable, al haber reliquias por medio, pero lo que de ninguna manera resultaba razonable era que alguien mostrase empeño en trabajar con el Penumbra, que, como he dicho, es algo que siempre ha supuesto un engorro compasivo por fidelidad al recuerdo de Honza, que tan rumboso fue con las amistades, así lo fuesen del momento, y que dilapidaba en una noche lo que le costaba meses ganar, por esa cosa suya de repartir alegría allá por donde fuese, a la manera de un ilusionista del júbilo. Por Honza, en fin, y por su viuda Loretta, que sigue estando a la cuarta pregunta y con lo puesto allá en las grisuras brumosas de la costa irlandesa, mirando el rompeolas y rogando a todas las madonas de su tierra napolitana que se la lleven pronto y sin dolor, ya que nada le queda en este mundo sino el peso del mundo mismo.

«Lo del Penumbra es decisión mía», le dije. «No creo. O él entra en el juego o salgo yo. Y si salgo yo, sale Sam. Y si sale Sam, no hay juego. Y si no hay juego, sales tú», me replicó.

A falta de argumentos, y a falta de ganas de buscarlos, quedé con Cristi Cuaresma en que nos llamaríamos a la mañana siguiente («Dame tu número de móvil... ¿Cómo que no tienes móvil? ¿Seguro que no estás muerto?») y me fui paseando al hotel.

Era tarde para llamar a tía Corina, así que me tomé una pastilla y me dormí. En mi sueño, Cristi Cuaresma siguió avasallándome, pero creo recordar que la desnudé. O dicho de manera científica: creo recordar que mi subconsciente la desnudó. Aunque luego soñé con una china. Y luego con una jirafa. Porque va a ser verdad lo que dijo el correoso Schopenhauer: todos somos un auténtico Shakespeare mientras soñamos.

A la mañana siguiente llamé a tía Corina. Me dijo que se encontraba mucho mejor, aunque no logró tranquilizarme, porque sabía yo de sobra que, así estuviera atravesada de costado a costado por la lanza de san Jorge, me hubiese dicho lo mismo. «Además, estoy intentando convencerme de que existe un Paraíso para los justos, por si acaso. A mi edad conviene evitar las sorpresas póstumas», y la broma me entristeció.

«Mañana espero estar de vuelta.» Pero insistió en que no me preocupara, ya que lo importante era resolver el asunto de una vez.

Después de hablar con tía Corina llamé a Cristi Cuaresma. Me salió el contestador. «Buenos días. Soy Jacob. Llámeme al hotel cuando usted pueda. Gracias», y mucho me temo que lo dije con tono de mayordomo inoportuno, que era lo que menos pretendía.

Avisé en recepción de que iba a estar en la cafetería para que me pasasen allí cualquier llamada. Y en la cafetería estuve durante un par de horas, ojeando periódicos y leyendo una novela de intrigas templarias que había comprado en el aeropuerto y en la que el autor, en un momento de inspiración especialmente álgido, había transformado a Jacques de Molay, el último maestre de la Orden, en el jefe de una banda de muertos vivientes que deambulaba de noche por las calles de Nicosia, a lomos de caballos espectrales, para decapitar a los descendientes chipriotas de una familia francesa que en su día profanó la tumba de san Bernardo de Claraval. («Cuando la oscuridad se hizo densa y compacta, los fantasmales caballeros, urgidos por su centenario afán vengativo...»)

Llamé de nuevo a Cristi Cuaresma, y de nuevo me salió el contestador. Es decir, toda la mañana perdida, excepción hecha de mi compadecimiento por el martirio del maestre, que murió en la hoguera maldiciendo a sus verdugos, el rey Felipe IV de Francia y el papa Clemente V, y prediciendo la pronta muerte tanto de su alteza como de su santidad, como así fue, circunstancia que el autor de aquella novela de fantasía libre aprovechaba para atribuir al jerarca templario el don profético y para poner en su boca media docena de predicciones referidas al siglo XX, entre ellas los bombardeos atómicos sobre Japón y el atentado contra el Papa polaco.

Más allá de la una de la tarde, el botones me anunció una llamada. «Jacob, oye, mira, acabo de levantarme, ¿sabes?, y...» Noche larga, en definitiva. Cristi tenía la voz más ronca de lo que debían de tenerla los secuaces trasmundanos de Jacques de Molay. Quedamos en vernos para almorzar. «Donde usted me diga», y me rogó que no le hablase de usted, aunque les confieso que prefiero dispensar ese tratamiento a la gente de la que no me fío ni un pelo.

Me citó en un restaurante del Trastévere, y para allá me fui dando un paseo a pesar del calor, que era mucho y muy húmedo.

¿Existe algo más ridículo que una persona que espera a otra persona en un restaurante? ¿Una persona que alinea una docena de veces los cubiertos, que se aprende de memoria la cenefa del plato, que pasa el dedo por las copas para componer una música ululante, que mordisquea un poco de pan, que juega con las migajas de pan caídas sobre el mantel como si fuesen las cuentas de un ábaco? ¿Una persona que mira sin parar hacia la puerta y a la que el camarero trata con piedad y a la vez con desprecio: el chucho abandonado en la autopista?

Eran más de las tres de la tarde y Cristi Cuaresma seguía sin aparecer. La llamé varias veces, pero me salía siempre el contestador. A la quinta vez que el camarero me preguntó si iba a tomar algo le dije que sí, porque era casi la hora de cerrar.

Hice el camino de vuelta al hotel con el ánimo muy rebelde, maldiciendo a Cristi Cuaresma y a su madre, a los difuntos de Cristi Cuaresma y al calor romano, que a esas horas era de octavo círculo dantesco (ya saben: aquel en el que encontramos al astuto Ulises y al sacrílego Diomedes —que hirió a Afrodita en la mano con su espada vanagloriosa— convertidos en una bola de fuego parlanchina).

En la recepción del hotel no tenía ninguna nota, de modo que le dije a mi espíritu: «Abrúmate», y mi espíritu acató la orden al instante.

Llamé a tía Corina, pero le oculté mis desazones. Me dijo que seguía mejor y, para demostrarlo, me contó la leyenda de la isla llamada Dondun: cuando alguno de sus moradores moría, se congregaban sus familiares y amigos, troceaban el cadáver y se lo comían entre todos, para de ese modo evitarle el sufrimiento de ser devorado por los gusanos. Los familiares y amigos que no participaban en ese convite caían en desgracia, por haber deshonrado al fiambre. «La muerte es siempre una cosa complicadísima», concluyó, y quedé en llamarla en cuanto supiera mi fecha de regreso, que se postergaba de manera innecesaria, y más teniendo yo el ánima inquieta por el estado de fragilidad de tía Corina, que no paraba de hablar de asuntos fúnebres.

La esfumación de Cristi Cuaresma dejó de ser tal a las cinco y poco de la tarde, hora en que recibí una llamada suya que me sacó de un sobresalto de la siesta. «Mira, Jacob, perdona, pero es que los relojes se han confabulado contra mí. ¿Quedamos a cenar?» Y les cuento enseguida el desarrollo de aquella cena, que acabó siendo la más rara de mi vida.

Cristi Cuaresma llevaba el mismo vestido que la noche anterior, o al menos uno idéntico. Tenía ojeras y fumaba un cigarrillo tras otro, aspirando el humo con el rictus de un tragador de sables. «Antes de dar un solo paso, tenemos que localizar al Penumbra.» Intenté disuadirla de aquella majadería, pero en el intento me quedé. «Cuando des con él, me llamas y empezamos a trabajar... Háblame un poco de tu vida, si es que la tienes...»

A mitad de la cena comencé a notar una calidez extraña en el estómago, una especie de ignición densa y leve a la vez, como si un duende en llamas corretease por mis vísceras. A aquella rara calidez siguió una rara euforia, y a ésta una rara diligencia. Ustedes van a perdonarme la ordinariez y la jactancia, pero les confieso que, en aquel preciso instante, me sentía capaz de tumbar a Cristi Cuaresma sobre la mesa y de dejarla embarazada de las tres moiras, diosas del destino, hijas de Zeus y de Temis. Y no es tanto que me sintiera capaz de aquello como que aquello me parecía lo más sensato que podía hacer, de manera que pueden figurarse mi grado de trastorno, pues no suelen ir por ahí mis ilusiones.

De repente, en el aire se estamparon unas hebras de un rojo intenso (el revoloteo de un hada herida, desangrándose en el aire, o algo por el estilo), al tiempo que la luz de los apliques del restaurante se transformaba en estelas movedizas, en melenas ondulantes de rayos parsimoniosos. Todo parecía blando, y mutante, y...

Cristi Cuaresma sonreía. Su cara se había contagiado de la inconsistencia general: al mover la boca, daba la impresión de que la mandíbula se le descolgaba. No podía mirar yo cosa alguna sin que al instante tal cosa sufriese una alteración entre prodigiosa y pintoresca: las copas de la mesa formaban un laberinto infinito de cristal palpitante, por ejemplo, y la pieza de pan era una roca volcánica con un alma candente, de modo que prefiero callar lo que me parecían las manos del camarero que nos sirvió.

«Necesito un poco de aire fresco», y salí del restaurante con la sensación de escapar de un ámbito intolerable de irrealidad. Pero la irrealidad siguió brindándome su circo alucinado en plena calle, aunque les ahorraré la narración de mis delirios, por coincidir demasiado con los descoyuntamientos de las fantasías oníricas, que tan aburridas resultan siempre para el prójimo incluso si cobra por interpretarlas.

Me apoyé en un muro y cerré los ojos, pero aquella ceguera no logró remediar aquel disloque, pues seguía teniendo visiones difíciles, aunque me sentía indefiniblemente feliz, dueño y señor de cada una de las células de mi cuerpo. «¿Te sientes vivo, muerto en pie?» En medio de aquel desbarajuste, sentí el impulso de abrazarla, y lo hice, como es lógico. Me temo que incluso llegué a besarle el cuello. («Eh, tú, Jacob, procura controlar la situación», me susurró mi conciencia moribunda, segundos antes de morir.) Cristi entró en el restaurante y salió de allí con un camarero. «Dale tu tarjeta. Invitabas tú.» Al instante volvió el camarero y le firmé como pude el recibo. «Bonito garabato. Nos llamamos», dicho lo cual, Cristi Cuaresma se esfumó, dejándome en medio de la calle con mi aluvión de quimeras.

Eché a andar. Por los caprichos de mi memoria intoxicada, me acordé del canallesco emperador Cómodo, de la noche en que intentaron asesinarlo por culpa de las intrigas de su esposa Lucila, promiscua y ambiciosa, y yo era Cómodo, y yo era la conciencia sin conciencia de Lucila, y yo era la espada que brillaba en la noche, y yo era la noche.

No tardé en perder el rumbo. Cuando vi de lejos el Coliseo, un pie de mármol de proporciones gigantescas emergió de él y se elevó en el aire en todo el esplendor de su blancura, y aquella visión, por lo descabellada, me despertó la risa, al menos hasta que me di cuenta de que el pie tenía la intención de pisarme. Creo recordar que me senté en la acera, esperando sentir el peso ajusticiador de aquel pie fabuloso, y que acurrucado me quedé durante un rato, hasta que abrí los ojos y comprobé que el pie titánico se había disuelto en la noche, que a esas alturas era de color verde esmeralda.

Y así sucesivamente.

Mucho me temo que estuve deambulando hasta casi el amanecer, regido por la brújula del desvarío, perdido de mí por completo, caminante peligroso por el laberinto de una Roma fantaseada. Recuerdo, eso sí, que, a lo largo de aquella caminata surreal, iba contándome a mí mismo la historia del oscuro e implacable Tiberio, la del furioso Calígula, la del débil Claudio, la del disoluto y cruel Nerón, la del bestial Vitelio y la del timorato e inhumano Domiciano. (Los epítetos que utilizo, por cierto, se los tomo prestados al laborioso caballero Edward Gibbon, forense de toda aquella descomposición.) Mucho me temo también que busqué un equivalente romano del Club Pink 2, aunque me conforta la certeza de que no lo encontré, porque tenía intacta la cartera a la mañana siguiente.

Perdí el sentido del tiempo. Perdí la orientación. (Perdido Jacob.) Y, guiado de la mano de no sé qué ángel lazareto, me desperté a las tantas en mi habitación del hotel Locarno, con la mejilla derecha arañada (a saber) y con la sensación de ser el rey del mundo, de un mundo vaporoso que no tardó ni cinco segundos en estallar en varios miles de pedazos dentro de mi cabeza, así que arrojé la corona al wáter y recuperé mi fardo natural de pesadumbre.

Me duché y llamé a Cristi, dispuesto a pedirle explicaciones por haberme proporcionado sin aviso aquella embriaguez que, a pesar de mi aversión a los encantamientos químicos, no dudaría en calificar de maravillosa, pues lo cierto es que no recuerdo haberme sentido tan dichoso y tan pleno en toda mi vida, tan libre de pasado y de pesares, aun teniendo en consideración la adversidad de algunas de las visiones que me asaltaron, porque se ve que las irrealidades son tan imperfectas como la realidad. Saltó el contestador y no le dejé mensaje.

Llamé luego a la compañía aérea y reservé plaza para un vuelo de vuelta, de modo que rehíce el equipaje a toda prisa y me fui al aeropuerto con el cuerpo muy perjudicado por el molimiento de la noche anterior, pero a la vez con un recuerdo de gratitud hacia aquella aventura desquiciada. (Una aventura, por cierto, con antecedentes ilustres: en la *Odisea* se nos cuenta que Helena vertió en la copa de Telémaco y de Pisístrato Nestórida una droga egipcia que hacía olvidar todos los males, hasta el punto de que quien la ingería no derramaba una sola lágrima a lo largo de una jornada completa, así viese morir a sus padres o degollar a su hermano.) (Y yo llegué a olvidarme, ay, de tía Corina y de sus males...)

Antes de embarcar, llamé a Cristi Cuaresma cuatro o cinco veces desde una cabina, pero me salía siempre el contestador, su alter ego.

Y al rato ya estaba yo volando, peregrino entre nubes, después de haber sido el peregrino psicodélico de la noche romana. Yo, que de joven salí huyendo en cuanto pude de esos paraísos de impostura, verme, a mis años, colocado como un ratón de laboratorio, errabundo por las calles, vagamundo de mí, incorpóreo y tan pleno, y con la suerte además de que el pie colosal no me aplastara...

A tía Corina le dieron el alta el día siguiente al de mi regreso, de modo que la vida volvía a su cauce, dentro de lo que cabe.

«Te lo avisé: una persona que se hace llamar Cristi Cuaresma no puede ser más que una corista o una chiflada, o ambas cosas a la vez», y le di la razón. «Vamos a tener que recurrir al Falso Príncipe», y ahí no pude darle la razón, aunque tampoco se la quise quitar.

Por si les interesa, la historia del Falso Príncipe es, a grandes trazos, la siguiente: su nombre es Simone Sera y en su juventud fue camarero en Palermo, en el café Mazzara, que era donde el achacoso príncipe de Lampedusa iba con frecuencia a escribir, a despachar la correspondencia y a echar el rato, por no sentirse a gusto en su casa palaciega, o eso dicen. Simone solía atenderle, y lo hacía al parecer con maneras muy reverenciosas, aunque con los demás camareros se mostraba nuestro Simone altivo, contagiado de aristocracia, como consecuencia de lo cual se ganó el apodo por el que hoy le conocemos y que él asumió por un prurito juvenil de mundanidad y vanagloria, hasta el punto de confeccionarse, con un manual de heráldica sobre la mesa, un escudo de armas con lambrequín, trechor, cuarteles repletos de bestias rampantes y pasantes y barbeladas, bucleadas y brochantes, e incluso con alguna flor de lis como ornamento de su genealogía fantasiosa, que más parecía aquello un bazar que un escudo.

Simone recogía cuanto papel tiraba o desechaba el príncipe, ya fuesen borradores, anotaciones triviales, cartas ajenas o incluso facturas y cajetillas vacías de tabaco, lo que le permitió hacerse con un archivo intrascendente, aunque curioso, de aquel noble que, al final de su vida, tocó con dedos de mago taciturno el arte milenario de la ficción.

En mitad de una mala racha, el Falso Príncipe le encomendó a mi padre aquel archivo casual de bagatelas —muchas de ellas consistentes en papeles rotos y luego pegados con cinta adhesiva— para que lo colocase en el mercado, y mi padre consiguió al final un buen dinero gracias al entusiasmo fetichista de un erudito inglés que pujó por él —contra clientes simulados— en una subasta de la casa Putman y que al poco escribió una biografía del príncipe siciliano en la que no menciona a Simone, cosa que a Simone le dolió más que una mala muela.

Con el paso del tiempo, a Simone se le disiparon sus humos nobiliarios, aunque jamás renegó de su apodo, cuyo uso él mismo alienta todavía y por el que se le conoce en la profesión, en la que ingresó a mediados de los setenta con el sonado golpe de las alhajas austriacas, aunque pocos años más tarde, cuando se le manifestaron sus problemas de hipertensión y de vista, se limitó a asumir el papel de asesor de dudosos, pues siempre ha sido hombre de muy buen sentido, al margen de sus ventoleras principescas de juventud.

Hubo un tiempo en que el Falso Príncipe estaba al tanto de todo y ofrecía soluciones razonables para asuntos enconados, y buscaba intermediarios fiables, y la gente le confiaba la elaboración de planes dificultosos y arriesgados, pero eso ya pasó, y recurrir hoy por hoy a él viene a ser algo así como aplicar una sangría con sanguijuelas a alguien que padece un cáncer de pulmón, que fue precisamente por donde le entró la guadaña a Lampedusa.

«Tenemos que ir a ver sin falta al Falso Príncipe. Él sabrá sacarnos de este embrollo», insistía tía Corina, que en el fondo es muy *ancien régime.*

8

El Penumbra a las claras.
Un chagall *multiplicado.*

Sam Benítez no paraba de llamar. Cristi Cuaresma, en cambio, no contestaba ni uno solo de los muchos mensajes que le dejaba en el contestador, detalle que me resultaba menos irritante que sorprendente, dado su ímpetu por ponerse a la tarea.

«A mí ese putito me gusta menos que a ti. Pero si ella está emperrada en trabajar con él, ¿qué carajo podemos hacer nosotros, compadre? Está borrachita de amor la tía loca», me razonó Sam desde Savanna-la-Mar, allá en Jamaica, adonde había saltado después de sembrar el pánico de sus libertinajes en tierras tailandesas. Le repliqué que lo sensato sería prescindir de los dos. «¿Y a quién buscamos, güey? El gallinero está bien chingado», y en ese punto tuve que callarme, porque era cierto. «Llama a Gerald Hall, que lo sabe todo. Él te ayudará segurito a localizar al Penumbra», me sugirió, aunque era un recurso que tenía yo previsto, porque Gerald, aparte de ser verdad que está al tanto de todo lo que se mueve en el submundo londinense, tuvo empleado durante un tiempo al Penumbra en la casa Putman y era probable que supiera darme norte de él.

Supongo que para infundirme tranquilidad, Sam Benítez me comunicó que, una vez que estuviésemos en Colonia, se incorporaría a la operación, aunque sin cobrar nada por sus servicios, Tarmo Dakauskas. «¿Quién?» Era la primera vez que oía ese nombre, un nombre que, según el relato precipitado de Sam, correspondía a un estonio de habilidades múltiples, ya que había sido espía al servicio de la URSS, soldado de fortuna durante la guerra de los Balcanes, instructor militar en diversos frentes y mediador en operaciones de canje de prisioneros en Irak. «Con él estaréis seguros», me aseguró, a pesar de que, de entrada, el tal Tarmo Dakauskas presentaba un perfil inquietante incluso como aliado. «Pero tienes que darte prisa, ¿va?»

«Hay que ir a ver enseguida al Falso Príncipe», insistía, por su parte, tía Corina.

Y yo estaba hecho una madeja, debatiendo conmigo las opciones, entre las que parecía imponerse la que me resultaba menos apetecible: localizar al Penumbra y llegar a un arreglo con él.

Se supone que el Penumbra debía de estar en Londres, que es su paradero habitual, a pesar de haber tenido que pasarse una temporada deambulando por las dos cuartas partes del mundo para esquivar el afán de venganza de un coleccionista de arte venezolano que controla la red de prostitución de elite de Caracas.

El caso es —o al menos eso se cuenta— que aquel venezolano exquisito le encargó al Penumbra que robase del Museo Judío de Nueva York el cuadro de Chagall titulado *Estudio para una pintura sobre Vitebsk*, valorado en casi un millón de dólares, que se exhibía en el citado museo como pieza de una exposición temporal. Así que el mismo día en que se inauguraba la muestra, el apodado Penumbra, con la colaboración del aborigen Terry Shaw y del mexicano Marcos Montenegro, descolgó aquel cuadro de la pared y se lo llevó. «Aquello fue como robar una cereza en una lonja de fruta», según Montenegro, que fue quien divulgó los detalles del caso, al parecer como venganza por no haber visto ni un dólar, detalle que embetunó aún más la reputación del hijo de Honza Manethová.

Una vez en posesión de aquel cuadro, el Penumbra no tuvo mejor ocurrencia que encargar una copia urgente a Leo Bruzt, el maestro falsificador de Filadelfia que logró colocar media docena de piezas de primer orden al magnate Frick, por ejemplo. Acostumbrado a remedar las ondulaciones de la mano de tipos como Vermeer o Rembrandt, Leo debió de emplear apenas diez minutos en copiar al detalle las marañas oníricas del ruso. Y aquella copia fue la que el Penumbra entregó al venezolano, convencido —a fuerza de candidez e inexperiencia— de que el cliente no estaría interesado en implicar en el asunto a ningún experto, alentado tal vez el hijo de Honza por la falsa premisa de que en tales casos conviene reducir lo más posible el ámbito de popularidad, al no poder confiar uno ni en la discreción de los ciegos sordomudos que acaban de morir. Pero, contra aquel pronóstico imprudente, y según era lógico, el venezolano requirió la asistencia de un tasador, que no tardó en certificar la falsedad del cuadro. Y el venezolano se sintió, en fin, como se sentiría cualquiera: presa de un arrebato mixto de humillación y de estafa, sobre todo si se tiene en cuenta que ya le había satisfecho al Penumbra el total de los honorarios acordados.

A esas alturas, el Penumbra —siempre según la versión de Montenegro— había volado con el *chagall* auténtico a Londres, dispuesto a colocarlo a través de un profesional de solvencia reconocida, pues nadie calculaba que el ámbito de acción del talento del Penumbra llegase a mucho más que a concebir la ocurrencia de montar un tenderete en el mercadillo de Portobello y poner a la venta el *chagall* junto a quemadores de incienso hindúes, efigies de Bob Marley y ceniceros en forma de calavera.

Cuando el venezolano localizó al Penumbra, le expuso la siguiente disyuntiva: el cuadro y el dinero o matarile. La cosa podría haberse arreglado sin llegar a mayores, pero el caso era que el Penumbra seguía teniendo el cuadro, aunque al parecer se había fundido el dinero en pagar deudas peligrosas y en habilitar la sede de una sociedad dedicada a la predicación de las doctrinas del Lado Oscuro.

En beneficio del enredo, el Penumbra le perjuró al venezolano que el cuadro que le había entregado era el que descolgó del Museo Judío y que si los responsables de los museos se dedicaban a exhibir falsificaciones, él no tenía la culpa de aquella desvergüenza. Según era previsible, tampoco desechó el argumento de que el tasador podía haberse equivocado. Pero el venezolano no era, al parecer, de carácter voluble: «Escucha, carajito: el cuadro y el dinero o matarile», y ahí se cerró en banda. «El cuadro», se rindió al final el Penumbra. «Y el dinero», añadió el venezolano, porque se ve que aquello había derivado en una cuestión de orgullo.

Por suerte, el orgullo admite rectificaciones, al igual que todos los sentimientos solemnes, de modo que, a las dos o tres semanas de su ultimátum, el venezolano le comunicó al Penumbra que se conformaría con el *chagall*, y el mal ladrón pudo dormir al fin con los dos ojos cerrados. El venezolano le indicó que entregase el cuadro a un agente de bolsa que tenía oficina en la calle Fleet, y así lo hizo el hijo de Honza, que debió de soltar el *chagall* con el mismo alivio que quien logra rescindir un contrato de esclavitud post mortem con Satán, el gran apóstata.

Pero la realidad tiene mucho de ópera bufa y reparte a capricho los gorros tricolores con cascabeles.

A los pocos días de entregar el cuadro al agente de bolsa, el Penumbra volvió a tener noticias del venezolano, según se regodea en contar Montenegro. «Este es más falso que el otro», y el Penumbra se quedó mudo, porque tenía gastados ya los argumentos defensivos. «Eso es imposible», dijo al fin, pero era una apreciación equivocada, porque sí era posible: el venezolano había recibido otro falso *chagall*, y en esa ocasión había contado con el dictamen de dos expertos. «Date por muerto, maletón, pajero, hijo de rata», y de ese modo tan áspero se zanjó aquel negocio, a la espera de epílogo.

Como no hace falta decir, todo el mundo da por sentado que Leo Brutz hizo dos copias del *chagall* y se quedó con el auténtico, porque Leo siempre ha tenido esos prontos de genialidad y desparpajo. Sea como sea, al día de hoy se desconoce el paradero del cuadro en cuestión, aunque a nadie le cabe la menor duda de que su propietario actual le dio una gran alegría de papel al falsificador de Filadelfia, cuyas obras se admiran en los mejores museos del mundo, se reproducen en esos libros de obras maestras de la pintura que regalan las entidades bancarias a sus clientes más ahorradores y se glosan por los especialistas, tan adictos por lo general al arte de la adjetivación.

En cualquier caso, y sea cual sea el grado de veracidad y el grado de falsedad de la anécdota, se da por hecho que el Penumbra tuvo que ocultarse durante una temporada y sigue siendo difícil rastrearle la pista, porque alimenta la aprensión —bastante razonable— de que el venezolano no se ha dado por vencido, o eso se dice.

Pero emprendamos ya nuestra búsqueda del escurridizo Penumbra, materia de leyendas variadas, y ninguna de ellas ejemplar.

Llamé a Gerald Hall, gerente de la sede central de la casa Putman de Londres, que, como ya he dicho, sabe todo lo que se cuece en los ámbitos heterodoxos —digamos— de la ciudad, incluido lo que nadie querría saber, y le solicité alguna pista del Penumbra. Gerald se extrañó de mi interés por ese alunado, pero no me pidió explicaciones, ni se las di. Según sus últimas noticias, el hijo del buen Honza vivía en un apartamento de Electric Avenue, donde impartía una nueva doctrina apocalíptica, o algo similar a eso. «Me imagino que lo del fin del mundo y ese tipo de serenatas, ya sabes», me precisó Gerald, a quien le pedí el favor de que procurase localizar a aquel pregonero de hecatombes. «Haré lo que pueda. Ya te llamo.» Y a los dos días de aquello me llamó: «Te doy un número de móvil. Duerme de día, así que llámalo por la noche», que fue lo que hice.

El Penumbra me mostró su naturaleza más lacónica, aunque supuse que la lengua se le desencadenaría cuando se tratase de predicar el fin del mundo y asuntos tal vez peores, ya que todos los visionarios suelen distinguirse por lo florido de su facundia. Fui explicándole —sin entrar en pormenores, por aprensión de prudencia— el asunto de las reliquias colonienses y a todo iba diciéndome que sí, hasta que pronuncié el nombre de Cristi Cuaresma y entonces dijo que no. «Esa loca no.» Quise sondear la razón de aquella negativa, que establecía un contraste tan violento con el interés de Cristi por trabajar con él, pero el Penumbra volvió a la ristra de monosílabos, esa vez de negación. Me vi obligado a recurrir entonces a un abracadabra universal: una cifra. Una cifra alta. «Es poco.» (¿Poco?) Me propuso una cifra él. «Y los gastos aparte. Lo tomas o lo dejas. Tienes cinco segundos para pensarlo.» (Así está el negocio: la puñalada del pícaro frente a la meditación y el consenso.) ¿Qué podía hacer yo? Era demasiado dinero para regalarlo por las buenas a un individuo con notoriedad de inútil, pero podía asumir el dispendio: algo más del 80% del anticipo que recibí de Sam en El Cairo. Tras el acuerdo, la actitud del Penumbra volvió al lado afirmativo. Quedé en llamarlo para concretar la cita, que habría de ser, como es lógico, en Colonia, dos o tres días antes de la fecha que fijásemos para el golpe. «Ve preparando un plan y lo estudiamos juntos», y me aseguró que así lo haría, aunque, con arreglo a sus antecedentes, dudaba yo si no sería mejor que no planease nada y dejase esa labor en nuestras manos, a pesar de ser manos titubeantes, por no decir temblorosas.

Después de hablar con el Penumbra, llamé a Cristi o, mejor dicho, al contestador de Cristi: «Ya tengo localizado al Penumbra y está de acuerdo en todo. Llámame cuando puedas». Y me llamó. Y así iba cerrándose el círculo, en el caso de que se pueda llamar círculo a una figura geométrica tan deforme.

«Escucha esto», y tía Corina me leyó lo siguiente: «Cerca del coro de la iglesia, a la derecha, bajando dieciséis escalones, está el sitio en que nació Nuestro Señor, que es un lugar bellamente ornado con mármol y pintado en profusión con oro, plata, lapislázuli y otros muchos colores. Cerca de allí, a tres pasos, se halla el pesebre del buey y la burra. Al lado está el lugar en que descendió la estrella que había guiado a los tres reyes magos. Estos tres reyes hicieron juntos el viaje por un milagro de Dios, pues se encontraron en una ciudad de la India llamada Cassak, que se halla a cincuenta y tres jornadas de camino de Belén. Sin embargo, llegaron a Belén al día decimotercero de haber divisado la estrella. Fue al cuarto día después de haber visto la estrella cuando se encontraron en esa ciudad, y así desde esa ciudad a Belén tardaron nueve días, lo que fue gran milagro». Tía Corina me miró: «¿De quién es?», por ese resorte que tiene de jugar a las adivinanzas bibliográficas. Me encogí de hombros. «Pues mira que es fácil. De sir John Mandeville, que tanto divertía a tu padre con sus fabulaciones viajeras.»

Supongo que ustedes conocen mejor que yo la historia de este caballero, pero, por si acaso se les ha olvidado a causa de los muchos trajines del día a día, que tanto lastiman y desdibujan la memoria, me permito recordársela de forma somera...

Para empezar, este sir John Mandeville no fue nadie, por raro que parezca. A pesar de no ser nadie, fue el autor de uno de los libros más vendidos desde el siglo XIV al XVI. «¿El autor fantasmagórico de un *best seller* medieval?», se preguntarán ustedes. Algo así: una entelequia exitosa, una irrealidad triunfante. Lo que quiero decir es que sir John Mandeville no existió como tal: fue la máscara de alguien cuya identidad constituirá siempre un misterio, porque detrás de esa máscara sólo hay un espacio vacío. El suyo es un compendio de múltiples leyendas y delirios medievales que circulaban en letra impresa o en boca de aventureros de imaginación desahogada. Relata Mandeville, como si fuese la cosa más natural del mundo, que en el mar de Libia el agua está siempre hirviendo, o que un ángel le entregó a Carlomagno el prepucio de Jesucristo, o que en Sicilia existe un tipo de serpiente que posee la facultad de detectar a los bastardos, o que un joven de Satalia yació una noche con su amada muerta y engendró una sierpe espeluznante que aniquiló la ciudad, o que las pirámides no son monumentos funerarios sino graneros, o que en los desiertos de Arabia hay una torre habitada por dragones, o que a los hombres de Crues les llegan los testículos hasta las rodillas a causa del mucho calor que impera en aquella isla... Y así, a lo grande. Un hito más, en definitiva, en la estirpe secreta de los impostores, pues parece claro que existen dos grupos humanos fundamentales: los que se instalan en la realidad y los que se acomodan en la irrealidad; o, dicho de otro modo: los que asumen una identidad y los que aspiran al delirio de la mitificación de su identidad. (Más o menos, en fin.)

Lo curioso es que, según todos los indicios, sir John Mandeville, fuese quien fuese, no se movió jamás de su casa, y en eso se parece a Elías, el portero de nuestro edificio, víctima también del síndrome del trotamundos inmóvil, capaz de fantasear a capricho con la geografía y con la realidad, aun a costa de la realidad y de la geografía.

«¿Cuándo nos vamos a París?», me preguntó tía Corina de improviso. «¿A París, para qué?» Y para qué iba a ser, claro está: para visitar al Falso Príncipe, porque ella tiene a veces fijaciones. Recurrí al argumento de la delicadeza de su salud, al del gasto que suponía aquel viaje, a la premura que me exigía Sam Benítez, pero ella tenía fe en la sabiduría práctica de aquella alteza con corona de papel dorado y, además, me puso sobre la mesa un argumento razonable: de allí podríamos acercarnos a Colonia para esbozar sobre el terreno un plan de robo y poder meditarlo con tranquilidad y prudencia, en vez de improvisar a última hora. De modo que nos fuimos a París, reino por antonomasia de la purpurina, que viene a simbolizar —digo yo— una añoranza inconsolable del oro de las coronas reales.

9

Viaje al reino de la susodicha purpurina.
Conjeturas del Falso Príncipe.
Y Londres.

El Falso Príncipe vive en un piso mediano de la calle de l'Ancienne Comedie, justo al lado del restaurante Le Procope, tenido por el más antiguo de París y en el que de veras da la impresión de que si vuelves la cara vas a encontrarte a Voltaire —con la servilleta a modo de pechera y la peluca un poco ladeada— tomándose una sopa de cebolla e intentando definir el concepto de «ángel» para su *Diccionario filosófico*. («No se sabe con exactitud dónde están los ángeles, si en el aire, en el vacío o en los planetas. Dios no ha querido instruirnos acerca de este particular.») (Y otra cucharada de sopa.)

El Falso Príncipe desembocó en París porque se casó a lo loco (barco, Pompeya, verano) con una viuda de allí de la que no tardó en enviudar y de la que heredó una tienda de bisutería de pastiches *art déco* y varios apartamentos, de cuyas rentas vive el viejo delfín imaginario.

Tía Corina y el Falso Príncipe se abrazaron. Un abrazo que era muestra de una complicidad inviolable entre supervivientes de un mundo caduco, de una época que sólo podían rememorar haciendo referencia continua a demasiados muertos: «¿Te acuerdas de…?» Y enseguida el nombre de un cadáver, y una mueca de pesadumbre dulce y resignada, con la secreta coquetería de seguir aún en pie.

El Falso Príncipe estaba muy mayor, aunque vigoroso y erguido, con los ojos nublados tras cristales muy gordos. Vestía un traje algo raído y con brillo de uso, aunque de corte excelente, y se permitía el dandismo nostálgico de lucir unos gemelos de oro en forma de gatopardo rampante. Tenía esa sonrisa plácida, inmarchitable y cansina de quienes le han perdido el miedo a la muerte a fuerza de esperarla cada día y hablaba con añoranza amable de esto y de lo otro, de brumas temporales, de difuntos, de golpes que alcanzaron celebridad entre los de la profesión por su planteamiento ingenioso, como aquel que dio Bernard Lorrain en 1954: robar la colección de ritones persas perteneciente a un conde alsaciano que se decía descendiente del papa León IX por la rama Eguisheim y dejar en su lugar, en las vitrinas y estanterías en que aquel caprichoso guardaba sus tesoros rituales, varios vasos de plástico llenos de vino de Burdeos.

«Explícale el caso», me indicó tía Corina, de modo que le hice la narración de nuestro plan y de nuestras dificultades al Falso Príncipe, que escuchó todo con un asentimiento meditabundo, reflexionó luego durante un rato, se rascó una oreja y arriesgó al final la siguiente hipótesis: «Seguro que detrás de eso están los veromesiánicos de Catania». La cara de tía Corina se iluminó, como suele decirse. La mía, en cambio, debió de ensombrecerse, porque la verdad es que no sólo no tenía yo ni sospecha de quiénes pudieran ser los tales veromesiánicos de Catania, sino que además, fuesen quienes fuesen, di en alimentar el prejuicio de que no podía tratarse sino de una suposición al tuntún, al ser ya el Falso Príncipe un oráculo fuera de onda.

«¿Los veromesiánicos de Catania, Simone?», le preguntó tía Corina, y el Falso Príncipe entró en detalles: «Una secta que distrae la fantasía de que quien logre reunir los tres objetos con que fueron enterrados los Reyes Magos propiciará el advenimiento del verdadero Mesías, ya que Cristo fue un impostor. Con arreglo a las supersticiones veromesiánicas, los Reyes Magos murieron asesinados porque conocían esa impostura. Según algunos, los mató con sus propias manos el apóstol santo Tomás; según otros, santo Tomás se limitó a declararlos herejes y fueron pasados a cuchillo por una cofradía de fanáticos a la que repugnaba tanto cualquier tipo de herejía como le entusiasmaba el hacer correr la sangre herética. Eran esos fanáticos los llamados esvatas, que surgieron en Siria y se expandieron luego por todo el Oriente, sembrando el terror durante más de veinte años en nombre de la ortodoxia». Tía Corina me miraba con ojos entusiastas, como si acabase de ganar a la ruleta. «¿Y qué objetos se supone que son esos con los que fueron enterrados los reyes?», le pregunté al Falso Príncipe por pura cortesía, por respeto a su pasado oracular, y me respondió que se trataba de una réplica del anillo del rey Salomón hecha en el siglo I a. de C., de una llave en forma de ojo y de un reloj de arena.

Le comenté que aquellos veromesiánicos de Catania debían de ser muy cándidos para suponer que, junto a los restos que se veneran en la catedral de Colonia, se conservan aún esas curiosidades. «No se trata de eso. Esos objetos andan dispersos por quién sabe dónde. Quizá bajo tierra, perdidos para siempre, o expuestos a la chamba de los arqueólogos; quizás en algún pequeño museo provinciano, en una vitrina con una cartela que ofrece datos erróneos sobre su origen; quizás en manos de algún millonario que a veces incluso puede dudar de su autenticidad como antigualla; tal vez en el almacén de algún chamarilero, entre un mazo de revistas apolilladas de los años veinte y una cafetera de los años sesenta. ¿Quién puede sospechar siquiera el rumbo que toman los objetos, que de por sí son errantes?» Le pregunté entonces cuál podía ser el interés de los veromesiánicos por adueñarse del contenido del relicario, al no estar allí sino los presuntos huesos de sus presuntas majestades, no los presuntos atributos, que es lo que se supone que les interesa. Su alteza imaginaria se quedó pensativa. «Pues tienes razón, Jacob. Eres igual que tu padre: un geómetra de la realidad.» Y añadió con maneras fatalistas y templadas: «¿Quién puede descifrar los designios de unos sectarios?», y en eso quedó la cosa, pues nada estaba más lejos de mi ánimo que el atosigar a Simone con problemas lógicos, teniendo él ya el suyo atiborrado de las confusiones lógicas de la edad.

Tras aquel coloquio, tía Corina le propuso al Falso Príncipe que se viniera a cenar con nosotros al sitio que él eligiera, invitación que aceptó, y ambos se pasaron la velada subidos a la máquina del tiempo. «¿Te acuerdas de Julio Escapachini, aquel detective nigromántico que resolvía los casos por vía sobrenatural?», le preguntaba por ejemplo tía Corina, y entonces el Falso Príncipe metía la mano en la chistera ajada de su memoria y sacaba por las orejas a un tal Teo Hill, que, cuando no lograba resolver un enigma, se pasaba varios días vagando por ahí, envenenándose de ginebra, de luna y de mujeres, hasta que alcanzaba un grado sumo de delirio y tenía de repente una iluminación que le proporcionaba una clave decisiva para resolver el enigma esquivo, porque se ve que al duende que tenía dentro había que despertarlo a la tremenda. «¡Qué edad de oro, Simone!»

Tras la cena, tía Corina, como era jueves, se empeñó en arrastrarnos a un casino, y me eché a temblar, porque no es lo mismo jugar en casa que en campo ajeno, de modo que no tuve más remedio que acompañarla. Y en aquello estuvimos hasta las tantísimas, ganando a veces y perdiendo otras, porque se ve que la suerte andaba aquella noche equilibrada, cosa tan rara en ella, y tía Corina y el Falso Príncipe parecían dos muchachos felices y juerguistas, divirtiéndose a costa de lo imprevisible, mientras que yo tiraba a melancólico, por esa vocación que tiene mi ánimo de hundirse en cuanto puede, ignoro yo por qué.

A la mañana siguiente llamé al Penumbra, pero no me hice con él. Supuse que estaría durmiendo, con arreglo al régimen vampírico que se le atribuye. Lo intenté por la tarde, pero tampoco.

Era nuestro último día en París, antes de viajar a Colonia, y a tía Corina le entraron ganas de callejear, de modo que empleamos varias horas en ese deporte, a pesar de que no tengo espíritu de *flâneur*, entre otras razones porque soy débil de rodillas. Cenamos una cosa ligera y volvimos andando a nuestro hotel, que quedaba por la zona de la Gare de Lyon.

Llamé de nuevo al Penumbra y hubo suerte, siempre y cuando se pueda considerar una suerte el hecho de mantener una conversación con alguien precedido de famas tan sombrías. Estuvo muy locuaz. «No des mi teléfono a nadie. Y menos que a nadie a Cristi, ¿entiendes?» Después de esa exigencia, me aseguró que sabía quién andaba detrás del asunto del relicario real. «¿Quién?», pero me dijo que si quería saberlo, que fuese a Londres y que llevase bastante dinero en la maleta. Yo, como es lógico, di por hecho que el Penumbra habría elaborado alguna suposición descabellada, aunque nunca se sabe: la verdad de un misterio puede estar en manos del geniecillo loco de la aldea, porque los misterios no suelen tener muchos escrúpulos. Como la vida consiste, en buena parte, en hacer cosas incomprensibles para uno mismo, concerté una cita con él para el día siguiente en Londres, lo que significaba que había que cancelar los billetes de tren para Colonia, vía Bruselas, y sacar otros para cuando yo volviese, y aquello resultó ser una gestión más liosa de lo imaginable, porque las agencias de viajes son los santuarios camuflados del teatro del absurdo.

La verdad de fondo es que me pareció conveniente mantener una entrevista en persona con el Penumbra, siquiera fuese para ponderar hasta qué punto tenía el pensamiento desviado, según se decía, y poder abatirme del todo con conocimiento de causa, ya que, a esas alturas, andaba yo de sobra convencido de que el plan estaba abocado a ser nuestra quema de naves.

«Me voy contigo», se empeñó tía Corina, pero la convencí de que se quedase en París hasta mi regreso, porque aquello no suponía más que un despilfarro y un engorro. «De acuerdo. Llamaré a Simone para que me lleve a cenar a la Closerie des Lilas y así poder sentirme un poco como una *demimondaine* en la plenitud de su crepúsculo, y que me arrastre luego a bailar a algún sitio, porque hace siglos que no bailo con un príncipe», y le dije que me parecía un plan inmejorable.

Se me olvidaba referir que, entre merodeo y merodeo, aquella tarde le compré a un *bouquiniste* del Sena un libro de un tal Emile Ferrière: *Los errores científicos de la Biblia*, publicado en 1891. Lo estuve leyendo antes de dormir, con la esperanza de toparme en él con alguna refutación contundente del viaje de los magos, sólo por curiosidad y diversión, como es lógico, pues poco valor puede tener la refutación de una leyenda, pero no encontré nada al respecto, ya que el tal Ferrière estaba más preocupado por demostrar la imposibilidad física del Diluvio Universal, por fijar la fecha de la creación del arco iris y por hacer patente su indignación ante el hecho de que en la Biblia se tenga al murciélago por pájaro y a la liebre por rumiante.

En Londres está sepultada una parte de mi juventud, por decirlo de un modo blandengue. Durante la década de los setenta, iba yo mucho allí con tía Corina y con mi padre, por los tratos frecuentes que se traían con la ya muy mencionada casa de subastas Putman, de donde han salido algunas de las falsificaciones más prodigiosas de toda la historia del arte en general y de las artes decorativas en particular, en buena parte gracias al taller de artesanos del que disponía la empresa por aquel entonces: una decena de virtuosos del escoplo, del buril y del martillo, capaces de dar a un par de kilos de plata la forma incontestable de un candelabro que hubiese pertenecido al duque de Saint-Simon, pongamos por caso, o de transformar un metro cúbico de caoba en el bargueño de Blasco Núñez de Vela, primer virrey del Perú.

Aquellos artesanos, por cierto, debían de ser de talante festivo, pues eligieron como patrono al taumaturgo Abaris, a quien algunos suponen hijo de Apolo. (Fuese hijo suyo o no, el caso es que Apolo le regalaba cada año una flecha de oro que le permitía volar como un pájaro y trasladarse a capricho a los infiernos, no sé bien para qué.) Abaris fue uno de los pioneros de la falsificación artística: con los huesos malditos de Pélope, hijo de Tántalo, talló una estatua de Atenea que logró vender a los troyanos como talismán infalible para mantener la ciudad en situación de inexpugnable. (Se me olvidaba decirles que, en un mal día familiar, Pélope fue descuartizado por su padre y servido asado en un banquete, aunque fue devuelto a la vida por mandato de Zeus.) (Y, por lo demás, ya saben ustedes cómo acabó Troya, a pesar del talismán.)

Llegué a Londres por la tarde. Dejé mi bolsa en un hotelito de la plaza Norfolk y me fui paseando hasta la librería anticuaria de Lorry Brodie, que queda por aquella zona. A principios de los setenta, cuando aún éramos veinteañeros, Lorry parecía el rey rubio de la psicodelia y del *glam*, vestido siempre de terciopelo y seda, con pantalones acampanados hasta el límite en que la campana de un pantalón deja de ser campana para alcanzar más bien el rango de miriñaque, con blusones de corte galáctico y con zapatos de plataforma plateada. Las muchachas sonreían nerviosas cuando Lorry se dignaba abordarlas con ánimo de depredación y los homosexuales mascaban la amargura de los imposibles cuando se arriesgaban a galantearlo en los bares y él les daba las gracias por su interés en convidarlo a las delicias de los jardines de Sodoma y les informaba educadamente de que su bestia íntima pastaba en otros prados, a pesar de lo engañoso de su apariencia.

Como el tiempo es como es, hoy Lorry está casi calvo y tiene bigote, vive con su segunda mujer y con dos de sus cuatro hijos, lleva chaquetas de pana o de tweed y regenta el negocio que fundó su padre, muy amigo del mío, ya que ambos compartían la devoción por las meditaciones del señor de Montaigne y el entusiasmo fatalista —o tal vez el fatalismo entusiasta— por la viudedad prematura.

«¿Cómo va eso, Jacob?», y estuvimos un rato desempolvando el pasado, recordando situaciones de las que defendíamos versiones contradictorias, porque se ve que la memoria tiene mucho de caleidoscopio particular, y dándonos informes superficiales, en fin, de nuestras derivas cotidianas.

Le comenté a Lorry el asunto que me ocupaba en Londres, pues siempre ha sido persona de muy alta discreción y de entendimiento inmejorable tanto para las cuestiones prácticas como para los vericuetos de las abstracciones, a pesar de sus fantasías de juventud, o quizá gracias a ellas. Le pregunté por la secta de los veromesiánicos de Catania, de la que me había hablado el Falso Príncipe, ya que Lorry es un ávido lector de extravagancias y no hay asunto insensato del que no tenga referencia. «¿Los veromesiánicos de Catania? Sí, por supuesto que sé quiénes son, pero creo que están inoperantes desde hace mucho. En los ochenta aún coleaban, sobre todo en Holanda y en Turquía, por raro que resulte ese radio de acción, pero a estas alturas me temo que son historia. Los de Putman pueden decirte algo sobre ellos, porque compraban casi todas las reliquias que salían al mercado.» Y añadió: «Debían de padecer el síndrome de Adalberto». (Ya saben: aquel impostor que presumía de haber recibido de manos de un ángel un buen montón de amuletos y reliquias de santidad infalible y que, a su vez, repartía entre los fieles trozos de uñas y pelos suyos como reliquias santas, pues por santo se tenía.)

Como el Penumbra me había citado a las once y media, me fui con Lorry a un bar para hacer tiempo, y allí proseguimos nuestro coloquio de melancolías surtidas, dando marcha inversa a las manillas del reloj gracias a la magia humilde de la memoria, que viene a ser algo así como el malabarismo recurrente de los vencidos por el tiempo.

—Hasta pronto, Lorry.

—Hasta pronto, Jacob.

Y cada cual se fue a lo suyo.

10

Penumbra preliminar.
La guarida goética.
La cofradía demoniaca.
La cabeza parlante de Electric Avenue.

El Penumbra me había citado en un sitio llamado Bug Bar, allá en Brixton Hill, un local habilitado para la diversión —que Dios los perdone— en la cripta de una iglesia consagrada a san Mateo.

Allí estuve durante más de tres cuartos de hora esperándolo, y a esas alturas me vencía el sueño, a pesar del estruendo y del gentío, o tal vez gracias a ellos, ya que el sueño es un dios imprevisible: la calma puede trastornarlo y el bullicio servirle de sedante.

Al Penumbra sólo lo había visto con anterioridad un par de veces, ambas en Londres, cuando Gerald Hall lo empleó como muchacho para todo en Putman, hasta que aquel iluminado se hartó de cargar mercancías, de llevar cafés de despacho en despacho y de levantarse temprano en contra de su naturaleza.

Lamento reconocer que la música que sonaba en Bug Bar me resultaba insoportable (y lo lamento porque esas intolerancias suelen ser síntoma de vejez), por más que el muchacho que cantaba pregonase la excelencia de una droga llamada algo así como *flatliner* y acusase al capitalismo de la muerte de su hermano pequeño a causa de no sé qué otra droga —o algo muy similar a eso, no estoy seguro.

Y apareció por fin el Penumbra.

Lo recordaba muy joven, casi niño, moreno y desgarbado, pero me hallé ante un Penumbra maduro y fornido, esbelto y teñido de rubio. Iba vestido de negro, con prendas muy ajustadas que formaban jaspes. Con mirada azul turbio. Con aire general de ángel caído, a punto de caer un poco más. Llevaba unas botas de puntera alzada y un cargamento de anillos, brazaletes y colgantes. (De su oreja izquierda, pongamos por caso, pendía un dije dorado en forma de demonio. «¿Qué demonio es ese?», le pregunté. «El demonio Clitheret, que puede cubrir el día de tinieblas a su antojo y que…» «Según leemos en las *Clavículas de Salomón* que circulan por ahí como auténticas», le atajé, para mostrarle mis cartas. «Exacto», me confirmó, sonriente, aunque recelosamente sorprendido de mi erudición en materias desusadas.) (Como ustedes saben de sobra, se da el nombre de *Clavículas de Salomón* al grimorio —o libro de fórmulas de hechicería— en el que el hijo de David nos legó sus saberes secretos y exclusivos, a manera de testamento esotérico. La inquieta imaginación humana quiso disponer que quien poseyera aquel compendio cabalístico sería el hombre más poderoso de la Tierra. Al día de hoy, en cualquier tienda dedicada a la venta de velas aromáticas, de hierbas curativas, de manuales de autoayuda y de figurillas de bronce de deidades priápicas pueden adquirirse ediciones oportunistas de las *Clavículas*, aunque el poderío de sus compradores suele quedar intacto.) (Se da por hecho que el texto original de las *Clavículas de Salomón* anda perdido, aunque en 1968 se subastó en París un manuscrito tenido por auténtico que había pertenecido al renombrado ocultista decimonónico que se hizo llamar Eliphas Levi y luego a Stanislas de Guaita, distinguido por sus contemporáneos con el título de Príncipe de la Rosa Cruz, aunque, según mi padre, aquellos documentos que se vendieron por una fortuna habían salido de la mano delincuente de Jean Albaret, un excelente falsificador de caligrafías cuya carrera sólo pudo detener el mal de Parkinson.)

En la medida en que me lo permitía la música, insté al Penumbra a que me informase de quién andaba detrás del asunto del sarcófago de Colonia, según me había prometido, aunque sabía yo de sobra que, fuese cual fuese su revelación, su fiabilidad resultaría muy impugnable, ya que el prestigio de mi interlocutor era tan sólido como el de un colgado de tripi que hace cabriolas en una plaza pública tocando una flauta dulce y rodeado de cuatro o cinco perros que comen aire. «El dinero antes que nada», y comprendí que de ahí no iba a moverlo, de modo que saqué la chequera. «No. En efectivo.» Yo llevaba encima unas cuantas libras, lo suficiente para pagar el taxi de vuelta y poco más, porque ni siquiera Aladino lleva encima el tesoro de Aladino, de modo que tuvimos que salir en busca de un cajero automático. En el trayecto de búsqueda, intenté negociar a la baja el monto que me había impuesto en el transcurso de nuestra primera conversación telefónica, por parecerme una cantidad abusiva, pero se cerró en banda. Tampoco me parecía razonable el anticipo que me exigía en aquel preciso momento, pero el hijo de Honza no parecía dispuesto a dar su brazo a torcer. Por suerte, hay obstinaciones que la realidad se encarga de corregir por su cuenta, estableciendo equilibrios entre ella misma y el deseo: mi tarjeta tenía un límite de crédito inferior al de la cantidad que me reclamaba el Penumbra, y con lo que me dio el artilugio tuvo que conformarse.

«Ahora dime quién está detrás de todo esto», le insistí, más que nada por calibrar el alcance de su imaginación, que tan mala prensa tenía, pues ninguna información fiable esperaba de él. «A su debido tiempo. Vamos a mi guarida.» Procuré escabullirme, pero se ve que mi voluntad estaba más debilitada en aquel instante que mi curiosidad: ¿en qué clase de cubil se ocultaba de la luz del día y del mundo en general una criatura como aquella?

La guarida a la que me llevó el Penumbra estaba, como me había informado Gerald Hall, en Electric Avenue, en un segundo piso al que se subía por una escalera estrecha y al que se accedía por otra escalera aún más estrecha, ya que se trataba de un dúplex dividido en dos viviendas independientes. La puerta de entrada estaba pintada de negro, adornada con símbolos trazados con purpurina y con el rótulo BLACK IGNORANCE SOCIETY en letras de aire gótico. También de negro estaban pintadas las paredes de la habitación en la que entramos, que era espaciosa, lo que no evitaba el atiborramiento, ya que aquello parecía el almacén de utilería de un teatrillo macabro: decenas de velas goteantes, decenas de cálices, un gong, una espada, enormes falos de madera, de escayola, de plástico... De las paredes colgaban varias reproducciones de los llamados dibujos automáticos del brujo Austin Osman Spare, un lienzo de asunto lésbico de Tamara de Lempicka, sin duda alguna falso; una máscara veneciana de encajes marchitos a la que alguien se había entretenido en pintar unas lágrimas negras; una fotografía en la que se veía a Anton la Vey, fundador de la Iglesia de Satán, con disfraz de demonio astado, dándole de beber quién sabe qué porquería a la actriz Jane Mansfield en un cáliz del tamaño de una garrafa; otra en la que aparecía de nuevo Anton la Vey —conocido en sus buenos tiempos como «el hombre más peligroso del mundo»— junto a John Kerry, a la sazón abogado y luego candidato a la presidencia de EE.UU., ambos delante del símbolo de Baphomet; otra fotografía más de La Vey con mirada de apóstol del mal y con una serpiente enroscada en el brazo; varias fotos también de Aleister Crowley: disfrazado de gurú gordo, de banquero trajeado y gordo, de buda gordo; otra del carapepino Lovecraft... El tipo de gente, en fin, que uno llevaría a merendar a la casa de campo de la abuela. Junto a eso, emblemas pérfidos, incensarios, un crucifijo invertido... La parafernalia previsible, indicadora de que todo aquello no era más que puro circo, porque el Mal verdadero no necesita tramoya: sus jinetes galopan por el aire. Me fijé en los libros que había en una repisa: *La Biblia satánica, El diccionario infernal* de Collin de Plancy (una de mis lecturas favoritas de adolescencia), *La bruja satánica, El libro del placer,* los escritos cabalísticos de Crowley y su tarot Thoth, novelas de cubiertas chirriantes de Michael Moorcock...

«¿Te pongo algo?» Iba a decirle que me apetecía lo mismo que estaba bebiendo la rubia Mansfield en la fotografía, o sangre de doncella galesa si no le quedaba de aquello en el frigorífico, porque la artificiosidad grotesca de aquella escenografía me puso el ánimo irónico, aunque no confiaba yo mucho en el sentido del humor de mi anfitrión, de modo que le pedí un vaso de agua.

«¿Sabes lo que está bebiendo la Mansfield en esa foto?», me preguntó, como si me hubiese leído el pensamiento, lo que me pareció una posibilidad parapsicológica un poco desconcertante. «¿Un zumo de pomelo?» El Penumbra sonrió. «No, el elixir de la inmortalidad.» Asentí y dije: «Y por eso murió decapitada en un accidente de tráfico, ¿no?». El Penumbra volvió a sonreír: «Es que bebió más de la cuenta».

Cuando el Penumbra estaba en la cocina, golpearon la puerta como si quisieran derribarla. «¿Te importa abrir?», me gritó. Y al instante me vi frente a un negro gordo y muy alto, con pelo rastafari y barba robinsona, de ojos soñadores y sanguinolentos, con el labio inferior flácido y una voz que tenía la pastosidad de la mantequilla de cacahuete. «¿Está Bechard?» Y al pronto me quedé confuso. Desde la cocina, el Penumbra gritó: «Pasa, Behemoth». Y Behemoth pasó, y directo se fue a la cocina, en busca de Bechard, que resultó ser el Penumbra. (*The Semi-Darkness*. O, en el mejor de los casos, Jim Honza… Y ahora, en fin, Bechard.)

Aprovechando aquella circunstancia, y movido por un presentimiento muy punzante, me acerqué a la repisa, cogí el *Diccionario infernal* de Collin de Plancy y me fui a la *b*: «BECHARD: Demonio designado en las *Clavículas de Salomón* como aquel que tiene sumo poder sobre los vientos y las tempestades: hace llover, tronar, etcétera, por medio de un maleficio que compone con sapos machacados y otras drogas». En la misma página, leí lo siguiente: «BEHEMOTH: Demonio pesado y estúpido, a pesar de sus dignidades. Es jefe de los demonios que rebullen la cola. Tiene la fuerza en los riñones. Sus dominios son la golosina y los placeres del vientre. Algunos demonólogos afirman que en los infiernos tiene el encargo de sumiller y de copero mayor».

(Como sin duda recuerdan ustedes, ese diccionario de Collin de Plancy, publicado en 1826, es algo así como el *Gotha* de los demonios, brujas, herejes, nigromantes, hechiceros, bestias sobrenaturales y demás monstruos que la imaginación humana ha sido capaz de concebir en sus ocios aterrados, así como de gente real y santa que parece escapada de la imaginación.) (Y yo leía aquello de muchacho, en la edad de la fascinación aguda por lo sombrío, admirado de esas faunas anómalas.)

Cerré el libro en el instante en que el Penumbra entraba en la habitación con un vaso de agua en una mano y con un vaso imagino que de whisky en la otra. El llamado Behemoth entró tras él olisqueando una copa de vino, conforme a su rango infernal. «Bechard y Behemoth…», dije con tono de admiración irónica mientras devolvía el *Diccionario infernal* al estante. «El demonio meteorólogo y el demonio enólogo…» Ambos se miraron, y me reí por dentro de su confusión. Pero al instante se rieron ellos, Bechard casi a carcajadas y Behemoth con risa floja, y entonces fui yo el que se quedó confuso.

«Mejor que nos sentemos», propuso el Penumbra, y así lo hicimos los tres, ellos en un sofá victoriano tapizado en gutapercha púrpura y yo en una butaca eduardiana tapizada en símil piel de leopardo, porque el criterio decorativo de aquel lugar admitía el atrevimiento kitsch y la discordancia. «¿Se trata de un juego o de algo más?» Volvieron a mirarse y volvieron a reírse. «Nosotros…», se arrancó el Penumbra. Y en ese preciso instante de revelación llamaron a la puerta.

«Te presento a Belial.»

Belial se fue hacia mí, me sujetó por la nuca, me hizo oler su aliento, violentado por el tabaco y el alcohol, y me pasó la lengua por los labios, confianza que me dejó aturdido, como no hace falta ni decir. Era la tal Belial una muchacha de pelo muy corto tintado en verdemar, ojos de ceniza y piel muy blanca, con aspecto canónico de novia desangrada de un vampiro. Iba vestida de negro desde el cuello hasta los pies: una camiseta con una leyenda que podría traducirse como «Practica el Mal. El Cielo está superpoblado», una falda de cuero muy corta, medias de trama confusa y botas altas de tacón gordo. Tenía Belial una hermosura malsana y retadora, un cuerpo elástico y un habla de ecos diamantinos: eses que reverberaban como un diapasón, tes que parecían un crujido de nácar, y vocales con ondulación de cristal fundido...

Percatado de mi incomodidad ante la llegada insolente de aquella especie de princesa de cera del inframundo, el Penumbra tomó las riendas de la situación, ya que las posiciones de poder psicológico son muy fluctuantes: eres el emperador de la realidad ante su bufón deforme y, en un abrir y cerrar de ojos, puedes convertirte en el enano que hace acrobacias paródicas delante del trono de un emperador que, apenas unos segundos antes, era tu bufón obediente. (La historia de la Historia es esa historia, por ejemplo.) Sacó del estante el *Diccionario infernal* y me lo tendió. «Belial, ya sabes.» Abrí el libro y leí: «BELIAL: Demonio de la sodomía. Se dice que el infierno no ha recibido espíritu más disoluto, más borracho ni más enamorado del vicio por el vicio mismo. Sin embargo, si su alma es hedionda y vil, su exterior es hermosísimo, tiene un talante lleno de gracia y dignidad y el cielo no ha perdido otro más bello habitante». Miré a la llamada Belial, que parecía sonreír con sus ojos grises, sentada en un butacón con la elegancia perezosa de una pantera recostada en la rama de un árbol. Aunque ya saben ustedes que no padezco las servidumbres propias de un natural libidinoso, se me pasaron muchas cosas por la imaginación, y todas ellas demasiado impropias para ser detalladas aquí. «Soy un súcubo», me dijo. Hice un gesto que pretendía ser una sonrisa pero que mucho me temo que se quedó en mueca, y ya saben ustedes que cualquier mueca nos hace descender varios peldaños en la escala evolutiva.

De repente, entre aquel trío, me sentí, no sé, como un supervisor de la compañía del gas, o poco menos, y les envidiaba su juventud, sus perturbaciones de juventud, su juventud perturbadora, su bobería satanista, su arrogancia de dueños del presente y del futuro ante un tipo —yo— al que sólo le quedaba el pasado y un presente de esencia retrospectiva. («¿Quieres ser joven de nuevo?», te pregunta un genio amable liberado de una lámpara. Tu dignidad, tu sentido común y una cierta pereza metafísica dudan un poco antes de responder que sí. Pero tus articulaciones, tus genitales y tus dientes no dudan en absoluto, y responden al instante con otra pregunta: «¿A quién habría que asesinar?».) De todas formas, y envidias inútiles al margen, mi deseo más urgente era salir de allí, por pintar yo muy poco en aquel concilio de satanistas y porque estaba además moribundo de sueño.

«¿Dejamos que la cabeza respire un poquito?», le preguntó Belial al Penumbra, y el Penumbra se encogió de hombros. «¿Conoces nuestra cabeza?», me preguntó, y no entendí nada. «¿Cabeza?» Belial se levantó, se fue hacia una especie de caja de ilusionista, pintada de bermellón y estampada de estrellas, que reposaba encima de una consola y abrió sus dos puertas frontales. Y allí estaba la cabeza, una cabeza decapitada, pálida como la muerte misma, con ojos de pánico. «Escucha», dijo Belial, y tocó no sé qué resorte. «Mata a tu semejante para poder empezar a comprenderle un poco», dijo la cabeza con voz de juguete, que es lo que era. Belial se reía con ganas. «¿No es maravillosa?», y besó en la frente a la cabeza parlante, que repetía aquella frase malévola sin mover los labios. «Haz callar ese chisme», le ordenó el Penumbra, y Belial, entre risas, devolvió aquel engendro a su tiniebla.

Behemoth fumaba un porro tras otro, inundando la habitación de un olor a jaima chamuscada, y, dado que a los encantamientos de la grifa sumaba los del vino, no tardó en quedarse medio cataléptico, con el labio a la altura del mentón, hundido en el sofá como una especie de oso de peluche en versión jamaicana. El Penumbra y el súcubo me miraban con fijeza, presionándome, acorralándome con su silencio, a la espera sin duda de que tomase yo la iniciativa de la conversación, que por fuerza habría de reanudarse con una pregunta: «¿De qué vais vosotros, muchachos? ¿De heraldos carnavalescos de la Mano Izquierda?».

El Penumbra y la demonia Belial se miraron. Y se rieron. Y se besaron. Y se tocaban. Mirándome. Me revolví en la butaca y acabé clavando la vista en el suelo, en el que alguien se había tomado la molestia de dibujar unos aros de protección contra las apariciones conflictivas.

—Somos el círculo de la *b*.

—¿?

—Hay círculos.

—¿?

—De cada letra. Nosotros somos el de la *b*.

—Enhorabuena. Es una letra excelente.

—Sólo una letra de tantas. Lo importante es el alfabeto.

—¿Os guiáis por el diccionario de Plancy?

—Sí y no. Allí falta mucha gente.

—O sobra, según se mire.

—Toda la gente es poca.

—Depende de para qué.

—¿Contáis ya en el círculo con Balán, rey de los infiernos que...?

—...tiene tres cabezas...

—...una de toro, la segunda de hombre...

—...y la tercera de carnero.

—Y cola de serpiente.

—Pronto estará entre nosotros.

—Bien. Creo que tienes que darme una información, Bechard.

—Ya te la daré, Jacob. Tu ansia de conocimiento puede esperar un poco.

—Un viaje en balde, ¿no? Bien, muchachos. Que paséis buena noche, dentro de lo posible.

—¿No te apetece quedarte? —me preguntó Belial, abriendo y cerrando las piernas.

—Sí, me apetece muchísimo, pero me voy.

—Belial la chupa por treinta libras y cuando termina te dice que te quiere —me informó el negro.

—Me parece barato. Pero ya he gastado demasiado dinero esta noche —y me encaminé a la puerta.

—Vuelve pronto.

11

La casa imprevista.
Mañana sangrienta.
La teoría de los tres malhechores.
Y alguna información histórica.

Sentirse estafado es un sentimiento bastante incómodo, pero puede sobrellevarse si has aprendido a mantener a raya tu sentido de la dignidad, esa dignidad que tiende a ofenderse a la mínima, al entrar en la categoría de los sentimientos egolátricos. No era la primera vez que me veía en una situación como aquella, ridiculizado y con la cartera saqueada, y esa veteranía me ayudaba a tomarme con calma el asunto, a pesar de que la dignidad herida es siempre un sentimiento que se estrena.

De todas formas, y en contra quizá de lo dicho anteriormente, lo tenía muy claro: llamaría a Sam Benítez y le diría que se metiese el sarcófago por el culo, si me permiten ustedes la expresión, que fue la única que se me ocurrió formular en aquel instante, que no era el idóneo para formulaciones más serenas.

Entre cosa y cosa, eran más de las dos de la madrugada cuando salí del templete lúgubre de Bechard. A esas horas,

Electric Avenue puede ser un mal sitio para un paseante casi sesentón y solitario de raza blanca, y más si el paseante en cuestión lleva una corbata de seda y un reloj Bulova de 1952: algo así como un conejito con una lazada y un cascabel al cuello en mitad de la sabana de Tanzania a la hora del almuerzo.

Debo confesarles, con una vergüenza sólo relativa, que me dan miedo las calles desiertas, sea la hora que sea, y no hace falta que esté deambulando por esas calles: si me asomo a una ventana y el panorama consiste en una calle desierta, también siento miedo. No es que me ponga a temblar ni nada parecido: se trata sólo de un presentimiento de adversidad, de una inquietud de cuchillas en el estómago. Un miedo sin porqué, característicamente infantil, aunque complicado por las peculiaridades del prisma adulto. No creo que ese miedo mío esté determinado por el hecho de que me hayan atracado siete veces, porque es un miedo que viene de mucho antes del primer atraco (que tuvo lugar, por cierto, en la estación de Campanha, en 1986, cuando iba yo de camino a Oporto para reunirme allí con Mario Figueroa, el falsificador numismático que murió poco más tarde, se murmuró que envenenado por su esposa Marie Sprengler, celosa y nibelunga). Además, un atraco es un riesgo concreto y mi miedo es una conjetura abstracta. La respuesta es posible que esté en manos del psicoanálisis, aunque no tengo intención de hacerle jamás la pregunta, de modo que la explicación de ese miedo mío levitará para siempre en los limbos de lo enigmático, que es un lugar bastante confortable para un miedo.

Llegué sin incidentes a Brixton Road, donde el peligro, al fin y al cabo, seguía siendo el mismo (el camarada étnico que se te acerca y te susurra: «Eh, tú, viejo, dame tu puto reloj, tu puto anillo y tu puta carterita de piel de búfalo como tributo al multiculturalismo de la zona, porque yo soy una víctima sociológica de tus putos tatarabuelos y voy a rajarte tu puta barriga si me enfado», o algo igual de sincero, aparte de discutible en situaciones normales), y allí me aposté a la espera de un taxi, esos mirlos blancos de la madrugada.

«*Hey*», resonó en el silencio, y di un respingo: conejito a punto de morir.

Pero, bueno, hay veces en que nuestro ángel de la guarda se presenta bajo el disfraz más imprevisto, así sea el de demonio urbano: el Penumbra.

«¿En qué hotel estás?» Se lo dije. «Me pilla de camino. Vamos por mi coche.» Así que, después de andar un trecho y de bajar a un aparcamiento subterráneo que olía a sentina de un dragón con entrañas de gas y fuego (o tal vez a algo peor aún: a sentina de un dragón con entrañas de gas y fuego y con cistitis), ya estaba yo de copiloto en un Aston Martin que parecía una fantasía aerodinámica de hematita negra pulida y que tenía ese olor a traje recién salido de la lavandería propio de los coches flamantes. «Buen juguete», comenté. «Los hay mejores.»

«¿Adónde me llevas?», le pregunté al cabo de un rato, porque no me resultaba lógica la ruta que había tomado si lo que pretendía era acercarme al hotel. «A mi casa.» Me quedé un poco aturdido: en mi secuencia de evidencias básicas y de suposiciones elementales, la casa del Penumbra era aquel zaquizamí goético de Electric Avenue. Pero está visto y comprobado que el mundo de las apariencias es un mundo de ilusionismo. «¿No es un poco tarde ya?» Porque andaba yo en pugna con el sueño, al que el anacoreta Polidosio el Eleata atribuyó la cualidad de proporcionarnos una amnesia moral transitoria, hasta que llegó Freud el Vienés y nos negó la posibilidad de esa tregua. «Depende de para qué.» Y me dejé arrastrar, en parte porque comprendí que no tenía otra opción.

El Penumbra paró de repente el coche y sacó de la guantera un pañuelo de textura vaporosa: «Lo siento, Jacob, pero me vas a permitir que... Será sólo un momento». Y me vendó los ojos.

Lo del vendaje se trataba de un método un tanto teatral, aunque prudente, al menos con arreglo a ese precepto que solemos seguir los de la profesión de no desvelar nuestro domicilio. Me hice cargo de su cautela y me dejé hacer. A fin de cuentas, no era la primera vez que me vendaban los ojos, circunstancia que no siempre ha tenido lugar con mi consentimiento.

Al cabo de unos cinco minutos, entramos en otro aparcamiento subterráneo que olía un poco mejor que el primero. «Ya puedes quitártelo.» Y subimos en ascensor al que se suponía que era el verdadero hogar del Penumbra, cuya descripción no se hará esperar ni un instante.

Un cuadro de Rothko en tono cinabrio. Un par de sillas Prouvé. Un mueble cajonero de Alexandre Noll. Un par de acuarelas de tema mitológico de sir William Russell Flint, relamidas pero muy bien enmarcadas. Un pequeño lienzo de Leger. Una fantasía antropomórfica en mármol de Bruno Giorgi. Un lienzo de gran formato de Kiefer, con la perspectiva de una columnata tétrica. Una mampara japonesa del periodo Qing Long, según mis cálculos. Un armario Ming lacado en negro. Una fotografía de Mario Cravo... Y grandes ventanales. Y tarima de bambú. Y paredes pintadas de un blanco roto, contrastadas con algunas en azul de Prusia. Y estanterías con primeras ediciones de los autores más selectos de Gran Bretaña y de Francia. Y un orden etéreo.

El antípoda, en suma, del tinglado de Electric Avenue.

«¿Esta es tu casa?»

Reconozco que estaba desconcertado. El Penumbra era un mero hazmerreír para los de la profesión, un ladronzuelo de tumbas, un botarate fascinado por las tinieblas, el hijo descarriado del alegre Honza Manethová, el chico de los recados de Putman. Y, sin embargo, no conocía yo a ninguno de los nuestros que se moviera por el mundo en un Aston Martin ni que viviese en un apartamento como aquel, empezando por mí mismo.

Le dije al Penumbra que todo aquello merecía una explicación y se prestó a dármela a su debido tiempo. Le pedí que me preparase un café, porque necesitaba espabilarme, se sirvió una copa y, como la noche estaba tibia, nos sentamos en unas butacas muy Van der Rohe en la terraza, recubierta con una pérgola de teca de aire zen.

Transcribo su discurso según lo recuerdo: «Lo del satanismo no es una fantochada, por más que lo parezca. Y, aunque lo fuese, ten en cuenta que existe una corriente de satanismo irónico. No todo consiste en rituales solemnes, en blasfemias y en muchachas más o menos pelirrojas amarradas desnudas a un altar. Eso forma parte del vodevil, pero no es la esencia. La esencia es la ridiculización del imperio moral judeocristiano, que es el que gobierna la conciencia de millones de criaturas que no sólo están obligadas a creer en Dios, en Jesucristo, en el Palomo, en cientos de miles de vírgenes y en todos esos santos de vida lamentable, sino que también están obligadas a creer en el Maligno y en todas sus huestes. Millones de criaturas forzadas a un politeísmo maniqueo bastante retorcido y a vivir aterrorizadas sólo por el hecho de que un día, con cuatro copas encima, se les pase por la cabeza la ilusión de tirarse a su sobrina adolescente, a su yerno o incluso a la cabra que hace equilibrios en un podio al son de una melodía cíngara».

Aquel razonamiento me sonaba tópico... Aunque no por tópico menos ajustado a fundamento, la verdad, porque debo confesarles que aún hoy, cuando salgo del Club Pink 2, se remueve dentro de mi conciencia un sustrato infantil de remordimiento penitencial, un zarpazo frío de contrición y desasosiego, un magma de culpabilidad acumulado durante los años que pasé en aquel colegio de curas aficionados a la épica apocalíptica de la condenación, y es como si mi mano inmaculada de niño le hubiese clavado un puñal en el pecho a la Virgen María, un puñal en forma de tacón de aguja: Anabel, Sandra, Chabari, Leicha... Y eso está ahí.

«...Mira, Jacob, resulta muy fácil reclutar a gente a la que le han pisoteado todos sus sueños, a infelices que suplican una identidad alternativa. Asciendes a un don nadie a rango de diablo de opereta, le proporcionas un clima de fraternidad y un nombre exótico y lo conviertes de esa manera en un héroe ante sí mismo, porque lo sacas de un infierno real para meterlo en un infierno lúdico y rentable. Le sacas la cabeza del cubo de la basura y se la llenas de pájaros, de pájaros tenebrosos, pero de pájaros al fin y al cabo, y todos los pájaros vuelan. Le arreglas el destino, ¿entiendes? Y está dispuesto a hacer por ti lo que le pidas. Mataría a su gato si te maullase.»

Se levantó y fue a rellenar su vaso.

«...De momento, tengo a cinco trabajando para mí. Ya conoces a Belial y a Behemoth. Ella es una locuela pija, pariente de Vita Sackville-West, o eso dice, y estuvo enganchada al jaco y a cualquier tipo de teoría milenarista, se basara en lo que se basara: le bastaba escuchar a un paranoico pregonar el fin del mundo encima de una caja de cerveza para tomarlo por un guía espiritual y para follárselo en mitad de un parque si el tipo no estaba demasiado borracho ni demasiado zombi por la medicación. El pobre Behemoth trabajaba de limpiador en un cine de maricas negros, y no sólo limpiaba, pero lo saqué de allí. También están Bileth, el iracundo demonio ecuestre que antes era un repartidor de pizzas; Bitru, leopardo con alas de grifo, instigador del deseo, nacido en la casa de tres plantas del vizconde de Coventry, de la cámara de los lores y propietario de más de treinta acuarelas de Turner, algunas de las cuales se transformaron en dosis inyectables durante la peor época de su primogénito, y Batscumbasa, el demonio turco, al que sus familiares conocen como Zeyno, un muchacho que por la mañana jugaba con la *PlayStation* y que por la noche se dedicaba a asaltar a las putas del Soho, antes de incorporarse a nuestra cofradía diabólica y rehacer su vida. Son muy obedientes, créeme. Te traen el dinero a casa. Y además follas, porque también aportan niñas curiosas que quieren ver en primera fila el circo del Mal.»

No voy a decir, porque sería incierto, que estaba sorprendido de la astucia del Penumbra como rabadán de almas confundidas, pero sí que lo estaba de su clarividencia comercial: pones a unos cuantos desdichados a atracar a anticuarios, a coleccionistas y a galeristas de arte y tú observas sentado desde tu trono humeante de terciopelo púrpura, con un tridente en una mano y con un vaso de whisky en la otra —y teñido además de rubio.

«Se puede creer en cualquier cosa. La verdadera creencia antecede a la evidencia. Y eso es una ventaja. Si crees en los ángeles, acabarás notando el aleteo de un ángel en tu nuca, protegiéndote de las tentaciones y de los conductores alcohólicos. Si crees en los demonios y los admiras, los demonios acabarán reclutándote. Si crees que tienes sueños proféticos, tus sueños, de una manera o de otra, acabarán siendo proféticos. Una fe es una forma de paranoia.» Dio un trago y se quedó mirándome con fijeza, como si acabara de revelarme de forma gratuita el misterio de la mente humana.

«¿Y para qué me cuentas todo eso?», y se trataba de una pregunta sincera. «Muy fácil, Jacob. Quiero que trabajes para mí. Quiero que montes un círculo en España.» Intenté reírme, pero apenas pude, porque me notaba la cabeza muy nublada y espesa, a pesar de haberme tomado el café, que a mí me convierte en búho. «Tengo que irme», pero el Penumbra tenía una opinión distinta. «No, no vas a irte. Vas a quedarte dormido y mañana seguiremos hablando», y me llevó casi a rastras a un sofá. Yo sólo entreveía nebulosas, y dormido me quedé al instante, porque estaba claro que todo el mundo se había empeñado en drogarme sin mi venia. A discreción.

Fuese lo que fuese lo que me echó el Penumbra en el café, no me libró de sueños inquietos. Me desperté cansado y turbio, con el pensamiento enmarañado de visiones inquietantes (viajes a la nada a través de la nada, difuntos, animales de bestiario) y además con la espalda dolorida.

En el cuarto de baño había dos pequeños acrílicos de Hopper —uno de tema doméstico y una vista brumosa del puente de Brooklyn—, una bañera romana sostenida por cuatro patas de fauno de bronce, una imitación dieciochesca —calculé— del torso de algún dios griego decapitado y una butaca Luis XVI tapizada en crudo. Fui luego a la cocina para prepararme un café, pero no logré descifrar el mecanismo de la cafetera, de modo que tuve que prepararme un té, que a mí siempre me ha sabido a lechuga hervida con melaza. En la cocina, por cierto, colgaba un bodegón de Jean Arp, con frutas ondulantes; un collage de Cernigoj, varios bocetos de figurines firmados por el futurista Enrico Prampolini (con el sello del Museo Národní de Praga, lo que despejaba cualquier duda sobre los azares que los llevaron a la cocina londinense del Penumbra) y un móvil calderiano que, visto lo visto, podía ser de Calder. No estaba mal, desde luego, para un muchacho que, pocos años antes, cargaba y descargaba furgonetas a la puerta de Putman.

Me bebí el té con la nariz tapada, como quien dice, y me disponía a irme cuando salió de su dormitorio el señor de la casa, envuelto en un albornoz de fantasías helicoidales que parecía diseñado por el ya citado Prampolini, apologista de la velocidad y del dominio del aire como reconstituyentes de los valores emocionales y de las posibilidades estéticas. «Buenos días.» Aún no eran las nueve de la mañana, y aquello echaba por tierra la leyenda del noctambulismo impenitente de mi anfitrión. «Siéntate. No hay prisa. ¿Un café?», y le dije que sí, pero que sin aditivos. Sonrió. «Es que a veces conviene dormir bien para tener la cabeza en su sitio a la mañana siguiente.» La situación presentaba el viso, no sé por qué, de un pequeño secuestro.

«Me doy una ducha y enseguida estoy contigo. Te pongo las noticias», y encendió el televisor.

Al principio no entendí de qué se trataba. Coches policiales. Gente confundida que corría. Gente ensangrentada. Charlistas y analistas conjeturando conjeturas. Al poco, monté el rompecabezas: varios atentados en el metro y en un autobús. Muertos, centenares de heridos. Y esa armonía caótica de los desastres, con su clima de realidad en desbandada.

El Penumbra salió del cuarto de baño. «Como ves, no era un buen día para andar por ahí. Aquí estabas más seguro.»

Londres era una ciudad paralizada. Desde la terraza veía calles desiertas, y ya saben lo que eso significa para mí: miedo. Mi miedo subconsciente. Mi miedo sin porqué. Mi miedo en vano.

A lo lejos, el grito circular de las sirenas.

«¿Cómo sabías que hoy...?» El Penumbra se encogió de hombros: «Lo sabía. A veces sabes cosas que no quisieras saber, pero que te conviene saber cuanto antes».

El hijo de Honza había resultado ser no ya una caja de sorpresas, sino más bien una caja de sobresaltos.

«¿Quieres que hablemos de lo de Colonia?», y le contesté que sí, porque, a esas alturas, tenía asumido que con el Penumbra había que hablar en serio: no sabía yo con exactitud si era bufón o monarca, pero, en el peor de los casos, podía ser el bufón que conoce los secretos de algún rey.

«Pues bien, lo de Colonia es una operación fracaso. Ya sabes: te han contratado para que la cagues, ¿me explico?»

En la jerga gremial, utilizamos para ese tipo de operaciones —por fortuna infrecuentes— el falso latinismo *corpus vile*: el objeto de un experimento, al margen de la suerte que corra el objeto en cuestión. (Un *corpus vile* puede ser una rata o puedes ser tú.)

«El caso es que nadie sabe qué hay en ese relicario, aunque todo el mundo sabe que no son los restos de los Reyes Magos, por supuesto. No sé si me explico: la tumba de Mickey Mouse tiene que estar por fuerza vacía», prosiguió. «Hay quien dice que allí están las reliquias de Simón el Mago, del falso Smerdis y de Caín. Una bomba de malicia.» Y asentí. «Pero eso sería demasiado bonito, ¿verdad?» Y de nuevo asentí, porque la verdad es que se pasa uno media vida asintiendo a cosas con las que no puede estar de acuerdo ni por mera cortesía. «¿No te parece?» Y asentí.

De Simón el Mago creo haber hablado ya. De todas formas, demos un repaso a ese trío para refrescarnos un poco la memoria, que es una facultad del alma demasiado inestable.

Simón el Mago logró encantar a los habitantes de Samaria con sus artes truculentas, hasta el punto de ser tenido por la fuerza de Dios en nuestro mundo. Fue seguidor de Felipe el Diácono, de cuyos milagros se maravillaba, hasta que los apóstoles Pedro y Juan se olieron las intenciones hipócritas de Simón y lo reprendieron duramente por querer comprarles el don de impartir la gracia del Espíritu mediante la imposición de manos, sacramento que sólo los obispos podían conferir. Hasta aquí el relato bíblico. Algunos padres de la Iglesia como san Ireneo, Tertuliano y Teodoreto nos proporcionan datos sobre las andanzas posteriores del gran impostor, así como de su evolución ideológica.

Al entender de Simón, las tropas angélicas, por ejemplo, se habían rebelado contra Dios para hacerse con el dominio del universo y, si bien su ambición no se había colmado, gozaban de una amplia potestad, de modo que había que apaciguarlos mediante sacrificios, a fin de que no trastornasen nuestros designios terrenales ni acelerasen nuestra muerte. Simón abominaba del Antiguo Testamento por creerlo inspirado por los ángeles, negaba además el libre albedrío, fue pionero de la propagación de la herejía gnóstica y formó dúo con Elena, putilla de Tiro, a la que ascendió a rango de deidad. (En sus juegos trascendentales, Simón llegó a asumir la identidad de Júpiter y de otorgar a Elena la de Minerva, que ya en una reencarnación anterior había sido Helena de Troya.) Tras unos años de peregrinaje, Simón llegó a Roma, donde se dio a conocer con el nombre de Faustus (el afortunado, el próspero), y no tardó en congeniar con el emperador Nerón, predispuesto por naturaleza a cualquier tipo de entretenimiento. Al parecer, el mago prometió al emperador elevarse en el aire, propulsado por ángeles, para remedar de ese modo la ascensión de Cristo. Según dicen, el voletío paródico de Simón iba bien hasta que aparecieron por allí san Pedro y san Pablo, que, con la fuerza magnética de sus oraciones, hicieron que el Faustus infatuado se desplomara, cayendo a tierra muy maltrecho de cuerpo y de espíritu «y muriendo a los pocos días de rabia y de despecho», según nos cuenta el reverendo Alban Butler en su *Vida de los santos*.

La historia de Smerdis es la de otra gran impostura. Aprovechando que Cambises II, rey de Persia, se hallaba en Egipto amargándole la vida a Samético III, un sacerdote medo llamado Gaumata se hizo pasar por Smerdis, hermano menor del rey. (Estamos, por cierto, en las postrimerías del 500 a. de C., si no me equivoco.) Hay quien supone que detrás de aquella estratagema se escudaba una sublevación de la casta de los magos de Media, de la que Gaumata era jefe, ya que Ciro II el Grande, padre de Cambises II, fue el aniquilador del imperio meda, y a nadie le gusta que le aniquilen el imperio.

Cambises sabía de sobra que Smerdis no podía haberse sentado en su trono, ya que él mismo había ordenado matar a su hermano antes de su partida para evitar que se encaprichara de repente con el poder y tramase alguna traición. Proclamó Cambises —a quien Heródoto nos pinta como sacrílego, iracundo e inhumano— la falsa identidad de aquel Smerdis, aunque intentó mantener en secreto el asesinato de su hermano, pero el caso es que Cambises no tardó en reunirse con el verdadero Smerdis, ya que murió, por causas no precisadas, en el camino de regreso a su palacio usurpado. (Hay quien baraja la posibilidad del suicidio, quien conjetura un mero accidente y quien sospecha un magnicidio alentado por el mago usurpador.) Las tropas póstumamente leales a Cambises dieron muerte al final al Smerdis apócrifo, que reinó durante unos siete años, y entronizaron a Darío I.

En cuanto a Caín, la versión que ofrece el Génesis es somera: Caín y su hermano Abel hacen una ofrenda a Dios, que aprecia más el tributo del segundo que el del primero, lo que despierta los celos del primero, que mata al segundo. Con las manos manchadas de sangre, castigado por Dios a vagar por el orbe, marcado por mano divina para que nadie lo asesinara (ya que quien lo matase sería castigado siete veces), se fue a vivir al país de Nod, que quedaba al este del Edén. Allí se unió con mujer y tuvo un hijo llamado Enoc, en aquellos tiempos desasosegantes en que existían gigantes en la Tierra y en que la gente vivía varios siglos, hasta que Dios decidió recortar un poco aquella ilusión de inmortalidad y rebajó el límite de la vida humana a ciento veinte años.

Pero la imaginación tiende por naturaleza a la mixtificación y a las tramas derivativas...

Algunos rabinos amigos de la zoología fantástica sostuvieron que Caín era hijo de Eva y de la serpiente tentadora. Algunos sabios musulmanes, por su parte, dieron por hecho que Eva tuvo dos hijos, los célebres Caín y Abel, y dos hijas, Aclima y Lébuda. Caín y Aclima eran gemelos, como gemelos eran también sus hermanos. A falta de gente en la Tierra, Adán y Eva se vieron obligados a concebir una maniobra incestuosa y decidieron emparejar a Caín con Lébuda y a Abel con Aclima. Pero Caín, que era un joven de talante conflictivo, se enamoró de Aclima, su hermana asignada a su hermano, por considerarla más hermosa que la otra, a pesar de ser esa otra gemela suya, lo que le exime al menos del pecado de narcisismo. Caín, agraviado, se enfrentó a sus padres, en quienes su talante paranoico quiso ver un trato preferente hacia su hermano Abel. Y ahí comienza a gestarse la primera mente homicida de la historia: Caín decide asesinar a Abel, aunque no sabe cómo, al no estar inventado todavía el asesinato. Pero el diablo, que tanto afán puso en corromper la conciencia de aquella familia fundadora, le ofrece una clase práctica: coloca un pájaro sobre una piedra y con otra piedra le aplasta la cabeza. Caín comprende. Cuando Abel está durmiendo, su hermano le deja caer una gran piedra en la cabeza y lo mata.

Caín pretende ocultar el cadáver de Abel, pero no sabe dónde, ya que a fin de cuentas es el primer cadáver humano de la historia, así que lo envuelve en piel de bestia y se lo echa a la espalda. El asesino deambula durante cuarenta días buscando un escondrijo para el cuerpo de su hermano, hasta que la descomposición del cadáver es tal, y tal el asedio de las aves carroñeras, que lo entierra, con lo que inventa de paso la inhumación.

La lectura musulmana de este episodio decide que Caín se convierta en un eterno fugitivo, hasta que muere a manos de un nieto suyo que es corto de vista y que, en una cacería, confunde a su abuelo con una fiera.

Por otra parte, tenemos la revelación que recibe Hiram Abiff, responsable de la ornamentación del templo de Salomón, cuando desciende en sueños al centro de la Tierra, donde es instruido en la tradición luciferina, según la cual Caín fue hijo de Eva y de Iblis (o Lucifer), mientras que Lilith (hermana de Iblis) fue la amante de Adán, a quien transmitió el arte del pensamiento, aunque sus amores adúlteros no fueron bendecidos con descendencia.

Y ya está.

12

Proposiciones comerciales.
El presunto corpus vile.
Regreso a París.
Planetas diamantinos.
En casa y Walter.

Tardé en reaccionar. Voy a Londres con la idea de reunirme con un visionario zarrapastroso, pregonero de grandes catástrofes espirituales, profanador de tumbas, ladronzuelo de guante sucio, y me encuentro con una especie de petimetre posmoderno que no sólo ha logrado montar un negocio boyante y renovador sobre el pedestal de Lucifer, que no sólo conduce un coche de lujo, que no sólo vive entre objetos artísticos de muchísimo precio, sino que además está al tanto de los planes islamistas para acabar con los pecados de Occidente.

«Perdona que te insista, pero podrías hacerte cargo de un círculo en España. Tienes que ir pensando en tu jubilación, y esto es muy fácil.» Le dije que sí, que parecía fácil, pero que no me veía en edad de disfrazarme de demonio que pastorea a demonios subalternos, a súcubos de largas piernas y a íncubos toxicómanos. «Eso es lo de menos. El demonio sería yo. Iría por allí de vez en cuando para impartir catequesis. Sólo tendrías que ocuparte de organizar los golpes y de controlar en la medida de lo posible a los tarados.» A esas alturas, yo ya no tenía voluntad ni para decir que sí ni para decir que no, de modo que opté por no decir nada, a pesar de que lo descabellado de la propuesta era como para echarse a reír y no parar en cuatro meses, que es lo que haría tía Corina en cuanto se lo contase.

No pude resistir la tentación de preguntarle por el asunto Chagall. «Es una leyenda urbana», me aseguró, aunque algo en su mirada y en su tono me susurró que mentía. No insistí: la leyenda seguiría siendo leyenda, para desprestigio de su protagonista y para gloria del falsificador Leo Brutz.

«¿Cuánto te pagan *exactamente* por lo de Colonia?» Le dije que eso era asunto mío. «Déjate de remilgos. Si van a joderte vivo, dime por lo menos que van a pagarte bien.» Le di una cifra que estaba muy por debajo de la real, porque a las cifras les conviene la modestia en esos casos. «No está mal del todo, teniendo en cuenta que es mucho más. Por menos de eso, hay gente que se ha dejado matar sonriendo.» Le comenté que tenía que irme. Que hablaríamos. Que nos veríamos en Colonia. «¿Irte? ¿Adónde? Y, sobre todo, ¿cómo?» Me señaló el televisor. «¿Te has olvidado de que hoy es día de fiesta para los muchachos de Alá?» Y era cierto: la justicia de ese dios sin iconografía había paralizado los taxis, los autobuses y el metro, equiparando Londres con cualquier aldea polvorienta de Afganistán en lo relativo a transportes públicos. Sólo faltaban algunos londinenses con sandalias y con una cabra al hombro para expedir el certificado de defunción de la cultura occidental en Gran Bretaña. «Espera a que todo esto se tranquilice un poco y te acerco al hotel. Así hablamos, porque tengo mi teoría sobre lo de Colonia. Siéntate, por favor, y te cuento...» Y me senté.

«No sé qué opinarás tú, pero todo el mundo sabe que Sam Benítez está sonado. No sólo por la cantidad de porquerías que se mete ni por los golpes que le dan en la cabeza cuando sale a divertirse, sino porque se le ha podrido la conciencia. ¿Comprendes lo que te digo?» Y le dije que sí, aunque la respuesta honrada hubiese sido otra. «Todo viene de ese afán suyo por lo trascendente. Es lo mismo que si consigues enseñar a leer a un mono y le regalas la Biblia y *Alicia en el País de las Maravillas*. ¿Qué puede salir de ahí? Un mono que tiene pesadillas con las plagas de Egipto y que está convencido de que todos los sombrereros son esquizofrénicos y amigos de las liebres parlanchinas. Y eso es lo que le ha pasado a tu amigo Sam Benítez: por querer ser trascendente, ha acabado en el fondo del pozo, con un culo de lagarto en lugar de cerebro.»

Yo, la verdad, no tenía muchas ganas de someter a Sam Benítez a un análisis psicológico bizantino (digamos), en parte porque me consta que nadie puede saber nada de nadie a ciencia cierta, precisamente por ser la psicología una ciencia incierta, al incidir sobre entelequias demasiado cambiantes: nosotros, los cambiantes.

«Lo que tiene que quedarte claro es que Sam Benítez va a jugártela, aunque no me preguntes cómo ni por qué. Lo del sarcófago de los magos es una trampa. No sé qué tipo de trampa. Pero trampa. Como tú comprenderás, lo de Caín, el falso Smerdis y Simón el Mago es un cuento para gilipollas. Es imposible que quede ni un solo hueso de esos tipos, y menos de Caín, que es un psicópata inventado por el antepasado de Stephen King que escribió el Génesis. Pero eso sería, a fin de cuentas, lo de menos, porque ya sabes cómo funciona el asunto de las reliquias: da igual que sean los huesos de un pollo frito de McDonald's. Lo que importa es creer en los huesos, sean de un pollo o de un mártir. Además, nadie estaría dispuesto a pagar una fortuna por adueñarse de los despojos de esos tres fantoches. Ni siquiera Tobias Cohen.» (Tobias Cohen es un rabino de Atlanta que se ha hecho célebre por su persecución incansable de todo rastro del Maligno en la Tierra, movido por el afán de borrar ese rastro, lo que le lleva a la destrucción pública de libros inicuos, de reliquias perversas y, si pudiera, de satanistas de carne y hueso.) «En esto hay otra cosa. Lo bueno sería saber de qué se trata, porque ahí puede estar la clave de la trampa que quiere tenderte el mexicano. Procuraré enterarme y ya te digo. ¿Te apetece más café?»

Estuve en casa del Penumbra hasta la caída de la tarde, cuando ya la ciudad iba recuperándose del azote del Misericordioso.

No es necesario que señale que había perdido mi vuelo de regreso a París. Llamé a tía Corina al hotel, pero no pude hacerme con ella, así que le dejé un mensaje tranquilizador. Llamé también a mi hotel, en el que tenía varios mensajes intranquilos de tía Corina.

Mi anfitrión estuvo muy locuaz. Le pregunté por Cristi Cuaresma. «Una loca. En todos los aspectos posibles. Se levanta loca y se acuesta más loca todavía. Le echas cuatro polvos y pretende que te tatúes su nombre en la frente. Sam Benítez te la ha colgado para asegurarse de que todo vaya a salirte mal. Esa es la prueba más contundente de que en este asunto hay trampa. Esa tía no ha trabajado nunca en nada. La única cosa sensata que ha hecho en toda su vida ha sido llamar al veterinario cuando a los rottweilers de su novio colombiano les daba por devorarse entre ellos... En fin, dejemos que las cosas vayan por su cauce. Por el cauce que ha marcado Sam. A ver dónde acabamos.» Visto así el asunto, pensé que fundamentalmente podríamos acabar en la cárcel. «Cuando llegue el momento, llama a Cristi y la citas en Colonia. Ella misma se encargará de buscarse la ruina. Por eso no te preocupes.»

Le dije al Penumbra que lo prudente sería desistir: ya no está uno en edad de regalarle unos años penitenciales a la Justicia humana, porque los años comienzan a ser muy valiosos precisamente cuando menos valen.

Los gastos que me habían ocasionado los preparativos de la operación —incluidas las dos mil libras que le di la noche antes al Penumbra— tampoco iban a llevarme a una bancarrota irreparable, aunque el dinero tirado duele mucho en la memoria. Además, entre un pequeño despilfarro y un desastre a toda orquesta, la opción estaba clara.

«Si Sam Benítez te ha tendido una trampa, lo que tienes que hacer es tenderle otra. Una trampa muy sencilla y, en cierto modo, sujeta al guión: hacer que todo salga mal, pero sabiendo que va a salir mal, con lo cual estaremos a salvo. Te quedas con el anticipo y que luego él dé explicaciones a quien tenga que dárselas. Cuenta conmigo para eso», y sonrió de un modo que me resultó inquietante, por esa cualidad que tienen algunas sonrisas de materializar lo peor que llevamos dentro. «Ese será nuestro trabajo en Colonia: hacer que Sam se meta en su propia jaula. Y va a salirte barato: sólo quiero la mitad de ese anticipo. Bueno, no exactamente la mitad: me conformo con el 90% de la cantidad que te inventaste hace un rato y que ya no recuerdo siquiera. Así que miénteme de nuevo: pronuncia una cifra agradable.»

Como ustedes comprenderán, no di crédito alguno a cuanto me dijo el Penumbra. Estaba obligado a trabajar con él, pero no al son de sus delirios, y mucho menos a sus órdenes. Yo confiaba en Sam, a pesar de muchísimas cosas, y esa confianza no iba a desmoronarse por las suposiciones de un aprendiz de diabluras. Sam no me debía nada, pero le debía mucho a mi padre, y ese débito me resultaba tranquilizador.

...De todas formas, la mente es un hormiguero con muchas galerías, y reconozco que la duda se me coló por alguna de ellas, de modo que vi aumentada la suma de mis inquietudes. (El mundo gira, y nosotros giramos con el mundo, y las conciencias tienden, en fin, a marearse.)

El Penumbra se puso su disfraz de oficiante satánico, repitió el ritual de la venda y me acercó en su Aston Martin a mi hotel.

La ciudad estaba inquieta: varios millones de personas procurando disimular su psicosis, luchando contra el instinto de hacer un paquete con los niños y las joyas y huir a Costa Rica en el primer vuelo.

Antes de despedirme del Penumbra, le pregunté si conocía a Tarmo Dakauskas. «No, ¿por qué?» Le dije que por nada, para no añadir otra pieza al tablero.

Llamé de nuevo a tía Corina, esa vez con fortuna. Lloriqueó un poco por la incertidumbre acumulada en torno a mi suerte, pero le dije que no se preocupara y que se fuese a cenar con el Falso Príncipe para celebrar mi resurrección.

Llamé luego a la compañía aérea para intentar arreglar mi plan de regreso, pero se ve que no era momento de arreglar nada. Me sugirieron que lo más sensato sería que me fuese muy temprano al aeropuerto y que, una vez allí, procurarían acomodarme en el primer vuelo en el que hubiese una plaza disponible, ya que estaban produciéndose muchas cancelaciones, tanto de vuelos como de reservas.

Teníamos billetes para Colonia en un tren que salía a las once y media de la mañana, y difícil veía yo que llegase a tiempo, por temprano que me fuese a Heathrow, ya que los aeropuertos son los reinos naturales de la llamada Ley de Murphy para la clientela, quizá porque un negocio basado en el sueño vanidoso de volar está reñido con la rigidez mecánica del tiempo: el milagro del despegue, pongamos por caso, es siempre impuntual, ya que ningún milagro puede ser esclavo del reloj, o yo qué sé.

Llamé a Gerald Hall: «¿Qué sabes de los veromesiánicos de Catania?». Y me aseguró que eran cosa del pasado. «Ya no quedan clientes como ellos, Jacob. Compraban todos los escombros que salían al mercado a precio de platino, y por ahí debió de entrarles la ruina.»

Me tumbé en la cama y me pasé las horas viendo los noticiarios, que repetían una y otra vez las mismas secuencias, las mismas hipótesis y los mismos comunicados oficiales, y así hasta que me quedé dormido.

A eso de las tres de la madrugada me desperté con mucha hambre, porque no había cenado, pero esa es otra historia. Una pequeña historia que se prolonga hasta las cinco de la mañana, hora a la que avisé un taxi para que me llevase al aeropuerto, a jugar al juego de las plazas aéreas disponibles.

Entre cosa y cosa, llegué al hotel de París más allá de las cuatro de la tarde, que ya es decir. Tía Corina estaba esperándome. Me abrazó como si volviera de una guerra. Le conté, sin entrar en demasiados detalles, mi encuentro con el hijo de Honza. Su veredicto fue categórico: «No te fíes ni medio pelo de ese niño».

Habíamos perdido el tren a Colonia, por supuesto. Como ambos estábamos un poco agitados, decidimos cancelar el plan y volver a casa al día siguiente. Ni la salud de tía Corina recomendaba más trastornos ni a mí me entusiasmaba el hecho de pasearme por una catedral con ojos de desvalijador, haciendo croquis, ideando estrategias y planes de fuga.

La verdad es que el asunto de Colonia empezaba a repelerme. Era el trabajo más ventajoso que me habían ofrecido desde la muerte de mi padre y, sin embargo, el que más pereza me daba emprender. Es probable que el responsable de esa pereza sea el tiempo, que, a fin de cuentas, es el principal sospechoso de casi todo. La vejez consiste, esencialmente, en un estado crónico de pereza, y yo me sentía viejo. Perezoso. Sin ganas no ya de implicarme en una operación de aquella envergadura, sino incluso de levantarme de madrugada para ir al cuarto de baño. (Y la noche en que te lleves un orinal al dormitorio será el principio del fin: todas las teorías pomposas y milenarias en torno a la esencia del tiempo acabarán teniendo la forma de ese recipiente.)

Salimos a cenar con el Falso Príncipe. Entre tía Corina y él creí adivinar esa complicidad incómoda de los amantes repentinos, la melancolía de una ilusión sin futuro. Intuí que, durante mi ausencia, habían vivido su sueño rápido y no sabían qué hacer con el cadáver de ese espejismo.

Nos recogimos temprano y al día siguiente ya estábamos en casa, sin más suceso digno de mención que un artículo firmado por un tal Philippe des Rois que leí en *Le Figaro* durante el vuelo y que tuve la ocurrencia de recortar para leérselo al ex joyero Coe, de modo que ahora puedo permitirme traducirlo y transcribirlo para ustedes, por parecerme curioso el asunto que expone y también por dar un respiro a mi memoria, un poco fatigada ya de reconstrucciones:

> La ciencia suele ser un reducto de magia. La luna prodigiosa y lírica que nos describió el hiperbólico Cyrano de Bergerac no es más lírica ni más prodigiosa que esa luna que vemos cada noche a través de la ventana, esa luna mutante y vagabunda que juega a la geometría consigo misma: de repente mengua, de improviso crece... Hay noches en que parece una cimitarra fantasmagórica, noches en que simula ser una hoz de marfil, noches en que toma la apariencia de ojo ciego de cíclope. Y así va: disfrazándose. La dama indefinida.
>
> Vladimir Nabokov sospechaba que en la obra de arte se produce una especie de fusión entre la precisión de la poesía y la emoción de la ciencia pura. El caso es que unos científicos han conjeturado que algunos planetas extrasolares pueden estar hechos de diamante, al haberse condensado a partir de gas y de polvo rico en carbono. Esos planetas podrían tener la corteza de

carbón casi puro y su capa más exterior sería de grafito, pero, más abajo, resulta probable que la presión haya transformado ese grafito en la forma más prestigiosa del carbono: el diamante.

Se imagina uno esos planetas, no sé, como inmensas joyerías flotantes por el universo, como la inmensa caja fuerte de un Tiffany's ultragaláctico, como el sueño codicioso de un maharajá.

El rey castellano Alfonso X, en su *Lapidario*, da por hecho que el diamante es una piedra que se halla en el río llamado Barabicen, que corre por la tierra conocida como Horacim. Según el soberano sabio, nadie puede llegar al lugar en que nace ese río, al haber allí muchas serpientes y otras muchas bestias ponzoñadas, entre ellas unas víboras que matan sólo con mirar. Por venir el diamante de este medio, dice el rey que es piedra venenosa: si alguien la mantiene en la boca durante un rato, se le caerán los dientes; si la muelen y hacen mortero de ella con estaño, se convierte en tósigo mortal, de modo que le verá la cara a la muerte quien tenga la desventura de ingerirlo. Por lo demás, nos dice aquel rey de Castilla que el diamante, al ser de naturaleza fría y seca, convierte a quien lo lleva en persona susceptible de enojarse enseguida, inclinada a reñir «y hacer toda otra cosa que sea de atrevimiento y esfuerzo».

Las pintorescas convenciones mercantiles han convertido el diamante en un símbolo del amor duradero. Regalar un diamante es como regalar el corazón. Un corazón transparente, un corazón muy caro, un corazón de carbono hecho cristal. El diamante, piedra seca y fría, según señala el monarca castellano, se ha convertido en metáfora del corazón caudaloso y candente, del voluble corazón, del músculo sanguíneo y tornadizo. Una piedra preciosa, arrogante y perfecta sobre el fondo aterciopelado del estuche, se transforma en embajadora de un corazón, y el corazón que recibe ese corazón metafórico y cristalizado se conmueve. Es el poder esotérico del carbono, supongo. Es la magia del prisma. Es la fuerza ancestral y caprichosa de los símbolos.

Por ahí, fuera de nuestro sistema solar, puede haber planetas de entraña diamantina, errantes por el silencio corpóreo de las regiones etéreas. Y todo parece, en fin, el sueño delirante de un joyero.

De un joyero y de cualquiera, ¿para qué engañarnos? Planetas de diamante. Silenciosos planetas diamantinos. Vivir sobre tu propia fortuna, andar sobre tu tesoro escondido, escarbar y robarle diamantes a la tierra... Y con la imagen de ese sueño en vela me dormí en pleno vuelo, camino de mis pesadillas, en las que los planetas suelen estar hechos de otra cosa.

Llegamos a casa con esa sensación de haber estado fuera durante años que propician los viajes cortos.

Por la noche, me fui a echar el rato a los Billares Heredia, donde la realidad se disfraza momentáneamente de ilusión geométrica, olvidada de su condición de caleidoscopio.

Los habituales hablaban, como quien habla de la lluvia, de sus asuntos, tanto venturosos como desdichados, a la vez que concebían carambolas perfectas, y se extrañaban con toda el alma cuando la trayectoria ideal resultaba fallida, ya que el pensamiento soporta mal los errores de cálculo, tanto en el juego como en los accidentes cotidianos del existir.

Me comentaron que Esteban Coe, el joyero jubilado, estaba enfermo, y quedamos en hacerle algún día una visita para infundirle ánimos y para aliviarle el paso lento de las horas de morbidez, porque toda enfermedad conlleva un marasmo del tiempo, supongo que para que vayamos acostumbrándonos a la inmortalidad o a la nada, según las esperanzas que alimente cada cual. Le llevaría el artículo sobre los planetas hechos de diamante para que tuviese algo hermoso en que pensar, ya que los enfermos sólo piensan en una cosa. (Luego, entre contratiempo y contratiempo, aquella visita colectiva se postergó, y en el entretanto murió Coe, me dijeron que entre dolores y delirios.)

Allí estaba yo, en fin, cuando entró por la puerta la persona que menos podía esperar que entrase por aquella puerta: Walter Arias. Mi primo Walter.

Mi primo Walter Arias no se llama así, pero por ese falso nombre lo conoce todo el mundo, incluso quien no debiera. Es hijo de la hermana de mi madre. Su padre fue un diplomático de humor melancólico, que es un natural poco indicado para ejercer esa profesión, lo que tal vez explique su deriva final, con el corazón afantasmado y con la conciencia alcoholizada.

Lleva mucho trotado el primo Walter, e incluso se las apañó para que un editor le publicase el primer tomo de sus memorias, en las que da cuenta prolija de sus amores y amoríos y del curso general de un gran tramo de su vida, marcada por el pintoresquismo y las adversidades. Hubo quien dijo en su día que tales memorias tienden al fantaseo y a la hipérbole, aunque no sé en qué puede fundamentarse ese achaque, ya que nadie conoce mejor que uno mismo la verdad de su vida, y en esa verdad también se incluyen la hipérbole y el fantaseo, adornos naturales de cualquier existencia. (Al fin y al cabo, según lo veo yo, la vida de los otros es sólo lo que nos quieran contar, así nos cuenten la historia de la aparición de un dragón bicéfalo en el jardín de su casa.)

Conforme a esas memorias, el joven Walter amó a muchas mujeres, y alguna le amó; en especial, amó y fue amado por Wendy Manzanera, la diva uruguaya de la canción romántica, con la que estuvo casado —con sus más y sus menos— hasta que un cáncer la devoró.

A causa de sus complejos trapicheos, a Walter le dieron una vez, allá en Melilla, un tiro en la cabeza, y estuvo a punto de comprobar si hay vida después de la muerte, pero se ve que no era su hora, aunque mucha gente lo dio por cadáver, en buena parte porque él mismo se encargó de difundir aquella desgracia, ya que le convenía estar oficialmente muerto para que nadie se rindiera a la tentación de matarlo. De aquello, de aquel tiro en la cabeza, salió no obstante con la lucidez muy desenfocada, y pasó una mala racha de desvaríos. Durante un tiempo, se metió a conferenciante de temas abstrusos y divagatorios bajo el nombre de El Que Fue Y Ya No Es, que es el nombre artístico más estrambótico que uno haya oído, aun habiendo oído ya casi de todo. (Me acuerdo, no sé, de aquel fakir checo que se hacía llamar Sueño de Punta. O de aquella mujer-bala de un circo ruso que se anunciaba como La Mosca Moscovita. O de aquella cantante sicalíptica, natural de una aldea cercana a Estoril, que era conocida en la noche de Atenas como Esmeralda de Indochina.) Embaucó, estafó, timó, chantajeó, intimidó y engañó cuanto pudo a quienes pudo. Conoció la cárcel y la intemperie. Recorrió buena parte del mundo y buena parte de su calvario. Y así hasta que se fue a vivir a Barcelona, donde una dama de la edad de su madre, aficionada a los perros y al espiritismo, le dio cobijo a cambio de afecto y protección, y protección y afecto le dio Walter hasta que la dama murió del mal del almanaque, dejándole a mi primo varios perros, varios espíritus desnortados por la casa y la casa misma, aparte de algunas pequeñas propiedades agrícolas y un manojo de joyas, y de eso tira.

Walter tiene la cara deformada por un chorreón de ácido, cojea de una pierna y lleva tatuada en la espalda una enorme mariposa con atributos obscenos, regalo de unos facinerosos mexicanos que se tomaron su venganza con tinta y aguja. (Lo de la cara, por cierto, es resultado de un accidente que tuvo en casa de Ambroise van Cleft, el disipado restaurador de Amberes, al que, en un arrebato de insensatez y de furia, mi primo Walter le destrozó la casa y la cara, según leemos con detalle en sus memorias.) (El origen de la cojera no lo sé.)

El primo Walter, en resumen, fue aventurero y galán y hoy es ruina.

—Me dijo Corina que estabas aquí y he venido.

—Qué de tiempo, Walter.

—Qué de tiempo, Jacob.

Y salimos de los Billares Heredia, él cojeando y yo preguntándome qué podía traerle por aquí.

A tía Corina le divierten las excentricidades de pensamiento del primo Walter y le distrae charlotear con él sobre filosofía y psicoanálisis, que son los temas obsesivos de mi pariente, aunque la verdad es que no pasa de ser un diletante, tendente al puro blablablá y a la distorsión teórica: «Para mí, Aristóteles tenía un defecto insalvable: que no era tan marica como Platón. Platón pensaba como un decorador de interiores, mientras que Aristóteles pensaba como un albañil. Y no sé si me explico». (Y así sucesivamente.)

Cenamos entre risas, motivadas por la desmesura verbal de Walter, y, a los postres, aún seguía preguntándome qué marea le había traído a nuestra orilla, ya que la posibilidad de una visita de cortesía quedaba descartada por completo: nadie hace una visita de cortesía a alguien después de más de diez años sin tener la necesidad de realizar una visita de cortesía a ese alguien. La última vez que se dejó caer por aquí —hace más de una década, ya digo— se hospedó en casa durante una semana larga, porque mi padre le tenía simpatía y le abrió las puertas de par en par. Recuerdo que tío y sobrino salieron juntos una tarde y no volvieron hasta el mediodía siguiente, los dos molidos de cuerpo, pero con el espíritu entero y muy dichoso, hasta el punto de que mi padre estuvo riéndose solo durante días, recordando quién sabe qué episodios de aquella excursión.

Acomodamos al primo Walter en la habitación de huéspedes y al rato salió de allí con una carpeta: «Te dejo estos papeles para que les eches un vistazo cuando puedas. Estoy ordenando el material para el segundo tomo de mis memorias. Ya me dices algo». Y seguimos charloteando durante un par de horas, porque tía Corina se reía con ganas de las ocurrencias del invitado imprevisto, y ver feliz a tía Corina compensa de todo. Incluso del primo Walter.

13

Los papeles walteristas.
El teléfono suena.
Una revelación en crudo.

Nos retiramos tarde a dormir. En la cama, me entretuve leyendo los papeles del primo Walter. Transcribo algunos fragmentos para que se hagan ustedes una idea de la condición filosófica de nuestro huésped. Ahí van:

> Los sexólogos (ya sean titulados o televisivos) coinciden en señalar, a modo de advertencia severa, que la sexualidad no consiste exclusivamente en la penetración. Bien. Hasta ahí de acuerdo: no podemos olvidar la lengua artística, los latigazos en el culo, las bolas chinas eléctricas, el poder devorador de una boca, etcétera. En lo que lamento no estar de acuerdo con los sexólogos es en la propaganda sesgada que les hacen a las caricias. ¿Caricias? ¿Lo que les hacemos a los perros y a los gatos? ¿Caricias? Incluso acariciamos a un hámster muerto. ¿Caricias? ¿Las caricias *son* sexo? ¡Venga ya! No estamos para tonterías, camaradas. El sexo no consiste exclusivamente en la penetración. Por supuesto que no. El sexo es también otras muchas cosas: pellizcos que gangrenan la autoestima, lenguas ebrias, uñas que escarban en las fronteras del daño, la apropiación indebida de un

alma ajena, el mal de ausencia que se traduce en un aullido nocturno, dientes que traspasan la barrera del dolor... Todo eso es también sexo, qué duda cabe. Opciones de sexo. Sexo complementario. Pero, ¿las caricias? No somos perros, ¿verdad? No somos gatos, ¿no es cierto? Sexo es terminar de practicar el sexo y plantearte al menos dos enigmas, a saber: 1) ¿Me habré pasado un poco? y 2) ¿Dónde habrá aprendido a hacer estas diabluras esta demonia trastornada? Y que luego te diga tu Conciencia: «Se te va a parar cualquier día el corazón, payaso acrobático». Y que tu Subconsciente te susurre: «Ju ju chunda chunda traca toma». (Porque el Subconsciente, como es bien sabido, se expresa a través de formulaciones más o menos onomatopéyicas.)

Y ahí va otro fragmento, que no le hizo bien a mi ánimo, por ser mi ánimo sensible a las razones amargas que se exponían en él:

Lamento decirlo, pero todo está impregnado de la esencia venenosa del Tiempo: desde la piedra inerte que le arrojamos a un perro para que juegue (todos los perros son ludópatas) hasta nuestra nariz. Todo. Y la esencia del Tiempo es muy misteriosa. Y es muy misteriosa por una razón muy sencilla: porque el Tiempo es intemporal. Ese es su truco. Pero, a pesar de ser intemporal, el Tiempo le otorga a todo un aire de fugacidad melancólica. Ahí radica el misterio: él es intemporal, pero está empeñado en que todo sea fugitivo. —El Tiempo, mala gente.

El Tiempo te echa el guante —me refiero, claro está, a su guante con púas— cuando cumples cuarenta años, que son los que cumplí precisamente ayer, sin ir más lejos, o sea. A partir de ahí, comienzas a tener una relación muy conflictiva con tu cara, aunque no tanto por cuestiones cosméticas como por cuestiones de técnica teatral: tienes que aprender a sonreírle cada mañana en el espejo a un desconocido. Tienes que aprender a dialogar con... *ese*. «Vamos, ánimo, superdotado, el mundo es tuyo.» Y ya no te lo crees, porque ya no te crees lo que ves: *ese*. Empiezas a ser mudo ante el espejo. No te apetece hablar con ese alienígena. Y esa falta de comunicación te conduce a extremos muy curiosos: «¿Y si me dejara el pelo largo?», te preguntas, en el caso de que aún tengas pelo. «Sí, por qué no», te respondes. Y te dejas crecer el pelo, y te crece, aunque con mucha lentitud, y entonces te das cuenta de que, con el pelo largo, tienes pinta de bruja cabreada o de vikingo malo. (Y a la peluquería de cabeza, y nunca mejor dicho.) «¿Y si me tiñese las canas?» Y te las tiñes, como es lógico, y entonces te das cuenta de que pareces un muñecón, porque resulta más llamativa tu falta de canas que las canas mismas. «¿Y si me comprara otras gafas? ¿Y si me tiñera de rubio? ¿Y si me dejase perilla? ¿Y si me pusiera un pendiente?» (Oh, sí, un pendiente: ahí tienes al Capitán Garfio, esforzado aspirante a Peter Pan.) Porque se trata de eso: de disfrazar al alienígena. Pero no puede ser. Hagas lo que hagas, parecerás el pedicuro yonki de los Rolling Stones. Así que tienes dos opciones básicas: morirte de asco o morirte de risa. Ambas tienen sus ventajas y sus inconvenientes. Así que tú sabrás.

Dadas las circunstancias, me llamó la atención el siguiente fragmento:

Los miembros de todas las familias se odian entre sí con ese odio cómplice que se da entre los siameses: unidos por el costado, o por las orejas, o por el cerebro, o por un contrato matrimonial. (Los parientes, qué extraña tribu.) De todas formas, sabes que fuera de la familia no hay nadie que te sienta como algo verdaderamente suyo, nadie que pueda quererte y odiarte a la vez con esa intensidad atávica. Fuera del ámbito de la familia, las relaciones pueden resultar más amables, más racionales incluso, los golpes bajos menos ruines (en parte porque te duelen menos), y es que dentro de la familia no se razona con la razón —valga la redundancia— sino con la sangre, y la sangre es un fluido soberbio. Fuera de la familia hay cosas mucho mejores que dentro de la familia, pero nadie ha logrado demostrar —no al menos por escrito— que el género humano tenga un interés especial en conseguir lo mejor. El género humano enseguida se siente a gusto en cualquier infierno, porque el infierno es su casa natural. El género humano, en resumidas cuentas, sólo visita los paraísos para pegarles fuego o para mearse en ellos.

Y con esas y similares elucubraciones me dormí.

A la mañana siguiente, muy temprano, llamó Sam Benítez, a quien teníamos un poco perdido en el desenvolvimiento de esta historia. «Oye, cabrón, ¿qué pasa por ahí?» Me dio un par de semanas para rematar la faena de Colonia y le dije que me parecía un plazo razonable, aunque yo, la verdad, había estado regando la semilla de incertidumbre que el Penumbra plantó en mi espíritu y, a esas alturas, estaba casi convencido de que todo consistía en una trampa, en una operación ruina. En el célebre *corpus vile*. Y nadie va con pies alegres al patíbulo —ni siquiera tal vez el verdugo—. Al mismo tiempo, me costaba trabajo dudar de Sam, y lo veía atender las explicaciones de mi padre, que siempre se esmeró en educarlo y en desvelarle los entresijos de la profesión y de la vida, que siempre lo protegió de los peligros concretos y de los riesgos invisibles del mundo y que siempre le dispensó la gama de afectos que suele dispensarse a un hijo, pues como a tal lo trató, al margen de esa anomalía de irse juntos de vez en cuando a quemar la noche.

Sabía de sobra la respuesta, pero no me resistí a hacerle la pregunta: «Sam, ¿vas a meterme en un lío?». Y me juró por lo más sagrado que no, aunque preferí no preguntarle qué era para él lo más sagrado.

Poco después de la llamada de Sam, recibí una llamada de Cristi Cuaresma. «Creo que merezco una explicación», fue casi lo primero que le dije. «¿Explicación? ¿Qué explicación? ¿De qué me hablas, muerto en vida?» (Yo me refería, como es lógico, a la jugarreta narcótica que me hizo en Roma.) Al final, no me dio explicación alguna, pero sí al menos un poco de información: «Mira, no recuerdo ni lo que te puse en el vaso. Créeme. Eché mano de lo que llevaba en el bolso. Una compota. Un poco de esto y un poco de aquello, y en dosis casuales, ¿me entiendes? Me daba pena verte tan muerto». Y en eso quedó la cosa. (Lástima, en el fondo, de fórmula perdida: aquello funcionaba.)

Le dije que la avisaría con tiempo para vernos en Colonia. «¿Irá de verdad el Penumbra?» (Por supuesto.) «¿Lo has visto?» (¿A quién?) «¿Dónde está?» (¿Dónde está quién?) «¿Me tomas el pelo, fiambre?» (¿Qué pelo?) A todo le daba yo largas, en fin, porque era mi turno de poder, y no porque me gusten esos equilibrios, tan mezquinos de fondo y de forma, sino porque, como me advertía mi padre, muéstrate débil e incluso los débiles te avasallarán.

Se empeñó en que le diera el número de teléfono del Penumbra, pero le dije que tenía instrucciones concretas de no dárselo, e insistí en esa especificación para echarle un poco de sal en la herida. «¿Dónde vive?» (Ansiosa, olisqueando el rastro de su perro...) «Y de dinero, ¿qué?» Le dije que de eso ya hablaríamos. «Quiero un adelanto», y le repliqué que a veces los adelantos se retrasan. «Oye, tú, ¿eres un muerto o un hijo de puta?» Pero no le despejé la incógnita.

El primo Walter se levantó temprano, para mi sorpresa, ya que en mi subconsciente —o en algún sitio similar— daba yo por hecho que los filósofos epicúreos posmodernistas —por así decir— tenían la costumbre de levantarse a las tantas.

«Buenos días, primo Jacob. Esta noche he soñado con la Monja Ensangrentada. Era la dueña de un cabaret gore.» Dios mío, qué mal aspecto tenía Walter por la mañana. Qué malo. Parecía haberse escapado de un quirófano paquistaní a mitad de la operación.

«He leído algunas de las cosas que me diste.» Se desperezó y destapó la cafetera para inhalar sus vapores amargos con gesto de druida ante el caldero. «¿Y qué tal?» Le dije que muy bien, compadecido de su aspecto. «No creo que seas del todo razonable, pero intentas ser al menos racional, lo que no es mal punto de partida para sistematizar una filosofía irracionalista.» Y nos reímos. «Peor sería que fuese un irracionalista disfrazado de sofista borracho, ¿no te parece?... Sí, con un poco de leche, por favor.»

Desayunamos amenamente, entre bromas y esgrimas conceptuales. Aprovechando que tía Corina estaba aún acostada, ya que me había prohibido que atosigara a mi primo con mis típicas interpelaciones (¿?), le pregunté a Walter por el motivo de su visita. «Ah, muy sencillo», dijo con despreocupación, «porque me estoy muriendo.» Y la taza de café se me quedó paralizada a la altura de la barbilla.

«...Si te fijas, es una frase que no puede pronunciar todo el mundo, porque mucha gente se muere sin tener que estar muriéndose. Pero yo puedo pronunciar esa frase: estoy muriéndome, primo. Me queda poco. Ya sabes lo que dijo san Agustín: "El alma teme su propia muerte, no la del cuerpo". Pues bien, yo temo todo lo contrario. Pero...», y se encogió de hombros.

¿Cómo se puede reaccionar ante una revelación de ese tipo? ¿Dándole una palmada en la espalda? ¿Diciéndole que los médicos se equivocan? ¿Asegurándole que existen otras formas de vida incomprensibles para los vivos? ¿Recordándole que siempre le quedará la posibilidad de seguir entre nosotros gracias a la *ouija*?

«He venido porque quiero nombraros mis herederos. La vieja no me dejó una gran fortuna, pero a Corina y a ti os daría para vivir con holgura un par de veces más. Sois mi única familia.» Les confieso que me conmovió aquel gesto, aquella lealtad a un vínculo de sangre que casi no era ya un vínculo, a fuerza de tiempo y de distancia, y más teniendo en cuenta que tía Corina entraba para él en la categoría de los parientes adoptivos.

—Gracias, primo.

—No hay de qué.

Y abracé tímidamente al moribundo.

Cuando se levantó, le conté a tía Corina lo de Walter y se le saltaron las lágrimas. Corrió hacia él y también lo abrazó. «Eh, eh, que estoy muy delicado.» Resultaba admirable el aplomo de aquel condenado a muerte. Su sosiego ante el peor de los desasosiegos: la cuenta atrás certificada.

Tía Corina le pidió detalles de su mal, pero el primo se mostró esquivo: «Lo de siempre: tu cuerpo se harta de ti y decide suicidarse».

Como hacía qué sé yo cuánto que no me pasaba por el apartado de correos para recoger la correspondencia, invité a Walter a que me acompañara, con la idea de dar luego un paseo, porque estaba el día esplendoroso, y la alegría de la luz solar pasa por ser un estímulo para los enfermos, aunque les confieso que si yo estuviese deshauciado, metería la cabeza debajo de una manta y no saldría de allí hasta que llegasen los de la funeraria, porque no se me ocurre que haya nada peor que despedirse para siempre de un mundo en estado fastuoso. Pero, bueno, demos un poco de crédito a los lugares comunes, aunque estoy convencido de que la muerte resulta más llevadera en Helsinki en el mes de noviembre que en Montecarlo en el mes de julio.

Tía Corina y yo apenas recibimos cartas, aunque sí facturas, como todo el mundo, y montones de ellas había en la casilla. También recogí —menos mal— el segundo aviso de un envío certificado, a punto de ser devuelto por cumplirse el plazo fijado para la recogida.

Resultó ser un paquete que me remitía Marcos Travieso

desde Camagüey, allá en Cuba, de donde es natural y adonde regresó después de trotarse medio globo, cansado ya de emociones y de peregrinajes, aunque, por no sé qué tipo de dispensa castrista, pasa largas temporadas en Montevideo, de donde era Clara, su mujer, ya fallecida. (Quizá para rastrearle el espectro más de cerca, digo yo, ya que los espectros van cobrando más y más importancia a medida que se aproxima nuestra transformación en espectro.) Fue Marcos un buen amigo de mi padre, y ahora debe de andar cerca de los noventa, muy retirado de todo, aunque, según me decía, con muy buena salud. Su fuerte era la ciencia bibliográfica, y hasta hace poco compraba y revendía libros raros como joyas —y caros como ellas—, ya que tenía un olfato privilegiado para rastrear bibliotecas de herederos poco entusiastas y también un tacto primoroso para tratar con bibliófilos en apuros.

«Te mando estas chucherías por si puedes colocarlas a buen precio. Estoy desconectado de la lonja. Cualquier cosa que hagas me parecerá bien, como bien me parecerá lo que consigas. Sé que puedo confiar en ti, igual que siempre pude confiar en tu padre. A estas alturas, necesito poco, y ya voy aliviando el equipaje», me decía en una nota. Lo que Marcos Travieso me adjuntaba eran dos guaches de Torres García, el mecanoscrito —con centenares de correcciones: barroquismo sobre barroquismo— del capítulo VII de *Paradiso,* de Lezama Lima; dos dibujos a plumilla de Pedro Figari, uno a lápiz de Vázquez Díaz, una tarjeta de visita de Proust rubricada, una carta del poeta Fernando Pessoa al subpoeta Adriano del Valle, una foto dedicada por Alejo Carpentier a una tal Rita, un pequeño collage de Maroto, varios manuscritos de Manuel Altolaguirre, un cuaderno escolar del poeta Gastón Baquero, un pasaporte de Marinetti, una acuarela de la época mexicana de Ramón Gaya, una segunda edición de *El Quijote* encuadernada historiadamente en el XIX por Joseph Thouvenin y dos cuadernos autógrafos del diario de Robert Musil, aquel austriaco que padeció el vicio del tabaco y el vicio de querer escribir una novela inmortal.

«¿Qué es eso?», me preguntó el primo Walter, y le expliqué el asunto. «¿Valen mucho?», y le di una cifra aproximada. Silbó.

El lote lo gestionaría a través de Putman y le enviaría el total de los beneficios —sin restar porcentaje de correduría— al viejo amigo de la familia, que siempre ha sido un hombre de corazón transparente y de profesionalidad escrupulosa, a pesar de que el curso de la vida le ha hecho enfrentarse a albures desdichados, como el de su encarcelamiento durante más de dos años en Costa Rica a causa de un delito que nunca ha querido especificar.

El primo Walter y yo nos sentamos en una terraza a tomar algo y a ver pasar la gente y el volar de la vida.

«¿Te has dado cuenta de que el mundo es cada vez más complicado?», y no supe qué contestarle, en el caso de que hubiera contestación posible. «Complicadísimo. Incluso el anuncio televisivo de un detergente resulta difícil de entender: "Limpieza total gracias a sus nuevos megatones iónicos de acción total y desinfección garantizada gracias a sus silicatos sintéticos de esporas de pino de acción protoactiva, directo sobre las manchas". ¿Qué es eso? El mago Merlín se tiraría por la ventana si oyese una cosa así. A estas alturas, el funcionamiento de nuestro cerebro es la mitad de complejo que el de cincuenta miligramos de detergente al entrar en contacto con el agua.» Y se quedó meditabundo.

Volvimos a casa y tía Corina se empeñó en invitarnos a comer en el restaurante de Hau Wah, pionero en la ciudad de las salsas agridulces y de las delicias cantonesas. «Tengo antojo de pato», alegó tía Corina. Y a lo de Hau Wah nos fuimos los tres con el ánimo alegre de los ociosos, aunque cada cual llevara por dentro su pesadumbre.

Me pasaba los días colgado al teléfono, hablando con Sam, con Cristi y con el Penumbra.

Lo que hablaba con Sam lo comentaba con el Penumbra, que me descuajaringaba la moral, pues me hacía ver la operación aún más descabellada de lo que alcanzaba a verla por mí mismo. Lo que hablaba con el Penumbra lo comentaba con tía Corina, que le había cogido ojeriza. («Ese niño huele a ruina desde lejos», pronosticaba su intuición.) Lo que hablaba con Cristi Cuaresma no lo comentaba con nadie, porque andaba aquella mujer con el espíritu emperrado en aliviarse el mal de ausencia que le ocasionaba el Penumbra, que se veía que era mal que la desgarraba, según interpretaba yo. Y en eso se me iban las horas, aparte de gestionar el asunto del traslado y del alojamiento a través de la agencia de Nati, que, a pesar de su eficiencia y de su voluntad, no lograba encontrarnos hotel, pues se celebraba allí un congreso eucarístico y miles de aspirantes a la eternidad gozosa tenían copadas las camas durante las fechas que habíamos fijado para la operación. Al final, tuvimos que desistir y aplazar el viaje, para escándalo de Sam Benítez, a quien aquello le cayó de la chingada.

Por lo demás, el primo Walter seguía instalado en casa como si fuese la suya, y no se le veía intención de mudarse.

Una mañana me crucé en el pasillo con una mujer. Era alta, rubia y —para qué decir otra cosa— despampanante. Buscaba el cuarto de baño. Iba desnuda. Con la mayor naturalidad que pude fingir, le indiqué la puerta y la observé alejarse por el pasillo. Un enorme tatuaje de simbolismo geométrico le coronaba la rabadilla, y aquello ya no me gustó tanto, porque una mujer tatuada nunca puede estar desnuda del todo: lleva el estigma del artificio. (Pero...)

Le dije a Walter que la norma de la casa era no admitir visitas de extraños y admitir apenas visitas de conocidos. Que él mismo era una excepción insólita. «Abigail no es ni una extraña ni una conocida. Es nadie», me replicó malhumorado.

«¿Abigail?», pregunté. «Bueno, Abigail o Teleris o Penélope, ¿qué más da eso? Todas tienen un nombre absurdo», y el malhumor le crecía. «No la traigas más, por favor.» Sonrió con aspereza. «No te preocupes por eso. Traeré a otra. Me gusta cambiar. Todas cuestan lo mismo», y se encerró en su cuarto, y allí se quedó hasta la noche.

El hecho de que el primo estuviese muriéndose y de que nos hubiese nombrado sus herederos empezaba a ser una jugada irónica de la fortuna, una de esas jugadas en las que ganas y pierdes. Además, había reaparecido en nuestra vida en el momento más inconveniente, azorados como estábamos por el asunto de Colonia, que iba camino de convertirse en la veleta de mis pesadillas.

Bien está, desde luego, que uno sea amable con los parientes agonizantes, pero todo depende de la duración de la agonía, y me veía venir que el primo Walter había tomado la decisión de morirse en nuestra casa, quizá por miedo a irse de muerte lenta y anónima en un hospital, o quizá por pánico a espicharla de repente en la suya y no ser encontrado hasta que el olor alertase al vecindario.

«Walter no tiene intención de irse», le comenté a tía Corina, y nos miramos como se mirarían dos personas a las que se les acaba de cagar en la cabeza una gaviota.

Walter salió de su encierro a la hora de la cena. «Lo siento, primo. Siento haberte hablado de esa manera. Pero hazte cargo de mi situación...» (Los privilegios de quien tiene ya las monedas en la boca, como quien dice. Los últimos caprichos del condenado.) Le argumenté que era por motivos de seguridad, aunque aquello sonase grandilocuente a una persona ajena a los códigos de la profesión. «No volverá a ocurrir.»

...Pero ocurrió. Al día siguiente. Una nueva muchacha de ojos hastiados. Una nueva muchacha de tacones veloces, huyendo por el pasillo. Una nueva despedida del mundo, del demonio y de la carne para el primo Walter, el veterano hedonista, el partidario de agarrar a la vida por la cola, y que la vida berree. Pero, después de todo, ¿qué puede reprocharle uno a un hombre que está al borde de la muerte? ¿Qué puede recriminarle un cliente habitual del Club Pink 2 a un putero desesperado? (Le hablé, por cierto, del Club Pink 2, pero me dijo que no era lo mismo, que a él le ilusionaba despertarse al lado de una mujer: salir del sueño y tener un sueño al lado, y me sorprendió mucho en él, la verdad, aquel brote de lirismo.)

En definitiva: el primo Walter había llegado a casa con su ataúd a cuestas y estaba claro que había que convivir con los dos. Con él y con su ataúd.

Como las cosas suelen venir por rachas, incluidas entre esas cosas las ráfagas de muerte, fui al entierro de Esteban Coe, que se había ido de este complicado titirimundi en un abrir y cerrar de ojos por una especie de rebelión general de su organismo en contra de sí. Su viuda, que debía de andar por el ecuador de la cincuentena y que sostenía con alfileres sus esplendores, con esa imponencia crepuscular de las bellezas rotundas, llevaba varias pulseras de oro, y grandes pendientes de lo mismo, y un puñado de anillos con pedrería de ringorrango, artesanía sin duda del difunto Coe. El oro era su luto, su homenaje al caído por la borda. Mientras metían a Coe en el nicho, me asaltó un pensamiento inaceptable: «Con lo que esa mujer lleva encima, podría vivir durante un año una familia compuesta por tres personas y por un perro».

Como la mañana estaba buena, me fui dando un paseo hasta la ciudad con el ex policía Mani, con el panadero Margalef y con el taxidermista Mahmud, los tres supervivientes, conmigo, de nuestra peña billarista. Paramos a tomar algo, a charlar un poco —así por encima— de la vida y de la muerte, a cantar la necrológica de Esteban Coe, a brindar por su descanso eterno, a ensalzar la imponencia de la viuda y al rato nos despedimos. Creo que a todos nos resultó raro reunirnos fuera de los billares, porque la nuestra es una amistad con escenografía concreta. Fuera de esa escenografía, cada cual tiene su existencia peculiar, opaca para los otros. Fuera de los Billares Heredia, somos en realidad extraños mutuos.

Cuando llegué a casa, tía Corina me tendió un papel. «Estaba en el buzón.» Leí lo poco que había que leer: CONOCERÉIS EL DOLOR. ARDERÁ VUESTRA CASA.

No conseguía acostumbrarme a la presencia del primo Walter. Para un neurótico como yo, una casa es un territorio neurótico. Quiero decir que tu casa se convierte en un espacio sagrado, muy vulnerable a cualquier tipo de profanación: basta con que una visita muy querida se siente en tu sillón habitual o desplace cinco centímetros un florero para que sientas la necesidad de estrangularla. (A la pobre Lola, la limpiadora, la he asesinado ya miles de veces, de miles de maneras diferentes, con la fantasía, y me temo que ella lo sospecha.) El primo Walter era un huésped sonoro, un huésped omnipresente, un vendaval de huésped. Dejaba la cocina como una chamarilería si se preparaba un simple café, sembraba el mobiliario de vasos pegajosos, rebosaba los ceniceros de colillas, dejaba cigarrillos encendidos por cualquier parte, revolvía los libros, se levantaba de madrugada tropezando con todo. Y seguía llevando mujeres.

«¿Qué le vamos a hacer?», suspiraba tía Corina. «¿Electrocutarlo mientras se ducha?», le sugería yo.

«Mira, primo, aquí tengo casi todo el resto del material», y me mostró con orgullo un archivador rebosante de papeles, haciendo ostentación de su peso. «Hay que ordenar todo y reescribir bastantes cosas. Ya sabes lo que decía el argentinito Macedonio Fernández: corregir es la clave del éxito, corregir es lo que nos vuelve geniales.» Y me dio todo aquello. «Ya me cuentas.»

Walter se había acicalado a fondo esa tarde. Estrenaba ropa, olía a colonia densa y los zapatos le brillaban. Pero aquello, no sé por qué, no conseguía camuflarle el mal aspecto, sino realzárselo. «¿Tienes planes?», le pregunté, no porque me interesara la respuesta, sino por esa cualidad de cortesía que poseen a veces los signos de interrogación. «Sí. Voy a ir al tanatorio a dar el pésame.» Le pregunté que a quién, como era lógico, porque él no conocía a nadie en la ciudad, al menos que yo supiera. «A los familiares de los fiambres en general. A la gente que vea llorando por allí.» Asentí como asentiría alguien a quien su peluquero le asegura que el fin del mundo será el próximo miércoles por la tarde. «Quiero ser el muerto viviente solidario, primo. Tengo que ir acostumbrándome a ese ambiente. Me gusta saber dónde voy a acabar. Es una visita turística. Una especie de inspección, digamos.» Y ahí quedó la cosa, por dar poco de sí.

Cuando se fue a consolar a los deudos de difuntos extraños, eché el rato leyendo sus papeles, mecanografiados pero lleno de adiciones y de tachaduras, hasta el punto de parecer aquello un palimpsesto. Si el precepto de Macedonio Fernández resultaba eficaz, el primo Walter tenía muchas papeletas para acabar convirtiéndose en un genio: a la genialidad por la tachadura.

Entresaco de aquel desconcierto de papeles algunos párrafos para que aprecien la técnica de predicación del primo Walter desde su púlpito brumoso:

> ¿Qué ocurre en las películas dulzonas cuando dos personas en celo se miran a los ojos por primera vez y adivinan mutuamente en ellos el fulgor de cinco soles cinco veces mayores que el

sol propiamente dicho? Pues que acaban besándose. (Y luego hacen el amor —jin, jin, ay, ay— como perros locos, así haya maridos y esposas por medio, porque ellos están secuestrados por la Pasión, esa atenuante moral que tan útil resulta en teoría para los adúlteros y que tan inútil resulta en la práctica cuando en la casa del ex Amor Verdadero comienzan a gobernar los abogados.) Pero eso no es más que una chapuza narrativa, o sea, camaradas, ya que lo normal sería que, ante el milagro de los ojos luminosos, y antes del folleteo, los dos deslumbrados se pusieran en principio de acuerdo en comprar a medias un coche, por ejemplo. Por respeto a la realidad. Porque ese sería un principio básico de realidad. La secuencia es muy lógica: ojos fulgurantes = coche compartido. (Y quien dice coche dice cualquier otra cosa: un papagayo, un tocadiscos, una lancha... Algo.) A su debido tiempo, lo del beso y lo del folleteo está muy bien, no digo que no, pero ¿qué subespecie ontológica de insensato hay que ser para irse a la cama con una persona sin saber si esa persona está dispuesta a pagar las cosas a medias? Y digo *las cosas*, que quede claro. Las cosas materiales. No *lo otro*, lo abstracto. Porque es evidente que, cuando te lías en serio con alguien, estás pagando con todo lo que te queda de vida, sea mucho o poco. Con todo. El cien por cien. Y despídete del mundo. Y si tienes la suerte de que el negocio acabe mal, es posible que recuperes el mundo, pero desde luego despídete del coche, del papagayo, del tocadiscos o de la lancha.

Así habló Waltertustra, en fin, como quien dice.

No, no me he olvidado de eso: CONOCERÉIS EL DOLOR. ARDERÁ VUESTRA CASA. Lo que faltaba en el cuadro: un anónimo amenazante. «Yo no me preocuparía. Los anónimos siempre están escritos con mano temblorosa», intentó tranquilizarme tía Corina, pero le repliqué que las manos tiemblan a veces de ira.

Como era lógico, le pregunté al portero Elías, el trotamundos de ilusionismo, aunque con resultado menos cero: «Hoy por hoy, los buzones son imposibles de controlar, ¿qué quiere usted que le diga?».

Sam Benítez llamó desde Bogotá, adonde le habían llevado quién sabe qué trajines. Le aseguré que toda la logística estaba en marcha. Cuestión de días. Le comenté lo del anónimo y me argumentó lo previsible: que aquello era una pura pendejada, porque para él no parecen existir las categorías intermedias en lo relativo al ser: estás vivo o estás muerto. Si estás vivo, la muerte no cuenta. Si estás muerto, ¿de qué vas a preocuparte? Y yo estaba vivo.

Tía Corina charloteaba con el primo Walter en el salón, los dos muy animados, mareando generalidades. «Mira, Corina, a mí la literatura de terror me parece un pellizco de monja. Los que me aterran son los tipos como Dickens, por ejemplo, que se divertía haciendo que los niños pasaran hambre en las novelas.» Y tía Corina se reía con aquellas apreciaciones oblicuas que conforman el entramado ideológico de Walter, que siempre ha vivido devorado no sé si por la peculiaridad de su pensamiento o por sus imposturas de pensamiento. (Les confieso, de paso, que me irritó mucho la apreciación frívola sobre el novelista de Landport, que precisamente nos enseña a vislumbrar el horizonte de la felicidad desde el pozo de la desventura, a concebir grandes expectativas desde la adversidad, y a quien le permitimos que palpe la parte más blanda de nuestro corazón con la legitimidad que le otorga la limpieza del suyo.)

«Tenemos que hablar», le dije a tía Corina. «A solas», añadí. Walter puso gesto de fastidio y se retiró como si fuera el perro fiel al que su amo patea injustamente.

Le sugerí a tía Corina que era mejor que no me acompañase a Colonia, pero no sólo me dijo que de ninguna de las maneras estaba dispuesta a quedarse en casa contando las horas como si fuesen siglos, sino que incluso se lo tomó a mal, pensando quizá que procuraba jubilarla. Me vi obligado a confesarle que tenía toda la pinta de tratarse de una operación tramposa, sujeta a riesgos imprevisibles, y me dijo que entonces más a su favor. Así que desistí, aunque el hecho de implicarla en aquella aventura dudosa añadía comezón a mis comezones, que eran muchas. Ante la previsión de un cataclismo, prefería ir ligero de equipaje, y tía Corina constituía un equipaje difícil, aunque ella siga viéndose como Campanilla, alada y luminosa. En caso de emergencia, yo podía dar un salto —como quien dice— a Bélgica o a Luxemburgo, y allí anublar mi pista. Pero con tía Corina todo resultaba más complicado, por mucho que me duela decirlo.

Era jueves. Como una excepción («como una excepción excepcionalmente insólita» sería tal vez la expresión adecuada), tía Corina nos invitó a Walter y a mí a que la acompañásemos, detalle que les confieso que me enceló un poco, pues era una invitación que jamás me había hecho, y con ella nos fuimos al Casino Novelty.

Las amigas de jueves de tía Corina son tres viudas (de un fiscal, de un sastre y de un director de hotel), dos de ellas teñidas de un rubio inverosímil incluso para una muñeca hinchable y la otra de caoba, las tres cargadas de abalorios, disfrazadas no ya para matar, como es lógico y comprensible, sino más bien para morir: para morir engalanadas y enjoyadas como grandes damas del Egipto faraónico si la muerte les echa el guante de repente ante un cóctel y ante un cartón de bingo.

Me parecieron simpáticas y frívolas, mercenarias del azar, sacerdotisas de lo aleatorio, y le daban al vaso. (Y a reír. Y a perder. Y a quejarse. Y a ganar. Como en un bolero.)

Una vez le pregunté a tía Corina qué les contaba sobre nuestra forma de ganarnos la vida, porque algo tendría que contarles, y ese algo no podía mantener relación alguna con la realidad: «Tenemos una empresa familiar de pompas fúnebres. Pensé que era lo mejor para que no hiciesen demasiadas preguntas. A ninguna viuda setentona le interesa conocer detalles sobre el funcionamiento de una funeraria». Me reí. «Les he dicho que el negocio lo gestiona un pariente nuestro y que tenemos una participación en los beneficios, para que tampoco crean que nos pasamos el día maquillando cadáveres. Así que, oficialmente, somos rentistas del ritual mortuorio. Cuando alguien tiene que quitarse de en medio un fiambre querido, nosotros ganamos dinero. Si lo piensas bien, sería una profesión estupenda.»

Si las amigas de tía Corina supieran en qué trabajamos, no se horrorizarían, ya que se limitarían a no entender absolutamente nada. (¿Cómo iban a entender que, en 1971, pongamos por caso, tía Corina cruzó la frontera francesa conduciendo una furgoneta en la que llevaba despiezado un retablo renacentista atribuido a Arnao de Bruselas y que, unas horas más tarde, estaba en Marsella discutiendo a gritos con dos botarates armados el precio de aquella mercancía? Por ejemplo.) (A principios de los setenta del XX, dicho sea de paso, a mi padre se le ocurrió montar un pequeño negocio de ferretería para que tuviésemos un asidero social y fiscal, aunque aquella aventura mercantil duró tres días y volvimos a nuestros márgenes.)

Desde el susto del coma, tía Corina se afanó en dosificar los narcóticos andorranos y la bebida, de modo que nos retiramos pronto, después de haber perdido un poco de dinero en el intento de ganar un poco de dinero. Las amigas de tía Corina se quedaron medio espantadas y medio hechizadas a cuenta del primo Walter, que se pasó la velada contando anécdotas sexuales referidas a diversos artistas residentes en Miami, donde él vivió durante un tiempo, y arriesgando teorías pirueteras sobre la condición humana, para estupor y regocijo de aquel trío de ludópatas intermitentes.

Cuando llegamos a casa, tenía en el contestador un mensaje nervioso de Sam Benítez y un mensaje nervioso de Cristi Cuaresma.

Tía Corina y el primo Walter se quedaron un rato más en el salón, ambos de un humor excelente. Yo, que andaba caviloso, me retiré a dormir justo en el instante en que mi primo intentaba aplicar el llamado principio de incertidumbre de Heisenberg a la estrechez vaginal de las asiáticas, o algo similar a eso, no me hagan mucho caso. (Ni a él tampoco, desde luego.)

Me levanté temprano y salí a desayunar fuera, porque la mañana parecía un algodón de oro. Me fui luego a dar un paseo. Compré el periódico y un par de revistas. Compré también unas lenguas de gato en la Rosa de California para mantener a raya mi hipoglucemia con armamento de lujo. Y me acerqué por último a la librería anticuaria de Paco Ferrán, al que ya no le entra género, porque está para jubilarse, y diría yo que tampoco sale libro alguno de allí, de modo que el suyo es una especie de negocio estático, una inmovilidad polvorienta y simbólica en la que ya sólo quedan las obras más desventuradas de los autores más desafortunados del mundo. Por mantenerle la ilusión del comercio, le compré un libro de un tal Adrian Gilbert sobre los Reyes Magos, que resultó ser un tururú.

Volví a casa de muy buen ánimo, pero se ve que el ánimo es materia muy frágil.

Nada más entrar, me vino un olor a estopa quemada, de modo que abrí en mi mente dos signos de interrogación sin nada dentro.

En el salón estaba el primo Walter con un tipo de más o menos mi edad, con pinta de tener muy mal pasado y muy mal colmillo, con cara de trena, traje de corte camp y tupé engominado de rastacuero calé. Fumaba un cigarrillo gordo de grifa, que debía de estar muy seca, y de ahí el tufo a estopa. Me llamó la atención un detalle: el papel de fumar era rojo. «Te presento a Miguel Maya.» Pero no le tendí la mano. Me fui a la cocina y bebí agua, porque la boca se me quedó seca. ¿A qué extremos podía llegar la insensatez del primo Walter? ¿Pretendía convertirnos la casa en un club de quinquis autóctonos y de putas cosmopolitas? (Como dijo La Rochefoucauld: «Cuando nuestro odio es demasiado profundo, nos sitúa por debajo de aquellos a quienes odiamos». Así que me contuve.)

Según supe luego por mi primo, aquel Miguel Maya era un rejoneador retirado que tuvo cuatro tardes de semigloria y luego una docena de pegar el petardo, como suele decirse, a causa de su mala cabeza, ya que le hipnotizaba la noche y su falta de guión y le gustaba revolotear detrás de las luciérnagas como un murciélago, hasta que la afición y los empresarios perdieron la esperanza de que retomase el tono de semigloria y lo mandaron sin contemplaciones a su casa, y a sus caballos artistas con él. A partir de entonces, Miguel Maya fue de todo, que es lo que suele ser la gente que acaba en nada, y tomó el desvío de los pícaros, dedicado a chalanear en las lonjas del lumpen con lo que se terciase.

«¿Y eso es lo que me traes a casa?» Pero al primo Walter, por la cosa de tener un pie en la gloria eterna, parecía darle todo un poco igual, fugitivo como andaba del tiempo y pirata como era de la vida, y me daba la razón de palabra porque sabía que me la quitaría con los hechos. (Ya que estamos en fase de citas de autoridades, recordemos aquella frase desolada que Racine puso en boca de una heroína de las suyas: «En el desprecio de su mirada leo mi ruina».) Curiosamente, tía Corina se ponía de su parte: «Déjalo al pobre. Para las tres diabluras que le quedan…».

Aquella tarde, tía Corina propuso que fuésemos a ver *F for Fake*, la película de Orson Welles, híbrido de documental y fantasía, como ustedes saben. La echaban en la Casa de la Cultura, en versión original, con cinefórum posterior, a la manera de los viejos tiempos, cuando la gente confiaba en el intercambio enriquecedor de las opiniones peregrinas. Tía Corina tenía interés en volver a verla porque conoció mucho al protagonista principal: aquel falsificador húngaro que se hacía llamar Elmyr d'Hory cuando no se hacía llamar Joseph Dory, Elmyr Herzog o Louis Cassou, entre otros pseudónimos, que salen gratis, y que pasó en Ibiza los últimos años de su vida en rosa, reclamado por tribunales de varios países, hasta que el gobierno francés obtuvo una orden de extradición en 1976 y, según se dice, Elmyr, ante la perspectiva cierta del encarcelamiento, se suicidó. «¿Cómo iba a suicidarse Elmyr?», se preguntaba tía Corina. «Elmyr es muy blando de carácter, y coquetea con el suicidio por la misma razón por la que coquetea con todos los hombres menores de cincuenta años que se le ponen por delante. Es decir, sencillamente porque es un coqueto. Pero ¿suicidarse? ¿Elmyr? No. Aquello fue una farsa, su penúltimo fraude. Seguro que Elmyr anda por ahí bajo quién sabe qué nombre, vendiendo a los marchantes sin escrúpulos esas falsificaciones tan horribles que hace de Modigliani, de Matisse y de Picasso, organizando fiestas y persiguiendo pantalones.» Lo que tía Corina no se paraba a considerar ni por un instante era el detalle de que Elmyr había nacido en 1906 (si el coqueto no se quitaba años), así que, de estar vivo, rozaba el siglo, que es ya una edad difícil para casi todo, incluido el vivir. Pero, bueno, al fin y al cabo, a partir de cierta edad tendemos a dar por sentado que nuestros contemporáneos son vagamente inmortales, por la cuenta que nos trae.

Le dije a tía Corina que fuese ella con el primo Walter, porque prefería quedarme en casa. Pensando. Pensando seriamente en lo que, sin más demora posible, se nos venía encima. Y eso fue lo que hice hasta que, a fuerza de pensar, me quedé en blanco. En blanco y abatido, como debió de sentirse el pobre Elmyr d'Hory cuando se enteró de que los franceses habían invadido su país de ilusionismo por vía burocrática y cuando se dio cuenta —ay— de que la mayor falsificación imaginable es la propia realidad: el espejismo de un espejismo de un espejismo reflejado en el espejo hundido en el fondo de un lago transparente.

(Ah, por cierto: y Narciso, con gafas de miope, escrutando su reflejo en ese espejo náufrago y preguntándose: «¿Quién será ese monstruo?».) (Y no sé si me explico.)

14

Otra aparición familiar.
Incidente en el Club Pink 2.
El zapatero esoterista.
Preparativos para el viaje.

La contrariedad forma aludes. La araña teje su tela en torno a sí misma. Los búfalos van en manada. Los intrusos vienen siempre en cadena. Etcétera.

Digo esto porque por casa apareció de repente, sin avisar, como una epifanía pesarosa, Neculai, el hermano pequeño de tía Corina, que jamás había puesto un pie más allá de Bacau y que había sentido una curiosidad repentina por echarle un vistazo a otros lugares del mundo, para no irse de él sin disfrutar de los placeres contradictorios de un viaje, pues quiere la superstición moderna que quien no viaja no es más que un desdichado, y eso parece regir incluso en Rumania.

Neculai había escrito para anunciar su visita, pero el caso es que la carta llegó cinco o seis días después que su autor. Tía Corina y él no se veían desde hacía más de veinte años, cuando ella, camino de Estambul, pasó por la hacienda cercana a Bacau para reencontrarse con aquellos extraños que eran sangre de su sangre y comprobó que aquel vínculo no podía diluirlo del todo la distancia, pero que estaba basado en una aberración temporal: la familia de tía Corina vivía un siglo por detrás de ella, como si fuesen sus antepasados, entre animales y aperos, entre fango y nieve, malhablando con resignación del destino al calor de una estufa de leña en su cabaña sombría y musitando leyendas de espíritus, repetidas noche tras noche para matar el aburrimiento de la oscurecida con veneno de quimeras.

Rústico, sesentón, soltero y taciturno, con aspecto —no sé— de orinar ceniza, Neculai había visto un mismo paisaje durante demasiado tiempo, hasta reducir la comprensión de la realidad a ese paisaje inalterable y sentirlo suyo del mismo modo en que alguien siente suyo el cáncer que lo carcome: el dragón que está ahí, el dragón al que alimentas.

Después de pasarse más de medio siglo ejerciendo de mago con el terruño (la semilla arrojada, el brote frágil, el fruto en sazón), Neculai había decidido asomarse a la vida, a la extraña vida que sucedía fuera de los Cárpatos, dispuesto a asombrarse de todo y a la vez de nada, porque el curso natural del vivir suele anular la capacidad de sorprenderse desde la inocencia, y sin inocencia no hay auténtica novedad posible, según sabe todo el mundo salvo los inocentes, así que Neculai se dedicaba a mirar todo con estupor sereno y con el rabillo del ojo, con la desconfianza propia del intruso.

Tuvimos que acomodarlo en la biblioteca, en un colchón hinchable, porque la casa se nos había quedado pequeña con aquel dúo de parientes imprevistos, y no sé si fue buena idea, porque observaba aquellos rimeros de volúmenes con sobrecogimiento, empequeñecido de alma ante la materialización de una sabiduría para él inabarcable, y no me extrañaría que padeciese pesadillas de trama bibliográfica, con libros vivientes que se le metían dentro de la cabeza, al estilo de la habilidad que practicaba aquel personaje tan chocante de Canetti.

Tía Corina y su hermano se pasaban las horas hablando de

sus asuntos, imagino que mareando almanaques, entre sonrisas de ella y encogimientos de hombros de él, a quien se le notaba el ánimo muy raso. Me costaba trabajo aceptar que aquellos dos seres hubieran salido de un mismo vientre: tan vivaz tía Corina, tan sepulcral Neculai. El primo Walter, mientras tanto, seguía con lo suyo; es decir, trayendo a muchachas y filosofando en torno al eje bamboleante de su ingenio, que empezaba a cansarme: «¿Sabes una cosa, primo? Cada vez que deseamos a una mujer y no la conseguimos, se produce en nuestro cerebro una conmoción importante. Bummm. Millones de neuronas medio muertas. Grandes vertidos tóxicos que contaminan los canales venecianos de la mente. Y allá va Sigmund Freud, vestido de gondolero, remando a toda mecha, susurrando "Hostias, qué lío. Yo me largo de aquí". Porque ni siquiera Sigmund conoce un remedio para eso, ¿me explico?».

La casa se nos había convertido, ya ven, en un asilo de almas perdidas, refugio de parientes desnortados. Walter se despedía del mundo y Neculai procuraba descubrirlo. Y Sam Benítez no paraba de llamar. Y Cristi Cuaresma no paraba de llamar.

«¿Te importaría pasar por lo de Andrade y recoger unos zapatos que le dejé allí la semana pasada?», me preguntó tía Corina cuando salí a comprar el periódico. La pregunta era sencilla, pero la respuesta no. Porque sí me importaba pasar por el cubil de Andrade, zapatero remendón y, a la vez, la persona más pretenciosa y perturbada de cuantas conozco, aun habiendo dedicado gran parte de mi vida a bregar con gente de ese talante. «Los necesitaría para Colonia. Son unos zapatos muy cómodos», y le dije que por supuesto, aunque se me puso el ánimo de sacrificio.

Andrade es hijo de exiliados y pasó la niñez en Francia,

hasta que sus padres murieron y unos parientes de aquí, con mano en la oficialidad, lo adoptaron en mala hora, porque en Francia los chiflados tienen al menos algún porvenir como poetas vanguardistas. Y así, entre tumbo contrario y tumbo adverso, tras defraudar la aspiración familiar de verlo convertido como poco en abogado, Andrade acabó, ya digo, de zapatero remendón, oficio que practica con buen arte, pues rejuvenece cuanto zapato pasa por sus manos, a pesar de ser los zapatos uno de los objetos más vulnerables al envejecimiento prematuro, más incluso que nuestra cara.

En su negocio se mezclan los zapatos desportillados y los libros sobre cualquier asunto que no tenga nada que ver con la realidad, y lee Andrade mientras no faena, y mientras faena rumia lo leído, y así va intoxicándose la razón.

Siempre y cuando no se manifieste como una patología dolorosa, la locura ajena puede constituir un espectáculo ameno, no digo yo que no, sobre todo cuando te importa poco quien la exhibe, ya que la locura de puertas para adentro representa otro cantar, bastante menos melódico. Hay a quienes divierte la camaradería ocasional con la raza de los trastornados: algo así como tratar de cerca a un duende huido del país en que los árboles vuelan y los peces comen gatos, por esa maña que tienen los majaras de aplicar a la realidad una lógica circense y de convertir el pensamiento en una broma. Pero, aparte de que no le encuentro ninguna diversión a la locura, Andrade no tiene ni gracia: la suya es la locura del pelmazo. Hablas dos minutos con él y es lo mismo que si te leyeras de cabo a rabo el archivo de un psiquiatra a punto de jubilarse, porque la suya es una especie de locura intensiva, y cada palabra que pronuncia parece pesar lo que mil para su oyente.

Para redondear la peculiaridad de su perfil, Andrade es devoto del ocultismo y no hay factor mistérico que deje sin palpar con su ingenio tarumba, en el que tiene un altar el doctor

Nostradamus, a quien algunos de sus contemporáneos atribuyeron la voz de Satán en la Tierra y a quien otros —como Rabelais, por ejemplo— tomaron a pura chirigota. El zapatero Andrade anda empeñado en interpretar las profecías aún incumplidas del vidente provenzal, y en eso emplea buena parte de sus tramos de ocio, lo que no parece tarea idónea para un desequilibrado, ya que mejor haría en ocuparlas en faenas intelectuales un poco más balsámicas para el entendimiento. Por contagio, Andrade anda empeñado en formular adivinanzas muy retorcidas que no hay quien resuelva, aunque cabe decir en su favor que no le ha dado por redactar profecías rimadas a la manera de su maestro: él se conforma con torturar a sus clientes con charadas y acertijos que ni siquiera riman, porque se ve que tampoco goza del favor de Erato, musa de la poesía de vuelo lírico.

Supongo que, para un loco, la buena suerte consiste en ver confirmado el fundamento de su locura. Y Andrade tuvo un gran golpe de suerte...

Andaba buscando un local para su negocio, por tener que desalojar el que entonces ocupaba, y alquiló un cuchitril medio en ruinas en lo que fueron las caballerizas del palacio del conde de Huéjar, a dos pasos de nuestra casa. Durante las obras de acondicionamiento, el albañil que llevaba a cabo la faena dio con un portillo tapiado al picar la pared. Resultó que aquel portillo conducía a un sótano sostenido por cuatro columnas cuyos capiteles representan escenas grotescas: un monje que devoraba a un niño, un demonio que sodomizaba a una monja con cara de salamandra, un murciélago con genitales de hombre y tocado con la tiara papal y un ángel empalado. Las paredes eran de ladrillo visto, y una de ellas se adornaba con una pintura mural de tema báquico y de trazo tosco, con faunos, sátiros, ninfas libertinas y ese tipo de gente.

Tiempo le faltó a Andrade para descender allí y dar carta blanca a los ensueños, que no serían poca cosa, y le indicó al albañil que por nada del mundo recegara aquel portillo que daba acceso a su cueva particular de Montesinos, y así quedó la cosa.

El suelo de aquello está siempre con un dedo de agua, por las filtraciones, y una bombilla pelada ilumina el subterráneo, repleto de insectos de humedad, con tufo a mundo muerto. Andrade, en sus desvaríos, está convencido de que aquello fue la cripta sacrificial de alguna secta, por más que los técnicos del Ayuntamiento le aseguren que se trata de una bodega que mandó construir en la década de los sesenta el llamado conde Albertito, que murió soltero y sin gran cosa hará unos quince años, después de una vida marcada por las estupideces, entre las que se contó la de edificar aquel sótano de vocación más o menos sacrílega para reunirse allí con sus amistades, que según dicen eran de pronóstico. Aun así, Andrade le muestra con orgullo la bodega a quien se deja e incluso a quien no, y por propiedad suya la tiene, aunque parece ser que está en marcha un expediente de expropiación y un proyecto de rehabilitación integral del palacio para darle uso como dependencias municipales, en buena parte por presión vecinal, ya que aquello se ha convertido en urinario y en refugio de ratas, de manera que Andrade no sólo va a quedarse sin cripta, sino también sin local. Pero, mientras sí y mientras no, se permite elaborar leyendas libres en torno al recinto, leyendas que él mismo acaba por creerse, según es habilidad de muchos locos: «Aquí, justo en el centro, se colocaba a la víctima y, entonces, los caballeros, con sus cuchillos, uno por uno, iban…». Y así.

«Vengo por los zapatos de mi tía», le dije a Andrade, que andaba absorto en sus remiendos y en sus cavilaciones difíciles. Me miró y, sin decir palabra, cogió los zapatos de una estantería, los metió en una bolsa y los puso encima del mostrador. «Diez euros.» Por un instante, creí que iba a librarme de sus peroratas habituales, esperanzado de que la medicación lo mantuviera en estado neutro, pero la vida es un asunto duro:

«Oiga, mire usted. A ver si es capaz de resolver esto», y me soltó la siguiente adivinanza:

> Si lo pides en Bretaña,
> podrás escribir con él
> el pan que habrán de darte
> si lo pides en Francia,
> a la vez que nombrarás allí
> a un Anticristo de pacotilla.

Me quedé como acaban de quedarse ustedes. «Le doy cinco minutos para encontrar la solución. En caso contrario, me sentiré con derecho a dudar de su inteligencia y a proclamar su ignorancia a los cuatro vientos», que es la fórmula retadora que aplica a todo el mundo. «Tengo prisa», me disculpé. Pero él contraatacó: «Prisa no, lo que usted tiene es vergüenza. Vergüenza de su incultura».

Por no sé qué razón, a tía Corina le inspira lástima este lunático, y hasta da la impresión de que está deseando que se le gasten las suelas para darle labor, pero a mí Andrade me inspira cualquier cosa menos lástima.

«De acuerdo. Lo que usted quiera, Andrade.» Recogí los zapatos y me di media vuelta. «Espere, cobarde. Le concedo diez minutos.» Pero seguí mi camino, aunque les confieso que buscando la solución de la adivinanza, ya que el pensamiento es un artilugio de arranque automático, no siempre para bien.

Detrás de mí oía los gritos de Andrade: «¡Pajillero, ignorante, cabrón de la puta cabra!», porque a él se le dispara la coprolalia en el pico de las crisis. «¡El Anticristo de pacotilla es Le Pen! ¡Maricón, indocto! ¡Si pides *pen* en Gran Bretaña, te darán un bolígrafo y si lo pides en Francia te darán pan, pedazo de sieso!» Y cambió los gritos por las carcajadas.

Enigma despejado, en definitiva, al margen de escrúpulos fonéticos, ya que el acertijo resultaba defectuoso por ese flanco.

El bolígrafo, el pan, Le Pen.
El universo de Andrade, como quien dice.
Y todos pertenecientes a una misma especie animal.

«Pasead un poco a mi pobre Neculai», nos pidió tía Corina a Walter y a mí, porque la verdad era que aquel aventurero tardío no estaba conociendo más mundo que el que se divisaba desde las ventanas de la casa, de modo que tía Corina lo vistió de gala, al menos en la medida de lo posible, y nos lo llevamos a dar una vuelta por la zona noble de la ciudad, procurando entendernos con él por señas, aunque era reservado Neculai incluso para mover las manos.

«¿Dónde llevamos ahora a este?», me preguntó Walter cuando cumplimos el recorrido histórico-artístico, y me encogí de hombros, porque si ya resulta difícil sondear los deseos de una persona con la que compartes toda una vida, no digamos los de un extraño con el que no puedes intercambiar ni dos palabras.

Entramos en la Rosa de California a tomar algo y al primo Walter le entró una rara impaciencia —la impaciencia del moribundo en su afán por correr más que el tiempo, según interpreté—. Al poco, me propuso que nos fuésemos al Club Pink 2 —del que yo tanto le había hablado como antídoto contra su ansia— para que al tío Neculai se le alegraran sus ojos de pesares transilvanos. De fondo estaba, como no hace falta sugerir, el interés personal de Walter, que andaba apurando las comedias de amores antes de marcharse a quién sabe qué círculo del infierno. (Tal vez al segundo, el reservado a los lujuriosos.) (Sí, sin duda al segundo.) Cogimos un taxi, en fin, y allá nos fuimos.

El primo Walter no tardó en hacerse dueño de la situación, ya que se le advertía experiencia de mando en ese tipo de cuarteles. Al momento, estaba rodeado de cuatro muchachas, y a las cuatro encandilaba con su facundia sofística, dando palos de ciego a las grandes teorías de los grandes filósofos para reducirlas a un chiste de sal gorda. Yo procuré tomarme la circunstancia con sosiego, improvisando argucias diplomáticas de alta escuela para que cinco panteras perfumadas no devorasen al rústico Neculai, que estaba estupefacto, acariciado por uñas de estilo Fu Manchú y susurrado al oído en varios idiomas, porque el Club Pink 2 es algo así como el Consejo General de Naciones en versión lencería.

Neculai salió de su mutismo cuando se le acercó una muchacha y le habló en rumano, lo que acabó espantando a las demás, que optaron entonces por dedicarme sus recursos retóricos. La rumana pidió un botellín de champán para ella y otra copa para Neculai, y acabé preguntándome por cuánto iba a salirme aquello, ya que el primo Walter era duro de bolsillo, tal vez porque se aprovechaba de mi condición de inminente heredero suyo, y el pobre Neculai no creo que contase con un presupuesto extra para libertinajes, ya que sus ahorros de toda la vida apenas iban a darle para asomarse al mundo durante un par de semanas.

La rumana tardó menos de cinco minutos en arrastrar al tío Neculai a su taller de ilusiones urgentes. Animado por aquella circunstancia, mi primo se dejó arrastrar también. Pero por dos. (Como los emperadores.) Y en la barra me quedé, capeando discursos zalameros y exégesis zodiacales, con un vaso de refresco vacío ante mí, haciendo cuentas y desengañando al instinto, que es de poco pensarse las cosas.

Al rato volvió Neculai. Pidió otro botellín de champán para su paisana y otra copa para él, en plan grandeza. Se pusieron a hablar, imagino que de temas patéticos y oscuros relacionados con su patria, con los vampiros o —qué sé yo— con los tumores de esófago, porque no se les notaba alegría en el gesto, y daba la impresión de que venían de enterrar a una madre y no de echar un polvo líquido, si me permiten ustedes la expresión.

El que no reaparecía era Walter, y mi calculadora mental seguía sumando, porque en el Club Pink 2 los relojes marcan los minutos en patrón oro, y ya habían pasado los minutos suficientes como para fundir con ellos un lingote. Con arreglo a esa ley implacable según la cual lo malo siempre puede derivar en algo bastante peor, la rumana se llevó de nuevo al tío Neculai a su gabinete de los espasmos, por decirlo de algún modo, y aquello me pareció excesivo. Excesivo y un poco absurdo, como casi todas las cosas del vivir: el tío Neculai, a la vejez, sale de Rumania para conocer mundo y acaba en la cama sin dueño de una rumana porque le habla en rumano y porque le trae recuerdos de Rumania.

De modo que de nuevo me quedé solo en la barra con mis pensamientos mudos y con los pensamientos en voz alta de las muchachas. («¿Qué te pasa, cariño?») («¿Estás tú malo, mi amor?»)

«¿Puede usted subir?», me preguntó al rato Jacinto, el Richelieu de los camareros del club, y le respondí con una mirada de asombro. «Su amigo. Problemas.» Así que detrás de Jacinto me fui, sin saber si los problemas afectaban a Walter o a Neculai, aunque mi subconsciente tenía un candidato.

Subí la escalera estrecha que conduce a los cuartos de las muchachas y entramos en el número 8. En la cama estaba Walter, tapado con una sábana y con cara de Más Allá inminente. «Creo que me ha llegado la hora, primo.» Le dije a Jacinto que pidiese una ambulancia, pero Walter se opuso: «Prefiero morir aquí». Como me resistía a otorgarle a aquella situación el rango de una tragedia griega en su punto culminante, urgí a Jacinto a que llamase al hospital, y así lo hizo, aunque no hay cosa en este mundo que desprestigie más un club de lumis que la aparición de una ambulancia, ya que les recuerda a los clientes la fragilidad de los ensueños, empezando por el ensueño que es uno mismo ante uno mismo en ese tipo de vergeles: el hedonista resquebrajado que alquila por minutos una identidad de matador de corazones.

El tío Neculai, por su parte, andaba perdido con su compatriota en alguno de aquellos cuartos, ajeno a la agonía aparatosa de Walter, que gemía y resoplaba como si en vez de estar muriéndose estuvieran matándolo. En la mesilla de noche había cinco o seis vasos vacíos, un billete enrollado y restos de cocaína. No hacía falta llamar a un detective ni a forense para concluir que de ahí venía el trastorno: una conjunción optimista de alcohol, de droga, de trío sexual y de edad respetable. Un malabarismo dificultoso, se mire como se mire, para un enfermo.

En esto apareció Neculai, de regreso de la vida fácil, que observó el cuadro con espanto, sobrecogido por el mal rumbo que había tomado la celebración. Al poco llegó la ambulancia. Un par de camilleros se llevaron a Walter entre protestas y maldiciones, porque insistía en querer morirse en el Club Pink 2, sin duda para rematar su leyenda de crápula escindido entre la filosofía y la satiriasis.

Me fui con Neculai en un taxi al hospital. Era como ir al lado de un espectro.

Para ahorrarles un nuevo episodio hospitalario, que tan malos recuerdos suele traernos a casi todos, les diré que a Walter le dieron el alta a las pocas horas de su agonía definitiva. Un mero ataque de ansiedad, según el médico.

De camino a casa, se empeñó en que parásemos en algún sitio para tomar una última copa, y hubo que parar, porque a ver quién porfía con mi primo.

Ansiedad, bien. La muerte le había dado una prórroga al reyezuelo de la vida. Para celebrarlo, a los dos días trajo a casa a una hungarita de piel de cera, y las risas de ambos traspasaban las paredes.

La ansiedad, sí.

El problema de cualquier realidad inexorable es que llega, por más que la aplacemos mediante vacíos voluntarios de memoria: llega la hora de la muerte, llega la hora del dentista... Sam Benítez, según era de esperar, llamó para darme un ultimátum: el domingo a mediodía, ni antes ni después, tenía que estar en marcha la operación. Y era lunes.

Le insistí a tía Corina en que era mejor que fuese yo solo, pero ya se imaginan ustedes el caso que me hizo. Así que llamé a Nati, la temerosa de los aviones, para que nos gestionase de una vez el alojamiento y el hospedaje en Colonia. Llamé luego al Penumbra y lo cité el viernes, a la una de la tarde, en un restaurante que escogí al azar en una vieja guía turística que había por casa, pues tenía mi padre la costumbre de coleccionarlas para recrear ciudades durante sus rachas de inmovilidad, que no eran muchas, aunque le intranquilizaban, al ser de natural peregrinante y entrar por tanto en la categoría de quienes piensan que a la vida hay que salirle al encuentro en cualquier lugar que esté lo más lejos posible de casa. Llamé a Cristi Cuaresma y la cité a la misma hora en el mismo sitio. «¿Y los billetes y todo lo demás?», me preguntó. «¿Qué billetes y qué todo lo demás?», le pregunté. «Los billetes de avión, los bonos de hotel, el dinero para gastos...» (Ingenua Cristi Cuaresma, tan diabla para otras cosas...) «De eso te encargas tú. Te daré tu parte cuando estemos en Colonia. Si necesitas dinero, pídeselo a Sam Benítez. O atraca a una vieja», porque había decidido bajarle sus humos volcánicos. Cristi, como era de esperar, protestó, y es posible que no le faltaran los motivos, pero la vida tiene esas cosas: un día te diviertes humillando a un semejante y, al cabo de unos cuantos días, te ves pidiendo dinero a ese semejante, y resulta que ese semejante te lo niega. (Los equilibrios...)

Sam me llamó desde Lisboa, donde, según me dijo, acababa de gestionar la compra de un lote de bocetos del malogrado Amadeo de Souza-Cardoso para un coleccionista canadiense de arte cubista. «Dile a Tarmo Dakauskas que se reúna con nosotros el viernes», y le di las señas del restaurante. «Procuraré que vaya. De todas formas, no te preocupes si no aparece.» No tuve más remedio que llevarle la contraria en ese particular, porque el caso era que estaba bastante preocupado por demasiadas cosas. «Algo me dice que esto no va a salir bien, Sam. Algo me dice que esto es una encerrona. ¿Me la has jugado?» Pero se acogió al registro lastimero: «¿No confías en tu compadre Sam, cabrón? ¿Te ha fallado alguna vez tu hermano Sam?». (No, pero siempre hay una primera vez, hermano Sam, compadre.) (Güey.)

Me dijo que era imprescindible que comprase un teléfono móvil para mantenernos en contacto, de modo que por la tarde di un paso hacia la modernidad, aunque fue tía Corina quien se encargó de descifrar el manual de instrucciones, que no era poca cosa: con menos de eso y con un par de destornilladores se podría construir un cohete espacial.

Antes de despedirse, Sam me proporcionó algunos detalles, que les resumo: entrando en la catedral por el portal de san Pedro, hay a la derecha, bajo un baldaquino, un grupo escultórico presidido por una Piedad. (Se trata, como luego supe, de una de las estaciones del vía crucis que un artesano holandés cuyo nombre no recuerdo realizó a finales del XIX como aportación al inmenso elenco de pastiches que se exhiben en la catedral coloniense.) En la peana del grupo escultórico hay cuatro cuarterones que alojan sendos escudos. El escudo de la izquierda enmarca un guantelete. Según Sam, si alguien apoya la mano en ese guantelete y lo presiona, girará la torre que sostiene santa Bárbara y dejará al descubierto una llave. Dicha llave, según Sam, abre el enorme arcón que está situado justo enfrente del grupo escultórico. «Ese arcón es en realidad la entrada a un pasadizo que desemboca justo detrás del relicario, ¿comprendes? Te lo digo porque los curitas no dejan que la chusma se pasee por el altar mayor.»

¿Un guantelete? ¿Una torre que gira? ¿Una llave? ¿Un arcón? ¿Un pasadizo? «Que Dios nos ampare», pensé, ya que la instalación de los parámetros subliterarios en la realidad no puede traer nada bueno para la realidad, y el problema es que dependemos en gran parte de la buena marcha de la realidad, por muchas ilusiones que nos hagamos con respecto a las ilusiones.

«¿Dónde y a quién tengo que hacer la entrega de las reliquias?» Y, dato curioso, Sam titubeó. «Te las llevas a tu hotel, güey, y ya mandaré a alguien... Ah, compadre, se me olvidaba decirte... El relicario está protegido por una urnita blindada, ¿va?» Y colgó.

¿Urnita? ¿Una urna más pequeña que el sarcófago quizá? Y empezó a dolerme la cabeza, y la respiración se me volvió fatigosa, y me tragué las pastillas, y a dormir.

El tío Neculai se iba al día siguiente, a proseguir su ruta turística, con escala en Sevilla y Madrid, antes de regresar a su rincón rumano, quizá para los restos.

No quise alarmar a tía Corina, pero, visto el grado de desenvolvimiento mundano que mostraba su hermano pequeño, lo menos malo que podía pasarle era que acabara desnudo en un callejón, con una mano temblorosa atrás y otra mano trémula delante, pidiendo auxilio.

Sólo quedaba por resolver un problema: Walter. «No os preocupéis por mí. ¿Cuándo os vais, el jueves? Yo me iré el viernes, si no os importa. A vuestro regreso, el primo Walter sólo habrá sido una pesadilla transitoria, valga la redundancia.» Y se adornó con un toque de patetismo: «Las próximas noticias mías que tengáis serán seguramente a través del notario, y serán noticias muy buenas para vosotros y muy malas para mí». Me alivió el anuncio de su evaporación de nuestra vida, para qué voy a decirles lo contrario, aunque me inquietaba dejar a mi primo con la casa a su disposición, así fuese sólo durante un día, vista su afición a recibir visitas y a dejarse cigarrillos encendidos por todas partes, si bien es verdad que me hubiera inquietado mucho más la circunstancia de que se quedase en casa hasta nuestro regreso, por el temor fundado de encontrarla reducida a cenizas o convertida en una sala de fiestas. «Por un día no va a pasar nada», me tranquilizaba tía Corina, que parecía dispuesta a dispensarle una benevolencia incondicional, a pesar de lo extremoso del carácter de mi primo. «Un día da para mucho, no te creas», le advertía yo.

«Tendréis que ocuparos de mi entierro y de ese tipo de cosas. Siento las molestias, pero los cadáveres sólo somos un engorro durante un día. Por cierto, tengo varios epitafios en mente. A ver qué os parece este: AQUÍ YACE EL LLAMADO WALTER ARIAS, QUE VIVIÓ A VECES COMO QUISO Y OTRAS VECES COMO PUDO Y QUE MURIÓ EN LA FLOR DE LA VIDA PORQUE ESA FLOR SE LA COMIÓ UNA VACA HAMBRIENTA QUE PASABA POR ALLÍ. ASÍ QUE MUCHO CUIDADO CON LAS VACAS, CAMINANTE.» Tía Corina, riéndose, le dijo que era demasiado largo y que el rótulo invadiría la lápida del vecino. «Tengo otro que me gusta mucho: CAMINANTE, AQUÍ REPOSA WALTER ARIAS, QUE YA NO TIENE QUE CAMINAR HACIA DONDE CAMINAS TÚ.» Y se pasó un rato con aquello de los epitafios, porque resultó que los tenía a decenas, hasta que se aburrió de burlarse de la muerte y nos dio un abrazo de despedida. «No volveremos a vernos, a menos que Dios decida corregir su carácter y popularice la inmortalidad.» Y nos dijimos adiós. Les confieso que me apiadé muy en lo hondo de la suerte de mi primo, porque irse de la vida es siempre una papeleta, e incluso hice mías las lágrimas de tía Corina.

Por otra parte, la bola había echado a rodar: nos íbamos a Colonia. A robar las reliquias de los Reyes Magos. A sacarlas de un sarcófago inmenso que estaba dentro de una inmensa urna blindada que a su vez estaba dentro de una catedral también inmensa. Sin ningún plan. Con un colaborador sospechoso y desprestigiado y con una colaboradora trastornada y novata. A confiar en la bondad de la suerte, la diosa sorda. (*Ora pro nobis.*) A improvisar sobre el terreno. Como quien va a robar una lata de sardinas en el supermercado.

15

En Colonia.
Una digresión en torno a Fulcanelli.
En la catedral.
Planes oscilantes.
Un almuerzo, una persecución y una llamada.

Llegamos a Colonia el jueves por la tarde, después de hacer escala en Barcelona y en Frankfurt, donde cogimos un tren que nos llevó a la ciudad de la catedral grandiosa y del museo Imhoff-Stollwerck, dedicado al chocolate, una de mis debilidades de hipoglucémico.

En el aeropuerto barcelonés, donde teníamos por delante más de tres horas de espera, nos sentamos en una cafetería y, al rato, tía Corina se fue a estirar las piernas, ya que vive con el terror a la gangrena que afecta a muchos diabéticos, y volvió con un libro. «Casualidades», dijo, mostrándome la cubierta. Se trataba de una novela titulada *El sarcófago de los Reyes Magos*, firmada por un tal James Rollins, que, según la escueta nota de la solapa, es autor de varias novelas de acción y misterio y un gran aficionado al submarinismo. «Va del robo de las reliquias», me informó tía Corina, y nos admiró aquella coincidencia. «Lolo va a llevarse un disgusto», comenté, y estuvimos de acuerdo en que Lolo Letaud tenía en verdad un gafe novelístico de tal envergadura, que no podría neutralizarlo ni un cónclave de magos blancos. «Se va a hundir cuando se entere, y con razón.»

Durante el vuelo, tía Corina se entretuvo leyendo aquella novela. «¿Se sabe ya cómo roban las reliquias?», le pregunté al cabo de un rato, por si acaso la ficción nos brindaba una idea aplicable a la realidad, lo que sería gran milagro, desde luego, porque mal casa la una con la otra, y no siempre por culpa de la ficción. «Ah, sí, de un modo muy discreto: unos tipos disfrazados de monje entran en la catedral durante la misa de la Noche de Reyes, se ponen a disparar, matan a un cura y revientan la urna. Entre cuatro forzudos bajan el relicario del pedestal, que se eleva del suelo algo así como dos metros y medio, abren la tapa —eso dice el autor: la tapa—, vuelcan los huesos en un saco y luego se cargan al arzobispo de un tiro en la cabeza.» Le comenté que la táctica era inmejorable, pero que tal vez deberíamos dejar con vida al arzobispo para pedir luego un rescate y obtener un plus. «No pienses que acaba ahí el drama. Resulta que los fieles que han comulgado van muriendo de un modo espeluznante: les sangran los ojos y les humea la boca.» Le pregunté, como es lógico, que a causa de qué maleficio, pues sólo a maleficio podría atribuirse tal desventura. «No sé, supongo que más adelante lo explicará. Una reacción química o algo así, vete tú a saber. A los pecadores que no comulgaron los acribillan a tiros, de modo que son carne de purgatorio. Menos mal que en la catedral sólo había ochenta y cuatro criaturas. Figúrate: ochenta y cuatro fieles en la eucaristía más emblemática de la temporada. Se ve que no hay mucha fe en Colonia. O será que, según pone aquí, el novelista este vive en la lejana California practicando el submarinismo, y eso explica todo, o casi todo.»

Y me dije: «Oh industria ociosa de extravagancias esotéricas, oh fábrica demencial de truculencias bíblicas, oh alegre rigodón de quimerismos...». Y, dejando a tía Corina estupefacta ante aquellas novelerías, di una cabezada.

Desde la habitación del hotel se divisaban las dos torres soberbias de la catedral, que apuntaban a la inmensidad hueca del cielo, aunque a mí me parecía que se clavaban en mi corazón atribulado. (La catedral, con su silueta de puercoespín.)

«Una catedral es el refugio hospitalario de todos los infortunios», dijo tía Corina con goz engolada. «¿De quién es?», me preguntó, y tuve que encogerme de hombros, como casi siempre que le da por jugar conmigo a las adivinanzas librescas. «¿Te das por vencido tan pronto?» Y asentí. «Del misterioso Fulcanelli, ¿te acuerdas? Aquella inmensa broma...» Sí, claro, cómo no: *El misterio de las catedrales*, un libro que, en la década de los setenta del siglo pasado, leían todos aquellos que alimentaban un germen de trascendentalismo y estaban dispuestos a pasar varias horas leyendo cosas que no sólo no podían entender del todo sino que además no les interesaban en absoluto.

Como estábamos cansados y no teníamos nada que hacer hasta el día siguiente, bajamos a la cafetería del hotel y nos entretuvimos en hablar de aquel pintoresco alquimista. Por si acaso ustedes tampoco tienen nada mejor que hacer en este preciso instante, me permito ofrecerles algunos datos al respecto, que sin duda alguna conocerán...

En principio, Fulcanelli es un pseudónimo que esconde una de esas identidades controvertidas y enigmáticas que pueden distraer durante siglos a los fervorosos de la conjetura. Hay quien supone que fue un físico tentado por la alquimia, aunque su aspiración no consistía en transformar el plomo en oro (que es la aspiración inexacta que suele suponérsele a la alquimia), sino el de transformar el espíritu, se entienda por tal cosa lo que cada cual logre entender, porque el concepto resulta un poco difuso de por sí. Con arreglo a la versión originaria de los acontecimientos, Fulcanelli confió a su discípulo Eugène Canseliet la custodia y el destino de sus manuscritos. Cuando Canseliet edita *El misterio de las catedrales* en 1926, escribe en su prólogo: «Hace ya tiempo que el autor de este libro no está entre nosotros. Se extinguió el hombre. Sólo persiste su recuerdo». Se trata de un dato carente de rotundidad: no afirma que el llamado Fulcanelli muriese. Podría tratarse, con todo, de una formulación eufemística. Pero cabe también otra lectura, un poco más insidiosa: Fulcanelli podía haberse extinguido como hombre a causa de la locura, por ejemplo. O de esa demencia que hace regresar a los ancianos a la infancia. O... podía no haber existido jamás.

Muerto o no, Fulcanelli se convierte, en fin, en una fantasmagoría errante.

Jacques Bergier, uno de los pioneros en la investigación nuclear y luego escritor de temas raros, cuenta que en 1937, cuando trabajaba en el equipo del profesor Helbronner (asesinado después por los nazis), se entrevistó con Fulcanelli o, más exactamente, con alguien a quien tomó por Fulcanelli: un tipo que le advirtió de los peligros de la energía nuclear para la raza humana, que le confesó que los alquimistas sabían desde antiguo que se pueden arrasar ciudades enteras con unos gramos de metal y que le hizo algunas revelaciones científicas que Bergier corroboraría al cabo del tiempo, lo que indicaba que aquel sujeto estaba muy por delante de la propia vanguardia científica. (El encuentro lo detalla Bergier en el libro que escribió en colaboración con Louis Pawels: *El retorno de los brujos*.) Pero ahora viene lo mejor: Canseliet asegura que se reencontró con su maestro en Sevilla en 1954, cuando Fulcanelli debía de tener más de cien años. Según parece, el maestro atrajo al discípulo por métodos paranormales, según unos, o mandándole un chófer para que lo recogiese a la puerta de su casa, según otros. Por una vía o por otra, en suma, el caso es que Canseliet fue conducido a un castillo situado a las afueras de Sevilla (¿?), donde lo recibió Fulcanelli, que no aparentaba tener más de medio siglo de edad. Canseliet contaba entonces cincuenta y cuatro años: una indeterminable anomalía cronológica le había convertido en una persona más vieja que el maestro con el que había trabajado varias décadas atrás, cuando era Canseliet adolescente.

Una vez acomodado en una de las torres del castillo, Canseliet se asomó al patio y vio allí a un grupo de niños que jugaban. Todos iban vestidos con trajes de traza renacentista. Pensó que se trataba de una mascarada ocasional. Poco después, se cruzó con un grupo de jóvenes mujeres, vestidas también con prendas anacrónicas y suntuosas, y Canseliet afirma que una de las muchachas tenía el rostro de Fulcanelli, hecho del que Stanislas Klossowski de Rola (alquimista, hijo del pintor conocido como Balthus —el de las niñas malvadas y un poco cabezudas— y amigo de Canseliet) deduce que Fulcanelli se había encarnado en la mismísima señora Alquimia, con lo que introduce así un factor de travestismo en todo aquel delirio esotérico con que Canseliet, en los últimos años de su vida terrestre, distraía a quien se parara a escuchar sus aventuras.

Según dedujo Canseliet, aquel castillo era el refugio secreto de un grupo de alquimistas de todo el mundo, dedicados a experimentar en un pequeño laboratorio dispuesto en aquel castillo sevillano.

Pero las cosas tienen tendencia a complicarse, o no serían cosas...

«Qué divertido es el mundo, y qué loco», suspiró tía Corina ante su segundo gintonic. Se había releído el libro de Fulcanelli antes de nuestro viaje a Colonia, porque ya saben ustedes que a ella le gusta añadir bibliografía a la realidad, a pesar de que el autor de ese libro no prestó sus habilidades divagatorias a la catedral alemana. «El prólogo de Canseliet es muy burdo, aparte de estar muy mal escrito», sentenció tía Corina. «Lo lees y te das cuenta de inmediato de que todo es una tosca falsificación. Un buen falsificador de jarrones chinos centenarios puede hacerte dudar, pero alguien que pretenda falsificar jarrones chinos centenarios con un poco de yeso y con un estuche escolar de acuarela es muy difícil que nos inocule ningún tipo de duda. Y Canseliet falsificaba con yeso y con un estuche escolar de acuarela. Los tres prólogos que puso a las ediciones sucesivas de *El misterio de las catedrales* parecen discursos paródicos, una burla de la retórica esotérica, que tiende siempre a las nebulosas, a los retruécanos y a las deducciones risibles. Una de dos: o Canseliet era tonto o se divertía haciendo el tonto. No creo que haya más opciones, y me inclino por la primera.» Dio un sorbo satisfecho a su gintonic y añadió: «Además, ¿quién puede tomarse en serio a un exegeta hermético que, en el prólogo que escribe para la tercera edición del libro, se permite proclamar que el editor de la obra tiene dos preocupaciones fundamentales que benefician mucho a la Verdad: la perfección profesional y el precio de venta del libro?».

Hay quienes dan por hecho que Fulcanelli fue un heterónimo colectivo, una especie de Golem al que insuflaron el don de la vida un trío de fascinados: el alsaciano René Schwaller de Lubicz (egiptólogo heterodoxo, alumno del pintor Matisse y autor de numerosos libros, entre otras muchas disposiciones y habilidades), Pierre Dujols (helenista entusiasta, en cuya Librería del Maravilloso se reunían aficionados a las ciencias ocultas) y Jean-Julien Champagne (pintor tentado por los grandes secretos y tremendo borrachín).

Pero se puede seguir tirando del hilo: Champagne, después de abandonar a su esposa, acogió a Canseliet como discípulo cuando este era apenas un adolescente, y con él compartió domicilio en París. Según el parecer de tía Corina, la hipótesis más sujeta a fundamento es que, una vez muerto Dujols, Champagne se apoderó de sus escritos inéditos y, con textos de otros autores —incluido Schawller de Lubicz, con quien Champagne llevó a cabo experimentos alquímicos— montó el collage que hoy conocemos como *El misterio de las catedrales*. «Que es un libro ridículo, aunque muy entretenido, a pesar de lo que pudiera parecer a primera vista», precisó tía Corina. «Y el pobre Canseliet tuvo que apechugar con el peso de toda aquella mixtificación. El conejito blanco del ilusionista convertido en el ilusionista que saca de su chistera el cadáver de un gran conejo.»

Según tía Corina, un estudioso francés había dilucidado las claves que ideó Champagne para que la posteridad lograra identificarlo con Fulcanelli. Un rutinario problema, en fin, de vanidad: fabricar una máscara con tu propio rostro. Según parece, la única firma autógrafa que se conoce de Fulcanelli va precedida de las iniciales A.H.S. Pues bien, en la lápida sepulcral de Champagne, debajo de su nombre, se lee (o se leía más bien, porque la lápida no se conserva) la inscripción siguiente: APOSTOLICUS HERMETICAE SCIENTIAE. Además de eso, en la última página de la primera edición de *El misterio de las catedrales* aparece un escudo. Y si nos fijamos, Fulcanelli es un anagrama imperfecto —ya que le falta una ele— de «l'écu final», el escudo final. Un escudo en el que se aprecia la leyenda UBER CAMPA AGNA. Y da la casualidad de que el nombre completo de Champagne era Jean-Julien Hubert Champagne.

Y en esas divagaciones y entuertos se nos vino encima la noche.

«¿Y por qué nos ha contado este tipo todas estas pamplinas?», se preguntarán ustedes. Pues porque el azar es muy travieso, y la sombra de todo este laberinto de imposturas se proyectará sobre los sucesos que habrán de clausurar este relato.

Nos levantamos muy temprano y nos fuimos a la catedral. Insisto: era la operación más importante que teníamos entre manos desde la muerte de mi padre y la que más habíamos descuidado, dejando correr el reloj y limitándonos a recopilar leyendas ociosas sobre los magos nómadas, jugando a las erudiciones indolentes en vez de estudiar un plan viable, como hubiera sido nuestra obligación. Apenas habíamos echado un vistazo al plano del recinto y a la guía turística de Colonia que teníamos en casa: lo suficiente para desalentarnos aún más, si he de serles sincero, porque casi nadie llega a una catedral con las manos vacías y sale de allí con un saco lleno de objetos de oro y con una talla románica bajo el brazo que le queda libre, aunque nuestro botín potencial era más extravagante y más liviano: huesos, cenizas. Huesos y cenizas de quién sabe quiénes. Pero al cabo lo mismo: una basurilla con rango de tesoro. Un puñado de polvo y astillas vigilado como si de verdad fuese un tesoro.

Ante una operación como aquella, mi padre hubiese desplegado toda su profesionalidad, todo su ingenio, que no era poco, y hubiera logrado implicar a los mejores operarios para asegurarse el laurel. Bien es verdad que la profesión ha cambiado mucho en los últimos tiempos: los sistemas de seguridad son más complejos y menos fáciles de burlar, los grandes peristas están más vigilados que los grandes criminales, las policías de todo el mundo están más conectadas que nunca gracias a la red informática, casi todos los que se incorporan a la profesión prefieren trabajar sin intermediarios, la trama de confidentes es cada día más inmensa y efectiva: un monstruo hecho de orejas... Por lo demás, el más insignificante de los museos provincianos es un recinto casi inexpugnable, debido a esa superstición moderna que otorga valor a cualquier chatarra prestigiada por el deterioro y a cualquier pintamonería arropada por conceptos astutos. De todas formas, ya digo, mi padre hubiese salido con bien de una operación como aquella. Eso seguro. Pero el caso es que mi padre estaba muerto.

Y allí nos encontrábamos nosotros, frente a la catedral sobrecogedora, monumento a la vanidad humana transferido a la vanidad divina.

Lamento confesarles —si no lo he hecho ya— que las catedrales no me gustan. Me impresionan las que son impresionantes, por supuesto, porque para eso están, pero no me gustan. «¿Por qué?» Pues por la misma razón por la que no me gustaría irme a la cama con una mujer que midiera nueve metros y que pesara seiscientos kilos: porque la belleza desproporcionada sobrepasa los límites de nuestras facultades emocionales y sensoriales. Puede hechizarnos el funcionamiento de una linterna mágica, pero no el del sol. Puede conmovernos más el trino discontinuo de un pájaro en una mañana gélida de invierno que una coral de quinientas voces acordadas. Puede admirarnos la organización social de un hormiguero, pero no el organigrama de una multinacional. Puede dolernos más una muela que una muerte. Y así. Todo es cuestión de escala: la insignificancia vive alzada en rebeldía contra la grandiosidad. (Un grano en la nariz de Miss Mundo, por ejemplo, vuelve cómica su corona: una corona para un grano, un grano convertido en el centro de gravedad de toda la euritmia triunfante de Miss Mundo.)

Pero ahora permítanme, por favor, una de esas apreciaciones sociológicas de brocha gorda que pusieron en boga los viajeros decimonónicos y que luego han explotado los viajeros posmodernos, a saber: me da la impresión de que a los propios colonienses no les gusta demasiado su catedral vanidosa, y por eso la tienen asediada por todos los flancos. Parece como si pretendieran sepultarla, no sé. Humillar su imponencia. Ponerle biombos: por un lado, la estación ferroviaria, indiscutiblemente espantosa; por otro, el museo Ludwig, que parece una nave industrial; por otro, el cubo de hormigón del museo Römisch-Germanisches. Cristal, metal y cemento contra la piedra tallada, contra la piedra delirante. La fealdad moderna contra la fealdad histórica.

Aun así, hay que reconocer que la catedral de Colonia tiene un factor descabellado que remueve el ánimo, no sé si para bien o para mal: una mera sensación contradictoria, de tantas. Te sorprende su grandeza, pero también te humilla. Admiras el talento humano para la materialización de lo inútil, pero también te sobrecoge el hecho de pensar que en una mente humana pueda concebirse aquella aberración. Admiras los vitrales, los pórticos, los suelos de mosaico ideados para que nuestros pies se sientan importantes pisando maravillas minuciosas, los retablos y las tuberías del órgano que habla con la voz hueca de la gloria ultraterrena, pero, al contemplarlos, no puedes dejar de pensar en el tedio de los artesanos mientras daban forma a todas aquellas diabluras, porque más parecen diabluras que regalos a Dios: el diablo está siempre a favor de la voluta, de la espiral, del escorzo y del pan de oro, mientras que Dios es —si algo es— un vacío blanco. (Las cosas, en fin, de las catedrales, ya saben.)

Nos quedamos un rato en silencio ante el relicario de los magos, que parece el joyero bizantino de una giganta. Consideraciones estéticas al margen, los dos llegamos a una conclusión: aquello iba a resultar imposible.

El sarcófago, según me había adelantado Sam, estaba protegido con una urna de cristal blindado de unos cinco centímetros de grosor. («Para esto haría falta el ejército», bromeó tía Corina.) No vimos cámaras de seguridad, lo que no quiere decir que no las hubiera. Sí apreciamos que en la cubierta de la urna había un aparato con aspecto de sensor. («O la banda de Al Capone con tanques.»)

Pero estábamos tan desesperados que no podíamos desesperar.

Dimos una vuelta por la nave, mirando con ojos distraídos

—porque nuestra atención iba hacia adentro— aquella parafernalia mística, aquel divino teatro de variedades: la piedra hecha nervio, el oro convertido en filigrana, la madera tallada para formar bosques de simetrías ondulantes, el cristal tintado para jugar con la luz... (Y aquel fondo musical de órgano tétrico, y los monumentos funerarios de los arzobispos fatuos, ansiosos de perpetuidad mundana, y la piedra triste...)

Nos detuvimos ante el retablo que alberga la imagen de la llamada Virgen de las Joyas, diminuta y rubia, tenida por imagen milagrosa para aliviar penas de amores, a la que los fieles más sugestionables ofrendan piedras preciosas y ornamentos de precio, de los que está recargada la imagen. «Esa enana vale su peso en oro, y nunca mejor dicho», comentó tía Corina, que no estaba de buen humor. «Eso sí podría robarse con una pistolita de agua, ¿verdad? Sería como entrar en una tienda de juguetes y llevarse la muñeca princesa.»

Los curiosos y los fieles merodeaban por el recinto con la admiración o el sobrecogimiento estampado en los ojos, perpetuando así el efecto de sugestión pretendido por quienes se empeñaron en alzar aquella tramoya a lo largo de más de seiscientos años: el circo germánico de Dios.

«Si hubiésemos dedicado un poco de tiempo a preparar esto...», le comenté a tía Corina. «Es que ya estamos de más. Deberíamos retirarnos. Yo por lo menos me jubilo», y les confieso que me sorprendió oírle aquello, aquella claudicación, que supuse pasajera, ya que debía de haberse contagiado del virus que flota en todas las catedrales, ese virus que hace que la gente se sienta insignificante y fugaz, teselas del mosaico infinito de un universo gobernado a perpetuidad por un mago ciclotímico.

Según me había anticipado Sam Benítez, comprobé que el acceso al altar mayor estaba vedado al público, y ahí cobró sentido lo del pasadizo, que en un principio me sonó a novelería, de modo que nos fuimos hacia el grupo escultórico de la entrada, bajo la torre sur. Enfrente de él había, en efecto, un arcón en el que podrían caber con holgura media docena de adultos y un par de chiquillos. Vi el guantelete en el cuarterón de la peana. Vi la figura de santa Bárbara, sujetando su torre en miniatura. Bien. Sólo había dos obstáculos: una especie de monaguillo sesentón que se paseaba por allí vestido con una túnica roja y con una hucha colgada al cuello, a la espera de donativos, y otro sesentón que les rezaba a los santos muñecos, haciendo catálogo de peticiones o de clemencias urgentes, pues con mucha vivacidad movía los labios. Nos sentamos en un banco y simulamos recogimiento, a la espera de que aquellos dos impertinentes cambiasen de rumbo, cosa que hicieron al poco rato y casi a la vez. Retiré entonces uno de los lampadarios que hacían de parapeto al grupo escultórico, me agaché, coloqué la mano sobre el guantelete y lo presioné durante varios segundos. Miré a tía Corina, que negó con la cabeza para darme a entender que la torre de santa Bárbara seguía inmóvil. Presioné de nuevo el guantelete y tía Corina volvió a hacer un gesto de negación. «Sal de ahí, que viene el monaguillo», me susurró cuando yo estaba ya en fase de aporrear el guantelete. Me senté junto a ella, con el pensamiento muy confuso. Una vez que el monaguillo —o lo que fuese— prosiguió su ruta, tía Corina se dirigió al arcón, lo observó y levantó la tapa. «Está abierto.» Comprobamos que no era la entrada de ningún pasadizo, sino un simple arcón en el que se apilaban algunos fajos de folletos turísticos y de hojas parroquiales. «Tal vez si lo moviésemos...», sugerí, por si acaso el pasadizo se abría bajo el arcón, pero tía Corina me miró como se mira al niño que asegura que hay una bruja debajo de su cama. «Sam Benítez es un chiflado y nosotros somos dos.» Y salimos de la catedral.

«Bien, ¿qué plan les proponemos a esos? ¿Que se casen y funden una familia?», me preguntó tía Corina, en referencia a Cristi y al Penumbra, porque la verdad es que algún plan teníamos que brindarles, siquiera fuese como mera cortesía y por respeto a las tradiciones. Le dije que lo único que se me ocurría era que se ocultaran en el arcón poco antes de la hora del cierre de puertas, que llevaran a cabo la faena durante la noche y que esperasen a que abriesen la catedral de nuevo por la mañana, a pesar de la indicación explícita de Sam Benítez de iniciar la operación a mediodía, pues qué más daba eso al fin y al cabo. «¿Hablas en serio?» Y no supe qué contestarle, pues comprendí que una respuesta afirmativa no podía ser seria. «Mira, llama a Sam y dile que nos volvemos a casa. Tampoco se trata de mandar al matadero a esas dos pobres criaturas, por muy bien que estuvieran en el matadero.» De modo que llamé a Sam con mi flamante teléfono móvil.

Su reacción no hace falta que se la detalle a ustedes, porque calculo que, a estas alturas, se la imaginan sobradamente. (Muchas mentadas de madre, mucho cabrón, mucho güey, muchas más mentadas de madre...) Después de un laborioso tira y afloja, quedamos en que me llamaría en torno a la una, cuando todos los implicados estuviésemos reunidos en el restaurante, para proponernos alguna solución. «¿Vendrá Tarmo Dakauskas?», le pregunté, y la respuesta fue difusa, de lo que deduje que no podríamos contar con el apoyo logístico de aquella entelequia, a pesar de que todo apoyo sería bienvenido.

Tía Corina y yo nos sentamos en una terraza para hacer tiempo y luego nos fuimos dando un paseo hasta el restaurante.

Cuando llegamos, ya estaba allí, acodada en la barra, Cristi Cuaresma, ansiosa de actividad y de Penumbra. Se había teñido el pelo de azul ultramar, con mechas amarillas, no sé para qué. Tenía los párpados pintados de negro, con motas del color de la plata. Una camiseta de tirantes dejaba ver la maraña de tatuajes de su hombro derecho. Tía Corina la saludó con una media sonrisa que yo sabía muy bien lo que significaba, y mantuvo esa media sonrisa mientras Cristi hablaba sin ton ni son, sin quitar la vista de la puerta, anhelante del reencuentro con el hijo de Honza Manethová, que parecía haber heredado de su padre el secreto de un conjuro infalible para esclavizar el corazón de las mujeres trastornadas, que fue lo que en gran parte perdió al buen Honza, célebre por pagar a precio de oro la ganga sentimental, pues todas sus amantes andaban a malas con algún aspecto de la cordura, según se condolían sus íntimos —aunque no me cabe la menor duda de que todos ellos hubiesen cambiado su vida por la de aquel alegre libertino que decidió hacer de su biografía un programa interminable de festejos, porque los rigores morales se aplican mejor de puertas para afuera.

«¿Y mi dinero?», me preguntó Cristi. Saqué un sobre y se lo puse delante. «¿Está todo?», me preguntó con una ceja enarcada, sopesando el sobre. «La mitad. La otra mitad cuando terminemos, ¿de acuerdo? Si no te fías, puedo firmarte un pagaré o incluso sacarme un ojo y dejártelo como garantía.» Y se dio por satisfecha, o al menos lo simuló, y se guardó el sobre en el bolso.

Al poco, sonó el móvil de Cristi y se apartó para hablar a gritos en un italiano de pura trifulca, porque ya saben ustedes que ella es bravía, supongo que de nacimiento. «Esta muchacha se ganaría mejor el pan arruinándole la vida a cualquier desprevenido», comentó tía Corina.

El Penumbra seguía sin aparecer, lo que no sólo inquietaba a Cristi, sino también a mí, aunque por motivos del todo diferentes. «Llama a ese Penumbra», sugirió tía Corina, y así lo hice, pero resultó que tenía el teléfono apagado. Decidimos sentarnos a comer, y en eso me llamó Sam Benítez, que andaba trapicheando en Oporto la compra de una colección de relojes a los herederos de un notario, porque Sam es de los que no paran: el mercader errante, empeñado en transformar en plusvalía la tierra que pisa, así pise el fango. «Falta el Penumbra. Bueno, y también ese Tarmo Dakauskas tuyo, en el caso de que exista.» Le comenté que tanto el guantelete como la torre de santa Bárbara y el arcón debían de estar averiados. «No sé, güey. Es lo que me dijeron...» También le informé de que no había pasadizo alguno. «Mira, loco, ¿qué chingada le hago yo? ¿Me pongo a cavar uno esta noche?» Quedó en llamar más tarde, aunque antes de despedirse me hizo una pregunta que me intranquilizó:

—Escucha, compadre, ¿a ti te importa algo la vida de ese fantoche?

—¿Qué fantoche?

—El Penumbra, güey.

No acerté a contestarle, porque desconocía el alcance de la pregunta y las consecuencias de mi respuesta. «Piénsalo. Ahorita te llamo.»

Tarde pero llegó. El Penumbra llegó.

Yo, no sé por qué, la verdad, me había permitido imaginar la escena a través de una lente melodramática: Cristi Cuaresma llorosa y suplicante, y el otro posando de diablo altivo, indiferente a la desesperación y a las lágrimas. Desde el trono, digamos. Pero la imaginación se equivoca mucho, más incluso que la conciencia. Cristi se limitó a darle la bienvenida con estas aladas palabras: «¿Cómo te va, hijo de la grandísima puta?». Lo dijo en español, idioma que el Penumbra no entiende, aunque hay frases que se entienden en cualquier idioma: el esperanto del insulto.

La comida resultó un poco tensa, al menos para tía Corina y para mí, ya que Cristi no paraba de zaherir al Penumbra, aunque él llevaba escudo de indiferencia, de modo que los sarcasmos de su oponente —en español, en inglés y en italiano, de forma indistinta, supongo que con arreglo a dictados volubles del corazón— se quedaban flotando en una especie de limbo como puñales de goma.

...Y de Tarmo Dakauskas, por cierto, ni rastro, como ya me temía.

A los postres llamó Sam. «Escucha, güey, ¿puedes hablar sin que te oigan?» Salí del restaurante. «Detén toda la operación, ¿comprendes? Asunto anulado. Pero no les digas nada a Cristi y al Penumbra, compadre. Oficialmente, para ellos todo sigue igual, ¿comprendes? Pregúntale al Penumbra en qué chinga de hotel duerme y me lo dices cuanto antes, güey. Y tú no muevas ni un dedo, ¿comprendes?» Le respondí a todo que sí, aunque la verdad es que no comprendía absolutamente nada. «¿Les has pagado ya a esos dos?... Vale, güey, eso puede arreglarse.»

Volví a entrar en el restaurante como si acabara de caerme encima de la cabeza el cimborrio de la catedral. Tía Corina, que sabe leer en mi cara, me interrogó con los ojos, y con los míos le di a entender que el asunto era de envergadura.

Cristi Cuaresma seguía con su lanzamiento de puñales de goma, y me pregunté si con el sicario colombiano se permitía también esas bravuras, porque sería cosa digna de admiración el que lo hiciera.

«¿En qué hotel estás?», dejé caer. «En casa de unos amigos», me contestó distraídamente el Penumbra. Como el instinto me avisó de que aquella circunstancia, tanto si era cierta como si no, implicaba un trastorno en las previsiones, fuesen cuales fuesen aquellas previsiones, extremo que yo ignoraba, salí de nuevo del restaurante y llamé a Sam. «Seguro que miente. Síguelo a donde vaya, compadre. No le pierdas el rastro. Por tu padre te lo pido, güey. Y llámame en cuanto sepas algo.»

Cuando volví a la mesa, Cristi estaba en pleno éxtasis epigramático: «Tú no eres más que un cabrón pichacorta», y en esa tónica siguió.

«Voy a daros una mala noticia», anuncié. «No tenemos ningún plan previsto, así que tendréis que improvisar sobre el terreno. Nos veremos el domingo a las doce en punto del mediodía en el portal de Santa María. Una vez allí, nos separaremos. Nosotros nos iremos para la estación, donde debéis entregarnos las reliquias en una bolsa de viaje de color negro, sin ningún tipo de marca visible ni logotipo ni nada que se le parezca. Os esperaremos en la entrada del andén 8, ¿de acuerdo? Con un poco de suerte, en cuestión de un cuarto de hora podemos tener todo solucionado.» Tía Corina me miró con pasmo, y no le faltaba razón. «De todas formas, seguiremos en contacto, por si se nos ocurre un plan de última hora.» Y la expresión de tía Corina era ya indefinible.

«No te preocupes. Ya tengo un plan», dijo el Penumbra, y les confieso que me asombró aquella diligencia. «¿Y yo qué pinto en esto?», se entrometió Cristi. El Penumbra se dignó contestarle esa vez: «Un papel fundamental, princesa. Tú y yo formamos un equipo maravilloso. Pero déjate llevar. Confía en mí», y, por raro que resulte, aquella bruja pareció amansarse. «¿Cuál es tu plan?», le pregunté al Penumbra. «El mío», y comprendí que aquella iba a ser la respuesta definitiva, a pesar de que la tradición dispone un intercambio de pareceres y una coordinación entre las partes.

Cuando nos levantamos de la mesa, se produjo una situación difícil, ya que todas nuestras brújulas estaban desordenadas: Cristi pretendía irse con el Penumbra, el Penumbra tenía la firme decisión de irse solo, tía Corina daba por sentado que se iría conmigo al hotel y yo tenía encomendada la misión de perseguir al Penumbra. «Vete al hotel», le dije en un aparte a tía Corina, que puso gesto de extrañeza. «Por favor», le insistí, y duplicó la extrañeza del gesto. Cristi, por su parte, discutía de mala forma con el Penumbra, hasta que se dio por vencida y echó a andar con la cólera concentrada en los tacones. Pero no se habría alejado ni treinta metros cuando giró sobre sí y volvió a la carga. Vi que el Penumbra anotaba algo en un papel, vi que se lo daba a Cristi y vi que Cristi se iba más conforme.

Pero aún no habría recorrido ella otros treinta metros cuando un tipo se bajó de un coche por el asiento del copiloto, le arrancó el bolso y se subió de nuevo al coche, que huyó a gran mecha, dejando a Cristi atónita durante unos segundos, antes de entrar en estado de desesperación. «Mala suerte», murmuró el Penumbra. «Dinero volatilizado», pensé yo. Cristi corrió hacia nosotros, aunque la excitación le impedía hablar con sintaxis. Tía Corina intentó calmarla, pero para calmarla hubiese sido imprescindible la intervención de un domador de fieras. Le dimos algún dinero de bolsillo, le prometí que le entregaría el resto de su parte a la mañana siguiente y se fue, ruinosa y deshecha, echando fuego de infierno por la boca.

«Por cierto, antes de esta noche tienes que darme lo mío», me exigió el Penumbra. Le dije que se lo daría después de llevar a término la operación. «Me lo das esta noche o no hay operación. Tú eliges.» Su parte equivalía a dieciocho mil euros, de los que había que descontar las dos mil libras que le entregué en Londres. Yo tenía ese dinero en el hotel, de modo que lo cité en una cafetería a las ocho de la tarde.

Nos despedimos, en fin, del Penumbra y simulé que me iba con tía Corina en dirección contraria a la suya.

—¿Qué lío es este?

—Ya te contaré luego. Ahora coge un taxi y vete al hotel.

—Pero...

—Al hotel.

Así que, a mis años, me vi persiguiendo por las calles de Colonia a un joven empresario de la industria satánica, circunstancia que lastima muy en lo hondo la dignidad de cualquiera, según puedo asegurarles, porque te invade el mismo nerviosismo que a los maricas de urinario, a los que siempre parece faltarles ojos.

El problema principal de perseguir a alguien —aparte de la persecución en sí— es que siempre te sientes más ridículo que la persona a la que persigues, por ridícula que sea esa persona, ya que toda persecución implica una vía cómica de conocimiento: vas a invadir una realidad ajena que no sabrás interpretar. Visto desde fuera, cualquier movimiento rutinario se convierte instantáneamente en síntoma: una ojeada al reloj, una llamada telefónica, una parada ante una papelera... Todo perseguidor es siempre un paranoico. (Tan paranoico, en suma, como quien se cree perseguido, esté perseguido o no.) Perseguir a alguien entraña el riesgo de leer la realidad al pie de la letra cuando debe ser leída en sentido figurado, y al revés, ya que el escrutinio atento de cualquier transeúnte seleccionado de forma aleatoria nos lleva de forma inevitable a la conclusión de que se trata de un asesino —con los puños de la camisa salpicados de sangre— que intenta pasar desapercibido entre la multitud. (Hagan la prueba.) Bueno, de un asesino o de un demente predispuesto a convertirse en asesino. De algo desfavorable para la reputación, en cualquier caso.

Por suerte, el Penumbra no cogió un taxi, ya que el factor tráfico me hubiese complicado la tarea. Anduve detrás de él durante más de un cuarto de hora, y prefiero no imaginar las conclusiones a las que hubiese llegado cualquiera de haber decidido perseguirme durante mi persecución: un tipo que de pronto se para, que de pronto se da la vuelta, que entra en un portal y sale al instante, que se detiene en una esquina y que espera cinco segundos antes de doblarla, que decide de repente dar marcha atrás y se pone a mirar el escaparate de una ferretería o de una pastelería o de una tienda de colchones, mesándose el pelo de la sien para ocultarse la cara con la mano...

Para mi sorpresa, el Penumbra entró en un hotel llamado Dorint, a dos pasos de la catedral y de apariencia lujosa, en versión más o menos japonesa. Barajé la posibilidad de que fuera a reunirse con alguien, aunque me incliné por la posibilidad de que me hubiese mentido al decirme que se alojaba en casa de unos amigos, como había dado por hecho Sam Benítez. A través de la cristalera, vi que se dirigía al mostrador de recepción, donde le entregaron un sobre. Lo desgarró, sacó un papel y se encaminó, leyéndolo, hacia los ascensores. Se abrieron las puertas mágicas. Las cruzó. Se cerraron las puertas mágicas. Entré en el vestíbulo y me quedé observando la pantalla que señala el piso por el que flotan los ascensores. Se detuvo en la planta tercera. Le pedí una tarjeta al recepcionista, salí de allí a toda prisa, me subí a un taxi y llamé a Sam: «Está en el hotel Dorint. Plaza Kart-Hackenberg. Planta tercera. El número de habitación no lo sé... Oye, Sam, creo que me debes algún tipo de explicación, aunque sea falsa...». Pero me dijo que ya hablaríamos.

Antes de llegar a mi hotel, recibí una llamada de Sam: «Oye, güey, ¿cómo carajo se llama de verdad ese puto Penumbra?».

«Empieza a hablar y no pares hasta que no veas que asiento y pongo cara de entender todo.» Tía Corina estaba en la cafetería de nuestro hotel, con un libro entre las manos.

Cuando por fin puso cara de entender todo, dentro de lo que cabe, pidió otro gintonic. «Lo entiendo, pero no entiendo nada.» Le dije que yo tampoco. «¿Qué estás leyendo?» Y me mostró la cubierta del libro: *Colonienses célebres*, una especie de guía turística de celebridades locales que había comprado en la tienda del hotel. «¿Sabes quién fue Enrico Cornelio Agrippa?», me preguntó, tendiéndome el libro. Le respondí que lo que suele uno saber de ese tipo de gente. «Pues lee esto», y lo que leí fue lo que sigue: «Médico, mago y alquimista. Nacido en Colonia en 1486 y muerto en Grenoble en 1535. Padeció una fama de brujo maléfico, y como tal fue perseguido. Se cuenta que un alumno suyo cayó muerto de repente mientras leía un libro de conjuros peligrosos y que el maestro, ante el temor de que lo acusaran de ser el responsable de aquella desgracia, convenció con sus artes mágicas al diablo para que entrase en el cuerpo del cadáver y diese varias vueltas a una plaza, a la vista de todos, antes de salir de él. Accedió el diablo y el discípulo, tras dar unas vueltas a la plaza, se desplomó muerto ante testigos, con lo cual la inocencia del maestro no podía ponerse en duda. Quiere la leyenda que pagaba con moneda auténtica, pero que, al poco tiempo, todo el dinero que salía de su bolsa se transformaba en cuero, en madera o en huesos de animales».

Miré a tía Corina con expresión interrogante. «¿No te suena de nada lo último?», me preguntó. «La verdad es que no.» Se abrió de manos: «Es lo mismo que nos ha hecho Sam Benítez: pagarnos con moneda falsa. El dinero que nos anticipó va a convertirse en humo y el dinero que nos prometió es ya humo». Vista así la cosa, me temo que llevaba buena parte de razón, ya que, entre lo que le había dado y lo que me quedaba por darle al Penumbra, lo que le había dado y lo que me quedaba por darle a Cristi Cuaresma y los gastos generales, se nos había esfumado casi el total de lo que Sam me adelantó en El Cairo, y estaba por ver que cobrásemos algo más y que al final no perdiésemos dinero, visto el rumbo de la embarcación. «Humo. Vamos a ganar con esto una hebra de humo.» La verdad es que nunca había visto a tía Corina tan nerviosa como aquella tarde. Yo, nervioso también, no paraba de llamar a Sam, pero tenía el teléfono desconectado.

Poco antes de las ocho, me encaminé a la cafetería en que

me había citado con el Penumbra. A las nueve, como no había aparecido, recogí a tía Corina en el hotel y nos fuimos a un restaurante turco, más por distraernos que por cenar, pues los dos teníamos un nudo en el estómago. Y allí estábamos, a la luz de unos candelabros, mecidos por melodías de tambores y maglamas, cuando sonó mi teléfono. «¿Señor Jacob? Mi nombre es Tarmo Dakauskas. Imagino que ya sabe quién soy.» Me hablaba en francés, con acento anómalo. «Le espero en la habitación 317 del hotel Dorint dentro de media hora. Venga solo. Y traiga el dinero del Penumbra.»

Tarmo Dakauskas. Hotel Dorint. Habitación 317.

El jeroglífico.

16

Sorpresa en el Dorint.
La cara y las revelaciones de Tarmo Dakauskas.
La hamburguesería peligrosa.
Y un problema de identidades.

«En determinadas circunstancias, todos podemos convertirnos en un asesino. Y el verdadero asesino no necesita ni siquiera circunstancias, ¿comprendes?» Tía Corina me insistió en que no acudiese a aquella cita y me propuso que fuéramos a divertirnos un rato a algún casino. «Esto ya huele a peligro serio. A peligro físico serio, quiero decir», y mucho me temo que no le faltaba fundamento a su aprensión, porque el rodar de las desventuras suele acabar de la peor manera posible, hasta el punto de que hay ocasiones en que el hecho de que te rompan media docena de dientes puedes llegar a considerarlo un signo de buena estrella, porque entre que te rompan seis dientes y que te rompan la cabeza en seis mitades no existe mucha diferencia sustancial: apenas un matiz, porque la persona que te rompe unos cuantos dientes no suele sentir mucho respeto por tu cabeza. «Acuérdate de lo que le pasó al pobre Pat Levi.» (La anécdota no creo que les interese, pero, por si acaso, ahí va: un día de los muchos de 1980, Pat

Levi, guardaespaldas de celebridades de todo tipo en sus horas laborables y coleccionista de carteles de cine en sus ratos de ocio, estaba cenando en un restaurante de Berlín con unos amigos —entre los que se encontraba mi difunto padre— cuando el camarero le avisó de que tenía una llamada. Habló por teléfono durante apenas tres segundos, volvió a la mesa, se disculpó ante sus amistades y se despidió, alegando que le había surgido un imprevisto urgente. Nunca más se supo de él, y todo el mundo dio por hecho que aquel imprevisto urgente que le había surgido era un viaje a la mismísima gloria eterna, a causa —se dijo— de algunas desavenencias que tuvo con Maxi *El Húngaro*, un descerebrado con un sentido mercantil asombroso a fuerza de simplismo, que era quien controlaba por aquella época el tráfico de fugitivos del Berlín oriental y que se destacó por su afición a ordenar asesinatos a la mínima, sin duda porque aquella disposición caprichosa sobre la vida y la muerte le hacía sentirse como el emperador de los submundos, tendente a bajar con mucha ligereza el dedo pulgar, hasta que una mano anónima se animó a envenenarle el café, para alivio de tantos.)

«Tengo que ir.» Tía Corina me preguntó que de dónde me sacaba ese sentido tan firme del deber. «No estoy seguro, pero creo que sería peor que no fuese. Sólo conseguiría aplazar algo inevitable.» Así que acerqué a tía Corina al hotel, muy en contra de su voluntad, subí a la habitación, metí en un maletín el dinero que le correspondía al Penumbra y seguí en taxi al hotel Dorint, donde tuvo lugar la escena que se relata a continuación.

Llamé a la puerta de la habitación 317. «Pase. Está abierta.» En una butaca estaba sentado un hombre de unos cincuenta años, de ojos azules, vivaces y maliciosos, a la vez que cansinos. Llevaba un traje gris y una corbata vulgar y mal anudada. Comía cacahuetes.

La habitación, que resultó ser muy chica, de las de tarifa barata, estaba hecha una leonera, con ropa por todas partes y con el mobiliario trastocado. Incluso los botellines, las chocolatinas y los paquetes de frutos secos del minibar estaban desperdigados por la moqueta, como si acabara de celebrarse una fiesta infantil.

¿Se acuerdan ustedes de lo que se preguntaba el filósofo Henri Bergson en su ensayo titulado *La risa*? Por si acaso les falla la memoria, me permito recordárselo: «¿Qué es una fisonomía cómica? ¿De dónde se deriva la expresión ridícula del semblante? ¿En qué consiste la diferencia entre lo cómico y lo feo?». Pues eso mismo me pregunté al hallarme ante el llamado Tarmo Dakauskas. Nada había en su cara que pudiera considerarse deforme ni desmesurado, pero les aseguro que el conjunto resultaba pésimo.

«Buenas noches, señor Jacob. No le digo que se siente porque me temo que no hay sitio. A menos que no le importe...», y señaló la cama. Pero aquella cama no era un buen sitio para sentarse. No por la cama en sí, claro está, sino porque en ella reposaba el cadáver del Penumbra, con un disparo en el ojo derecho. El nerviosismo me llevó a formular una pregunta idiota: «¿Está muerto?». Se encogió de hombros. «De momento sí, pero algún día resucitará. Ya conoce usted la leyenda... ¿Lleva ahí el dinero?», y me hizo un gesto con la mano para que le entregase el maletín. No me veía en una situación privilegiada para hacer preguntas ni para llevar la contraria, de modo que se lo di. Lo abrió. Lo cerró. Sonrió. Y mantuvimos el coloquio que transcribo:

—¿Usted...?

—Por favor, no me pregunte si lo he matado yo o si lo ha matado Dios Padre. Tampoco me pregunte por qué está muerto. Le sugiero que vea las cosas de este modo tan simple: si está muerto, es que alguien lo ha matado; si alguien lo ha matado, es que tenía que estar muerto. Todos los asesinados estaban de más para alguien. No importa demasiado para quién.

—Supongo que todos los asesinados tendrían un punto de vista diferente.

—De eso no le quepa duda, pero la muerte neutraliza cualquier opinión.

—A menos que uno logre convertirse en alma en pena.

—Bien, supongo que, a estas alturas, tendrá usted muchas preguntas rondándole por la cabeza como si en vez de preguntas fuesen moscas. Le daré respuesta al menos a una de ellas: Abdel Bari no volverá a molestar a nadie.

—¿También...? —y señalé a lo que quedaba del Penumbra.

—Le llegó su hora, aunque con un poco de adelanto. Estaba convirtiéndose en una molestia para todo el mundo, empezando por mí y terminando por usted. Un arco de incordio demasiado grande. Además, estaba muy gordo, así que le venía bien perder veintiún gramos.

—¿Para quién trabajaba?

—Para mí, por ejemplo.

—¿Usted era el jefe de Abdel Bari?

—Yo no diría tanto. Tenga en cuenta que nadie puede ser del todo el jefe de un idiota. El verdadero jefe de un idiota es siempre su propia idiotez.

—¿Y por qué intentó envenenarme ese idiota?

—¿Intentó envenenarle?

—Dos veces. Falló, como ve. Pero mató a dos infelices.

—Bueno, infelices hay muchos. Ni un genocidio selectivo acabaría con ellos. Pero, en fin, ahí tiene usted la razón de la muerte de Abdel Bari. Siempre se dio muy buena mano con los venenos, pero acabó queriendo envenenar a medio mundo, y eso ya no podía ser. A veces interesa que alguna gente siga viva, siquiera sea para que nos planche la ropa.

Aun sabiendo que la respuesta sería poco fiable, en el caso de que me diese alguna, le pregunté que quién le había ordenado a Abdel Bari envenenarme.

—¿No presta atención a lo que le digo, señor Jacob? Él envenenaba ya a su libre albedrío. Le encargabas que le siguiese los pasos a alguien y acababa envenenándolo, y luego se disculpaba como podía, pero el daño estaba hecho, porque aún no se ha inventado la resurrección orgánica de los cadáveres. Ni siquiera el doctor Acula lo consiguió en las películas de Ed Wood, en las que son posibles tantas cosas.

—¿Le mandó usted a Abdel Bari que me siguiera?

—No.

—¿Quién entonces?

—Sam Benítez.

—¿Sam? ¿Para qué?

—Para que usted desistiera de robar las reliquias.

Aquello me descolocó más de lo que estaba, porque ya conocen ustedes el grado de empeño que puso Sam en que asumiera la responsabilidad de la operación, así como sus llamadas insistentes a cualquier hora del día y de la noche y desde cualquier rincón del mundo para que me pusiera a la labor cuanto antes.

—Él no quería que lo hiciera usted porque sabía que era una trampa.

—No entiendo.

—Es fácil de entender: a Sam le encargaron que le encargara a usted esa operación, pero no quería que usted la llevase a cabo.

—Insistir en que hagas algo no es la mejor manera de hacerte desistir de hacerlo, al menos cuando ya hemos superado la infancia. No estoy aquí por gusto, sino precisamente por la insistencia de Sam.

—Pero sólo le insistió cuando se aseguró de que yo estaría detrás de todo. Fue Sam quien contrató a Alif el cuentacuentos, quien le envió a su hotel al vendedor del báculo y quien le hizo llegar el báculo a su casa. También apañó su encuentro con Abdel Bari, aunque aquello, según lo que me ha contado usted, no fue una buena idea. Creo, además, que también le envió algún anónimo.

Le pregunté que por qué no me comunicó el propio Sam a las claras que no hiciera el trabajo, sin necesidad de valerse de tantos subterfugios.

—No sabría decirle. Supongo que la misión de Sam consistía en contratarle a usted, aunque la conciencia le dictaba otra cosa, según parece. Además, ya conoce a Sam. Le gustan los laberintos. Si a Sam se le antojase comer huevos duros, tendría que localizar antes el caldero de oro de los duendecillos irlandeses para hervirlos en él, porque un cazo cualquiera no le serviría.

—¿Quién le encargó a Sam que me propusiera el trabajo?

—No lo sé. Puede creerme. Tampoco me importa mucho, si le digo la verdad. Y ahora discúlpeme la franqueza, pero ¿en serio ha creído usted ni siquiera durante un momento que podía robar las reliquias con la ayuda de un jefe de ladronzuelos de barrio y de una drogadicta que tiene la cabeza llena de escoria? Sea sincero. Usted ha venido a esto como quien sube al cadalso.

—Pero tenía que venir.

—Por supuesto. Y por eso he tenido que venir también yo.

—¿Le apetece que vayamos a algún otro sitio menos...? —le pregunté, señalando la cama en la que el Penumbra yacía desbaratado y tuerto.

—No, no me apetece, pero le invito a cenar si le apetece a usted.

—Ya he cenado, pero le acompañaré si no le importa —le dije para mantener el tono versallesco, como si en vez de estar ante un quinqui asesinado estuviésemos delante de una delicada archiduquesa de peluca empolvada que ensaya un minué en su clavicordio.

Cuando Tarmo Dakauskas se puso de pie, resultó ser más bajo de lo que había calculado, aunque, en contrapartida, era mucho más fornido de lo que a primera vista me pareció. «Vamos allá», y sonrió como pudo. A esas alturas, ya no me preguntaba si su cara era fea o cómica; sencillamente, era una cara que no le gustaría tener a nadie, sin más exégesis.

Antes de salir, hizo la señal de la cruz ante el cuerpo del Penumbra. Lo entendí como una ironía, aunque en la expresión de Tarmo Dakauskas leí más bien una pesadumbre auténtica. En cualquier caso, supuse que en aquella cara las expresiones podían desvirtuarse como consecuencia de las peculiaridades de la cara en sí.

Por el camino, me ofreció una revelación: «No sé si hago bien en decírselo, pero tampoco sé si haría bien no diciéndoselo…». Y los puntos suspensivos fueron muchos. «En fin, creo que se lo diré: su padre murió envenenado por Abdel Bari.» Un antiguo dolor volvió a su fuente originaria, volvió a manar: asumes una muerte en relación con una causa concreta; si luego te enteras de que esa causa es falsa, parece como si esa muerte acabase de ocurrir, así ocurriese en un tiempo remoto. «Le suministró un veneno de efecto retardado, aunque fulminante. Tengo entendido que sufrió, ¿verdad?» Cuando varios tropeles de pensamientos y de sentimientos desordenados acuden a la vez a tu cabeza, todo ese magma forma una especie de engendro bicéfalo: *a)* un pensamiento vacío que, a pesar de estar vacío, no deja de ser pensamiento; *b)* un sentimiento indefinido que compendia todos los malos sentimientos posibles, con todos sus matices posibles.

«Después de la muerte de Abdel Bari hubo que poner un poco de orden en su casa, porque un idiota puede guardar documentos que impliquen a inocentes. Entre otras muchas imprudencias, apareció un cuaderno en el que aquel demente se había entretenido en llevar un registro de todas sus víctimas: nombre, nacionalidad, ocupación, edad aproximada, una breve descripción física, la persona que le encargó el sacrificio —en el caso de que el propio Abdel Bari no la hubiese liquidado por su cuenta— y, finalmente, el combinado venenoso con que la mandó al infierno, si me disculpa usted la expresión. Allí estaba la ficha de su padre. Y las de unas cincuenta personas más. Toda una leyenda tóxica nuestro Abdel Bari...» Le pregunté si en la anotación correspondiente a mi padre aparecía el nombre de la persona que ordenó su envenenamiento. «Sí. Pero no va a gustarle oír ese nombre: Sam Benítez.»

Mi capacidad de asombro estaba ya tan sobrepasada, que ni siquiera me asombré.

«Ahí mismo, si le parece. No soy quisquilloso para la comida», y entramos en una hamburguesería repleta de adolescentes.

Cuando recobré el don del habla, le pregunté a Tarmo Dakauskas por qué había ordenado Sam la muerte de mi padre, que siempre lo tuvo por discípulo predilecto. «No lo sé, y tampoco soy capaz de adivinar ningún motivo posible. Cualquier realidad resulta insondable cuando se mira desde fuera, aunque, vista desde dentro, es tan simple como el funcionamiento de un zapato. Pregúnteselo a él cuando tenga ocasión.»

Recibí una llamada de tía Corina. «¿Cómo va todo?», y le dije que no se preocupara.

Cuando terminó de comerse la hamburguesa (que es una prestidigitación difícil: algo así como devorar un bodegón de escuela francesa rococó), Tarmo Dakauskas pidió un café y le dio por hablar, como si estuviese respondiendo preguntas que yo no le hacía, pero que flotaban, por supuesto, por mi mente, que a su vez flotaba por sí misma.

Según él, en el relicario de los magos hay restos de personas muy dispares, porque a la cándida santa Elena le vendieron un surtido casual de huesos, huesos recogidos de aquí y de allá, aunque, según parece, el mercader que llevó a cabo la operación (de nombre Arcadio, según quiere una leyenda popular turca del siglo XVIII, en el caso de que podamos confiar en las leyendas turcas del siglo XVIII) era un gran supersticioso y un hombre de fe sincera, de modo que, ante la imposibilidad de conseguir los restos de los Reyes Magos, procuró hacerse con restos de santones, de mártires anónimos, de profetas callejeros o, en el peor de los casos, de gente humilde adepta a Dios y muerta en la cama. Pero entre aquellos huesos se colaron los cráneos de los tres individuos que se encargaron de crucificar a Cristo, tres esclavos medos que fueron secuestrados poco después por los seguidores más iracundos del apóstol san Pedro y emparedados vivos en un oratorio subterráneo. Cuando, siglos después, aquel oratorio sufrió un derrumbe, los descendientes de aquellos cristianos primitivos dieron por hecho que los tres esqueletos que aparecieron entre los escombros correspondían a hombres santos, y como tales fueron vendidos al mercader Arcadio, y como reyes de Oriente los vendió el mercader Arcadio a la madre santa del emperador.

Según Tarmo Dakauskas, los tres cráneos coronados que se exhiben en la catedral coloniense cada 6 de enero corresponden a aquellos desventurados que crucificaron a Jesucristo para ejecutar una sentencia de la justicia romana y que fueron ejecutados por una sentencia basada en la justicia poética, que también se las trae. «El fluir de la historia gasta bromas, como ve.»

Metidos ya en conversación y en trueque de leyendas, le comenté la fantasía que me refirió el Penumbra según la cual en el relicario se conservan los restos de Caín, de Simón el Mago y del pseudo Smerdis. «Imposible. De ese trío no quedó nada. Ni un pelo. Eso puedo asegurárselo.» Y, no sabría precisarles a ustedes por qué, Tarmo Dakauskas parecía tener autoridad sobre lo que decía, supongo que por decirlo con mucho aplomo, a pesar del impedimento que representaba su cara para emanar autoridad alguna, y lo curioso es que yo asumía aquella autoridad, porque daba aquel hombre la impresión de moverse a través de la historia del mundo como un testigo omnisciente. «Lo que el obispo san Eustorgio se llevó a Milán fue el lote recopilado por el mercader Arcadio. Ahora bien, lo que el arzobispo Von Dassel se trajo aquí es ya otra historia. Al lote se incorporaron otras reliquias...» Y me sonó de nuevo el teléfono.

«Escucha, güey, ¿por dónde andas?» Y los labios me temblaron.

«Ya tienes ahí al compadre Tarmo, güey. Ya puedes estar tranquilo. Va camino de tu hotel en este instante.» Le dije que estaba con él. «¿Que estás con él? ¿Dónde chingados estás con él?» Se lo dije. «¿En una hamburguesería con el compadre Tarmo? ¿Dónde está esa hamburguesería?» Me levanté, fui al mostrador, le pedí a una cajera que me escribiese el nombre de la calle y se lo deletreé a Sam, porque no era un nombre fácil para extranjeros. «Procura no moverte de ahí, cuate. Ni se te ocurra moverte, ¿va?» Conocía de sobra la respuesta, pero de todas formas le hice la pregunta: «¿Ordenaste tú matar a mi padre, Sam?». Tardó unos cuatro segundos en darme una respuesta asombrada, lo que en Sam resultaba insólito, al tener él la boca más rápida de cuantas he conocido, aun habiendo conocido a enfermos tremebundos de oratoria. «¿Qué carajo te tomaste, pendejo? ¿Le echan psilocibina a los refrescos en esa puta hamburguesería o qué?» Y me insistió: «No te muevas de ahí. No pongas un pie en la calle, ¿entiendes? Espera acontecimientos, güey. Cuelgo».

Volví a la mesa. «Era Sam Benítez.» Tarmo Dakauskas pareció contrariado. «Le ha dicho que estamos aquí, ¿verdad?

Bien, eso implica un cambio de planes. ¿Nos vamos?» Le dije que me había entrado apetito y que me tomaría con gusto un trozo de tarta de chocolate, por decir algo, aunque no era mentira del todo, porque mis niveles de glucemia debían de estar bajo mínimos. «Ya está usted un poco mayor para tartas», y les confieso que me irritó bastante aquella impertinencia, que tenía una réplica fácil: «Y usted ya está un poco mayor para tener esa cara de payaso que pide a gritos que le estrellen una tarta», por ejemplo, aunque me callé. Le sugerí que se fuera él si tenía prisa. «No, no tengo prisa, pero las cosas sí. Las cosas siempre tienen prisa. Prisa por ocurrir. Prisa por convertirse en realidad.» Insistí en quedarme. «Salgamos, por favor. Evitemos un escándalo. Sería un mal ejemplo para todos estos jóvenes», y puso encima de la mesa una SIG semiautomática, que al instante se guardó en el bolsillo. «Lo siento, señor Jacob, pero tenemos que dar un paseo.»

A veces, la mejor manera de evitar los rodeos consiste en dar un rodeo, de manera que le pregunté, fingiendo aplomo y arrogancia, si pensaba matarme y, de ser así, por qué. «No puedo responder ninguna de sus dos preguntas porque todavía no estoy seguro de ninguna de las dos respuestas. Dentro de media hora podré darle dos respuestas satisfactorias. A menos que me obligue a darle la primera antes de tiempo, claro está.»

Me descolocaba —y me tranquilizaba a la vez— el hecho de que si el plan de Tarmo Dakauskas consistía en matarme, no lo hubiese llevado a cabo en la habitación del hotel Dorint, ya que donde cabe un cadáver caben dos, y sólo tenía que salir y cerrar la puerta, dejando atrás una pareja de muertos lo suficientemente absurda como para que la policía alemana se entretuviera durante un par de meses mareando pesquisas desatinadas antes de dar carpetazo a la investigación. Pero como el miedo no admite análisis urgentes de sí mismo, mi preocupación principal en ese instante era discernir si Tarmo Dakauskas tendría o no inconveniente en ejecutarme delante de medio centenar de adolescentes con los dedos manchados de ketchup. Ante la duda, salí corriendo hacia los servicios. No era una opción muy digna, de acuerdo, pero fue la única que se me ocurrió en ese instante, y hay veces —muchas— en que en nosotros manda el mero instante. Nada más entrar en los servicios, me di cuenta de que, aparte de indigna, tampoco era una opción muy sensata: un sitio idóneo para que Tarmo Dakauskas me aliviase del peso metafísico del mundo. Me vi reflejado en el espejo y vi la anticipación de mi cadáver, pálido de angustia y de luz de neón. Debajo del recipiente del jabón líquido se había formado un pequeño charco verde, y pensé que aquella iba a ser mi última visión del universo: un charquito de jabón verde en el lavabo de una hamburguesería. Se abrió la puerta. «Déjese de chiquilladas. Hagamos de esto un asunto serio.» Empuñaba la SIG. A falta de otra opción, salí con él a la calle.

Y les sigo contando.

Hay cosas que suceden de manera muy rápida, aunque luego la memoria las ralentiza, convirtiendo un relámpago en una luz inmóvil.

Les describo un relámpago…

Apenas habríamos andado unos cien metros cuando Tarmo Dakauskas cayó de bruces al suelo. Alguien lo había empujado por detrás. Ese mismo alguien se puso a patearlo y a gritarle en un idioma que me resultaba muy exótico. Tarmo Dakauskas se limitó a ovillarse mansamente, a pesar de tener una pistola en el bolsillo de la chaqueta. Cuando el agresor se cansó de patearlo, lo incorporó y le dio un par de bofetadas, lo zarandeó, lo estrelló contra un coche aparcado y se apoderó del maletín. Fue cuestión de segundos: un linchamiento rápido, muy profesional.

El agresor se fue hacia mí, y di por hecho que era mi turno de dolor.

«Siento que le haya molestado», me dijo en un inglés de vocales un poco rígidas, señalando a Tarmo Dakauskas, que en ese instante se sacudía la chaqueta. Tras someter la situación a unos parámetros medianamente lógicos, calculé que el agredido no tardaría en disparar al intruso, o al menos en apuntarle. Pero no parecía ser aquella su intención. «¿Quién es usted?» Y me dio una respuesta desconcertante: «Soy Tarmo Dakauskas». Supongo que la expresión de mi cara podría competir con éxito en un concurso de expresiones insólitas. «Y soy vegetariano.»

17

Carrusel de impostores.
Nuevas calas históricas.
Revelaciones equívocas.

Todo esto merece una explicación, por supuesto, y se la ofreceré a ustedes con arreglo a la versión literal de los hechos que me brindó aquel inesperado Tarmo Dakauskas, que dejaba en situación de ente anónimo al que hasta entonces había sido —al menos para mí— Tarmo Dakauskas.

«¿Le apetece tomar algo?» Le dije que de acuerdo, no tanto porque me apeteciera como por enterarme de la índole de aquel enredo de identidades, y echamos a andar. Lo más curioso de todo, aun siendo todo demasiado curioso, es que el falso Tarmo Dakauskas nos seguía a unos tres metros de distancia. «Lleva pistola», le advertí. Pero el nuevo Tarmo Dakauskas hizo un gesto despectivo con la mano.

Entramos en el primer bar que vimos y nos sentamos a una mesa. Al poco entró el Tarmo Dakauskas de impostura y se quedó en la barra, con expresión de perro pateado. Recibí otra llamada de tía Corina y de nuevo le dije que no se preocupase: a fin de cuentas, yo sólo estaba metido en una barraca de irrealidades de apariencia peligrosa, aunque de momento inofensivas. «Usted estará haciéndose muchas preguntas... En principio, estará preguntándose quién es ese cara de pato.»

Y aquel cara de pato resultó ser Tito Dakauskas. «He tenido que cuidar de él desde que éramos niños. Estamos tan unidos desde siempre, que anda convencido de que somos una misma persona, y esa persona soy fundamentalmente yo, no él, ¿comprende? Una transferencia de personalidad. Me mira como quien se mira en un espejo. Me mira y está mirándose a sí mismo, igual que si viviera en un viaje astral continuo, ¿me entiende? Pero es mi hermano, y eso está por encima de casi todo, incluido mi propio hermano. Mi pobre hermano Tito.»

Según me contó, Sam lo había llamado para que fuese a Colonia lo antes posible a fin de echarme una mano en la operación, consciente como era de mis apuros, pero en aquel momento él estaba atado a unas ocupaciones inaplazables en Argel, de donde acababa de llegar, de modo que envió a Tito, que andaba por Amberes, para que se pusiera de inmediato a mi servicio y, de paso, para que liquidase al Penumbra. «Para ese tipo de cosas sirve, aunque es demasiado imprudente. Le gusta escenificar, ya sabe.»

Les confieso que el arranque de aquella explicación sólo consiguió desconcertarme: ¿cómo una persona que está de tu parte te intimida, te amenaza de muerte y te da un susto de muerte después de dar muerte a alguien que también estaba de tu parte? Pero me callé, porque intuía —y algo más que eso— que me hallaba frente a un nuevo fulero, y, visto el talante de la tropa, podía considerarme afortunado si se limitaba a ejercer como tal.

«Le di su número de teléfono a Tito para que se pusiera en contacto con usted en cuanto resolviera lo del Penumbra, pero no para que jugara con usted a la novela negra de kiosco, sino simplemente para que le dijese que se fuera cuanto antes de aquí, porque la operación estaba cancelada. ¿Qué disparates le ha contado?» Y se los referí. Movió la cabeza con gesto de exasperación, miró a Tito y sonrió de un modo que no supe interpretar. «Bien, vayamos por partes...»

Según Tarmo Dakauskas, el gordo Abdel Bari seguía vivo, alimentando a sus palomos y combinando sustancias para componer venenos. «Abdel Bari trabaja para Giuseppe Montorfano.» Me quedé igual que estaba, porque de nada me sonaba aquel nombre, y así se lo hice saber. «Es el cabecilla de la secta de los veromesiánicos de Catania.» Debí de poner cara de víctima de las gorgonas, o poco menos, porque no sé si recuerdan ustedes que el Falso Príncipe conjeturó que detrás de la operación del relicario podían estar los integrantes de esa secta, negadora de la condición mesiánica de Cristo y afanosa por reunir los tres objetos con que fueron enterrados los magos de Oriente: una réplica del anillo del rey Salomón, una llave en forma de ojo y un reloj de arena. «Los veromesiánicos han estado ocultos durante muchos años, pero ahí están de nuevo, empeñados en su locura.»

Y siguieron las aclaraciones, al menos en teoría.

Según Tarmo Dakauskas, Sam Benítez no había mandado envenenar a mi padre ni mucho menos, y aquel infundio sólo era atribuible a la imaginación sin brida de Tito, aficionado a jugar a las deformaciones literarias con la realidad mediante la tergiversación de cuanto oía para transformarlo en quimera, vicio que, según me confesó su hermano, le venía de la infancia, cuando se distraía en contar a los niños más pequeños que él historias alarmantes de monstruos insomnes que vivían en el subsuelo, para de ese modo enturbiarles tanto el sueño como la vigilia, y en promoverles el pánico con leyendas de vampiros acuáticos que emergían de noche de las aguas del Báltico con la urgencia de alimentarse de sangre de inocentes, entre otras invenciones similares. Tito se aficionó de muchacho al cine y a las novelas de misterio, y aquello le agravó su principal padecimiento intelectual, dada su incapacidad no sólo para distinguir entre realidad y ficción, sino también para distinguir a su hermano mayor de sí mismo, y su mente fue cayendo al pozo de las alucinaciones, hasta el punto de convertirse él mismo en una complicada alucinación: Tito era Tarmos, y Tarmos era una entidad portátil en un mundo de cartón piedra, como Dick Tracy o como el escurridizo Dimitrios, el protagonista de la novela de Eric Ambler, que era su favorita entre las miles que le habían aplazado durante décadas el sueño. «Tito puede estar horas y horas hablando como un detective de novela negra», según Tarmo, y no lo puse en duda.

Para completar el cuadro clínico, Tito sufrió una violenta conversión religiosa de signo católico, aunque con tendencias panteístas, en plena adolescencia, hasta el punto de pasarse los días mirando el cielo a fin de conversar con Dios, para burla de todos, y el correr del tiempo no había hecho sino afianzar aquella fe primitiva, ya que encajaba a la perfección en su sistema de apreciaciones delirantes: a Tito le hacía falta un director para la película.

Tito Dakauskas sabía lo de Alif el cuentacuentos y lo del vendedor del báculo, así como el detalle del envío del báculo y del anónimo, porque Sam Benítez le había relatado mis aprensiones a Tarmo Dakauskas en presencia de su hermano durante un encuentro fugaz que mantuvieron los tres en Lisboa, de modo que Tito sólo tuvo que aplicar sus dotes para la novelización a aquellas circunstancias y llevar luego a cabo un montaje con arreglo a los desvaríos de su musa.

«Todo aquel sainete de El Cairo lo ideó la gente de Montorfano para intimidarle a usted, aunque Abdel Bari intentó llevar la intimidación un poco lejos, según tengo entendido.» Le pregunté el motivo de aquel supuesto sainete. «Ya sabe que Sam se va a veces de la lengua cuando se lo está pasando demasiado bien, y en El Cairo se lo pasó demasiado bien, y Abdel Bari tiene orejas de pago por toda la ciudad. Por lo visto, los veromesiánicos de Catania no están dispuestos a que nadie saquee el relicario de la catedral porque ellos mismos están interesados en saquearlo.»

Opté por hacerle la pregunta estelar de la temporada: «Pero ¿qué hay en ese relicario?» Y les cuento lo que Tarmo Dakauskas me contó...

Durante los saqueos llevados a cabo por las huestes de Barbarroja, los milaneses pudieron poner a salvo las reliquias traídas desde Constantinopla por san Eustorgio y se las ingeniaron para que el arzobispo y canciller Rainald von Dassel se llevara como buenos unos esqueletos anónimos desenterrados de una fosa común, aunque envueltos luego en ricos brocados. Las reliquias auténticas se conservaron en una ermita, custodiadas con celo por un párroco de origen normando que fundó una cofradía secreta con el fin de rendir culto a aquellos residuos, aunque la fatalidad quiso que la ermita se incendiase en torno a 1170, y ahí acabó la historia de aquellos huesos, al menos en teoría, porque hay ocasiones en que las leyendas sobreviven a la materia, en el caso de que la materia no constituya en realidad un impedimento para lo legendario.

Si hemos de creer a Tarmo Dakauskas, Von Dassel no tardó en enterarse del fraude del que había sido víctima por parte de los astutos milaneses, aunque procuró mantener la farsa para no quedar en ridículo ante el orbe. De todas formas, quiere la habladuría que, en mitad de un ataque de rabia, el arzobispo arrojó los huesos impostores al fuego de su chimenea, lo que tuvo como consecuencia que hubieran de ser sustituidos por otros huesos exhumados a toda prisa de uno de los cementerios de la ciudad. Y así se ha mantenido el culto popular durante siglos: un montón de huesos de quién sabe quiénes metidos en un relicario adornado con más de mil perlas y piedras preciosas, con centenares de camafeos y gemas.

Pero lo que se custodia al día de hoy en el relicario de la catedral coloniense —según mi informador— no sólo son esos penosos restos humanos, sino algo más extemporáneo y deslumbrante: la Tabla Esmeraldina.

Como ustedes saben, la autoría del texto de la Tabla Esmeraldina se atribuye, en el gueto esotérico, a Hermes Trimegisto, el equivalente griego del dios Toth de los egipcios, aunque algunos arabistas modernos dan en suponer que su autor fue el pitagórico Apolonio de Tiana, que pasa por ser quien descubrió la Tabla enterrada en una cueva. (Que cada cual opte libremente, en fin, por la autoría que considere más razonable.) Padre de las ciencias ocultas y fundador de las logomaquias herméticas, se da por hecho que Hermes Trimegisto donó a la humanidad un mensaje grabado en una piedra de color verde, y de ahí su denominación de Tabla de Esmeralda o Esmeraldina. Dicho mensaje contiene la esencia de toda la magia, al menos al criterio del ya mencionado Eliphas Levi, alias de Alphonse Louis Constant (1810-1875), proyecto de cura que derivó en mago y en exegeta ocultista.

El caso es que el mensaje de Hermes Trimegisto lo conocemos hoy a partir de versiones árabes y latinas, ya que el original consistía en un complicado criptograma. En nuestro idioma, el mensaje de Hermes Trimegisto arrancaría más o menos así:

> Verdadero y no falso, verdadero y muy cierto:
> lo que está abajo es como lo que está arriba
> y lo que está arriba es como lo que está abajo,
> para realizar el milagro de la Cosa Única.

Etcétera.

La gran ventaja de estos textos vaporosos es que se prestan

a cualquier tipo de glosa, y por miles se cuentan al día de hoy los comentaristas del mensaje de la Tabla Esmeraldina. Y es que imaginemos que nuestra civilización desaparece y que, dentro de unos miles de siglos, un insecto evolucionado que se ha hecho especie dominante en el planeta encuentra un papel fosilizado que dice así:

— Champú anticaspa a la camomila
— Mahonesa baja en calorías
— Galletas sin gluten
— Leche desnatada calcio
— Abrillantador lavavajillas
— Vinagre de yema
— Pasta fresca al huevo
— Huevos
— Pañales para niño vecina talla 3

A partir de ahí, es posible cualquier interpretación por parte del insecto evolucionado: desde glosarlo como un poema épico hasta considerarlo una fórmula para conseguir el elixir de la inmortalidad, pasando por la sospecha de que pueda tratarse del texto fundacional de una secta adoradora de alguna deidad rústica favorecedora de las cosechas. (Lo de los pañales supongo que podría interpretarse, no sé, como la anunciación del nacimiento de un mesías.)

Según Tarmo Dakauskas, las versiones que conocemos del texto de la Tabla de Esmeralda son erróneas. Pero no erróneas por torpeza de los traductores, sino que se trataría de versiones falseadas, interesadamente falseadas. «¿Por qué?» Pues porque en el original se ofrece una clave demoledora en contra de la divinidad, de cualquier tipo de divinidad, una refutación implacable de lo divino a través —según parece— de un mapa astral, de una fórmula matemática y de una aporía, estas dos últimas muy simples; tan simples, que a nadie ha vuelto a ocurrírsele su formulación, a pesar de la reata de sabios que ha desfilado por las distintas edades de la humanidad poniendo su ingenio y su tiempo al servicio de la luz de la sabiduría y procurando asesinar a la divinidad o demostrar por el contrario su tutela del universo. Hay quien supone, en definitiva, que el texto de la Tabla de Esmeralda está dictado por Dios: un dios que revela la imposibilidad de su existencia. El suicidio, en fin, de la divinidad.

La Iglesia católica se hizo con la Tabla de Esmeralda en el siglo IV, bajo el papado de Sirio I. Dos siglos más tarde, bajo el pontificado de san Bonifacio, fue robada, al parecer por partidarios del antipapa Eulalio, y se le pierde el rastro hasta que reaparece en poder de los templarios en el año 1128, durante el Concilio de Troyes, como donación hecha por Archamband de Saint-Aigman a la Orden recién constituida. (Según se dice, Saint-Aigman, uno de los nueve caballeros fundadores de la Orden del Temple, encontró la Tabla de Esmeralda entre las posesiones de un salteador muerto por él en el camino al puerto de Jaffa cuando el malhechor, en compañía de sus compinches, atracaba a unos peregrinos.)

Advertidos del significado de aquella piedra, los caballeros templarios decidieron sepultarla en uno de los muchos hoyos que habían hecho en el suelo de la mezquita de Koubet al-Sakhara —donde tenían cuartel— para buscar el Arca de la Alianza, ya que se daba por hecho que el templo de Salomón se alzó en aquel preciso enclave.

Sepultado quedó, pues, aquel legado terrible de Hermes Trimegisto, hasta que, tras avatares que nadie ha sabido precisar, vuelve a estar en poder de la Iglesia católica a finales del siglo XIII, siendo papa Benedicto XI, que padeció un grave conflicto de conciencia a causa de la Tabla. En un principio, aquel pontífice barajó la posibilidad de destruirla, pero, al estar convencido de que se trataba de la escritura de Dios, consideró que su destrucción conllevaría un sacrilegio. De modo que optó por una solución muy frecuente y socorrida para las conciencias atribuladas por conflictos religiosos: interpretar a su capricho la voluntad divina. Para Benedicto XI, la Tabla de Esmeralda era una muestra del pensamiento destructivo de Dios para consigo mismo, la prueba desasosegante de una especie de crisis de identidad de quien no sólo creó el universo, sino que además *era* el universo, desde la bioluminiscencia de una luciérnaga hasta el incendio soberbio del astro Sol. Según se dice, tampoco desechó la posibilidad de que aquello fuese una trampa que Dios ponía a los creyentes a fin de calibrar la solidez de su fe. Fuese por una cosa o por otra, el caso es que Benedicto XI decidió enviar la Tabla de Esmeralda a la catedral de Colonia para que fuese depositada *per omnia saécula saeculórum,* a salvo del mundo y de especuladores filosóficos, en el relicario de los magos, obra que el orfebre Nicolás de Verdún llevó a cabo en su taller entre 1190 y 1220 y que sólo servía para albergar con todo esplendor y boato los huesos de quién sabe qué desarrapados colonienses, como el Papa bien sabía, pues la pifia de Von Dassel fue comidilla entre el alto clero durante siglos, y no falta quien supone que aquello le costó su ascenso no al papado, porque las relaciones entre las altas jerarquías eclesiásticas y el imperio alemán tenían sus aristas, pero sí al menos a un antipapado, rango frecuente en aquella época, marcada por la espectacularidad follestinesca de las intrigas religiosas y políticas, que solían ir de la mano como van de la mano el poder y la vanagloria.

«Aquí la Tabla Esmeraldina estaba segura y a salvo de ojos curiosos. ¿A quién se le iba a ocurrir profanar el relicario de la catedral? ¿Quién iba a tener interés en robar los restos de los reyes magos de Oriente? ¿Papá Noel?», afirmó mediante interrogaciones Tarmo Dakauskas.

Benedicto XI murió a causa de una ingesta de higos envenenados, y hay quien asegura que el móvil de aquel magnicidio guardaba relación con la Tabla, a saber: los miembros de una secta milanesa conocidos como «legitimistas de Constantinopla», cuyo objetivo básico consistía en recuperar las reliquias usurpadas por los alemanes (ignorantes, como es lógico, de las vicisitudes cómicas que padecieron tales reliquias), al enterarse —por la vía del rumor, que nada respeta— de que los restos de los magos habían sido profanados con la compañía de un objeto presuntamente herético y de origen sin duda diabólico, se tomaron la justicia por la mano inocente del hortelano de Perusa que abastecía de fruta a Su Santidad, pues un saqueo y una profanación debió de parecerles a aquellos despistados una afrenta demasiado difícil de tolerar para el orgullo patriótico que les alentaba, ya que su móvil era de esencia más política que religiosa: recuperar las reliquias y convertir Milán en meta de peregrinos para activar la vida económica de la ciudad, a la sazón alicaída.

«Y ahora le sigo contando», se interrumpió Tarmo Dakauskas. «Por favor, no se mueva de aquí. Vuelvo enseguida.» Se levantó, cogió el maletín, fue hacia su hermano Tito, le dijo algo y entró en los servicios. A Tito pareció faltarle tiempo para acercarse a mi mesa: «¿Qué le ha contado ese demente? No le haga caso. Es mentiroso de nacimiento. Váyase antes de que vuelva. Se lo digo por su bien. Hechiza a sus víctimas antes de matarlas. Váyase ahora mismo».

Hay ocasiones en que el pensamiento funciona como un gas paralizante. Y paralizado me quedé durante unos segundos, pensando, hasta que logré decidir que lo mejor era irme cuanto antes, no porque el de Tito fuese un buen consejo, sino porque era el único consejo posible. Además, creo que estarán de acuerdo conmigo en que, cuando alguien comienza a hablarte de los templarios, lo mejor es parar el primer taxi que pase por allí y salir huyendo.

A esas alturas, andaba yo un poco saturado de gente empeñada en coger la Historia por el rabo para transformarla en una novela de kiosco. Harto de los Reyes Magos, la verdad. Harto de huesos itinerantes. Harto de desconocidos majaretas. Hastiado de leyendas trastornadas.

(¿Qué tal una novela, me pregunto, en la que se desarrollase la hipótesis de que el Niño Jesús no fue calentado en el pesebre por el vaho de un buey y de una mula, sino por el temido dragón asiático llamado Uranbad, voraz y destructivo, y por Arión, caballo mágico nacido del apareamiento de Poseidón y Deméter, y que fueron esos animales prodigiosos los que le insuflaron una condición semidivina, convirtiéndolo en un taumaturgo demente, obsesionado con aniquilar a la humanidad en pleno, al que tuvieron secuestrado los apóstoles, que eran en realidad unos magos asirios que acabaron denunciándolo a las autoridades romanas cuando el poder de aquel falso mesías les supuso un obstáculo para sus planes de fundar una Iglesia rentable y que luego tergiversaron la vida y milagros de Cristo en los evangelios, haciéndolo pasar por redentor de la hueste humana, cuando en realidad se proponía echar abajo este mundo con la fuerza de su magia repugnante? ¿Qué tal si el único que se opuso a aquella denuncia fuese Judas, al que los demás apóstoles difaman por ponerse de parte de Cristo? ¿O qué tal si escribiésemos una historia en la que al final se desvelase que el verdadero mesías era Judas, cuyo suicidio simuló el irascible y ambicioso san Pedro?) (Porque el método es el que sigue a pies juntillas Lolo Letaud: hacer ver como verde lo blanco, lo blanco como azul, a los francmasones como herederos de los hierofantes y a Tales de Mileto como un extraterrestre enviado a este planeta para sembrar en él la semilla desasosegante de la filosofía, por ejemplo.) (Oh nauseabunda imaginación, con tu falso prestigio.) (La imaginación: el ojo del alma, según Joseph Joubert.) (El ojo del culo, según otros.) (Y allí estaba yo: en el corazón mismo de la subliteratura.)

Salí del bar rezando para que pasase algún taxi. Pero, cuando los necesitas, los taxis son tan difíciles de ver como los unicornios, así que eché a andar sin saber por dónde andaba, con la esperanza de que los hermanos Dakauskas no decidieran seguirme para darme mareo con sus conflictos compartidos de identidad y con sus desprejuiciadas peroratas históricas.

Tras errar durante un rato por calles desiertas (mi secreto temblor, mi miedo porque sí), logré orientarme y puse rumbo a mi hotel.

Tía Corina estaba sentada en el hall en compañía de un caballero magro y canoso. Hablaban en ruso. «Mira, te presento a Tarmo Dakauskas», y aquel nuevo Tarmo Dakauskas me tendió la mano. Se la estreché como quien palpa a un fantasma reflejado en varios espejos. «Siéntese y le explico», me dijo en francés aquel supuesto Tarmo Dakauskas, que debía de andar por la cincuentena y que llevaba un traje azul, una corbata verdosa, un reloj dorado y un anillo de ostentación obispal. Y me senté, como es lógico, a la espera de la explicación prometida, que enseguida les relato.

18

El ruso Bibayoff.
El dinero mutante.
El anciano de los mil gestos.

«Usted se preguntará cómo es posible que existan tantos Tarmo Dakauskas. La respuesta es sencilla: porque sólo existe un Tarmo Dakauskas, y tiene que repartirse.» Aquello me sonó un poco a enigma de la Esfinge, monstruo parlante nacido de la unión de Equidna y de Orto. Intenté leer en los ojos de tía Corina, pero sólo vi en ellos ausencia, porque debía de estar cansada, y además había bebido. Y yo, que, como acabo de confesarles, andaba bastante harto de impostores y de aventuras sin fundamento, me puse en pie en actitud de «hasta aquí hemos llegado», le dije a tía Corina que nos íbamos a dormir y le di las buenas noches a aquel sujeto, fuese quien fuese. Pero aquel sujeto, fuese quien fuese, tenía una opinión distinta. «Deberíamos hablar. Me disgusta robarle unos minutos de sueño, pero creo que deberíamos hablar», y señaló la butaca de la que acababa de incorporarme: «Por favor...». Tía Corina anunció que se iba a dormir así se abriera el mundo en dos mitades, porque estaba rendida, y su retirada me alivió, pues sabía yo que nada de cuanto me contase aquel Tarmo Dakauskas III sería tranquilizador ni amable.

«¿Por dónde empezamos?» Y le di la respuesta que me parecía más lógica: «Por el principio». Movió la cabeza con gesto de pesadumbre irónica: «El principio... ¿Qué es el principio? ¿Cuál es el principio de algo? Muchas cosas no empiezan nunca, o empiezan por el final...». Y les confieso que me irrité. «Si usted no tiene claro cuál es el principio de todo esto, yo sí. Pero me conformo con el presente: ¿qué hago yo aquí?», le pregunté. «Todo es un juego. Sólo eso. Un juego.» La palabra «juego» puede resultar muy ofensiva según qué circunstancias, y, dadas las circunstancias, aquella palabra aumentó mi irritación. «Un juego que ha costado vidas. Un juego que ha estado a punto de costarme la vida», le reproché, y puso cara de sorpresa: «¿Costarle la vida? ¿A usted? No sé dé tanta importancia. Si me permite la confidencia, le diré que usted es una de esas personas que lo mismo da que estén vivas o muertas, ¿me entiende? El universo puede girar igual tanto si está usted tomándose una limonada en el bar de este hotel como si está bajo tierra con los ojos llenos de gusanos». Le repliqué que el universo no echa en falta a nadie, incluido él. «Es probable, pero le aseguro que el universo dormiría un poco mejor si yo estuviese muerto. Pero eso no es posible. Al menos por ahora.»

Miró el reloj. «Tengo prisa. ¿Quiere que le conteste algunas preguntas o prefiere que me limite a pedirle que regrese mañana mismo a su casa y se olvide de todo? Aquí tiene esto», y me tendió un sobre. «Son seis mil euros. No es una fortuna, pero, si le sirve de consuelo, hay mucha gente que no ve ese dinero junto en toda su vida.» No cogí el sobre, y lo dejó sobre la mesa. «Le repito la pregunta: ¿qué hago yo aquí? Y le hago una pregunta nueva: ¿quién es usted?» Se frotó las manos, me miró a los ojos. «Mi nombre es Aleksei Bibayoff, aunque no creo que le diga mucho, porque sólo es mi nombre de esta temporada.» Y Aleksei Bibayoff —el provisional Aleksei Bibayoff— empezó a largar, como suele decirse.

«Ya le he dicho que todo esto es un juego. Una apuesta entre Sam Benítez y yo. Él le contrató a usted para que organizara el robo de las reliquias de los magos y yo contraté a Leo Montale para que se lo impidiera. Dos viejas glorias: usted y Montale.»

(Leo Montale, a quien daba yo por muerto, tuvo mucha autoridad durante varias décadas como perista, pues pagaba bien y vendía mejor, y muchas casas de subastas le trataban a cuerpo de rey, a pesar de su antipatía y de su mal talante, ya que siempre manejaba material de primer orden, aunque se tratase de un material que, dado su origen, no pudiera aparecer en los catálogos y tuviese que ser vendido bajo cuerda a un círculo muy restringido de clientes.)

«Coincidí con Sam en Estambul y allí, entre fiesta y festejo, nos salió el ramalazo de locura e hicimos una apuesta imprudente, en el caso de que todas no lo sean. Los dos teníamos bastante dinero fresco y a los dos nos quema el dinero en el bolsillo. Así que decidimos arriesgarlo, porque el dinero inmóvil es la cosa más aburrida del mundo, ¿no le parece?» (Le dije que sí, aunque no estaba de acuerdo con él en ese particular, pues el hecho de que el dinero permanezca inmóvil significa que no hay necesidad de moverlo, lo que me parece una señal tranquilizadora, y no sé si me explico.) «Lo más estrafalario que se nos ocurrió fue robar los restos de los Reyes Magos. Robarlos a la vieja usanza: contratando a un par de viejas glorias. A usted para que organizase el robo y a Montale para que lo impidiera. Sam jugaba con usted y yo con Montale. Como se hacían antes las cosas, ya me entiende: con todo ese aparato absurdo de intermediarios que contrataban a otros intermediarios...»

¿Vieja usanza? ¿Viejas glorias? ¿Aparato absurdo de intermediarios? Aleksei Bibayoff estaba diciéndome, como quien dice «Llueve», que yo era una reliquia profesional, un anacronismo, una antigualla operativa, una herramienta pintoresca del pasado. Tras leer sin duda en mi gesto la indignación, matizó un poco: «Las cosas ya no se hacen así. Ya nadie trabaja de ese modo, como usted comprenderá. Y eso era lo divertido de la apuesta». Pero yo no le apreciaba la diversión al asunto. «Mi trabajo empezó en El Cairo, en el instante mismo en que usted salió del café Riche tras apalabrar el trato con Sam. Le encargué a Abdel Bari que le marease a usted lo más posible, aunque le pudo ese vicio suyo de los venenos... Fue él quien le escribió a Alif el cuento de los sarcófagos malditos y quien simuló la muerte de la turista para hacerle creer a usted que corría un peligro mortal.» De entrada, se me estamparon en el pensamiento al menos dos signos de interrogación: ¿cómo que simuló la muerte de la turista? «A la turista le suministró un veneno que te deja como muerto durante quince o veinte horas. Luego te repones, aunque por lo visto te pasas varios días vomitando sin parar, como si fueses alérgico al universo.» (De ser así, enhorabuena, Casares: todo quedó en un paseo turístico por la laguna Estigia, con billete de vuelta.) (Enhorabuena también, viajera anónima.) «Al final anulamos la apuesta, porque sabíamos que era imposible que pudiesen robar las reliquias, y el juego dejó de tener gracia. Para colmo, el Penumbra se encargó de complicar las cosas y la comedia se convirtió en tragedia, al menos para él.»

Según me contó Bibayoff, el Penumbra tenía un plan alternativo: hacer que Cristi Cuaresma, ajena a todo, entrase en la catedral de Colonia con una mochila cargada de explosivos que serían detonados a distancia mediante un teléfono móvil, causando muertes y destrozos incalculables, incluida en esas muertes y en esos destrozos la propia Cristi, de la que no quedaría entera ni una célula. Luego se atribuiría el atentado a un grupo radical islamista, aunque Bibayoff me aseguró que detrás de aquello andaba un afgano de sangre real (cuyo nombre omitiremos), exiliado en Londres, al que se le ha metido entre ceja y ceja la fijación iluminada de desprestigiar el islamismo en Occidente mediante el método de patrocinar masacres que puedan ser atribuidas a facciones radicales, como ocurrió en Madrid y en Londres y como no tardará en ocurrir, según Bibayoff, en París, en Roma y en Copenhague, ciudades que están en el punto de mira de ese aristócrata visionario y a su manera redentorista, a fuerza de rencor, pues sueña con que su familia vuelva a calentar el trono de Afganistán a pesar de la oposición de muchos de sus hermanos en la fe al Altísimo y Sublime, y esa oposición es al parecer la semilla del odio sin tasa de aquel desterrado. «Supimos lo del plan alternativo gracias al pentotal que Tito le suministró al Penumbra para enterarse del plan que tenían ustedes. Ante la gravedad del asunto, Tito se lo cargó sin consultar con nadie, porque ya ha comprobado usted cómo tiene la cabeza por dentro, y ahí, desgraciadamente, se acabó la diversión, porque los cadáveres sólo traen complicaciones.»

Tardé unos segundos en formular una pregunta idiota: «¿Me toma usted por un idiota?». Aleksei Bibayoff se encogió de hombros. «No suelo tomarme ese tipo de molestias con los desconocidos. Le cuento las cosas como son. No tengo la culpa de que las cosas sean de esa manera. Cristi Cuaresma ya está en Roma, con conciencia de resucitada. Los hermanos Dakauskas estarán ya camino de quién sabe dónde y de quién sabe qué. Y Montale tiene hecha la maleta. Haga usted lo mismo.»

A esas alturas, había asumido que iba a irme de Colonia sin saber nada a ciencia cierta de todo el asunto y que me pasaría el resto de la vida haciéndome preguntas a las que me respondería con otras preguntas, creando así un circuito interno de desasosiego en mi ánimo que me corroería más que un ácido. («La precisión de la verdad luce incomprensiblemente en las tinieblas de nuestra ignorancia», según apreció el platónico Nicolás de Cusa.)

«¿Los hermanos Dakauskas eran los operarios de Montale?» Bibayoff salió por la tangente. «Curiosos tipos, ¿verdad? Tarmo era profesor de química y Tito bibliotecario, hasta que decidieron formar el dúo tragicómico que usted ya conoce. Son disparatados y fantasiosos, porque se trataba de eso: de contar con los operarios más inadecuados. Supongo que el propio Sam le recomendó al Penumbra.» Le aclaré que me había recomendado a Cristi Cuaresma. «Es lo mismo, ¿no? Sabía que detrás de Cristi vendría el Penumbra, el más chapucero de todos.» Para contrarrestar aquel balance del Penumbra, le referí mi visita a su piso londinense. Bibayoff se rió. «Ese no es su piso. Aquello es el picadero de Gerald Hall.» (¿Gerald, Gerald Hall, gerente de la casa Putman, mi amigo?) «Sam convenció a Hall para que entrara en el juego. Le dijo que se trataba de una broma, que usted no corría peligro alguno, y Hall le prestó su apartamento para representar la farsa. Sam acababa de suministrarle varios dibujos de William Blake, falsos pero convincentes, con el certificado de un experto incluido, y Hall estaba en deuda con él.» Dado que fue Sam quien me recomendó que llamase a Gerald para localizar al Penumbra y que fue Gerald quien me facilitó el teléfono del Penumbra, aquel dato encajaba, muy a mi pesar, pues siempre proporciona pesadumbre el hecho de que los amigos se conviertan en cómplices de nuestros burladores, así lo sean desde el bando de la inocencia. «No se atormente: le insisto en que todo era una apuesta bromista entre Sam y yo. No hay más que eso. Le pido disculpas, por la parte que me toca, si esa broma ha podido ofenderle. Y si no acepta mis disculpas, seré yo el ofendido. Así que usted elige.»

Me puse de pie. Tenía pensado no recoger el sobre que estaba encima de la mesa, pero conseguí vencer un impulso abstracto de dignidad (a fin de cuentas, la dignidad es uno de los sentimientos con mayor porcentaje de error) y me lo metí en el bolsillo. Si te reclutan, sin tú saberlo, para una cofradía de payasos, al menos que te paguen quienes quieran reírse.

«Espero que no volvamos a vernos, porque sería mala señal», me dijo Bibayoff. «Aunque si alguna vez quiere invertir en el negocio de las pieles, llame a Sam y póngase en contacto conmigo. Martas cibelinas. Rentabilidad asegurada.»

Cuando entré en la habitación, tía Corina estaba durmiendo, pero se fugó durante un instante del mundo en que estuviese: «Mañana me cuentas todo, porque este asunto está quitándome el sueño y la vida», y siguió durmiendo. No puedo decir lo mismo de mí, que me quedé en vela. Sabía que cuanto había oído por boca de los hermanos Dakauskas y de Aleksei Bibayoff eran, en el mejor de los casos, medias verdades, pero sospechaba que, uniendo sus medias mentiras y sus medias verdades, podía obtener la verdad, al menos en la medida en que puede contener verdad un disparate. El problema era unirlas.

Me encerré en el cuarto de baño y llamé a Sam. Desconectado.

Me metí en la cama, pero la oscuridad me hacía pensar más de la cuenta. (Como diría un dramaturgo isabelino del montón: la oscuridad, oh fuente de la paranoia, oh tósigo de la razón, oh premonición del sepulcro.) (La oscuridad, oh mala cosa.) Debí de quedarme dormido casi a las claras del día, porque mi recuerdo de aquella noche es muy largo: un tiempo inmóvil.

«Nos volvemos a casa», le dije a tía Corina cuando se levantó. «Cuéntame todo.» Pero el relato era largo, y además con final abierto, así que lo pospuse.

Cuando abrí la caja fuerte de la habitación, resultó que estaba vacía: había volado el dinero que quedaba por pagarle a Cristi Cuaresma (tres mil euros) y unos dos mil euros que llevábamos para gastos. Me saqué del bolsillo de la chaqueta el sobre que me había dado Bibayoff la noche anterior y lo abrí con un presentimiento que no tardó en verse cumplido: varios papeles en blanco. «Te lo advertí. Nos han pagado con el dinero mágico de Enrico Cornelio Agrippa. El dinero que vuela. El dinero etéreo. El dinero mutante», y tuve que darle la razón.

Gestionamos los billetes (un nuevo despilfarro, porque los teníamos para el lunes, incanjeables), hicimos la maleta y nos fuimos al aeropuerto, donde este lance de marionetas tuvo un nuevo episodio, por raro que parezca.

Los aeropuertos son los espacios más irreales que conozco: un híbrido de centro comercial, de sala de espera del dentista, de invernadero y de nave espacial un poco averiada.

Nos sentamos en un bar para hacer tiempo. «¿Qué tal va?», le pregunté a tía Corina, en referencia a la novela en torno al robo de las reliquias de los magos, que en aquel instante leía. Puso los ojos en blanco y suspiró: «Los monosílabos de un loro son más sensatos que esto», y dejó el libro sobre la mesa. «Si te contase de qué va, me tomarías por trastornada», y tiró aquel cuento a una papelera cuando nos levantamos para dirigirnos a nuestra puerta de embarque.

«Mira, aquel es Leo Montale», y me señaló a un viejecillo que estaba sentado en una cafetería, acompañado de una mujer. Yo recordaba haber visto a Montale alguna vez que otra, muchísimo tiempo atrás, pero jamás lo hubiera identificado bajo la apariencia de aquel anciano de expresión convulsa, pues no paraba de mover todos los músculos de la cara, como si la tuviese invadida de alacranes.

De Leo Montale se contaba —aunque a saber— que su sueño consistía en llevarse de la romana Villa Borghese, para coronar así su carrera, la escultura de Paulina Borghese que hizo Canova y la que hizo Bernini de Apolo y Dafne, por ser muy de su gusto aquellas prestidigitaciones con el mármol. Pero parecía que en sueño iba a quedarse su sueño, pues daba la impresión de que Montale tenía ya el pie en el estribo del caballito tenebroso, como si dijésemos, y no estaba en condiciones de poder atracar ni una tienda de panderetas.

«Voy a hablar un momento con él», le anuncié a tía Corina, que pretendió hacerme desistir, alegando el mal carácter que dio siempre fama a Montale, con quien sólo tenían trato quienes no tenían más remedio que tenerlo, que al cabo no eran pocos, pues creo haber dicho que en su época fue un gran perista, al margen de la basura que almacenara dentro de sí. «Te espero en la puerta de embarque. Montale va a tardar exactamente cuatro segundos en mandarte a la mierda», pronosticó tía Corina, que estaba de un humor regular. De todas formas, para Montale me fui, a la espera de lo peor.

Tanto Montale como su acompañante me recibieron mal. Me presenté como hijo de mi padre y noté cómo Montale, entre parpadeos espasmódicos, escarbaba en su memoria y desenterraba una silueta difusa. «Ah, sí.» Le pedí permiso para sentarme a su mesa y me lo dio con un gesto tosco de la mano. «Tenemos que hablar de muchas cosas. Estoy seguro de que nos han metido en la misma jaula por trampillas diferentes.» La mujer que lo acompañaba era mucho más joven que él, aunque llevaba la vejez impresa en el mirar, supongo que a fuerza de pesares, que son tenazas para el corazón, y se dedicó a observarme con desconfianza. Montale me tenía desconcertado: parpadeaba sin parar, tosía, sacudía la cabeza, contraía la nariz, se aclaraba la garganta, olfateaba el aire como un depredador y, cuando no farfullaba de forma incoherente, soltaba alguna obscenidad que considero mejor no transcribir.

Nada más mencionarle a Sam Benítez y a Aleksei Bibayoff, empezó a convulsionarse, a crispar la cara, a carraspear y a gruñir. «Déjalo en paz. ¿No ves que molestas?», me dijo la mujer en un italiano áspero, y le acarició el hombro al viejo Montale, intentando aplacarle las sacudidas. «Lo siento», fue lo único que acerté a decir. «¿Qué quieres saber? ¿Que me han estafado como a ti? ¿Que nos han traído aquí para reírse de nosotros?», me interrogó Montale, en medio de sus estremecimientos. «¿Qué quieres saber? ¿Que todo esto ha sido un montaje para cargarse al hijo de Honza? ¿Que todo lo demás ha sido una comedia? ¿Que el juego entre Benítez y Bibayoff consistía en ver cuál de los dos mataba a ese muchacho estúpido? ¿Que todo ha sido una cacería? ¿Que han recibido un montón de dinero por matarlo? ¿Que quien les ha dado ese montón de dinero es un chulo de putas uruguayo? ¿Eso es lo que quieres saber?»

Me quedé mudo, procesando aquella información disparatada que no resultaba disparatada con arreglo a determinados antecedentes. (El asunto del *chagall* fraudulento, sobre todo.) Por otra parte, la concepción lúdica que había animado aquella operación parecía imponerse, al menos en atención a la estadística: Sam y Bibayoff, según la opinión generalizada, habían estado jugando, jugando con la realidad y jugando con nosotros. Y hasta ahí bien, dentro de lo que cabe. Pero la idea de una cacería humana, con el Penumbra como trofeo, resultaba repugnante: soltar la presa y abatirla. Aquello no cuadraba con la conciencia de Sam, aunque, como dice tía Corina, una persona de tendencias dionisiacas, adepta al chamanismo y empeñada en construir el Prisma Teológico puede resultar imprevisible, ya que la aleación de incongruencias no suele resultar robustecedora del carácter. «La apuesta la ha ganado Bibayoff, como no hace falta que te diga. A Tito Dakauskas lo llaman «el asesino del ojo derecho», porque siempre mata por ahí. Por el ojo derecho... Benítez jugaba con Tarmo y Bibayoff con Tito, ¿te enteras? Tú y yo sólo éramos una diversión adicional. Los payasos.» Pero las incoherencias se evidenciaban: ¿para qué iban a gastarse un dineral Sam Benítez y Aleksei Bibayoff en encargarnos a Montale y a mí una mera pantomima? «Por cuatro razones», me replicó. «La primera de ellas, porque están locos. La segunda, porque en este instante les sobra el dinero. La tercera, porque dos locos a los que les sobra el dinero sólo saben hacer locuras con el dinero que les sobra. Y la cuarta y principal, porque no sólo no les ha costado nada, sino que además han ganado muchísimo dinero. ¿Tú has cobrado algo, mariconcete? ¿Te vuelves con la cartera llena?» Le dije que no, como era lógico y verdadero. «Pues igual vuelvo yo. Los cabrones de los Dakauskas han recuperado todo.» Y creí comprender la fullería: darnos dinero y quitárnoslo. (Algo así, no sé, como aquel truco que el prestidigitador Houdin bautizó como «Las monedas viajeras».)

En esto llegó tía Corina, asombrada sin duda de que Montale me concediera una recepción tan larga. «Hola, Leo.» Montale la miró con ojos interrogantes y con el resto de la cara en movimiento. «Soy Corina. Corina Nastase», y Montale asintió. «¿Sigues viva, vieja? ¿También se han reído de ti?» Pero no le contestó. «Tenemos que irnos. Han llamado a embarque. Adiós, Leo. Es posible que no volvamos a vernos con nuestros ojos humanos, porque el día menos pensado nos morimos. Que lo pases bien mientras dure la velada. ¿Es tu esposa o tu nieta?» Y Montale farfulló quién sabe qué, y mejor no saberlo.

«Sólo una cosa más... ¿Quién es Giuseppe Montorfano?» Montale me miró con gesto de estupor, aunque, visto lo visto, sabía que aquello no significaba nada, al basarse en el desencajamiento su expresión natural. «¿Montorfano? ¿El zapatero?» Y al pronto me quedé desencajado yo. «¿Te refieres a ese bujarrón de Nápoles que cantaba arias de Scarlatti, de Donizetti y de todos esos maricas mientras remendaba zapatos? ¿De qué conocías tú al viejo Montorfano? ¿Te dio dinero o se lo hiciste gratis?» Y, como comprendí que se trataba de una pista equivocada, me despedí al estilo francés de Montale y de su acompañante, a quien daba yo más por gerontófila que por hija suya, a pesar de no estar el viejo perista para funambulismos de amores. (Aunque la vida es rara.)

«Síndrome de Tourette», diagnosticó tía Corina. «Montale lo padece desde joven, aunque ahora está peor que nunca.»

Le pedí consejo: «¿En qué medida puedo fiarme de lo que me ha dicho?». Y fue terminante: «Sea lo que sea lo que te haya dicho, no debes creer ni media sílaba. Montale no ha dicho nunca una verdad. Va contra su sistema filosófico», y en eso quedó la cosa.

A esas alturas, tenía el convencimiento de hallarme en el eje de un tiovivo de impostores, porque les confieso que no estoy acostumbrado a los festivales de interpretaciones de una misma realidad, a pesar de haberme pasado la vida contando mentiras y ocultando verdades, o viceversa, porque el negocio lleva ese tipo de argucias consigo.

«Me temo que hay una epidemia de locura, muchacho. Un maremoto de esa bilis negra de la que habló Aristóteles.»

Y subimos, en fin, al avión, rumbo a casa, donde nos esperaba una sorpresa inimaginable, al menos para mí.

19

La casa sin alma.
Reliquias amenazadas.
La efectividad de Fioravanti.
Desdichas de Lolo.
Y vuelta al orden.

Hará cosa de veinte años, Louis Campbell le regaló a tía Corina una copia de un cuadro de François Gérard inspirado en la novela *Corina* de Madame de Staël: *Corina en el cabo Miseno*, pintado a principios del XIX y exhibido hoy en el Museo de Bellas Artes de Lyon, a pesar de que mi padre le tuvo echado el ojo durante un tiempo con la idea de que fuese exhibido en nuestra casa, calculo que para sobrepasar de ese modo el bonito detalle de Louis, porque mi padre tenía —¿quién no?— sus arrogancias, pero aquello se quedó en anhelo, supongo que porque tampoco le dedicó un interés especial, por hallarse él en su época de grandes manejos y especulaciones. El copista le había puesto a aquella Corina la cara de tía Corina, con arreglo a una foto que le proporcionó Louis. Y allí estaba ella, vestida de poetisa griega de pensamiento ardiente, con una lira en la mano lánguida, envuelta en pliegues sedosos y ahuecados por un vendaval romántico y crepuscular, observada con admiración por un apuesto joven arrodillado y por dos niñas sobrecogidas, mientras ella alzaba la mirada mística a la excelsitud celeste, en busca de algún verso de gran vuelo. «Parece que están poniéndome una lavativa de aceite de coco», recuerdo que bromeó tía Corina el día en que le llegó aquel regalo, sin duda para camuflar la emoción que le produjo. Desde entonces, el cuadro estuvo colgado en el vestíbulo, encima de un canapé de estilo imperio, por hacer juego con él.

Fueron las dos primeras cosas que eché en falta nada más entrar. El lugar que había ocupado aquel cuadro marcaba un rectángulo muy blanco en la pared amarfilada por el tiempo, y lo mismo el respaldar del canapé: sus fantasmas.

«Mal asunto», comentó tía Corina. Y tan malo.

Solté las maletas y entré en el salón. Habían desaparecido los mejores muebles, los objetos más aparentes y valiosos, casi todos los cuadros, las alfombras, las lámparas de techo, de mesa y de pie...

Seguí inspeccionando la casa. En los estantes de la biblioteca había mellas que en principio me parecieron fortuitas, pero a las que luego descubrí un patrón: los libros encuadernados en piel. El suelo era un revoltijo de papeles, de amuletos de Lola, de cubiertos de diario (porque la cubertería francesa de plata se contaba entre las víctimas), de llaves, de gafas de sol, de abrelatas, de sacacorchos, de cajas de cerillas y de todas esas cosas más o menos prácticas y más o menos absurdas que se guardan en cajones, que vienen a ser algo así como el subconsciente de una casa. No quedaba rincón, en suma, por saquear ni revolver, incluido el cuarto de baño principal, del que había desaparecido un espejo veneciano de principios del XX que tía Corina tuvo la ocurrencia de colgar allí como un toque de lujo extemporáneo, porque lo cierto es que el cuarto de baño está que se cae. Como detalle inexplicable, se habían llevado también la lavadora.

Despojado de todo factor ornamental, el piso parecía, no sé, la cueva de un arruinado, con cuatro muebles del montón, con las paredes vacías, aunque atestadas de alcayatas que ya sólo soportaban el peso del aire.

«Mis diarios también», y tantas cosas. «Han intentado forzar la caja fuerte, pero no han podido, como es lógico.» Y es que esa caja fuerte parece estar maldita. Mi padre se llevó al nicho la clave combinatoria de apertura, y ahí sigue, inquietante y hermética, empotrada en un bloque de hormigón, con anclajes invencibles, con su chapa antitaladro, con su frialdad de monstruo dormido, sin que sepamos qué contiene, e imaginando en ocasiones de optimismo que oculta riquezas inimaginables, como si se tratase de un seguro de vida inaccesible, sí, pero real. Ni siquiera Franco Petacci, experto en ese campo, pudo con ella. Tampoco Berto Garcés, que podría abrir la cámara de seguridad del Banco de España con los ojos vendados y con dos litros de whisky galopándole por la sangre. Al principio, nos pasábamos las horas ensayando combinaciones, hasta que acabamos escarmentados del poder impresionante de lo aleatorio.

Me senté en el suelo, con el alma por ahí, de viaje astral. Tía Corina, después de inspeccionar el piso, se sentó en una silla superviviente. La miraba. Me miraba. Mirábamos en derredor. Las alteraciones violentas de la realidad necesitan una asimilación lenta, porque hay veces en que la realidad puede ser un plato bastante indigesto. Intentaba convencerme a mí mismo de que aquello no había pasado, de que se trataba de una alucinación transitoria. Cerraba los ojos con la esperanza de que, al abrirlos, todo hubiese vuelto a ocupar su sitio gracias a un fenómeno de teletransportación, tras viajar por los laberintos circulares de la chistera de un ilusionista con ganas de bromear, o qué sé ni lo que digo.

Sin pronunciar palabra, nos pusimos a ordenar un poco aquel pandemonio, haciendo catálogo mental de esfumaciones.

A nadie le gusta que le desvalijen la casa, por supuesto, pero, cuando se da el caso de que los objetos que decoran tu casa son a la vez tu negocio y tu garantía de futuro, el disgusto adquiere otros matices.

La nota que encontramos en la mesa de la cocina decía así:

> Querida Corina, querido Jacob:
> lamento el expolio. Necesito dinero urgentemente si no quiero que me manden a un sitio en el que no hace falta el dinero. De todas formas, me gustaría que os quedase claro que si fuese rico (¿quién no puede llegar a serlo?) y estuviese muriéndome (¿quién no está muriéndose?), mis únicos herederos seríais vosotros, a pesar de que la fatalidad haya querido que me convierta en vuestro heredero a la tremenda. Quedo en deuda sempiterna con vosotros, aunque, con la ayuda de los golpes insospechados de la suerte, procuraré que sea menos sempiterna que tardía.
>
> WALTER.

Algo es algo: herederos imposibles, aunque potenciales. (Maldito seas, primo Walter, dondequiera que estés.)

No tardé en atar cabos a partir de un detalle axiomático: en varios ceniceros había colillas de canutos liados con papel rojo, lo que indicaba que el llamado Miguel Maya, el rejoneador crapuloso y calé, había sido el cómplice de Walter en aquella mudanza ilegal, y lo habían tenido tan fácil como una mudanza legal. Ni siquiera el portero Elías, absorto en sus expediciones de chichirimoche, apreció nada raro en el hecho de que el simpático primo Walter —que le seguía la corriente en sus delirios viajeros y que le contaba chistes y chilindrinas— saliese por la puerta con la casa a cuestas: «Mire, yo no sé, como era de la familia…».

El primo Walter, el falso moribundo, el filósofo vocacional con derivas de pícaro, nos había convertido en más pobres de lo que éramos, y precisamente en el momento en que más pobres nos sentíamos, porque se ve que la adversidad es partidaria de la sobreactuación.

«Esto va a obligarnos a pensar un poco más en el futuro, como si fuésemos videntes», y no tuve más remedio que sonreír, menos por ganas que por inercia.

En vista de que no podíamos recurrir a la policía, recurrimos a Leonardo Fioravanti, descendiente —o eso dice— del cirujano y alquimista medieval del mismo nombre, que está especializado desde siempre en seguir la pista de cosas robadas, por si acaso lográbamos rebajarle el botín a Walter y a su socio, a pesar de que muchas veces, cuando los ladrones son meros aficionados y no se ajustan a un código de comportamiento ni a una red habitual de peristas, el rumbo que suele tomar el botín resulta irrastreable, y esa puede ser la chamba del novato. Sólo podíamos confiar, en fin, en la torpeza de aquel dúo de ladrones, en el olfato de Fioravanti y en la suerte, que es de muy poco fiar.

«¿Leo? Soy Corina Nastase. Tenemos un problema», y Leo, que vive en algún punto inconcreto —al menos para mí— de la Costa del Sol, le aseguró que pondría en movimiento a todas sus legiones para recuperar lo más posible lo antes posible, porque él fue buen amigo de mi padre —y creo que también amante ocasional de tía Corina— y estaba por agradar. «Gracias, Leo. Ya nos dices algo.» Y mirábamos nuestra casa como si fuese ajena, viendo con los ojos de la memoria lo que ya no estaba disponible para los ojos. «Qué desastre», y yo asentía. «Metimos en la cueva a Alí Babá», y yo asentía. «Salimos a robar y nos roban», y lo mismo.

Al día siguiente bajé a comprar el periódico, en un intento de restablecer mis rutinas, y…

Y les cuento.

En ocasiones, los periódicos pueden ser códices en clave, mapas secretos para llegar al núcleo de una realidad hasta entonces insondable. Y ese día lo fue: una noticia de tantas para los lectores. Una noticia de las muchas que conforman el entramado pintoresco de la vorágine del día anterior y que algunos leen de forma despreocupada para olvidarse de ella a los pocos segundos, por no afectarles a la vida. Pero aquella noticia podía interpretarla yo como un esclarecimiento parcial de mis gatuperios: DESARTICULADA UNA RED INTERNACIONAL DE LADRONES DE RELIQUIAS SAGRADAS, rezaba el titular.

Según aquello, habían sido detenidas dieciocho personas en distintas ciudades mientras intentaban robar, de forma simultánea, una serie de reliquias, a saber:

— en la localidad francesa de Chalons, uno de los varios cordones umbilicales de Jesucristo que se conservan en el orbe cristiano;

— en Amberes, uno de los varios prepucios que existen de Jesucristo;

— en el Museo de Prehistoria de Roma, el cuchillo empleado para la circuncisión de Jesucristo (también existen varios);

— en Liria (Valencia), las plumas del arcángel san Gabriel;

— en Coria (Cáceres), el mantel de la Última Cena;

— en la alemana Maguncia, las plumas y los huevos que puso el Espíritu Santo en su condición de paloma;

— en el Sancta Santorum del Vaticano, un estornudo embotellado del Espíritu Santo;

— en Vendôme, las lágrimas de la Virgen;

— en Lisboa, el cráneo de santa Brígida.

Entre los detenidos había tres conocidos nuestros: Marcos Vidal, de Barcelona, que siempre fue un medio pelo en la profesión, a pesar de contar con apadrinamientos inmejorables; el toscano Aldo Liberto, al que imaginábamos jubilado no sólo por su edad, sino también por la terquedad de su mala suerte, que jamás le dio respiro, como probaba su nueva detención, y María Lippi da Castro, gitana portuguesa, locuela y quiromántica, que en su juventud trajo por la calle de la amargura a Honza Manethová, que la pretendió en vano, porque ella, contra todo pronóstico, entregó su corazón selvático al difunto Fernando Côrrea, un plácido catedrático de arqueología que daba la impresión de convivir con aquella mujer como quien se ve obligado a convivir con una pantera en una jaula. De los quince detenidos restantes, algunos nos sonaban y otros muchos no, porque debían de ser debutantes en esto, la mayoría procedentes de países de la Europa oriental.

A todos les habían echado el guante el domingo al mediodía. El autor de la gacetilla se permitía arriesgar la hipótesis de que aquella detención en masa hubiese sido posible gracias a la colaboración de varios miembros de la Interpol infiltrados en una banda delictiva con sede en Luxemburgo, aunque con ramificaciones por medio planeta.

«Esto aclara todo, aunque no aclare nada», sentenció tía Corina. Y era cierto.

...Y no lo era.

Una vez hecho el balance del expolio, nos dedicamos a clasificar y a valorar lo que había quedado, con el ánimo pésimo: algunas cajas con restos arqueológicos (incluido el lote egipcio que intenté colocarle al argentino Casares), una colección compuesta por unas cuarenta bocallaves de fantasía rococó procedentes del palacio portugués de Queluz, un juego de té alemán del XIX en estaño, varias carpetas con litografías de poca monta, algunos libros valiosos que tuvieron la suerte de no estar encuadernados en piel... Y cuatro baratijas más.

«Si logramos vender todo esto a buen precio, tendremos para comer bocadillos durante un mes, aproximadamente, y ya luego podemos comprarnos una cabra, amaestrarla, hacer que gire sobre un podio al son de un pasodoble y pasar la gorra», comentó tía Corina.

Me dolió mucho que el primo Walter hubiese arramblado con el lote que Marcos Travieso me envió desde Camagüey, sobre todo por saber él de sobra que aquello no me pertenecía y que me crearía un conflicto moral —aparte de económico— con aquel viejo amigo, aunque estaba claro que el primo Walter no daba demasiada importancia a los conflictos morales: «Yo, mi pene dorado y yo» parece ser su lema heráldico.

El primo Walter había entrado en casa como una ruina humana, en fin, y nos había traído de paso la ruina, que pasa por ser contagiosa.

«¿Qué es esto, Virgen santísima?», se preguntó Lola con cara de espanto, y no sé si le dolió más el expolio que la inutilidad manifiesta de sus amuletos.

Cada noche, antes de dormirme, mi imaginación se distraía en torturar al primo Walter mediante procedimientos muy variados y bastante atroces, la verdad, porque una imaginación enfadada puede ser muy mala cosa, aunque les confieso que mi tortura preferida consistía en castrarlo, pues era ese el tormento que daba yo por hecho que más le dolería, por esa debilidad suya de andar siempre arrojado a los pies húmedos de la lujuria, como un perro, el muy perro.

En esas, recibimos la visita de Lolo Letaud, que tenía ya escritas más de treinta páginas de su novela sobre los Reyes Magos. («¿Qué ha pasado aquí?», pero no le dijimos ni siquiera algo próximo a la verdad: que esperábamos a los pintores.) Lolo había tomado como base de inspiración la *Historia trium regum*, el libro que publicó en el siglo xiv el monje carmelita Juan de Hildesheim, en el que recrea la leyenda mediante el método de meter en la batidora un buen número de patrañas que circulaban por entonces, ya que el culto popular a los reyes del Oriente pagano había alcanzado un predicamento inusitado en el Occidente cristiano, hasta el punto de transformarse en materia habitual de exégesis y en recurso iconográfico recurrente.

«Este cura escribe en un latín asqueroso, pero lo que cuenta me viene al pelo.» Tía Corina y yo mirábamos a Lolo como mira el médico al enfermo terminal que, antes de conocer el diagnóstico terrible, le comenta que piensa irse de vacaciones a una costa cálida para ver si de ese modo se le alivian las molestias. «Este monje tomó el nombre de su ciudad natal, la alemana Hildesheim. Y da la casualidad de que allí estuvo de párroco un tal Rainald von Dassel, que, después de convertirse en arzobispo y canciller del emperador Barbarroja y de llevarse a Colonia las reliquias milanesas, donó al cabildo de Hildesheim tres dedos de los Reyes Magos. Ahí está la novela, ¿os dais cuenta?» Tía Corina y yo nos quedamos mudos, porque sabíamos que la novela no podía estar en ningún sitio, precisamente porque ya estaba en otro sitio: en todas las librerías de los aeropuertos de medio mundo, compartiendo balda con un aluvión de ficciones centradas en cálculos históricos inusitados. «De repente, en mitad de la narración, sin previo aviso, hago una elipsis sorprendente y traslado a los lectores al siglo xxv, ¿de acuerdo?» Y asentimos. «Bien, unos científicos analizan esos tres dedos y llegan a la conclusión de que no son humanos, a pesar de tener forma humana. Las pruebas de ADN revelan que se trata de organismos extraterrestres, lo que demostraría que en el siglo xii la Iglesia católica tenía ya evidencias de otras civilizaciones ultragalácticas, ¿me seguís?» Y de nuevo asentimos. «Entonces aparece una organización de ufólogos empeñada en robar esos tres dedos y las reliquias de Colonia para demostrar al mundo que todo el tinglado de la Iglesia está fundamentado en supercherías y que, además, hay vida en otros planetas, aunque también tengo la posibilidad de convertir a la alta jerarquía eclesiástica en descendientes directos de unos extraterrestres. Al final, cuando los ufólogos ya han robado los huesos tanto en Hildesheim como en Colonia, resulta que no son exactamente huesos de extraterrestres, sino lingotes de oro en estado-m, ¿entendéis?» Tía Corina le dijo que sí, pero yo me vi obligado a decirle que no. «Un metal en estado-m es...» Y así durante un rato. Al final, fue tía Corina quien decidió asumir el papel de mensajera de catástrofes: «Tenemos que darte una mala noticia, Lolo», y me cedió la palabra con un gesto. «Sí, una noticia bastante mala.» Y se la di.

«La novela de ese tal Rollins está fundamentada precisamente en todo ese lío de los metales en estado-m», le precisó tía Corina. Y Lolo se quedó como era normal que se quedase, rumia que rumia el infortunio. La verdad es que es mala suerte la suya. Mala y terca. «A mí me han echado una maldición china», susurró, y guardó en una carpeta los folios que había sacado con la intención de ofrecernos una lectura del arranque de su nueva fantasía de vuelo libre. Un cadáver literario más, malogrado en embrión.

Intenté animar a Lolo ofreciéndole una idea para una novela a partir de la noticia de la detención de los ladrones de reliquias. «Aquí hay novela de éxito», le aseguré a la vez que le tendía el periódico, pero no le respondía el entusiasmo. Poco a poco, a fuerza de conversación y de bromas, a pesar de tener los tres el ánimo muy sombrío, Lolo fue vivificándose. «Seguro que hay una lógica en esos robos. ¿Tenéis un atlas?» Según Lolo, muy versado en ese tipo de enredos gracias a la lectura de novelas mistéricas con un desenlace basado en simetrías sorprendentes, los acontecimientos de ese tipo que se producen de forma simultánea en diversos lugares del mundo responden siempre a una lógica geométrica: basta unir con una línea recta los diferentes puntos geográficos implicados para que al instante se nos revele una figura (un emblema, un mapa críptico, un símbolo) que a su vez nos revele el sentido de lo que en principio presentaba la apariencia de unos hechos casuales e inconexos. «Todas las tramas ocultistas se descifran mediante ese procedimiento», nos aseguró. «Lo fundamental es encontrar un método para establecer las conexiones.»

Le dimos el atlas, un cartabón y un lápiz y Lolo se puso a la tarea. «Vamos a ver: en primer lugar, probemos con Chalons...» Una vez localizada la localidad francesa, eligió el siguiente punto: «Amberes, por ejemplo», y trazó una línea entre Chalons y Amberes. De Amberes se fue a Roma, y de allí a Coria, y luego a Liria, y de allí saltó a Maguncia, traza que traza, y de la germana Maguncia saltó de nuevo a Roma, y de allí a Vendôme, para acabar en Lisboa, donde habían intentado robar, como ustedes sin duda recuerdan, el cráneo de santa Brígida, cuya brillante carrera como visionaria comenzó a los siete años de su edad.

Una vez que Lolo hubo trazado las líneas que unían aquellas ciudades, enarcó una ceja: «Aquí falla algo», pues de aquel experimento no surgió figura geométrica ni cosa alguna que pudiera asemejarse a un símbolo o criptograma, aun siendo condescendientes con ambos conceptos. Lolo, lejos de abatirse, se puso a cavilar. Al cabo del rato, ya cavilaba en voz alta: «En Roma se producen dos intentos de robo, ¿verdad?». Le dijimos que en efecto, así que borró todas las líneas que había trazado, volvió a coger el cartabón y se puso a trazar líneas con arreglo a otra pauta. «Esa puede ser la clave. Las líneas tienen que partir de Roma hacia los demás sitios, porque Roma es la que irradia.» Y en eso se entretuvo durante un rato. Pero tampoco hubo suerte, porque nada salió de allí, salvo un fárrago. «No sé», se rindió Lolo, y le consolamos diciéndole que la literatura es más amiga de la lógica que la propia realidad. «Seguiré probando en casa, porque seguro que todo esto tiene una coherencia secreta», insistió. «No te preocupes, Lolo. Lo importante es que empieces una nueva novela lo antes posible, porque estamos deseosos de leer algo bueno», le alentó tía Corina, y Lolo esbozó una sonrisa de esperanza, porque está convencido de que cualquier día a su suerte le da por enmendarse, aunque no sé yo.

Al igual que ocurre con una persona desaparecida, la posibilidad de recuperación del botín de un robo tiene un plazo muy corto, y de ahí mi inquietud ante el silencio de Fioravanti. «Tengo mucha fe en Leo», me tranquilizaba tía Corina, con ese aplomo que sabe aparentar ante los reveses. «Leo sería capaz de encontrar todos los dientes que ha robado el Ratón Pérez a lo largo de su vida.»

Yo me había puesto en lo peor, e incluso dudaba de que Fioravanti estuviese aún en activo, porque debe de rondar los noventa, y casi daba por sentado que le había prometido a tía Corina encargarse del asunto para no reconocer ante ella que estaba ya en la retaguardia, momificándose al sol en su jardín, porque a nadie le gusta reconocer que el tiempo le ha vencido.

...Pero, como dijo alguien, lo realmente milagroso de los milagros es que puedan suceder. A la hora de la comida sonó el teléfono: «¿Corina? Soy Leo. Mira, te cuento...».

Los operarios del viejo Fioravanti habían localizado al primo Walter en Sevilla, donde intentó colocar parte del lote a Germán Reyes, anticuario de la calle Placentines, devoto de las vírgenes procesionales y, según se cuenta, de los peligros de la paidofilia. Comoquiera que Fioravanti había puesto en alerta a toda la red de anticuarios, peristas, chamarileros y coleccionistas particulares de la zona, en previsión de que Walter, en su calidad de mero aficionado, procurara zafarse cuanto antes, a precio de saldo y por un conducto previsible, de la mercancía, Germán Reyes le propuso a Walter que depositase todo en su almacén, a la espera de una tasación razonable, previo abono de un anticipo. Y Walter, al que el género robado le pesaba no en la conciencia, aunque sí en la furgoneta de alquiler en que lo transportaba, se mostró de acuerdo, muy para su mal, ya que el anticuario Reyes llamó enseguida a Fioravanti, que de inmediato desplazó a unos empleados suyos a Sevilla, donde no sólo recuperaron el botín, sino que también apresaron al ladrón. «Lo tengo aquí en la bodega. Dime qué quieres que haga con él, Corina. ¿Te parece bien si le corto las orejas y las diseco para que las pongas en una metopa?», porque a Fioravanti siempre acaba asomándole la Italia profunda, pero tía Corina se mostró magnánima: «No, sólo quiero que le pases el teléfono para hablar un momento con él». Cuando el cautivo se puso al teléfono, tía Corina le dijo: «Mira, Walter. Sería bueno que empezaras a comprender que nadie tiene derecho a aprovecharse de la insignificancia de los otros, porque demasiado tienen los otros con procurar que su propia insignificancia no se aproveche de ellos. Buena suerte y hasta nunca». Y ese fue todo su discurso, para mi gusto muy moderado y genérico. «Dile que yo también quiero hablar con ese granuja», le susurré mientras fijaba ella con Fioravanti los detalles de la entrega de nuestras pertenencias, pero me dijo que no con el dedo.

«¿Por qué no me has dejado hablar con Walter?», le pregunté cuando colgó. «Muy sencillo: porque ibas a rebajarte al nivel de los iracundos, y ya sabes lo que les ocurre a los iracundos que no lo son por naturaleza: que después se avergüenzan de su ira, y no merece la pena pasar vergüenza por culpa de uno mismo por haberse salido de uno mismo, ¿de acuerdo?» Y seguimos comiendo, con mejor apetito.

Al cabo de cuatro días, los operarios de Fioravanti nos trajeron a casa nuestras cosas. O más exactamente: dos tercios aproximados de ellas, porque la parte que se ve que le había correspondido a Miguel Maya no apareció, incluida la lavadora. Ni siquiera el primo Walter sabía nada del rumbo que había tomado el gitano con su botín, a pesar de que los operarios de Fioravanti, a falta de una máquina de la verdad, le habían molido la cara a hostias para sonsacarle, según nos informaron literalmente. Uno de aquellos operarios nos proporcionó, por cierto, un sobresalto: «El señor Fioravanti dice que sólo le deben ustedes seis mil euros, por ser amigos». Yo había dado por hecho —aunque no sabría decirles por qué— que Fioravanti no iba a cobrarnos nada, pero está visto que el dinero no pasa por el corazón, y lo comprendo. Como no era el momento adecuado para desprendernos de esa cantidad, le dije a tía Corina que llamase a Leo y que le pidiera un aplazamiento del pago, en lo que no hubo inconveniente.

Recolocamos las cosas en su sitio, en un intento de restablecer nuestra realidad, hasta entonces maltrecha, ya que, quieras o no, los objetos pasan a formar parte de tu vida y su ausencia supone una falta de vida, al convertirse en una falta de realidad, y no sé si me explico. Echábamos de menos las cosas que le habían correspondido a Miguel Maya en el reparto, pero eran al fin y al cabo las de menos valor, y ese detalle nos consolaba. (Resultaba curioso: Miguel Maya tenía pinta de ser más listo que el hambre, pero se ve que el primo Walter era más listo que Miguel Maya y que el hambre juntos.) La casa volvía a ser, en definitiva, nuestra casa, por esa cualidad mágica que tienen los objetos de convertir el vacío en un reducto amable y exclusivo.

Una vez que todo estuvo más o menos distribuido conforme a su antigua armonía, nos sentamos, muy cansados de piernas y de espíritu, aunque contentos. «Bien, ahora que ya hemos salido al menos de un susto, cuéntame con detalle tus aventuras solitarias en Colonia. Soy un tímpano gigante.» Y le conté. Y los tarmodakauskas fueron sucediéndose en mi narración como un muñeco múltiple, y a tía Corina, supongo que por acumulación de disparates, se le escapó una carcajada, y me la contagió, y ya nos dedicamos a reírnos, que falta nos hacía.

Pasaron un par de semanas sin tener noticias de Sam Benítez, a pesar de que no paraba de llamarlo, así fuera para que me mintiese. Al final, fue él quien llamó desde Scarborough, en la isla Trinidad, donde le seguía el rastro —o eso me dijo— a un criminal de guerra yugoslavo por encargo de una asociación de familiares de víctimas, o algo de esa índole, no sé, porque hay ocasiones en que Sam se explica regular.

Le hice un informe rápido de infortunios: el robo de Walter, el dinero que me pedía Fioravanti, los gastos que habíamos tenido en Colonia, el dinero invisible con que me pagó Bibayoff... «Te exijo una explicación de toda esta charada», le dije con firmeza. «Mira, loco, yo no puedo contarte ahorita todo lo que quieres saber, porque sería como contarte la vida de David Copperfield. Nos dolería la oreja a los dos, ¿va? Te mando para allá a Federiquito Arreola, que anda por Cádiz, y él te lo explica. Pero no dudes nunca más de tu compadre Sam. Tu compadre iría a sacarte del infierno si te cayeras allí por casualidad.»

20

Particularidades de Federiquito Arreola.
La trama siciliana.
Un profesor de irrealidades.
El enciclopedista etéreo.
Aventuras de una arqueta de plata.

Federiquito Arreola se irá a la tumba con su diminutivo, porque lleva ese diminutivo en el carácter, y eso no lo arregla la edad, que Federiquito cuenta ya con diez manos y pico.

Nuestra profesión, como habrán advertido a estas alturas, admite personajes singulares, por no decir que los atrae, y uno de los más singulares de todos ellos es precisamente este Federiquito Arreola, mexicano recriado en Santander por azares de familia, que se gana la vida con una subprofesión curiosa: la de correveidile. En efecto, de aquí para allá va Federiquito, contándole a este lo que hizo aquel, y a aquel lo que piensa hacer el de más allá, y al de más allá informándole de lo que el de todavía más allá opina de un tercero en discordia, y a ese tercero contándole con quién se acuesta o con quién negocia un cuarto. Creando una cadena, en fin, de murmuraciones, pues no se caracteriza por mostrarse muy escrupuloso con la verdad, al permitirse demasiadas licencias con ella, lo que a veces ha provocado enemistades y suspicacias entre los nuestros, que es algo que conviene evitar en la medida de lo posible, pues nada bueno trae la inquina a casa alguna. Es malhablado además Federiquito, amigo de cizañas, y no pierde ocasión de malmeter. Pero, a pesar de todo, Federiquito es parte ya de la profesión, una especie de mascota parlanchina, heraldo de naderías, y él mismo se ha encargado de difundir la especie de que darle dinero es sacrificio que trae suerte, bulo que le resulta muy rentable con los supersticiosos, tan abundantes en cualquier gremio cuya bonanza dependa de las manías de la suerte; es decir, en casi todos.

El hecho de que Sam Benítez nos enviase a Federiquito Arreola para desvelarnos el entramado de la operación coloniense sólo podía interpretarse como un nuevo capítulo grotesco, ya que todo cuanto sale de la boca de Federiquito merece la misma credibilidad que el cuento de la gallina de los huevos de oro, por no decir algo peor.

«¿Federiquito Arreola?», se preguntó asombrada tía Corina cuando se lo dije. «Esto va a parecer el carnaval de los tarados. ¿Por qué no nos olvidamos de una vez del asunto? A fin de cuentas, casi todo el mundo vive sin comprender casi nada de lo que hace ni de lo que le ocurre. Nosotros podemos permitirnos el lujo de sobrevivir con el peso de ese enigma. Podemos sobrevivir incluso con la sospecha de que todo fue una tomadura de pelo.» Pero yo, que no sé vivir en los márgenes de la lógica, necesitaba saber, a pesar de que, como dijo santo Tomás de Aquino, «el afán de conocimiento es pecado cuando no sirve al conocimiento de Dios». Pecado o no, el caso es que Federiquito Arreola llamó de madrugada y lo cité a la tarde siguiente en La Rosa de California.

Y les sigo contando.

Federiquito Arreola es bajo y canijo, de pelo muy negro y lacio y de piel tirando a cobriza, supongo que por algún gen azteca o similar, y se mueve como si en vez de huesos tuviese muelles, a saltos de pajarillo. Viste siempre ropa que le queda pequeña o grande, según quien se la diera, pues es de poco gastar y pedigüeño. Aparte de eso, le quedan menos dientes que a un pato de goma, como suele decirse, y anda a malas con la higiene, diría yo que como estrategia comercial: te apetece tan poco tenerlo cerca, que estás dispuesto a darle lo que te pida para que se vaya cuanto antes.

«¿Puedo tomarme un chocolate y un par de ensaimadas?», nos preguntó nada más entrar en La Rosa de California, donde tía Corina y yo llevábamos esperándolo un buen rato. «No como desde anoche.»

Con la boca llena, masticando con quién sabe qué, Federiquito empezó a contarnos chismes relativos a gente de la profesión, seguro de que aquellas revelaciones iban a pasmarnos por su enjundia malévola, pues casi todas giraban en torno al sol del sexo: «Miki Cabal, ¿os acordáis?... El hijo de... Exacto... Pues el mes pasado dio una fiesta y su novia, la caraqueña...», y así. Y nosotros tan aburridos como impacientes, aunque permitiéndole que hiciera aquel rodaje, por ser marca de la casa. «¿Puedo tomarme otro bollo?»

Cuando el estómago pequeño pero con mucho fondo de Federiquito Arreola se dio por saciado, comenzó la presunta revelación: «Me encarga Sam que os diga...».

Y lo que Sam le había encargado que nos dijese era, en resumen, lo que viene a continuación de este punto y aparte.

En la medida en que podemos creer a Sam Benítez y en la medida en que podemos creer a un Sam Benítez filtrado por Federiquito Arreola, la operación que nos encargó Sam se englobaba en otra mayor: aquel robo múltiple de reliquias que acabó tan mal para tanta gente. El organizador de todo se supone que fue Giuseppe Montorfano, que, en contra de la evasiva de Leo Montale, no era un zapatero napolitano aficionado a canturrear arias de Donizetti y de ese tipo de artistas, sino, como me había asegurado Tarmo Dakauskas, el cabecilla de los llamados veromesiánicos de Catania, localidad donde el tal Montorfano tenía casa y cuartel.

Después de haber sido un mindundi durante media vida, Montorfano hizo fortuna a la siciliana y le dio por lo que suele darles a quienes se encuentran de pronto con más dinero de la cuenta y les falta imaginación y tiempo para gastarlo: coleccionar excentricidades. En su caso, reliquias sagradas, por esa peculiaridad que tienen los naturales de aquella isla de no apreciar incompatibilidades entre el fervor religioso y la práctica del crimen organizado. De modo que, para satisfacer su comezón de coleccionista, Montorfano se puso al habla con Leo Montale y le encargó que diese un golpe a lo grande y sin reparar en gastos, como inauguración de otra serie de golpes estelares, dispuesto como estaba el siciliano a dejar a la Iglesia sin reliquias, porque el coleccionismo tiene ese inconveniente: que te entra el ansia.

Por tratarse de una operación de radio muy largo, Montale echó mano de gente, entre ella Sam Benítez, y aquella gente echó mano de otra, entre la que nos contábamos nosotros, ya que había trabajo para la mitad del gremio de *cobardes*. Todo parecía ir por su cauce hasta que saltó a escena Tarmo Dakauskas, que, aparte de los oficios que le adjudicó Sam (ya saben: el de espía, el de mediador en canje de prisioneros, etcétera), resulta que trabaja ahora para el Vaticano en calidad de agente para todo. «Es una especie de ángel vengador», precisó Federiquito con tono solemne. «Y su hermano Tito es el ángel exterminador», añadió con mayor solemnidad aún. «Pero algún *cobarde* despistado lo llamó para implicarlo en la operación y ahí se jodió todo. Cuando Sam se enteró de la estrategia de los hermanos Dakauskas, que consistía en alertar a la Interpol de la cadena de robos previstos, llegó a un pacto con Tarmo: si Tarmo no quería que Sam echase abajo su plan, alertando a su vez a los ladrones de la trampa en que iban a caer, no debía denunciaros a vosotros, porque él tiene a tu padre en un altar a cuatro metros del suelo, ¿me explico? Por otra parte, como Sam y Tarmo se llevan bien, aunque a veces jueguen en bandos enemigos, Sam informó a Tarmo de las intenciones del Penumbra, que pretendía volar la catedral de Colonia con gente dentro, porque estaba a sueldo de un moro visionario y majarón, o al menos eso dicen del moro, al que no tengo el gusto de conocer todavía. Tarmo le dijo a Sam que no había más remedio que mandar al Penumbra al paraíso musulmán, pues, de fallarle el golpe en Colonia, lo llevaría a cabo en quién sabe qué otro sitio, y Sam se vio obligado a dar el visto bueno a aquella ejecución, porque no había otra salida razonable, aunque ya sabéis que a él no le gusta la casquería. Y eso es todo», concluyó Federiquito con cara satisfecha.

«¿Y eso es todo?», le preguntamos al unísono tía Corina y yo, porque aquella narración dejaba demasiadas lagunas. «Bueno, eso es todo lo que Sam me encargó que os contase, aunque yo sé más cosas… ¿Os importa que pida otra ensaimada?» Sabíamos de sobra por dónde iba a romper Federiquito, y por ahí rompió: «Pero esas cosas valen su peso en plata». Tía Corina le preguntó: «Oye, Federiquito, ¿a ti no te da un poco de vergüenza tener tan poquísima vergüenza?», y le aseguró que no estábamos dispuestos a regalarle ni un céntimo, así nos indicase el lugar exacto en que están enterrados los tesoros de los piratas de la Costa Malabar. «Bien, entonces ya no pinto nada aquí. Gracias por el convite», y se puso de pie. De repente, tía Corina abrió el bolso y sacó una pistola, una vieja Beretta que rodaba por casa desde hacía años y que a mi padre le dio por llevar encima durante un tiempo, cuando se apoderó de él la paranoia de que lo perseguían, extremo que nunca se confirmó, aunque, por suerte, aquello se le fue como le vino. Federiquito estaba tan asombrado como yo. «Mira, Federiquito», le espetó tía Corina, «aquí vamos a dejar claras algunas cosas. En principio, dentro de medio minuto vas a empezar a contar todo lo que sabes y no vas a respirar hasta el punto final. A la menor sospecha de que estás mintiéndonos o inventándote algo, te meto una bala en la rodilla y te dejo cojeando hasta que te vayas al nicho, ¿comprendes? Y, por último, ten claro desde este instante que todo lo que hemos consumido y todo lo que se nos antoje consumir a partir de ahora vas a pagarlo tú en cuanto termines de largar. Así que empieza.» Y Federiquito empezó.

Lo bueno de Federiquito es que, como mentiroso profesional, sabe cuándo le conviene mentir y cuándo no, de modo que se sinceró con nosotros: «No vais a creerme, pero el caso es que no sé nada de nada. Así que pégame el tiro si quieres, Corina. Aunque contratéis a media docena de chinos encabronados para que me torturen, no puedo deciros nada, porque no sé nada». Y comprendimos que por desgracia era así, ya que los embusteros resultan muy convincentes cuando dicen la verdad, supongo que por moverse en un ámbito ideológico demasiado resbaladizo para ellos, al no saber bien por dónde pisan. «De todas formas, puedo procurar enterarme de algo si os interesa... Pero eso ya costaría dinero, como es lógico», y agachó —genio y figura— la cabeza, como si la sola mención del dinero le hiriese el orgullo.

A esas alturas, tía Corina había guardado la Beretta en el bolso, detalle que tranquilizó a Federiquito Arreola. «Bueno, supongo que eso de que pague yo todo esto será una broma, ¿no?» Y se fue Federiquito. Y nosotros también. Cada cual a lo suyo.

«¿Cómo se te ocurrió lo de la pistola?» Y nos reímos. «Apareció cuando ordenaba mi armario después del saqueo de Walter. Estaba dentro de una caja de zapatos.»

Nada más llegar a casa, llamé a Sam Benítez, aunque sin suerte. «Lo sensato sería olvidarse de todo. Pudo haber sido peor de lo que ha sido. Ese es nuestro consuelo. En el fondo, ¿qué más da?» Pero no me daba por vencido, pues se había apoderado la curiosidad de mí, y el curioso no ceja, así le lleve su obsesión a un sitio malo para la mente.

De todas formas, la realidad acostumbra imponer sus razones abstractas como antídoto contra nuestras sinrazones concretas, y, al margen de mis inquietudes, restablecimos nuestra rutina, consistente en poca cosa tal vez, pero grata como tal rutina, que es una forma tan noble como cualquier otra de pactar con el tiempo, a pesar del prestigio desmedido del que gozan las existencias aventureras y movedizas, basadas por lo común en el culto a la provisionalidad.

El hecho de reponer en su sitio los objetos robados tuvo como consecuencia el que los viésemos con nuevos ojos, ya que los artefactos que día a día nos rodean acaban por hacerse no diría yo que invisibles, claro que no, pero sí espectrales: algo que está y que a la vez no está, que se ve y no se ve del todo. Aparte de eso, aprovechamos también para inventariarlos y tasarlos, y la suma resultante no era mala. Con un poco de tiento, y vendiendo cada cosa por su canal adecuado, podíamos tirar durante al menos una década, que es un margen de tiempo razonable para desafiar al porvenir, aunque ese porvenir consista en un panorama de paredes desnudas y habitaciones vacías.

Entre llamada en vano y llamada en vano a Sam Benítez, llamé a Gerald Hall, que me pidió disculpas por haberse prestado a la farsa, ignorante él de su alcance, pero no le hice ningún reproche, en parte porque me alegró que se confirmase al menos aquel dato: un poco de tierra firme entre arenas movedizas. «Bonito apartamento, Gerald», y me dijo que lo tenía a mi disposición, porque él sólo lo utiliza muy de tarde en tarde, ya que vive en las afueras, en una casa de campo que perteneció al quinto conde de Chavery, estudioso del arte de la hipnosis y de la genética de los caballos, y luego nos entretuvimos en comentar la muerte del Penumbra. «Era previsible», comentó Gerald. «Todos esos muchachos diabólicos acaban por el estilo, y no porque el demonio se les meta en el cuerpo, sino porque tienen la cabeza más hueca que un barril.» Quedé en mandarle las cosas que me hizo llegar Marcos Travieso desde Camagüey, para que las incluyera en el catálogo de la próxima subasta. Le pregunté si el Aston Martin era también suyo y me contestó que por supuesto. Y poco más. Y adiós.

Sam Benítez no me cogía el teléfono, por mucho que lo llamaba a todas horas. «Vamos a dar carpetazo al asunto, ¿te parece?», me atajaba tía Corina cada vez que sacaba yo el tema, porque reconozco que estaba obsesionándome con aquella maraña, y el primer síntoma de una obsesión consiste en creer que los demás están deseosos también de obsesionarse. «Mira, hasta aquí hemos llegado. Las cosas no tienen por qué ser racionales ni lógicas. Hay que dar un poco de crédito al sinsentido», y ahí se atrincheró. Pero yo seguía llamando a Sam Benítez. Y a Cristi también la llamé. Y llamé a Leo Montale, cuyo teléfono me proporcionó Gerald Hall, y Montale me mandó al lugar más remoto y maloliente que se le ocurrió cuando le pedí el teléfono de Montorfano. Por llamar, llamé incluso a Loretta, la madre del Penumbra, para darle el pésame, aunque ella se limitó a guardar silencio al otro lado de la línea, porque a estas alturas debe de tener la cabeza más para allá que para acá, en el caso de que la tenga en algún sitio. Ninguna de aquellas llamadas tuvo utilidad alguna —y la conversación con Cristi fue además bastante desabrida—, de manera que me mantuve en mi ignorancia, muy arañado por dentro por los signos de interrogación, que para eso tienen forma de garfio.

Pero es verdad que los acontecimientos marcan su curso propio, a despecho del que pretendamos darles...

Tía Corina, para distraerme, me propuso que fuese con ella a casa de una de sus amigas de jueves, la viuda del sastre, que había montado una *soirée* con un vidente que se hace llamar profesor Negarjuna Ibrahima y que estaba de paso por aquí, en gira de hechicerías, pues se gana el sustento adivinándole la trama de la vida a gente ociosa. La amiga de tía Corina lo había conocido tras una actuación que dio aquel nigromante en el casino Novelty, donde pasmó a la clientela con la certeza de sus adivinaciones, y la viuda le propuso participar en una sesión privada, previo acuerdo en el asunto de los honorarios, que no eran poca cosa.

La casa de la viuda del sastre resultó ser pequeña pero muy dorada, y allí nos congregamos seis espectadores: la anfitriona, por supuesto; las otras dos viudas, un galán muy pasado de crepúsculo que se veía que pastoreaba a capricho el corazón de las tres viudas, tía Corina y yo.

El llamado profesor Negarjuna Ibrahima andaba por los setenta y era de raza mixta, con gotas del África o del Asia, delgado y de mirada penetrante, sin duda de tanto sondear lo invisible. Llevaba una camisa negra de seda, un pantalón blanco y en el dedo anular de la mano derecha lucía un anillo de oro y corindón azul, según me precisó tía Corina, que sabe mucho de gemas. Su aire general era el de hallarse *au-dessus de la mêlée*, por decirlo en el idioma en que tendía a expresarse de forma instintiva aquel profesor de irrealidades, pues tiene domicilio habitual en París, según nos dijo, a pesar de hablar con desenvoltura media docena de idiomas, entre ellos el nuestro.

La viuda del sastre, de nombre Inma, había preparado un convite en honor de aquel sondeador del tiempo y las conciencias, y en bandejas plateadas se distribuían los canapés, de muchas formas y colores, sobre una mesa con patas de azófar reluciente, al lado de una lámpara de pie dorado, junto a ceniceros de plata, y de símil marfil, y dorados. Nos sentamos en torno al profesor en un saloncito presidido por un lienzo muy renegrido y de textura fofa, envejecido a lo basto con raspaduras y trementina, enmarcado más o menos a la versallesca, en el que destacaban una orza de barro, el cadáver de un conejo y una hogaza. (Una tosca falsificación de mediados del XX, según mis cálculos.) «Deja de mirar la casa de la pobre Inma con esa cara de inspector de alcantarillas», me susurró tía Corina con gesto de recriminación, y creo que me sonrojé.

La anfitriona no paraba de hablar del invitado estelar como si se tratase de un trofeo de caza, y el invitado estelar se limitaba mientras tanto a mantener la mirada fija en un punto inconcreto del salón de la anfitriona, masticando canapés con parsimonia de rumiante y sonriendo de forma enigmática.

«¿Empezamos?», preguntó el profesor Negarjuna Ibrahima. Y empezamos.

El método de aquel profesor resultó ser polivalente, pues lo mismo ensayaba la cartomancia que la quiromancia, la capnomancia que la cleromancia, sin olvidar la onicomancia (que, como ustedes saben, consiste en la adivinación mediante las uñas) ni la acultomancia, que se practica con veinticinco agujas colocadas en un plato sobre el que se vierte agua, de modo que las agujas que queden cruzadas indicarán el número de enemigos que asedian a la persona que ha realizado la consulta. (Cinco me salieron, y ocho a tía Corina.)

El profesor logró encandilar a las tres viudas con sus recursos circenses, aunque no tanto a nosotros, que andamos más curados de portentos, como tampoco al caballero, que resultó ser un fiscal jubilado que dedica buena parte de sus horas al estudio de las civilizaciones perdidas, lo que parece no dejarle entusiasmo para más volatines. El profesor recurrió a lo que suelen recurrir los de su gremio: la suelta de vaguedades y generalidades, vaguedades y generalidades que lo mismo podían aplicarse al pasado, al presente y al futuro de los asistentes que al pasado, al presente y al futuro de los dos ángeles de escayola policromada que colgaban de la pared, a ambos lados de un icono de tienda de souvenirs. Y en eso empleó un buen rato, hasta que el vidente se declaró exhausto y clausuró la sesión, dejando admiradas a las tres viudas.

A partir de ahí, se desencadenó el charloteo, que se escoró a temas de poca realidad.

El fiscal jubilado se sacó una fotografía de la cartera y me la tendió. «Ese era yo hace cuarenta años», y allí estaba: un joven con bigote, de ojos inexpresivos, con una corbata de nudo escuálido y con labios serios. «¡Qué época, usted! Pero todo se va como un cohete», y se guardó en la cartera su espectro de juventud, supongo que hasta que un nuevo desconocido le brindase la ocasión de entonar su elegía por la racha dorada.

Poco antes de irnos, el profesor Negarjuna Ibrahima me agarró suavemente por el brazo y me llevó aparte: «Usted está preocupado por la suerte de tres difuntos». Y no sé la cara que debí de poner. «Usted está obsesionado con tres personas que murieron hace mucho tiempo. Usted necesita saber y yo puedo ayudarle. Llámeme mañana a mediodía al hotel Coloso». Y fue a despedirse de la anfitriona, que tenía ojos de estar dispuesta a casarse de inmediato con aquel fascinador.

Salimos los invitados de la casa de Inma y nos despedimos en la calle. «Hotel Coloso», me recordó el profesor.

Tía Corina y yo decidimos regresar a casa caminando, pues no era tarde y estaba la noche muy templada y serena, a pesar de que había muchos tramos desiertos, que ya saben que me provocan inquietud. Le comenté la revelación y la propuesta del vidente y me miró con gesto de reproche. «Oye, vamos a ver... Ese buscavidas tiene los mismos poderes paranormales que tú, que yo y que el Gato con Botas. Reconozco a un impostor en cuanto lo veo.» Tía Corina conoce de sobra mi escepticismo con respecto a las prácticas de videncia y de todo ese tipo de pericias anómalas, y es ella quien cree en esos fenómenos, pues asegura haber sido testigo de algunos indiscutibles, pero yo insistía en que era mucha casualidad que hubiese adivinado el motivo de mi obsesión sin ningún dato previo. «Mira, pensamos que la realidad es una especie de magma incontrolado y caprichoso, pero no es así, o no siempre. La realidad también se basa en simetrías fortuitas, en rimas inesperadas, en concordancias accidentales. Si te cruzas con un desconocido y le dices: «Mañana va a morirse el loro que te trajo de Nueva Guinea tu hermano Alfredo», lo más probable es que te equivoques, pero también cabe la posibilidad remotísima de que aciertes, y en esa posibilidad remotísima radica el margen mágico de la realidad, y no sé si me explico». Le dije que no, porque no estaba dispuesto a claudicar —en contra de mi costumbre— ante sus argumentos, al andar mi ánimo muy rebelde. «Pues te lo explico de otro modo... Vas por la calle y eliges al azar a un transeúnte, ¿de acuerdo? Bien. No es difícil que ese transeúnte tenga un hermano, pero es difícil que ese hermano se llame Alfredo. Es muy difícil que su hermano, en el caso de que se llame Alfredo, haya estado en Nueva Guinea. Es dificilísimo que un transeúnte tenga un hermano que se llame Alfredo, que Alfredo haya estado en Nueva Guinea y que le haya traído de allí un loro a su hermano, un loro que va a morirse mañana. Es todo dificilísimo... pero perfectamente posible, ya que hay mucha gente en este mundo que tiene un hermano llamado Alfredo, hay mucha gente llamada Alfredo que ha estado en Nueva Guinea, alguna de esa gente se ha traído de allí un loro para regalárselo a su hermano y muchos loros se mueren cada día en todo el mundo. Si te fijas, es una secuencia basada en cuatro coincidencias triviales. ¿De acuerdo?» Y le dije que sí. «De modo que si paras a alguien por la calle y le sueltas esa profecía, lo normal es que te tome por trastornado, porque lo más probable es que no se cumpla ninguno de los cuatro requisitos. Pero si resulta que esa persona tiene un hermano que se llama Alfredo y que Alfredo ha estado alguna vez en Nueva Guinea, el tipo se quedará cavilando durante una temporada, aunque no tenga ningún loro. Basta con eso, con dos coincidencias, para que nuestro sentido de la realidad se tambalee.» Y le dije que muy bien, pero que, de todas formas, con loro o sin loro, pensaba telefonear al día siguiente al profesor Negarjuna Ibrahima.

El profesor me citó a la una y media de la tarde en su hotel. «Mi consulta no es gratuita», me avisó, y me dio precio por ella. No era poco dinero, pero tampoco demasiado, y hay que hacerse a la idea de que la preocupación esencial de todo el mundo consiste en sacarle dinero al resto del mundo. «¿Cuánto va a costarte?», me preguntó tía Corina, pero le dije que eso era lo de menos, y ella movió la cabeza con gesto de incredulidad, porque sabe de sobra que entre mis defectos no se cuenta el despilfarro. «Pregúntale de camino el número que va a salir premiado en la lotería y la fecha exacta del Juicio Final.»

Llegué al hotel Coloso y en el vestíbulo me esperaba el profesor, vestido todo de blanco. Le propuse que nos acercáramos a una cafetería próxima. «¿Le importa que hablemos en francés? Para mayor precisión por mi parte…» Y le dije que no tenía inconveniente alguno. Una vez sentados a un velador, me dijo: «Empiece». Y le conté con detalle mis tribulaciones, que escuchó con gesto impasible, aunque mirándome con fijeza, aseguraría yo que sin pestañear ni una sola vez, o esa impresión me dio. Cuando terminé el relato, sonrió con desgana. «¿Tan sencillo como eso?», y le contesté que no me parecía sencillo. «Más sencillo de lo que usted pueda imaginar», y les confieso que aquella arrogancia me alegró, por intuir yo el final de mis desvelos. «Bien, ¿por dónde empezamos?», y se frotó las sienes, y empezó.

«De entrada, le confieso que mis poderes son intermitentes. Hay días en que se me va la clarividencia y tengo que limitarme a hacer trucos psicológicos, como usted pudo comprobar anoche, a pesar de que, durante unos segundos, pude ver con total claridad las ráfagas que se le pasaban a usted por el pensamiento, y por eso le propuse que viniera a verme. Pero hoy tampoco veo gran cosa. Turbulencias. Imprecisiones. Al fin y al cabo, un gran poeta no está inspirado las veinticuatro horas del día, un gran arquitecto no tiene ideas innovadoras a cada instante, un científico genial no realiza descubrimientos geniales cada mañana... Pues igual. De todas formas, usted no necesita un vidente, sino un simple informador», y me quedé intrigado. «Hoy no puedo desvelarle el porqué de toda aquella operación estrafalaria, como usted quiere. En cualquier otro momento, podría precisarle incluso lo que llevaba usted en los bolsillos cuando pisó por primera vez la catedral de Colonia, pero hoy me resulta imposible: veo sus bolsillos, pero no veo sus tinieblas, ¿me entiende?» Y asentí, aunque no entendí del todo en qué consistían aquellas *ténèbres*. (¿El interior de mis bolsillos?) «Visiones al margen, puedo proporcionarle una información que me extraña que desconozca: qué es lo que se conserva en el sarcófago de los Reyes Magos.» Le pregunté si él lo sabía. «No. No tengo ni idea. Pero sé quién lo sabe.» Y dejó pasar unos segundos para que yo le preguntase: «¿Quién?». Y dejó pasar unos segundos antes de darme respuesta: «El Enciclopedista Invisible».

«¿El Enciclopedista Invisible?» El profesor me propuso que volviésemos a su hotel, y así lo hicimos. «Suba a mi habitación», y con él subí. «Siéntese», y me senté.

Abrió el profesor un estuche y sacó de él un ordenador. «Veamos si hay señal», y aquello me pareció cosa propia de sortilegio, por no estar yo al tanto de los avances informáticos, ante los que palidecerían los magos más fenomenales de las épocas pasadas. «Hay señal, aunque débil. De todas formas, nos apañaremos.» El profesor se puso a teclear. «Vamos a colgar la consulta en la página del Enciclopedista Invisible.» Le confesé que aquella jerga (¿colgar?, ¿página?) me resultaba exótica, así que me explicó la terminología y el procedimiento. Una vez colgada la consulta, me aclaró: «Tendremos que esperar un rato». Y a esperar nos dispusimos.

«¿Quién es el Enciclopedista Invisible?» La respuesta fue difusa: «Nadie lo sabe. Una especie de demiurgo anónimo. Alguien que conoce la historia del mundo desde el principio y que se presta a revelarla de forma gratuita, que es lo más sorprendente de todo, aun siendo todo sorprendente». Según el profesor Negarjuna Ibrahima, se da por hecho que se trata de un colectivo de sabios desocupados, jubilados tal vez de sus profesiones y conectados entre sí mediante la red informática, que alivian su inacción con ese pasatiempo: el de convertirse en una enciclopedia viva, disponible a cualquier hora del día y de la noche y abierta a consultas sobre cualquier materia, desde la prosodia latina al grito de apareamiento de los primates, desde la gastronomía de los pueblos polinesios prehistóricos a un restaurante inaugurado anoche en Moscú, y lo mismo te proporciona el Enciclopedista Invisible el mapa de una ciudad que el plano del arca de Noé, según lo que le pida tu ignorancia.

Sin dejar de mirar la pantalla del ordenador como quien mira una bola de cristal a la espera de visiones, el profesor me contó su vida a grandes brochazos: había nacido en Argel, pasó unos años en Chile y otros muchos trotando por Europa, había sufrido poco en esta vida y viajaba mucho, que era lo que le gustaba, aparte de vivir de sus viajes. Cuando se notaba cansado de vagabundeos y de clientelas ansiosas por saber más de lo que les corresponde saber, me confesó que se encerraba en su casa parisina, dedicado a componer collages, a tocar la flauta travesera y a leer novelas policiacas, en las que me dijo encontrar algo de lo que carece la realidad en un grado alarmante: un desarrollo consecuente, y que era aquello lo que le encandilaba de ellas, por estar saturado de los argumentos caóticos de la vida real, que por su oficio desentrañaba.

Al rato, el profesor dijo: «Ya está ahí». Y vi una frase, escrita en alemán, en la pantalla. «Es un saludo de bienvenida», y con el Enciclopedista Invisible se puso a dialogar el profesor, a través del aire, a través del espacio, delante de una pantalla de cristal líquido.

El profesor iba traduciéndome lo que nos transmitía en la lengua de Goethe y de Goebbels el Enciclopedista Invisible, que al parecer se expresa cada vez en un idioma, según el día y el momento (lo que afianza la hipótesis de una identidad colectiva), y se lo resumo a ustedes...

Durante la segunda guerra mundial, las tropas aliadas que se dedicaron a bombardear Alemania recibieron instrucciones precisas de no dañar la catedral de Colonia. A pesar de eso, algunas bombas cayeron sobre el recinto sagrado, desgraciando algunas bóvedas. Ante la evidencia del peligro, el arzobispo decidió desalojar las reliquias de los magos. Dado que el relicario resultaba demasiado aparatoso, depositó las reliquias en una arqueta de plata labrada —porque el gremio eclesiástico no puede resistirse al pecado de ornamentalismo— y en ella las trasladó a una ermita situada a las afueras de la capital, por considerar que en su cripta estarían seguras.

Pocos días antes del final de guerra, la ermita sufrió un saqueo por parte de una cuadrilla de soldados alemanes en desbandada, que se llevaron cuanto pudieron, incluida por supuesto la arqueta, cuyo contenido vaciaron sin miramiento alguno, pues toda guerra suele generalizar el desprecio por los muertos.

Una vez hecho el reparto, el soldado al que correspondió la arqueta de plata no tardó en vendérsela a un buhonero que tampoco tardó en revendérsela a Otto Kurtz, anticuario de Düsseldorf aficionado a las fantasías alquímicas.

Con su confianza puesta en la propagación urgente de los rumores, el arzobispo de Colonia hizo correr la voz oficiosa de que había una recompensa por la devolución de la arqueta y de su contenido, aunque sin precisar de qué contenido se trataba, pues pretendía mantener en secreto el desaguisado. Aquello llegó a oídos de Kurtz, que optó astutamente por conservar la arqueta, ya que su instinto dio por hecho que el arzobispo no estaba interesado en recuperar el continente, que no era un gran qué, sino el contenido, que era ya nada.

Gracias a un confidente con oreja en el clero, Kurtz logró enterarse al fin de lo que debería contener aquella arqueta: tres cráneos y un puñado de huesos. Cráneos y huesos que estaban desperdigados ya por ahí sin conseguir reclamar la atención de nadie en aquellos tiempos de escabechinas y que, con un poco de suerte, algún alma piadosa acabaría depositando en una fosa común.

Una vez terminada la guerra, Kurtz seguía en posesión de la arqueta, que ocultaba en un sótano junto a otras muchas mercancías de origen sospechoso y sujetas a reclamación por parte de sus propietarios legítimos, al provenir casi todas ellas del pillaje practicado por la soldadesca en momentos confusos. Kurtz pensó en rellenar la arqueta con unos cráneos y unos huesos recolectados al albur, pero pensó también que el clima político no era el más adecuado para hacer negocios con las altas instancias eclesiásticas, ya que estaba muy perseguido y castigado el delito de expolio, y pocas explicaciones convincentes podía dar Kurtz acerca del proceso por el que la arqueta había llegado a sus manos, y al final, y en el mejor de los casos, no obtendría ni un marco por ella. Así que en el sótano del anticuario se quedó la arqueta ambulante, hasta que en 1948 visitó la tienda de antigüedades del germano el químico francés Louis Savage, con quien hasta entonces sólo había tenido contacto epistolar en torno a suposiciones medio científicas y medio maravillosas, y entre ambos idearon una salida rentable y prudente para aquella arqueta que el arzobispo coloniense seguía buscando a la desesperada, pues en la catedral se exhibía el relicario vacío, circunstancia que no sólo era desconocida por los fieles, sino también por la cúspide vaticana, al no querer aquel arzobispo que se hiciera público el desastre que había propiciado en el intento de evitar otro desastre. (*La maldición del arzobispo de Colonia*, pensé que sería un buen título para una novela de Lolo Letaud, pues a aquel arzobispo le había tocado en suerte una adversidad relacionada con la que le robó horas de sueño al altanero Von Dassell, y a partir de esa coincidencia supongo que podría trazarse un entramado de mucha elevación esoterista.)

«¿Tiene usted constancia de que todo eso que nos está contando el Enciclopedista Invisible es cierto?», le pregunté al profesor. «¿Tiene usted constancia de que yo estoy aquí frente a la pantalla de un ordenador, de que usted está frente a mí y de que el tiempo no es una mera alucinación de los sentidos?» Y no supe qué contestarle. «Si lo prefiere, lo dejamos.» Pero le dije que no, por supuesto.

El tal Louis Savage resultó pertenecer a la llamada Fraternidad de Heliópolis, compuesta por seguidores de las enseñanzas de Fulcanelli, según se encarga de recordarnos Canseliet en el prólogo que puso a la primera edición de *El misterio de las catedrales.* Cuando Otto Kurtz le refirió la historia de la arqueta, Savage tuvo una idea rápida: reunir los restos de Jean-Julien Champagne, muerto en 1932; de Pierre Dujols, muerto en 1926, propietario de la ya mencionada Librería del Maravilloso y autor de la mayor parte de los textos atribuidos a Fulcanelli, y de Lucien Faugeron, discípulo de Dujols, muerto en 1947 en la miseria más ruda, dedicado a continuar con ahínco de iluminado los experimentos de su maestro, cuyo espíritu creía reencarnado en su persona.

El trámite fue largo y laborioso, pero Savage y los demás hermanos de Heliópolis lograron hacerse con los restos de aquel trío de alucinados y los trasladaron a Düsseldorf, donde fueron depositados en la arqueta que escondía Kurtz. (Estamos, por cierto, a principios de 1950.)

Kurtz, a través de terceros, hizo llegar al arzobispo el rumor de que la arqueta que contenía los restos de los reyes se hallaba en Düsseldorf, en casa de un buen vecino que estaría dispuesto a deshacerse de ella por una cantidad de dinero inapreciable. El gran problema del arzobispo consistía en localizar a ese buen vecino. Y en aquel instante salió a escena Otto Kurtz, que mantuvo una entrevista con el prelado en la que se mostró dispuesto a localizar a ese buen vecino a cambio de una cantidad de dinero desorbitada. De entrada, el arzobispo se negó en redondo, alegando, con pose moral vanidosa, que la Iglesia de Cristo no acostumbra pactar con mercaderes. Pero, al cabo de unos días, llamó el arzobispo a Kurtz, le explicó que no podía disponer de esa cantidad de dinero y le rogó al anticuario que se atuviese a razones y rebajase sus honorarios. Pero el anticuario no estaba dispuesto a rebajar gran cosa y su última oferta consistió en un pago en especie: los ornamentos que abruman la imagen de la Virgen de las Joyas, de la que ya les hablé a propósito de nuestra visita a la catedral germana.

Como ustedes sin duda recordarán, los fieles que penan de

amores ofrendan a esa imagen unas joyas de valor variable, aunque sólo cuelgan de su vestido las de más antigüedad o mayor mérito, pues sepultada quedaría aquella virgen bajo todas las alhajas que le han ido tributando desde el siglo XVIII, en que arranca su culto. Una vez que Kurtz se llevase todo, el arzobispo podría echar mano de las joyas excedentes y no se notaría gran cosa el cambio, pues los fieles ven la imagen como un todo enjoyado y no como un muestrario de joyas específicas, según el argumento sutil que el anticuario le expuso al arzobispo. Aquel lote tenía valor, por supuesto, aunque no el suficiente para satisfacer las aspiraciones comerciales de Otto Kurtz, y, según el Enciclopedista Invisible, su interés estaba centrado en realidad en una sola de aquellas joyas: un diamante que había sido robado en 1949 al maharajá de Patiala y que los ladrones, con la complicidad de un clérigo de voluntad débil y de inclinaciones disolutas, habían camuflado entre el batiburrillo dorado que soporta la imagen de la Virgen de las Joyas, por considerarlo allí más seguro que en ninguna otra parte, a la espera de recuperarlo cuando se enfriase la búsqueda policial y encontrasen comprador. Le pedí al profesor Negarjuna Ibrahima que le preguntase al Enciclopedista Invisible cómo se enteró Kurtz del paradero del diamante robado, pues aquello me sonaba ya a novela de Dumas, que es un mal sonido para las cosas de la realidad. El Enciclopedista Invisible se limitó a contestar que eso habría que preguntárselo al propio Kurtz, con el inconveniente añadido de que Kurtz había muerto en 1973. Manifesté mi decepción al profesor Negarjuna por aquella laguna en la omnisciencia del Enciclopedista. «Ni siquiera Dios puede acordarse de todo lo que hizo ningún Kurtz a lo largo de toda su vida. Y el Enciclopedista Invisible es lo más parecido a Dios que tenemos a mano», y di por buena aquella exculpación, porque el asunto del alcance de la memoria de Dios daría para un concilio. «¿Seguimos entonces?»

Se llevó a término, en definitiva, el trato entre anticuario y arzobispo, para contento no sólo de ambos, sino también del químico Louis Savage, que había conseguido depositar en el relicario suntuoso de la catedral coloniense los restos de tres alquimistas para él venerables, pues como santidades de la ciencia de Hermes Trimegisto los tenía en el altar de su corazón.

En el sarcófago de la catedral de Colonia se veneraba, en definitiva, al mismísimo Fulcanelli.

Aquello tenía sentido: dado que Champagne se apoderó de los escritos de Dujols para configurar el mito Fulcanelli, y dado que Faugeron no sólo prosiguió los experimentos de Dujols, sino que se decía poseído de alma por su maestro, la suma resultante de esos tres componentes era sencilla: Fulcanelli. «El misterio de la Santísima Trinidad en versión hermética», precisó el Enciclopedista. Para que todo fuese perfecto, sobraban quizá los restos de Faugeron, que no pasaba de ser un personaje secundario, y faltaban en cambio los de René Schwaller de Lubicz, que contribuyó decisivamente a crear al alquimista incorpóreo, pero había un problema: que Schwaller de Lubicz seguía vivo, y vivo siguió hasta 1961. De todas formas, los integrantes de la llamada Fraternidad de Heliópolis no quisieron dejar a ese mástil de la alquimia sin honores póstumos, de modo que en 1968 abrieron su tumba, le arrancaron tres dedos y se las arreglaron para depositarlos en la catedral de Hildesheim, en el relicario en que hasta entonces se veneraban los tres dedos de los Reyes Magos que el arzobispo Von Dassel donó a aquella ciudad. (Al día de hoy, se ignora el paradero de aquellos dedos de los magos de Oriente, aunque hay quien supone que fueron empleados en diversos experimentos infructuosos de los muchos llevados a cabo por los hermanos de Heliópolis, cuyo mando acabó asumiendo el diligente Louis Savage, que en ello estuvo hasta el año pasado, en que falleció de tiempo en El Havre.)

Como creo haber dicho ya, cada noche del 6 de enero se oficia en la catedral de Colonia una misa concelebrada en memoria de los magos dadivosos, ocasión en que sus calaveras se exhiben, coronadas, en el frontal abierto del relicario. Pues bien, según el Enciclopedista Invisible, alquimistas de todo el mundo acuden esa noche a la catedral de Colonia y se mezclan con los fieles para venerar a Champagne, a Dujols y al pobre Faugeron. A Fulcanelli, en fin. Al Maestro. Al terminar la misa, muchos de esos alquimistas depositan ofrendas ante el sarcófago: fórmulas arcanas, rogativas por el don de la sabiduría e incluso metales sujetos a mutaciones insólitas, según le haya ido a cada cual el año en el albur de los hallazgos prodigiosos.

«Consulta terminada», dijo el profesor Negarjuna Ibrahima, y me reclamó sus honorarios, que le di, caviloso yo, muy pensativo, intentando poner en orden todo aquello para explicárselo de un modo convincente a tía Corina.

«¿Puedo llamarle a París?», y me dijo que desde luego, siempre y cuando lo hiciera a partir del mediodía y le pagase con cibertarjeta, concepto que aún hoy no he logrado descifrar del todo.

Cuando ya me iba, el profesor me detuvo con el magnetismo de su mano abierta: «Espere un momento. Busque usted al Llagado… No… Al Hermano Llagado». Le pregunté que quién era el Hermano Llagado. «No lo sé, pero veo con claridad que es una de las claves de todas sus preocupaciones. Y veo sangre.»

Y con ese nuevo enigma en mente volví a casa.

21

La visita de Manel Macario.
Los ex soldados mártires.
Los reverendos estigmatizados.
Las revelaciones de Sam Benítez.

«¿A nosotros qué más nos da? Si en la catedral de Colonia se rinde culto a Fulcanelli, a Farinelli o a Pitigrilli, te aseguro que no me importa ni lo más mínimo y, por lo que a mí respecta, pienso irme dentro de un rato al casino Novelty.» Y ahí quedó la cosa. «Por cierto, hoy me ha llegado esto. Por si quieres seguir obsesionándote y te cansas de una vez de obsesionarte», y me tendió un libro que le había enviado, a petición suya, el latinista salmantino Gonzalo Iglesias, cuyas traducciones de Catulo elogia ella sobremanera y con quien se cartea de vez en cuando, pues hubo un tiempo en que tía Corina se propuso versionar —aunque dejó la tarea a medias— las *Heroidas* de Ovidio, y a Iglesias le consultaba sus dudas, y al hilo de aquellas dudas les surgió la amistad a distancia. Se trataba de una *Historia de los Reyes Magos*, según el manuscrito 2.037 que se conserva en la biblioteca de la Universidad de Salamanca, datado en las postrimerías del siglo XV, de cuyo autor nada se sabe, aunque se le supone judío converso.

Cuando tía Corina se fue al Novelty, me puse a leer aquella fantasía devota, a pesar de que mi interés por el asunto en sí iba en declive, al estar más interesado en desvelar los pormenores del entramado en que me vi envuelto, pues oía carcajadas ajenas dentro de mi conciencia, lo que siempre es cosa incómoda, porque pone a la dignidad de muy malas pulgas. Y, bueno, un poco más de lo mismo encontré en aquellas páginas, excepción hecha de una innovación argumental: las tentaciones a las que Satanás va exponiendo a los reyes para que desistan de su peregrinación. Ante Gaspar, se hace pasar el Maligno por un gran sabio filósofo, y mago como el propio rey. Ante Melchor, adopta la identidad de un médico. Ante Baltasar, se encarna como profetisa, e incluso lleva unas tablas astrológicas en la mano para dar credibilidad a tal encarnación.

Y en aquella lectura banal empleé un rato, hasta que me fui a los Billares Heredia para hacer un poco de tiempo antes de dedicarme a esperar en casa, con el corazón en un puño, a tía Corina.

Cuando llegué a los billares, sólo estaba allí, de los nuestros, el ex policía Mani, que jugaba con un cliente ocasional. Me dijo que al día siguiente por la tarde se celebraba una misa de difuntos por el eterno descanso del alma del joyero Coe, y quedé en asistir, para no señalarme con la arrogancia del descreído de esos pasatiempos trascendentalistas. (¿El alma?) Y nos pusimos a jugar.

Al rato llegó Mahmud, a quien Mani comprometió a que fuese también a la misa, lo que no dejaba de tener mérito. Y allí nos entretuvimos durante un par de horas, comentando el mundo en general, hasta que nos aburrimos de entretenernos y cada cual se fue a su casa.

Tía Corina llegó muy tarde y muy mal. Había ganado algo

de dinero, pero había perdido el equivalente en vida. Tuve que ayudarla incluso a desvestirse y, de pronto, se me vino encima un presentimiento de futuro, y era un mal presentimiento, y era un futuro malo, y próximo. Creo que las píldoras de Andorra están corroyéndola más de lo prudente, porque la animación que le proporcionan durante unas horas tiene que pagarlas en abatimiento durante otras muchas, y no sé si se trata de un recurso compensado. Y la ginebra, en fin, que me temo que hace malas ligas con esa química euforizante. Y la diabetes. Y la edad. «Cuídate.» Pero me hace el caso que me hace.

Cuando la dejé dormida, me senté en la biblioteca y me puse a leer un poco de esto y un poco de lo otro, vagamundeando por regiones fingidas, a la espera del primer síntoma de somnolencia para irme a la cama. Pero aquel síntoma tardó. Y, de pronto, sentí ganas de llorar, y le dije al llanto que manara, que tenía mi permiso, pero el llanto, como casi siempre, se me quedó por dentro, encharcado, y poco después amaneció, y fue aquella luz cadavérica la que me empujó a la cama, pues es muy mala luz para el sombrío.

Para qué negarlo: yo seguía llamando a Sam Benítez, aunque jamás me cogía el teléfono, a pesar de tenerlo activo. «Déjalo ya», me insistía tía Corina. «Tu problema es que no estás dispuesto a aceptar que las cosas que nos pasan no están obligadas a tener una explicación. Es lo mismo que si te pones a observar un avestruz y llegas a la conclusión de que un bicho como ese no ha podido salir de un huevo. Párate a considerar durante un momento la lógica del absurdo, que también resulta respetable: no es más sorprendente el hecho de que un avestruz ponga un huevo que el hecho de que un avestruz nazca de un huevo, pero lo más sorprendente de todo es el hecho de que existan avestruces. ¿Me explico?» Y le dije que no. «La realidad es más perfecta que la ficción precisamente porque no necesita coherencia. La realidad es lo que es y la ficción es siempre un artificio. Y tú te has empeñado en vivir dentro de una novela. Y eso no puede ser, porque en las novelas no hay quien viva. Los personajes novelísticos son esclavos de la lógica argumental y no pueden ir a Boston o a Bruselas porque sí, porque les da la gana, sino porque Boston o Bruselas son lugares decisivos en el desarrollo de la historia. Uno puede ir a Boston o a Bruselas sin que ese viaje esté obligado a significar nada en su vida. Esa es la diferencia esencial entre lo vivo y lo inventado.» Y puede que tuviese razón, pero me quedaba, como alternativa, un argumento: los personajes reales también somos esclavos de una lógica argumental, porque necesitamos esa lógica, al margen incluso de la lógica en sí, y no sé si me explico. «No te entiendo», dijo tía Corina, y ahí lo dejamos.

Lamento comunicarles que el protagonista de la misa por el alma del joyero Esteban Coe no fue el alma de Esteban Coe, sino la viuda de Esteban Coe, que llegó enfundada en un vestido negro que realzaba sus formas rotundas, con medias negras, con zapatos negros, con sus ojos negros, cargada de cosas de oro. Algo así como la afirmación de la vida frente a la muerte: el esplendor de la viuda frente a la descomposición del difunto. El *hic et nunc* frente al *sic transit*, como quien dice.

Cuando la viuda fue a comulgar, muchos pecamos de pensamiento, porque Satanás no se achica en el templo de su antagonista. Cuando le dimos el pésame, volvimos a pecar. Y yo, que no soy de natural libidinoso, seguí pecando cuando llegué a casa y me quedé pensativo en un butacón, imaginando a la viuda en el momento de bajarse las medias negras en su alcoba de solitaria, a pesar de que Coe se me aparecía en la conciencia bajo la forma de un espectro desengañado de la amistad. (El deseo, de acuerdo, es una tontería, qué voy a contarles yo, pero es el deseo, y, aunque el tiempo vaya matándolo, nunca muere del todo, porque está hecho de la materia de las ilusiones, que es imperecedera a fuerza de ser una materia muy barata.) «¿En qué piensas?», me preguntó tía Corina. «En la muerte», le respondí, para no entrar en detalles.

Recibimos una llamada de Manel Macario, que estaba de paso por aquí, camino de Algeciras para saltar desde allí a Marruecos, país del que le gusta menos el paisaje que otros factores que sería imprudente referir ahora. Se empeñó en invitarnos a cenar, y con gusto correspondimos a su empeño, por sernos muy querida su persona desde siempre.

Manel Macario fue profesor de historia antigua y amigo de mi padre, con quien se distraía en jugar a las hipótesis arriesgadas en torno a hechos del pasado, pues ambos tenían ideas opuestas sobre muchas cosas, pero un grado idéntico de capacidad fantástica y sofística, y aquellos torneos divertían a ambos por igual, y más aún si se centraban en grandes acontecimientos sobre los que no pesa la documentación sino la conjetura, pues se les iban entonces las horas en disputas amables, cada cual tejiendo suposiciones descabelladas para intentar descolocar al adversario, que de ningún modo se mostraba dispuesto a dejarse descolocar: «Mire usted, Macario, los jardines colgantes de Babilonia no pudieron ser obra de Nabucodonosor, como quiere la leyenda, sino de la reina Semíramis, que estaba medio loca y que...». Y el otro replicaba, y así durante horas, y ambos felices, con sus juguetes verbales.

«A las nueve en el restaurante El Faro, ¿os parece?», y para allá nos fuimos.

A Manel Macario no lo veíamos desde la muerte de mi padre, cuando vino al entierro, y esos años le habían hecho bastante mella, a pesar de que mantenía su buen humor, su coquetería, su gusto por los anillos, su apego al júbilo y esa cualidad difusa —pero tan nítida— de estar de acuerdo consigo mismo, que se le apreciaba sobre todo en su manera de sonreír cada vez que tenía un golpe de ingenio, que él siempre ha derrochado: «Cada vez que como marisco, me siento como Neptuno, de quien sólo sabemos a ciencia cierta dos cosas: que tuvo amores con Salacia y Venilia y que tenía muy altos los niveles de ácido úrico». Y con esas bromas le divierte divertir a los demás, porque el viejo profesor Macario parece levantarse siempre con el pie bueno, y eso que gana para sí, y eso que ganamos sus amistades.

Manel Macario nunca ha tenido parte activa en nuestra profesión, aunque ha asesorado a muchos de los nuestros, pero el grado de confianza que mantenemos con él es grande y antiguo; además, se pasa media vida pegado a la radio, pues le divierten las noticias insólitas y la letra pequeña del mundo, lo que le tiene al tanto incluso de lo impensable, de manera que le referí la operación coloniense, a pesar de las protestas de tía Corina, que aseguraba que aquello iba a arruinarnos la velada, que hasta entonces discurría por el cauce de la frivolidad, tal vez la forma más civilizada de la alegría.

El profesor frunció el ceño para activar su memoria y nos contó que, durante los bombardeos aliados sobre Colonia, tanto las reliquias como el relicario de los Reyes Magos fueron desalojados de la catedral, con tan mala suerte que, apenas recorrer diez kilómetros, quienes se encargaron del traslado —entre ellos un archidiácono y un capellán mayor— murieron al pisar una mina la furgoneta en que debían dirigirse a la ciudad de Kassel, en cuyo palacio de Wilhelmshöshe, convertido en museo, tendría que ser ocultada aquella mercancía venerable, según las instrucciones que recibieron del arzobispo coloniense, que era natural de aquella urbe y que había acordado el plan con el regidor del museo, pariente suyo.

El relicario medieval quedó maltrecho a causa de la explosión, pero no acabaron ahí sus desventuras. Unos campesinos que corrieron hacia el lugar de la desgracia no tardaron en percatarse de dos extremos, a saber: que los ocupantes de la furgoneta estaban muertos y que su carga era muy valiosa. Los campesinos, tras una breve deliberación, llegaron al acuerdo de que los difuntos eran unos saqueadores y de que aquella enorme maravilla que transportaban, sin parangón para sus ojos aldeanos, era fruto del pillaje, frecuente en aquellas fechas de anarquía. Quizá con arreglo a esa máxima de moral dudosa según la cual el que roba a un ladrón tiene un siglo de perdón, los campesinos decidieron trocear el relicario para repartírselo, y así lo hicieron, con herramientas toscas y con tosca codicia, pues tal vez no haya cosa que ciegue más a los humanos que la refulgencia del oro, y por oro dieron aquella plata dorada.

Cada campesino se fue a su casa con su fragmento de relicario y con una vaga sensación de haber cometido un sacrilegio, porque a la conciencia sólo se la puede engañar hasta cierto punto.

El propietario del granero en que se llevó a cabo el despiece del relicario se encontró con un botín extra: tres rulos de brocado, con ataduras de cordón de seda, que, una vez desenvueltos, dejaron ver un rebujo de huesos y tres cráneos, lo que agradó poco a la sensibilidad del campesino en cuestión, tendente por cultura y naturaleza a los pánicos supersticiosos relacionados con los difuntos. De modo que el campesino, a falta de mejor arbitrio, decidió inhumar aquellos restos en un prado apartado de su granja, con lo que se le quedó más serenado el pensamiento.

Pero quiso la fatalidad, tan caprichosa, que justo en el lugar de aquel enterramiento se atrincherasen unos soldados alemanes, y quiso poco después que estallase allí mismo un obús de mortero lanzado por el enemigo. La explosión dejó semidescubiertas las reliquias, aunque milagrosamente íntegras, pues no pudo la artillería con ellas, privilegio que la suerte negó a los soldados que allí intentaban resguardarse de la mano larga de la muerte.

Cuando la infantería aliada pasó por aquel prado en misión de rastreo, un soldado norteamericano, de nombre James Laughton, entrevió los rulos de ricas telas, ajadas por el paso de los siglos, y, advertido instintivamente de su valía y antigüedad, decidió cargar con ellas como recuerdo, por ese síndrome de souvenirismo que afecta a la soldadesca, quizá para ilustrar con fetiches los cuentos que habrán de componer en la vejez. A la hora del descanso y de las confidencias, James Laughton mostró el hallazgo a dos amigos suyos, de nombre John Berry y Peter Connolly.

Se dio el caso de que el soldado James Laughton resultó ser de temperamento fantaseador, proclive a los enredos mistagógicos, e improvisó para sus amigos una leyenda según la cual el contenido de aquellas mortajas correspondía a tres héroes nibelungos muertos en batalla, y sus custodios estarían a salvo de peligros, ya que las reliquias tenían rango de talismán, al actuar aquellos desventurados de ayer como protectores de los guerreros de hoy, para así librarlos de la suerte que corrieron ellos entre las brumas ensangrentadas de la Edad Media, pues se ve que no tenía miedo el soldado Laughton a las distancias históricas.

Una vez contada la jácara, regaló a cada uno de sus camaradas un rulo de aquellos, y con el restante se quedó él. Comoquiera que todo soldado está predispuesto a aferrarse a cualquier superstición benéfica, por esa cosa malaje de rozarse a diario con la muerte, Berry y Connolly cargaron con aquello en su mochila hasta el fin de la contienda, y con aquel fardo volvieron los tres infantes a sus hogares, que se hallaban respectivamente en Memphis, en Nashville y en Louisville.

Pero si bien aquellas reliquias les habían protegido en sus escaramuzas bélicas, se tornaron objetos de desgracia en su vida como civiles. Tanto Laughton como Berry y Connolly, que habían perdido el contacto entre sí después de obtener la licencia, comenzaron a padecer ulceraciones y estigmas purulentos en pies y manos, y su salud mermaba por minutos, pues envejecían en tres meses lo que se tarda tres años en envejecer. Al principio, cada uno de los ex combatientes atribuyó aquel infortunio a una enfermedad de las tantas que inventa el cuerpo para labrarse su propia ruina y, ante la falta de diagnóstico, que los médicos se veían incapaces de darles, alimentaron la esperanza de una curación espontánea, que es ilusión común a los enfermos incurables. Pero, en vista de la desmejoría vertiginosa que se cebaba en los antiguos soldados, sus médicos respectivos (impotentes para aliviar siquiera aquella rara afección, pues las ulceraciones no cicatrizaban, a pesar de que el médico de Berry hizo incluso que le enviaran extracto de chuchuhuasi desde el Perú) recomendaron a sus pacientes que elevasen un recurso a las altas instancias militares, por si pudiera tratarse de una dolencia derivada de su participación en la guerra, adquirida tal vez por contacto con materiales químicos experimentales. Así que los enfermos se buscaron sendos abogados y se puso en marcha el carrusel.

Por ser muy similares sus expedientes, los tres veteranos fueron citados a comparecer el mismo día ante un tribunal médico en un hospital militar de Washington D.C., y allí se reencontraron por sorpresa los antiguos compinches de trincheras, envejecidos los tres como por maleficio. Les pareció en verdad cosa de magia aquella coincidencia aterradora, a la vez que les afianzó en la hipótesis de que la patología que les devoraba tenía origen en su empleo como soldados, pues toda la campaña la hicieron codo con codo. Pero el tribunal médico que examinó a los tres jóvenes estigmatizados no atisbó siquiera la fuente de la enfermedad. Los resultados de los análisis eran los propios de personas sanas, e incluso uno de los médicos, metido a metafísico, llegó a decir con la boca chica que parecía tratarse de «una enfermedad ajena al organismo, una morbosidad autosuficiente que ni siquiera necesitaría el cuerpo de los pacientes para desarrollarse», a pesar de que los tres soldados se consumían por horas.

Los abogados, con todo, exigían indemnizaciones cuantiosas para sus clientes en calidad de mutilados de guerra, y se hicieron más fuertes como triunvirato una vez que descubrieron una secuencia lógica y común para el mal que aquejaba a los tres jóvenes, que ya en nada lo parecían. Y en eso anduvieron durante varios meses: los enfermos agostándose, los abogados procurando rentabilizar la Ley y los médicos militares lavándose las manos, según suele decirse.

Como ni los abogados ni los médicos lograban avanzar gran cosa, los tres ex combatientes moribundos, que seguían en observación en el hospital militar de Washington, recurrieron a la vía espiritual y, por sugerencia de Laughton, requirieron la asistencia del reverendo Spoonful, prenda y prez de la iglesia episcopaliana, autor de dos libros de éxito: uno sobre los milagros en el siglo XIX y otro sobre los milagros en la primera mitad del siglo XX.

Durante el encuentro, aquel trío de desfallecientes narró al reverendo, entre otras muchas hazañas, el episodio de los restos mortales encontrados en las cercanías de Colonia, y Spoonful, que en el fondo tenía más fe en lo sobrenatural que en los fundamentos de la naturaleza, intuyó que de ahí podía arrancar la trama de sus desdichas.

Los enfermos, por indicación de Spoonful, pidieron a sus familiares que les hicieran llegar al hospital aquel estrafalario botín de guerra, y así fue. Tras olerse su origen sacro, el reverendo inició pesquisas en la diócesis de Colonia, desde donde no tardaron en revelarle la trascendencia del asunto —aunque sin entrar en detalles— y en urgirle su devolución, pues en la catedral seguía exhibiéndose el relicario, una vez recuperado de las garras de los campesinos y restaurado primorosamente, aunque en su interior sólo se hallaban las reliquias de santa Úrsula —asesinada por negarse a contraer matrimonio con Atila, rey de los hunos—, que fueron depositadas allí por considerar el arzobispo coloniense que era una tomadura de pelo el que los fieles oraran frente a un chirimbolo vacío, y durante todos esos años, en la Noche de Reyes, colocaba en el frontal del relicario tres calaveras de pasta, compradas en una librería científica, que retiraba al día siguiente con el remordimiento de haber montado un guiñol grotesco en suelo sagrado.

Al reverendo Spoonful le costó trabajo soltar las reliquias, a pesar de las indicaciones recibidas por parte de sus superiores, pero finalmente accedió, aunque de mal grado, no sin antes apropiarse de varias astillas de huesos de cada uno de los tres envoltorios.

Cuando las reliquias regresaron a Colonia, el arzobispo, en una misa nocturna a puerta cerrada en la que sólo estaban presentes los miembros del consejo catedralicio (a quienes contó lo que quiso sobre los avatares de la desaparición), las restituyó solemnemente al relicario y todo pareció volver a su cauce.

Lo más curioso de todo es que, en el preciso instante en que tuvo lugar aquella ceremonia de restitución, los ex soldados Laughton, Berry y Connolly, a miles de kilómetros de allí, sanaban de sus estigmas, recuperaban el color y la juventud y saltaban de la cama como lázaros devueltos a la vida.

El reverendo Spoonful quiso advertir un factor milagroso en aquella sanadura espontánea y publicó un artículo al respecto, ilustrado con fotografías del antes y el después de los afectados, en una revista de temas paranormales que intentaba conjugar, con éxito variable y con rigor de manga ancha, los arcanos de lo inexplicable con las explicaciones de la ciencia. Según la hipótesis de Spoonful, que era hombre aficionado al riesgo espiritual, aquellos honorables ex combatientes habían llevado al suelo patrio las reliquias de Jesucristo y de los dos ladrones que fueron crucificados junto a él. De ahí el padecimiento de estigmas en pies y manos. «Cristo ha querido venir a los Estados Unidos de América», proclamaba el reverendo. «Y se ha valido para ello de tres valerosos soldados que han tenido que sufrir en sus carnes el dolor de la enclavación para que nuestro pueblo no olvide su mensaje.»

Para insistir en el recuerdo de ese mensaje, el reverendo montó una gira con los tres antiguos soldados por las principales ciudades del Este, con paneles en los que se exponían fotos de su martirio. Tras la arenga del reverendo, los ex combatientes tomaban la palabra para explicar a la feligresía su aventura bélica y para detallar, con oratoria titubeante y descarnada, la grandeza de su padecimiento, momento en que se proyectaban diapositivas de sus miembros ulcerados. «Cristo nos eligió», proclamaban Laughton, Berry y Connolly, que eran ya especialistas en firmar autógrafos en estampas de Cristo, en calidad de vicarios suyos en la Tierra. «En la catedral de Colonia se veneran las reliquias del Salvador junto a las de los dos ladrones, tanto las del bueno como las del abyecto, como prueba del perdón infinito y de la infinita humildad del Redentor, que ha querido compartir los esplendores del relicario con dos infelices», informaba el reverendo.

Sus superiores advertían a Spoonful de que el hecho de que existieran restos mortales de Jesucristo era algo que entraba en contradicción severa y sacrílega con el dogma de la resurrección, pero Spoonful no escuchaba sino lo que le hablaba en silencio su corazón henchido, y el corazón —el de

Spoonful y el de cualquiera— razona más bien poco, así que con su discurso siguió el reverendo.

Al poco de aquello, Spoonful se levantó una mañana y vio que tenía llagadas las palmas de las manos. Se miró los pies y apreció en ellos la misma lesión. Lejos de afligirse, se sintió privilegiado por aquella desgracia, ya que dio en atribuirla a designio divino, según era lógico y natural, pues no cabía ninguna otra atribución razonable. Spoonful relacionó enseguida la aparición de aquellos estigmas con su posesión de los fragmentos de reliquias que había sisado del lote que fue devuelto a Colonia. Así que no tardó en disponerse a rentabilizar aquel prodigio en beneficio de la propagación de la fe, y por ciudades, pueblos y aldeas iba el reverendo predicando con fuego, como quien dice, y exhibiendo sus llagas, para escalofrío de los testigos de aquel fenómeno. «Jesús ha querido que yo reviva su padecimiento en la Cruz», etcétera.

El arzobispo católico de Washington no tardó en informar de aquellos delirios a la jerarquía vaticana, que, por trámite de prudencia, consultó al arzobispado de Colonia sobre el particular. El arzobispo germano, que era hombre astuto, a la vez que soberbio y temeroso —lo que no deja de ser una combinación psicológica pintoresca, aunque frecuente—, redactó un informe en clave irónica, achacando aquellas fantasías a la irresponsabilidad propia de un episcopaliano con aspiraciones de divismo, y de ese modo se libró de dar explicaciones sobre las peripecias que padecieron las reliquias.

El informe del arzobispo de Colonia fue dado por bueno en el Vaticano y ahí terminó el asunto... Al menos en teoría.

Manel Macario hizo una pausa para ir al cuarto de baño. «Esto parece ya una mezcla de Mark Twain y de novela gótica. ¿Tú crees que es serio que dos adultos estén aquí, delante de una bandeja de marisco, escuchando un cuento chino de ambientación norteamericana?»

Macario volvió del baño. «¿Queréis que siga?» Tía Corina volvió la cara, pero yo le contesté que por supuesto. Y Macario siguió...

Spoonful estuvo de gira durante unos tres meses, reclutando fieles gracias al poder de sugestión de sus estigmas y de su oratoria, que hacían una mezcla en verdad irresistible. Su salud mermaba por días, y nada podían hacer los médicos, en parte porque nada quería Spoonful que hicieran, al sentirse orgulloso del suplicio que le había impuesto el propio Jesús, a imitación del suyo en el Gólgota.

La cúpula episcopaliana no veía con buenos ojos aquel exhibicionismo macabro ni aquella especie de suicidio lento y en público, pero toleraba el circo en función de los resultados, pues eran muchas las ovejas que sumaba al rebaño el reverendo.

Visionario, temerario y tremendista, a Spoonful, en los últimos días en que giró por ahí, tenían que trasladarlo en silla de ruedas, al no tenerse en pie, y había ocasiones en que sufría un desfallecimiento en plena homilía, efecto dramático que aumentaba el entusiasmo de los devotos, pues apreciaban en vivo la consunción heroica de aquel varón bienaventurado, santo entre los que más, dispuesto a exhalar su último aliento delante de un megáfono.

Cuando el reverendo vio cercano su fin, reveló a su asistente predilecto, un cura recién investido, de nombre Leonard Zaritzky, el secreto de las reliquias, y a él confió las astillas usurpadas, no sin advertirle de que su posesión implicaba el padecimiento que estaba a punto de matarlo, como así fue, porque a la semana de aquello se fue el reverendo Spoonful junto al Padre.

Colas hacía la gente para dar el último adiós al cadáver del reverendo estigmatizado, el de verbo florido y tremebundo, el amigo del dolor.

Zaritzky, que apenas mediaba la veintena, se encontró con aquella herencia terrible y cada noche padecía una pesadilla invariable en la que se veía el cuerpo llagado, rebosante de pus y santidad. Pero al despertarse, y por fortuna, en sus manos y pies no había rastro de estigmatización, aunque no pasaba un minuto entero a lo largo del día sin que se los vigilara.

A pesar de la predilección que le dedicó Spoonful, Zaritzky no tenía madera de mártir y no estaba dispuesto a pasearse por ahí como una atracción de feria para proseguir la labor de su maestro, según le había prometido en su lecho de muerte, pues era él persona de carácter delicado y poco dada a los espectáculos espiritualistas, al estar más por la propagación de la fe desde la seducción de las palabras serenas y de los loores cantados en la paz de las mañanas de domingo.

Pero, como tampoco quería faltar a la palabra dada a su maestro y protector, Zaritzky optó por elegir él a un discípulo para revelarle el secreto que le confió el difunto, y que fuese ese discípulo quien cargara con el privilegio de padecer el martirio de los estigmas. Se fijó para ello Zaritzky en un clérigo joven y pelirrojo llamado Richard Lorre, por apreciarle un carácter vehemente y una beatitud de corte primitivista, basada en un par de dogmas inamovibles y poco más, pero con un don de gentes innegable, según podía apreciarse cada vez que abría la boca, al margen de lo que saliera por aquella boca, que tampoco eran las verdades del barquero en materia teologal, sino más bien peroratas amenazantes, pues jamás se olvidaba de pintar el infierno a sus parroquianos. Aparte de eso, Lorre tenía un ojo bastante más grande que el otro, lo que daba un matiz de contundencia visionaria a cuanto proclamaba, pues el ojo mayor parecía observar los acontecimientos que se producían en un inconcreto Más Allá. Así que a Lorre citó Zaritzky y le reveló el secreto, que Lorre acogió con ilusión de iluminado, mostrándose dispuesto a que todo su cuerpo se convirtiera en llaga si fuese preciso. Zaritzky, con alivio, aunque también con un punto de aprensión, confió a Lorre las reliquias que el reverendo Spoonful hurtó en beneficio de la fe y de la redención de Estados Unidos.

A los dos meses de aquello, el clérigo Lorre lucía en sus manos y pies unos estigmas sobrecogedores, y de inmediato organizó una gira para propagar el mensaje de Cristo y para exhibir aquella dolencia prodigiosa como prueba irrefutable de la preocupación divina por el pueblo estadounidense, pues en ningún otro lugar del mundo se conocía un fenómeno parangonable.

«Y ahí comienza la carrera delirante de Lorre, que se puso de nombre artístico *El Hermano Llagado*», nos informó Manel Macario, y me quedé de hielo.

«Si me perdonáis un momento... Ya sabéis que la vejiga envejece mucho antes que su propietario», y al servicio se fue nuestro narrador.

Como ustedes recuerdan, el profesor Negarjuna Ibrahima me había señalado la pista del Hermano Llagado al término de nuestra entrevista en el hotel Coloso, y aquello no podía ser una mera casualidad. Se lo comenté a tía Corina, que estaba muy escéptica: «Eso son meras concordancias astrales». Pero ella sabía que no, por mucho que procurase quitarme manías de la cabeza. «Recuerda lo que te dije del loro de Nueva Guinea.» Pero eran ya demasiados loros.

El profesor Macario tardaba en volver y nos alarmamos. Fui al servicio. No estaba en la zona de urinarios y llamé a las dos puertas de los retretes. «Un momento», oí. «¿Le pasa algo?» Y repitió: «Un momento». Al cabo de ese momento, salió, blanco como lo blanco. «Algo me ha caído mal», me dijo con la mirada gacha. «Qué mala suerte», musitó. «¿Quiere que avise a un médico?» Pero se opuso con las fuerzas que le quedaban. Lo cogí por el brazo y salimos de allí. De repente se detuvo. «Por favor, di que avisen a un taxi. Discúlpame ante Corina.» Le arrimé una silla, y sentado se quedó con la flacidez de un muñeco de ventrílocuo.

Me acerqué a nuestra mesa y le dije a tía Corina que no se preocupase, aunque sé que sólo conseguí preocuparla. «Quédate ahí y no te muevas, por favor. Luego te cuento.» Cuando llegó el taxista, ayudé a Manel Macario a subirse al coche. «Qué vergüenza, Dios mío», repetía. «Le llamaré luego al hotel para ver cómo sigue», y asintió sin mirarme.

Volví a la mesa. «Te lo tengo dicho y repetido. La mayoría de los nuestros está ya aquí de prestado. Disimulando. Queriendo hacer ver que la vida sigue, aunque lo único que sigue es esta muerte lenta.» Y se nos quitó el apetito. Y tuvimos que pagar todo aquello, claro está, porque nos quedamos sin anfitrión. Y la cuenta, por cierto, fue de escándalo. Y nos fuimos a casa.

A la caída de la tarde, llamé al hotel en que se hospedaba el profesor Macario. Me dijeron que tenían instrucciones de no pasarle llamadas. Insistí más tarde, pero las instrucciones seguían vigentes. Aprovechando que tenía el teléfono en la mano, llamé a Sam Benítez, aunque sin fortuna, según era ya tradición. «¿Quieres tranquilizarte? Mira que una cabeza da de sí lo que da de sí. No fuerces la caldera del barco o vas a verte a la deriva en medio de una tempestad», me avisaba tía Corina. Y me proponía que nos fuésemos al cine, o al casino, o a dar una vuelta. Pero yo estaba sin ganas de calle, que son ganas que se me van con el desasosiego.

Cuando tía Corina se acostó, volví a llamar al profesor Macario, pero me dijeron lo mismo. Volví a llamar también a Sam Benítez, y lo mismo.

Me pasé aquella noche en vela, en el intento de poner en pie la maraña de historias que me habían contado unos y otros y, sobre todo, buscando una línea maestra en ellas. Pero me resultó imposible. No lograba encontrar ningún patrón, a pesar de que mi terquedad insistía en la convicción inamovible de que existía alguno.

En las pausas de la búsqueda de ese patrón, les confieso que marcaba el número de Sam Benítez, pero era como marcar el número de Jasón el argonauta, esposo de la maga Medea.

Cuando amaneció, llamé al profesor Macario para que me contase el final de su relato sobre el Hermano Llagado, convencido yo de que aquella podía ser la pieza clave de todo el entramado coloniense, en el caso optimista, claro está, de que en aquel entramado hubiese una pieza clave, lo que aún estaba por ver, visto lo visto. «El señor dejó la habitación muy temprano.» Bien. Inmejorable. Otra incertidumbre para mi cónclave de incertidumbres. Porque a ver quién localizaba en Marruecos al profesor Macario, prófugo terco del tiempo, al menos hasta que el tiempo le diga «Hasta aquí hemos llegado» y le cierre las puertas de la fuga, como a todos.

Como no hace falta decir, seguí llamando a Sam Benítez. Tampoco hace falta decir que sin éxito. Di por sentado que, al reconocer mi número en la pantalla de su móvil, optaba por no aceptarme la llamada, ignoro por qué a la vez que no lo ignoro en absoluto, de modo que me fui a un locutorio de ecuatorianos y lo llamé desde allí.

Cayó en la trampa.

«Escucha, Sam, no se te ocurra colgarme...» Fingió no oírme bien. Alegó que andaba por la albana Elbasan, sin apenas cobertura. Recurrió incluso a jurarme que estaba ocupado en ese momento. «No me cuelgues, Sam.» Y curiosamente no me colgó.

«¿No fue a verte Federiquito, compadre?» Y le dije que sí. «Entonces, ¿qué más quieres, loco?» Y le respondí que la verdad, a pesar de ser consciente de que se trata de un concepto demasiado vulnerable no sólo a la mentira, sino también a las seducciones baratuchas de la fantasía.

«Sólo voy a hacerte una pregunta. Y, por la memoria de mi padre, que para ti debería ser sagrada, te pido que me digas la verdad. ¿Quién es el Hermano Llagado?» Sam se apresuró a hacerme otra pregunta: «¿Cómo sabes tú lo del Hermano Llagado?», y comprendí que estaba en el camino bueno, porque las preguntas que se contestan con una pregunta sorprendida pueden considerarse confirmaciones.

Sam me dijo que se trataba de una historia larga y que era verdad que en ese instante estaba ocupado. «Te llamo sin falta esta noche y te cuento.» Le dije que no, que me la contase de inmediato, pero comprendí que el poder era suyo: le bastaba apretar una tecla para esfumarse. «Esta noche sin falta, Sam.» Y me lo juró por su padre, Eloy Benítez, artesano de la madera, que murió a los ciento dos años en Tlaquepaque, dejando tras de sí catorce hijos, dos viudas, una leyenda de gallo pendenciero y un revólver.

«Estamos a punto de salir de dudas», le dije a tía Corina cuando se levantó. Se encogió de hombros. «¿Tú crees? La duda está muy desprestigiada, aunque no sé por qué. La mayoría de las veces es preferible a la certeza.»

A pesar de haberme pasado la noche en blanco, la agitación me mantenía alerta y me senté a desayunar con tía Corina, que daba la impresión de haberse levantado con el pie izquierdo. «Vamos a hacer un trato: no me hables más de ese asunto. Aunque te enteres de que quien estaba detrás de la operación es un hijo mulato del Papa, te lo guardas para ti, porque necesito espacio libre dentro de la cabeza. "El conocimiento inútil es el germen de la desazón." ¿De quién es?» Y no supe darle respuesta. «Atribuida a Polícrates, el tirano de Samos, que a veces, cuando no estaba tiranizando, también pensaba un poco, supongo que para tiranizarse también a sí mismo.»

El día se me hizo muy largo, porque no lograba centrarme en nada y me pasaba las horas picoteando en el ocio de los libros y de la radio, aunque sin sosiego para disfrutar. Incluso me dediqué durante un rato a ordenar la biblioteca, recolocando los libros que se llevó el primo Walter, pero la excitación me impedía centrarme en ninguna tarea, ya digo, pues es condición de ese sentimiento el convertir a la gente en errabunda de sí. El sentido común me susurraba que Sam no llamaría, pero la ilusión me gritaba lo contrario, ya que lo suyo es gritar, por ser ella una facultad insensata del espíritu.

«¿Te vienes al cine?», me propuso tía Corina. «En la Casa de la Cultura echan *La burla del diablo*. Creo que te convendría verla, porque puede hacerte comprender que la realidad es casi siempre una sucesión de malentendidos cómicos.» Pero por nada del mundo me separaría yo del teléfono. «No es tanto una cuestión de curiosidad como de dignidad», y añadí: «Ya no tengo edad para que me tomen el pelo». Y se encogió de hombros, que parecía ser su gesto del día. «Allá tú. Lo que tienes que procurar es que no se te caiga el pelo. Después del cine iré a tomar algo con las viudas», y le pedí por favor que no bebiera mucho, porque le notaba debilidad en la mirada, y los ojos nunca mienten —ni en la salud ni en el amor, ni en los negocios ni en la tragedia; en nada: los ojos, los delatores.

Los humanos constituimos una especie bastante pintoresca: podemos pasarnos horas y horas observando un teléfono y rogándole que suene, padeciendo incluso una especie de fenómeno de anticipación acústica, imaginando que suena cuando está más callado que un muerto. El ansia.

Como es innecesario que les diga, no paraba de llamar a Sam, aunque con resultado invariable: desconectado.

Tía Corina volvió más allá de la medianoche y el teléfono seguía sin sonar. «¿Qué? ¿Te has enterado ya del misterio básico del universo?» Pero mi gesto se lo dijo todo. «Desengáñate. Hay cosas que no tienen explicación, salvo que se trate de una explicación falsa. No comprendo cómo puedes tener tanto empeño en que te den una explicación falsa, que es el consuelo metafísico del tonto», y me hirió aquella rudeza, que le disculpé al instante porque venía con dos copas, y en esas ocasiones el pensamiento de cualquiera es una especie de cristal astillado. «No digo que seas tonto, por supuesto, sino que estás haciendo el tonto. No es un reproche a tu inmanencia, sino a tu circunstancia. Dame un beso.» Y se fue a dormir.

Cuando me había hecho a la idea de que Sam no llamaría, llamó. «Escucha, loco, ¿estuviste tú en Albania?» Y, tras unas impresiones más o menos turísticas, me contó lo que enseguida les cuento.

Según Sam, detrás de la operación de Colonia había muchos intereses contrapuestos. Por una parte, estaba Richard Lorre, alias *El Hermano Llagado*, que, para incredulidad de la ciencia médica y tal vez de él mismo, sigue vivo a sus ochenta y seis años, consumido de cuerpo pero inflamado de alma, predicando aún por pueblos y aldeas y vendiendo a los fieles unos relicarios de plástico pintados de purpurina que enmarcan trozos de venda empapados de su sangre. Aunque proscrito oficiosamente por la jerarquía episcopaliana, en cuyas directrices generales de modernidad no encaja aquel exhibicionismo purulento, el clérigo Lorre continúa reclutando seguidores y, a fuerza de bolo y bolo, de colecta y colecta, de relicario de purpurina y de relicario de purpurina, se ha hecho con grande fortuna, que él de corazón desprecia, por ser hombre desatado de las usuras terrenales. Pero, como la cabeza humana es una maquinaria de funcionamiento peculiar, a Lorre se le ha colado en la suya una obsesión: recuperar las reliquias que en su día devolvió el reverendo Spoonful al arzobispado de Colonia, por considerar que allí son víctimas de un agravio, ya que los católicos se niegan a aceptar la condición divina de aquellos huesos y se limitan a atribuirlos a los Reyes Magos, que al clérigo no le merecen otra consideración que la de tres muñecos morunos dedicados a repartir juguetes, por mucha exégesis patrística que hayan procurado echarle encima.

Como a Lorre le sobra el dinero, que para él representa —qué suerte— una materia grosera, puso en marcha un mecanismo de indagación de los canales del hampa que, tras varias espirales, le condujo a Sam Benítez.

Sam se entrevistó con Lorre en el refugio que tiene el clérigo en Middle Paxton. Según me aseguró Sam, en toda su vida había visto un cadáver parlante tan cadáver y tan parlante como Lorre. «Estaba bien pinche jodido el viejo, güey.» Aprovechándose tanto de la obsesión mística de Lorre como de su desprecio místico por el dinero, Sam le sacó cuanto pudo, que fue bastante, y le aseguró al clérigo que en menos de dos meses tendría en su casa las reliquias colonienses. Al no poder saber cuáles de las reliquias del lote correspondían a Jesús y cuáles a los ladrones que le flanquearon en el Gólgota, Lorre insistió en que quería el lote completo, como era lógico y como lógico le pareció a Sam, que se comprometió a entregarle la mercancía completa e intacta.

Pero entonces…

Pero entró en danza entonces el llamado Tarmo Dakauskas, que resultó estar a sueldo del Vaticano, pues habían requerido allí sus servicios en vista de la ola de expolios que estaba extendiéndose por toda Europa, fenómeno que el cónclave de cardenales dio en atribuir a un rebrote de las sectas satánicas, que siempre han exhibido como trofeos de guerra los objetos sagrados obtenidos por el pillaje, a la vez que presumen de divertirse profanándolos. (Se cuenta por ejemplo que, en una ceremonia llevada a cabo hace un par de años en la isla de Formentera, unos satanistas marselleses, tras realizar actos impuros en una playa a la luz del plenilunio, se lavaron los genitales con la esponja con que santa Práxedes limpiaba la sangre de los mártires en el siglo II y que habían robado esa misma mañana en la catedral de la Seu d'Urgell.) Lo que ignoraban los altos jerarcas vaticanos era el detalle de que el propio Tarmo Dakauskas estaba detrás de aquellos robos, con arreglo a la estrategia de crear un problema para poder buscarle solución.

Antes de que le diese tiempo siquiera a ponerse a estudiar el plan de actuación para satisfacer el encargo del clérigo Lorre, Sam Benítez recibió, en fin, una llamada de Tarmo Dakauskas. El estonio le propuso que, a cambio de una cantidad de dinero considerable, trabajase a su mando para evitar un golpe en la catedral de Colonia, ya que tenía constancia de que un botarate siciliano llamado Montorfano le había encargado a Leo Montale la organización de un robo masivo de reliquias, entre las que se contaban las de los magos de Oriente. Con arreglo a sus desarreglos ocasionales de entendimiento, Sam aceptó. «Era mucha lana, güey», y no pude dejar de sonreír. «Pero me arrepentí enseguida.» Le pregunté si Abdel Bari trabaja para Montorfano. «Eh, loco, ¿quién te ha dicho esa pendejada?», y le respondí que Tarmo Dakauskas en persona. Hubo unos segundos de silencio. «Mira, compadre, déjame que te diga, ¿va? Tu Tarmo Dakauskas no es Tarmo Dakauskas.» Y me quedé más mudo que el hielo.

«Lo que intento decirte es que el Tarmo Dakauskas que conociste en Colonia no es el verdadero, güey, sino un operario suyo. Un impostor autorizado, ¿comprendes?» Y, por raro que parezca, creí comprender. «Tarmo no se mueve de Luxemburgo, pero reparte la chinga de tarmitos por el mundo entero, ¿va? Una especie de sistema de franquicias.» La esencia de aquella revelación resultaba bastante artificiosa, pero cosas más raras se han visto, de modo que asumí su complicación y su rareza. Para añadir rareza y complicación al asunto, Sam me informó de que, a la par que ellos, se sumó a la velada el falso ruso Aleksei Bibayoff, pseudónimo de Albert Savage, hijo del químico Louis Savage, que había heredado de su padre la presidencia de la Fraternidad de Heliópolis y, en consecuencia, la vigilancia del relicario de Colonia, morada de esa especie de monstruo de Frankenstein esotérico que montaron con los restos de Champagne, de Dujols y de Faugeron.

Si Sam no me mintió, parece ser que Albert Savage vive desde hace años en Rusia, dedicado a rentabilizar la marea de capitalismo que ha inundado aquel país, aunque cumple a rajatabla la promesa que le hizo a su padre en el lecho de muerte: mantener cohesionada la Fraternidad y velar por la custodia de los restos de sus tres correligionarios. Se supone que este Savage se desplazó a Colonia en cuanto Sam Benítez, conocedor de lo que de verdad alberga el relicario coloniense, le avisó —previo ajuste de los honorarios, porque Sam no da puntada sin hilo— de la operación que Montorfano le había encomendado a Leo Montale.

Tarmo Dakauskas no tardó en enterarse por boca de Sam de que en la catedral coloniense se veneran los restos de tres alquimistas de opereta, pero aquel detalle le traía sin cuidado, ya que su tarea se limita a evitar ese tipo de robos, así resulte que lo que pretendan robar consista en una reliquia de la Vera Cruz que en realidad sea una astilla de una caja de cerezas del siglo XI, pongamos por caso, porque Dakauskas está más allá o más acá —según se mire— de toda teología.

Se trataba, en suma, de impedir el robo de las reliquias. Pero había un inconveniente: que Sam Benítez tenía a la vez el encargo de robarlas y la misión de impedir que las robasen.

Y ahí, miren por dónde, entré yo.

Según Sam, me hizo ir a El Cairo para representar una pantomima ante Abdel Bari, que, por lo visto, es el cabecilla de una especie de congregación religiosa con derivaciones visionarias entre cuyas convicciones se cuenta la de que en el relicario de Colonia se guarda el legado esencial de Hermes Trimegisto: la Tabla de Esmeralda. Un legado que la secta de Abdel Bari lleva años planeando recuperar, aunque la falta de medios aplaza a la fuerza esa ilusión.

Sam hizo circular por los ámbitos delictivos cairotas la especie de que yo había recibido el encargo de robar el contenido del relicario germano. El rumor no tardó en llegarle a Abdel Bari, pues de eso se trataba. «Estaba seguro de que el gordo Abdel Bari no iba a matarte, güey, porque sería un asesinato inútil: enseguida te sustituiría otro. El gordo está bien pinche jodido de la olla, y sabe jugar fuertecito, pero no había riesgo. Hablé con él, le saqué un poco de lana, lo convencí de que no te mandara al carajo eterno y le juré que me encargaría de organizar tu asesinato cuando robaras la tablita y de llevársela yo mismo a su casa, ¿va?» Le dije que no lograba encontrar ni siquiera un motivo colateral que justificase el asesinato de mi persona. «Es que el gordo es muy rencoroso, cuate. Por lo visto, tu jefe le hizo una vez un negocio feo y se la tenía guardada bien en lo hondo. Como tu padre murió, el gordo iba a hacerte heredero de esa venganza, güey. Pero lo mejor viene ahora...»

Según me contó Sam, el clérigo Lorre, a mediados de los sesenta del siglo pasado, dio una gira de las suyas por Venezuela, acompañado por su séquito habitual y por un intérprete. Las ulceraciones místicas, lejos de abatirle, parecían infundirle un ímpetu mesiánico y una diligencia indesmayable, y no había aldea del continente americano que dejase por patear aquel iluminado pelirrojo, y siempre con éxito espiritual, pues la apoyatura sangrienta que dramatizaba sus homilías resultaba infalible: no había alma que no se conmoviera ante su martirio escalofriante ni ante la magia intimidatoria de su ojo cambembo.

Pero nadie se libra del influjo del Maligno, así que, en la localidad de Cuacuagua, logró mancillar el Maligno la santidad de Lorre con un arma que suele ser letal para casi todos los varones: un cuerpo esplendoroso de mujer. Y un cuerpo esplendoroso tenía María Trujillo, hija de un teniente Trujillo que empleaba las horas muertas de su jubilación en el intento de amaestrar culebras para que zigzaguearan al son de la música de Verdi, lo que resultó ser empeño imposible.

Era esta María Trujillo beata de parroquia, a pesar de que todo el mundo considerase un despilfarro que aquella belleza de apariencia imponente y de carácter cándido se pasase la vida planchando bajeras de cura, fregando sacristías y lustrando confesonarios con cera aromada, entre otras labores que le dictaba emprender su mucha devoción, que le venía de niña, cuando despilfarraba las horas de juego en componer altares con ornamentación de copeicitos de Guayana, rosas de montaña y caracueyes, que daban esplendor floral a las estampas de vírgenes de expresión vaporosa y de cristos galanos. La llamaban la Virgen Trujillo, y había en aquel apodo resentimiento si salía de boca de varón: representaba ella la hermosura inútil, un esplendor inalcanzable para manos humanas, pues sólo la mano invisible de Dios lograba hurgar en su corazón sin mácula de malicia.

Cuando la Virgen Trujillo vio los estigmas de Lorre, pecó de envidia ingenua, pues quiso verse también llagada, y la noche entera la empleó en elevar súplicas a las alturas para que la hiciera Dios beneficiaria de aquel suplicio. Pero Dios tiene un oído caprichoso, como lo tiene cualquiera, y sin estigmas se quedó la Virgen Trujillo, que tanto los hubiera merecido por la inocencia arrebatadora de su fe.

Lorre montaba sus espectáculos en canchas deportivas, en almacenes en desuso y en sedes de asociaciones recreativas, y por todo el norte del país seguía la Virgen Trujillo la ruta de Lorre, fascinada por la santidad que apreciaba en aquel mártir de pelo como el cobre que hablaba en un idioma que ella desconocía, pero que le empapaba el alma de misericordia, de fervor y de bondad aun sin atender ella al intérprete que traducía las soflamas de Lorre, centradas a esas alturas en una idea panamericana: «Jesús ha dado señales inequívocas de querer que sus restos mortales reposen en América, y no debe quedar país americano sin una reliquia suya, por pequeña que sea, pues sólo de ahí nos vendrá a todos los habitantes de este gran continente la verdadera redención. América entera debe ser la depositaria del cuerpo mortal de Cristo», y aquello, al parecer, enardecía a la gente, que de por sí suele ser vulnerable a las fabulaciones que tocan la fibra patriótica.

La Virgen Trujillo se las arregló para mantener una entrevista privada con Lorre. Y en el transcurso de aquella entrevista, entre cosa y cosa, perdieron ambos la virginidad. «El amor al prójimo acabó en pura chinga, güey.» Le pregunté a Sam que por qué me contaba aquella especie de novela colombiana ambientada en Venezuela. «Muy sencillo, cuate. Porque a los nueve meses de aquello nació una niña. Una niña a la que bautizaron como Cristiana Cuaresma del Corazón Llagado Trujillo, ¿me entiendes?»

«¿Estás diciéndome que...?» Les confieso que algo se rebela dentro de mí, por instinto, ante las simetrías folletinescas de las ficciones, de modo que no hace falta que les diga que ese grado de rebeldía se acrece bastante si se trata de simetrías folletinescas de la realidad, que no debería rebajarse a esos recursos. «Exactamente, güey. Alguien tenía que ser el padre, ¿va? Por eso la metí en la operación.» Le pregunté, como es lógico, que por qué la metió en la operación, ya que no lograba establecer ninguna secuencia lógica entre el hecho de que Cristi Cuaresma fuese hija de Lorre y el hecho de que me la impusiera como operaria para robar las reliquias en Colonia. «Muy sencillo, compadre: porque de ese modo mataba dos gallinazos de un tiro.» Seguía sin entender casi nada de casi todo, pero como sé que, por su afición al merodeo, a Sam hay que dejarle rienda larga, rienda larga le dejé.

Por lo visto, Lorre, a la vejez, pretendía recuperar a su hija, a la que jamás había querido ver por considerarla su mayor vergüenza, la encarnación andante de su debilidad. La Virgen Trujillo murió cuando Cristi era niña y la dejó encomendada a unos parientes suyos de Colombia, pues no se fiaba de confiarle la custodia al anciano teniente Trujillo, por esa cosa de andar él todo el día con culebras, absorto en el empeño de convertirlas en bailarinas. Y allí se crió aquella trastornada, fruto del pecado de dos santos vocacionales.

Según Sam, el interés de Lorre en recuperar a su hija tenía un componente nepotista: hacer que Cristi se convirtiese en heredera universal del más hermoso de los martirios posibles, con lo cual perpetuaría su linaje de santidad e incorporaría el elemento femenino a la trama: la Virgen reencarnada, padeciendo el tormento postrero del Hijo. (O algo similar a eso.) Le comenté a Sam Benítez que aquel papel virginal le venía estrecho a Cristi Cuaresma, y me dijo que eso era lo de menos. «Lo importante es que el viejo tiene lana para parar dos buques. Sólo por localizarle a la niña le saqué la del pirata Morgan.» Aquello, en cualquier caso, no explicaba, sino que enredaba más bien, el motivo de incorporar a Cristi a la operación de Colonia. «Sencillísimo, cuate. Cristi era quien iba a encargarse de darte matarile. Sólo en teoría, como es lógico.» Y ahí tuve que tomarme un respiro.

Se supone, en fin, que Sam me había obligado a contar con Cristi Cuaresma para que me matase, aunque aquello, al parecer, era sólo el pretexto, ya que la estrategia del mexicano no pasaba por mandarme a la sepultura. «Le dije que su papacito estaba para irse con el Gran Papacito y que ella podía heredar su fortuna si te liquidaba, güey, porque tú eras el único impedimento.» Y a la espera de nuevas revelaciones me quedé, atónito como el que más atónito haya estado en este mundo. «Le dije a la loquita que tú eras un enemigo de Lorre y que trabajabas para el Vaticano.» Seguí a la espera. «Ibas a arruinar a su papá si conseguías robar el contenido del relicario de Colonia, ¿entiendes?» (No.) Y es que se conoce que cuando Sam, con arreglo a cálculos caprichosos, le comentó a Cristi el monto aproximado de la fortuna de su padre, recuperó ella de forma instantánea su conciencia de hija de aquel santón llagado, a quien hasta entonces había maldecido en todos los idiomas que estaban al alcance de su cultura, pues su familia adoptiva le alimentó desde pequeña el rencor hacia aquel farsante del ojo tremebundo que pregonaba la salvación global de América y que, sin embargo, abandonó a su suerte a la Virgen Trujillo, de quien se dice que murió de pena y de vergüenza, pues sólo veía dedos admonitorios por todas partes, incluido el de Dios, con el único consuelo de la convicción de que el fruto de su vientre habría de ser bendito, al heredar por partida doble la santidad.

A pesar de esa explicación —o tal vez gracias a ella—, seguía yo sin encontrarle sentido alguno a la implicación de Cristi en la operación coloniense, ya que su papel se supone que tenía que representarlo a varios miles de kilómetros de allí. «Le juré al gordo Abdel Bari que iba a organizar tu asesinato y tenía que respetar eso, porque se lo juré por la memoria de mi padre, güey, y no quería que el viejito se revolviera en la tumba.» Aquello, por raro que parezca, podía ser sincero, porque esas cuestiones de honor supersticioso resultan muy acordes con la naturaleza de Sam, que teme más a los muertos que a los vivos. «Además, cuate, creo que voy a casarme con Cristi.» Y ahí me dejó con los pies por encima del suelo. «Siempre he buscado el amor de una heredera. Y Cristi, con la cabeza como la tiene, va a durar tres días cuando se vea llena de llagas, güey. Y entonces el heredero de Lorre seré yo», y soltó una carcajada. «Es broma, compadre», y soltó otra. «La verdad es que Cristi me interesaba como cebo, ¿comprendes? Para llevar al Penumbra a Colonia, ¿va?» Le repliqué que Cristi era más bien un repelente para el Penumbra. «Pero no si le tapas la nariz con un buen montón de lana, güey, y le encargas además que la mate.»

Los laberintos de Sam: le paga al hijo de Honza para que mate a Cristi y le paga a Cristi para que me mate a mí, aunque ninguno de los dos teníamos que morir bajo ningún concepto. «Ya sé que eres el rey sol de los majaras, Sam. Pero sigo sin comprender», y salió por donde suele salir: «Bueno, cuate, tampoco hay que comprender todo en esta vida. ¿Por qué tenemos cinco dedos en cada mano y en cada pie? ¿Por qué carajo sólo tenemos dos manos y dos pies? Pues lo mismo, güey».

Y siguió: «Cristi estaba deseando matarte, compadre. Tuve que frenarla, porque la muy recabrona tenía pensado liquidarte en el mismo instante en que pisaste Roma con tu maletita, güey». Le pregunté si tenía que darle las gracias por aquella deferencia. «Bueno, sí, loco. Deberías. Porque a veces tiene que chingarla alguien, ¿va? Y lo mismo te toca la papeleta sin haberla comprado.»

Y detrás de Cristi venía, en fin, el Penumbra.

La hija de Lorre y el hijo de Honza se conocieron en Londres, poco después de que a ella se le quedara el corazón hueco por la muerte del sicario Baluarte. Según parece, se cayeron bien, formaron su monstruo andrógino, vivieron sus ilusiones de cama, amasaron con nieve el muñeco de un futuro común y, al poco, el Penumbra la aborreció, de modo que se derritió el muñeco. Ante aquella contrariedad, Cristi perdió la poca cabeza que tenía y procuró hacerle la vida imposible mediante el método de hacérsela imposible a ella misma: lo perseguía allá a donde fuese, lo espiaba allá donde se escondiera, le enviaba cartas en las que dejaba fluir sentimientos incoherentes entre sí, hablaba mal de él a todo el mundo, se acostaba con el primero que le secaba las lágrimas, lo esperaba a la puerta de los bares con un frasco de ansiolíticos en una mano y con dos pastillas de *éxtasis* en la otra... Y se supone que todo aquel melodrama pasional tenía por objeto recuperar al hombre al que amaba, pues está visto que los caminos del amor se trazan a trompicones, ya sea para bien o para mal. Pero el Penumbra, lejos de conmoverse ante aquellos desbarajustes, la despreciaba con más fundamento, al ser él de corazón liviano y sin ancla.

Tras pasarse un par de meses en el hormiguero de unos artistas más o menos indefinidos (grafiteros al borde de la cuarentena, músicos sin grupo, diseñadores de joyas de mercadillo, bailarinas abstractas...), Cristi se instaló en Roma, donde siguió ganándose la vida como camella, pues resultó ser esa su profesión, detalle que yo hasta entonces desconocía y que daba sentido —dentro de lo que cabe— a aquella compota de estupefacientes que me vertió en el vaso mientras cenábamos. «Le dije a Cristi que podía contar con el Penumbra para liquidarte, güey, y le dije al Penumbra que le dijera a Cristi que iba a ayudarla, porque así podría liquidarla con más comodidad.»

Cuando Sam Benítez le ofreció de una tacada la oportunidad de heredar la fortuna de su padre y de trabajar con su amor perdido, Cristi Cuaresma debió de tocar el Cielo por el que flota su madre santísima. No sólo estaba dispuesta a matarme, sino a asesinar a un pueblo entero si hiciera falta, porque la perspectiva de un futuro redentor anima mucho.

Pero la estrategia de Sam no paraba ahí...

A través de Gerald Hall (que, al igual que Argos tenía cien ojos, parece tener cien orejas), Sam se enteró de las relaciones que mantenía el Penumbra con un grupo radical islamista. Por lo visto, el hijo de Honza había recibido el encargo de organizar una masacre en algún enclave emblemático para los católicos, y andaba cavilando el asunto, que le convenía resolver con éxito, ya que por cada víctima cobraría mil libras. Pero Sam decidió cavilar por él: si el Penumbra se desplazaba a Colonia con la encomienda de cargarse a Cristi, ¿qué mejor oportunidad tendría para llevar a cabo su otra misión? Sam dio por hecho que el Penumbra procuraría cobrar por partida doble: por matar a Cristi y por atentar en la catedral en hora punta. Lo que no calculó fue que el Penumbra intentaría valerse de Cristi para llevar a cabo su atentado, y lo que menos le interesaba a Sam era que Cristi muriese. Y saltaron entonces a escena los falsos y pintorescos Dakauskas, no para salvarnos a Cristi y a mí, que no éramos más que marionetas anónimas para ellos, sino para salvar la catedral germana y a sus visitantes, que era por lo que les pagaba el verdadero Dakauskas, ente único pero múltiple, quien a su vez estaba a sueldo del servicio de seguridad del Vaticano.

Fue Sam quien puso al tanto a Tarmo Dakauskas (al verdadero) del plan terrorista del Penumbra, y aquella información le costó bastante dinero al informado, aunque lo soltó de buen talante en virtud de la gravedad del asunto, pues un golpe de ese tipo hubiera puesto en entredicho la efectividad de la organización que regía Dakauskas y que le salía al año a la Banca Ambrosiana por un pico, pues no sale barato defender el imperio terrenal de Dios de amenazas terrenales. Aparte de eso, ya digo, lo que menos le interesaba a Sam era que el Penumbra se cargase a Cristi, ya que él tenía previsto obtener la parte del león a costa del cura Lorre, a quien iba a sacarle un tesoro por llevarle a casa unas reliquias falsas y, sobre todo, a su hija Cristiana Cuaresma del Corazón Llagado Trujillo, heredera potencial de su imperio visionario. «Al final, compadre, pasó lo que nadie esperaba: que Cristi se cargó por su cuenta al Penumbra. Crimen pasional. Y eso es todo, güey.»

Según mis cuentas, Sam Benítez le había sacado dinero a Abdel Bari, al falso Aleksei Bibayoff, al verdadero Tarmo Dakauskas y al reverendo Lorre. Dicho de otro modo: había ganado un capital gracias a Hermes Trimegisto, a Fulcanelli, al Vaticano, a Alá y a los restos mortales de Jesucristo. Se mire como se mire, la maniobra tenía mérito.

«¿Me has contado la verdad?» Me juró por la memoria de mi padre que sí, aunque el hecho de jurar por la memoria de mi padre y no por la del suyo tampoco representaba una garantía, por mucha estima en que tuviera al mío. (Además, como decía no recuerdo qué personaje de Shakespeare: «Pesa juramento con juramento y pesarás nada».)

«En definitiva, tú te haces rico y a mí me cuesta dinero el hecho de que te hagas rico.» Se quedó callado durante un par de segundos, lo que para Sam constituye una hazaña. «Me dijiste que tienes una deuda con Fioravanti, ¿va? Me haré cargo de esa deuda y te mandaré además un sobrecito con lo mismo.» Me pareció un pago pobre, aunque pensé que peor sería un impago.

«Te dejo, cuate. Mañana tengo que volar a Roma para llevarme a Cristi a Middle Paxton. Su papacito la espera con los brazos abiertos y a mí con la caja fuerte abierta, güey. A ver si hacemos de Cristi una santita.»

Cuando terminé de hablar con Sam sentí algo raro: por una parte, estaba satisfecho, dentro de lo que cabe, por disponer al menos de una explicación, pues ya saben ustedes que no sé vivir sin comprender lo que ocurre, siquiera sea en la medida en que puede uno comprender las mutaciones de la luna o las apariciones de fantasmas, pero, por otra, estaba también muy escamado. De acuerdo: uno ha entrado ya de lleno en la edad de los sentimientos impuros, pero no se trataba sólo de eso. El relato de Sam Benítez me quiso parecer coherente, dentro de lo coherente que puede ser una secuencia de disparates, claro está, pero mi instinto —desnudo, con la cara pintarrajeada, con su lanza en la mano— me musitaba una advertencia sin palabras, un soplo de incertidumbre, un susurro de alerta. Algo así, no sé, como si vas al hospital porque no oyes bien por el oído derecho y el médico te dice que el origen del problema está en los huesos metatarsianos de tu pie izquierdo, porque, al andar defectuosamente, te trastornan el nervio esplácnico y te dañan la articulación incudomaleolar, o algo parecido, y tú te lo crees, pero a la vez no puedes creértelo del todo, escéptico ante la posibilidad de que tu organismo sea capaz de urdir conspiraciones tan sofisticadas.

Me tomé una pastilla y me acosté.

A la mañana siguiente, quise contarle a tía Corina el relato de Sam, pero se negó en redondo. «Ni un monosílabo más sobre ese asunto», y comprendí que así iba a ser, porque conozco sus actitudes inexpugnables.

«¿Quieres creerte que esta noche he soñado que nos íbamos a Groenlandia?» Y crucé los dedos para que aquel sueño no fuese profético, porque para Groenlandia estaba yo.

Por lo demás, cuando bajé a comprar el periódico, vi en el suelo del zaguán un par de octavillas: SE ACERCA EL DÍA DE LA HOGUERA. ARDERÉIS. Y no supe qué pensar.

22

Marta.
Un resucitado imprevisto.
Informaciones de Fioravanti.
La huida de tía Corina.
Los regresos.
Y un final.

(…) (Una elipsis.)

Hace más de cinco meses que tengo abandonado este relato. No porque no haya pasado nada, sino más bien porque han pasado demasiadas cosas.

Es posible que todo cuanto nos ocurre tenga un antecedente concreto, un detonante específico y a veces imperceptible, pues estoy más o menos convencido de que el verdadero motor de la vida es el efecto dominó, según me permito ejemplificar a la manera del primo Walter: nunca lees la prensa, jamás te ha interesado la crónica de sucesos, pero un día compras el periódico para enterarte de los detalles del asesinato cometido por un vecino tuyo. En el kiosco, de forma fortuita (una moneda que cae al suelo, un movimiento sincronizado de ambos para coger una misma revista ilustrada…) conoces al amor de tu vida. Y bien: amor, vida. Dos palabras importantes por sí mismas y maravillosas si deciden aliarse para formar un solo concepto. Y ya estás instalado dentro de una alucinación. Pero resulta que el amor de tu vida es ludópata, como consecuencia de lo cual te roba, te obliga a endeudarte y te sugiere incluso que robes en el trabajo. Y acabas robando en el trabajo, claro está, porque se trata a fin de cuentas de una petición del amor de tu vida, de modo que te quedas sin trabajo, sin casa y sin amor de tu vida, que se ha buscado ya otro amor de su vida que tiene trabajo y casa, hasta que llega el día en que apuñalas al amor de tu vida en plena calle. Hay muchas cosas por medio, sí, pero el origen y el fin de la secuencia están muy claros: saliste un día a comprar el periódico para enterarte de los detalles de un asesinato y acabaste convertido en un asesino. (Dicho sea a modo de ejemplo, claro está.)

Pues bien, una tarde en que me notaba muy bajo el nivel de glucemia, me acerqué a La Rosa de California para comprar trufas de mandarina y vi que estaba sentada ante un velador la viuda de Esteban Coe. Ya saben ustedes que no soy persona desenvuelta en las estrategias galantes, que tan alejadas quedan de mi modo de ser, pero les confieso que sentí el deseo de saludarla, pues el pretexto estaba libre de sospecha: hablarle de mi amistad con el difunto. Como es lógico, reprimí ese deseo y no la saludé. Salí de allí con mi bandeja de trufas de mandarina y con el peso de una inquietud en el ánimo, pues de verdad me apetecía entrometerme en la soledad de aquella mujer hermosa y ensimismada, con su luto discreto, muy cargada de oro, meditabunda ante una taza vacía, fumando con el aire de quien está resolviendo un jeroglífico.

A los pocos días de aquello, pasé de nuevo por La Rosa de California (que, según tía Corina, es mi farmacia) para comprar unas bizcotelas de cacao y allí estaba otra vez la viuda de Coe. Esa vez el arrojo me respondió. «Perdone. Fui amigo de su marido.» Me miró como si volviese de un largo viaje por dentro de sí misma. «Jugábamos al billar.»

Y, a partir de ese instante, la viuda de Coe se convirtió en Marta.

Quedé con ella al día siguiente y le llevé la traducción del artículo sobre los planetas de diamante que leí en *Le Figaro* y que nunca pude darle a Coe. Marta lo leyó muy despacio, supongo que porque había conceptos que le resultaban huidizos. «Esto hundiría el mercado», comentó muy seria cuando terminó de leerlo, y no supe si interpretarlo como una simpleza o como un golpe de ingenio.

Quedamos en vernos al día siguiente. Y al otro también quedamos. Y nos vemos desde entonces, en fin, casi todas las tardes.

El primer extrañado ante esta circunstancia soy yo, que me daba por jubilado de este tipo de fascinaciones, pero se ve que no nos morimos del todo hasta que no nos morimos del todo.

Por si les interesa, les confesaré que aún no hemos tenido relaciones sexuales ni nada que se les aproxime. Aparte de su luto, ambos estamos en una edad en que avergüenza un poco desnudarse por primera vez delante de otra persona, ya que los ojos tienen que acostumbrarse a un nivel considerable de decrepitud, al contrario de lo que ocurre entre los jóvenes, que sólo tienen que deslumbrarse ante el esplendor. En las parejas que envejecen juntas no se da ese problema, según me dicen: el cuerpo de hoy lo ven a través del recuerdo del cuerpo de ayer, porque la persona amada es intemporal, así se caiga a pedazos, y ahí reside la magia del amor duradero, que es una hermosa prestidigitación de los sentidos.

Marta y yo aún estamos en una especie de periodo neutral, en esa fase de toda relación amorosa en que nadie es exactamente quien es, sino un amable impostor, una versión dulcificada y atenuada de sí mismo, con el carácter a ralentí, exhibiendo el plumaje. Luego, como es lógico, llegará el momento inaplazable de ser quien sin remedio somos, con todo nuestro fardo de contradicciones disfrazadas de convicciones, con nuestro desordenado equipaje de tiempo, y ese es siempre el periodo delicado. A partir de ahí, el modo en que la otra persona se lleve a la boca una simple aceituna puede ser decisivo para disipar el hechizo.

«Huye saber lo que será mañana», recomendaba un clásico. De momento al menos —porque lo que vaya a ocurrir dentro de un rato quién lo sabe—, no he caído en el error de casi todos los amantes inexpertos: pretender vislumbrar el futuro, malabarismo psicológico que sólo aporta desazón a quien lo practica, sobre todo si se tiene en cuenta que el único futuro cierto es la muerte del cuerpo —eso por descontado— y también la muerte metafórica y progresiva de todas las ilusiones que vamos almacenando en el cuerpo hasta un segundo antes de morirnos. (Y es que incluso el hecho de desear la muerte puede considerarse una ilusión.) Pero esa muerte metafórica anda aún olvidada de nosotros, y que en su palacio gélido se quede.

Hablamos de esto y de aquello, sin mucho rumbo, de aquello y de esto, de cualquier cosa que no seamos estrictamente nosotros, de cualquier cosa que no nos obligue a tirar del hilo de nuestra vida. En las parejas de jóvenes, ambos procuran saber todo lo posible del otro en el menor tiempo posible, porque necesitan *conocerse*, aunque apenas custodian secretos todavía y haya poco que conocer; en cambio, se ve que los adultos, cuando se emparejan, procuran saber lo indispensable del otro y saberlo lo más tarde posible, tal vez porque nos asalta la sospecha de que cuanto más sepamos, peor. De modo que ahí estamos: en el país encantado de las palabras que van y vienen sin dejar huella alguna, de las frases que se olvidan antes de terminar de ser formuladas. (El espectro del pobre Coe, por ejemplo, no aparece jamás en nuestra conversación, aunque Marta sigue llevando siempre alguna prenda negra.) Estamos en la fase musical, por decirlo de algún modo. En una fase en que las palabras suenan, pero no significan gran cosa. Ambos sin pasado aparente y sin futuro que nos urja. En el presente puro, hijo pródigo de la nada. Precavidos. Y es posible que un poco aterrados. Pero bien.

Le prometí a tía Corina que no volvería a hablar del asunto de Colonia, pero resulta difícil mantener una promesa, ya que el hecho de mantenerla exige a veces una negación artificiosa del fluir de los acontecimientos. Y se han producido acontecimientos.

Según me contó Gerald Hall cuando me llamó para acusarme recibo del lote de curiosidades de Marcos Travieso, el Penumbra sigue vivo. «Ayer mismo estuvo aquí para intentar venderme unos manuscritos falsos de Thackeray.» No hace falta que les diga que, nada más colgar el teléfono, llamé a Sam Benítez, aunque en vano, y al día de hoy no he podido hacerme con él, aunque mi interés por localizarlo no consiste en obtener ningún tipo de explicación, privilegio al que no aspiro, sino en insultarlo un poco, porque estoy hecho a la idea de que los entresijos de esta historia van a quedarse sin desvelar, lo que sin duda le resta prestigio como tal historia. Si los cadáveres comienzan a resucitar antes del día del Juicio, me confieso impotente para encajar ese fenómeno en mis parámetros de realidad, y más aún si nadie está dispuesto a rebajar un poco ese tipo de prodigios con explicaciones razonables, que para casi todo las hay, por más que digan los defensores del caos y de la inconsecuencia.

Telefoneé luego al Penumbra, pero me salió una voz femenina que me aseguró que ese número de teléfono se lo habían dado hacía menos de un mes.

¿El Penumbra vivo? Y empezó a dolerme la cabeza.

Se me olvidaba referirles que, mucho antes de todo eso, llamé también al profesor Macario cuando regresó de sus vacaciones marroquíes. «La historia del Hermano Llagado es tal y como te la conté, Jacob, aunque seguro que tu padre, para llevarme la contraria, defendería otra versión indefendible. Precisamente, el otro día oí por una cadena internacional de radio que Lorre había muerto, pero no de vejez ni a consecuencia de sus llagas, sino de un reventón orgánico. Se metió un surtido de estupefacientes, así que puedes imaginarte cómo se le pondría por dentro la cabeza, que de por sí ya era de catálogo. El cuerpo del cura era el supermercado de la droga, según el forense.»

(«La vida sólo se parece a la vida», me susurra una voz interna. Pero sigo con lo mío, sin levantar siquiera la cabeza del papel. «Cuéntale a Lolo Letaud tus aventuras y que ya luego él las adorne con extraterrestres, con aleaciones de metales desconocidos y con cardenales homicidas», me dice otra voz burlona. «Sal a pasear. No pisas por buen mundo», me recomienda una voz severa. Hasta que el propio sonido de mi pensamiento acalla ese coro de voces intrusas, y prosigo.)

Una noche en que tía Corina salió con las viudas, llamó Leonardo Fioravanti, que de manera educada me exigió el pago de la deuda. Yo daba por hecho que Sam Benítez la había saldado hacía meses, porque meses hacía que me había enviado la cantidad equivalente que me prometió en concepto de indemnización por los trastornos y gastos que nos ocasionó la aventura alemana.

Si tienen ustedes tiempo, les rogaría que consultasen en el diccionario de Collin de Plancy la entrada DOBLÓN VOLANTE. (Por si acaso no tienen tiempo, la transcribo: «Aunque los brujos de profesión hayan vivido siempre en la miseria, pretendíase sin embargo que tenían mil medios para enriquecerse, o al menos para evitar la indigencia y la necesidad. Entre tales medios se cuenta el llamado "doblón volante": una moneda que, tras ser encantada con determinadas palabras y hechizos, volvía siempre al bolsillo de quien la ponía en circulación, con gran provecho de los mágicos que compraban y con perjuicio grande de los mercaderes».) (Algo parecido, como ven, al dinero mutante que gastaba el ya mencionado Cornelio Agrippa.)

«La semana que viene le envío el dinero», le aseguré a Fioravanti tras pedirle disculpas por el retraso, que no tuve reparo en achacar a la informalidad de Sam Benítez, pues me aliviaba desprestigiarlo en la medida de mis posibilidades, por esa virtud que tiene la mezquindad de camuflarse de sentido de la justicia. «¿Has hecho negocios con el mexicano últimamente?» Y le conté una versión resumida del episodio de Colonia. «Pero, bueno, ¿tú no sabes que Sam Benítez trabaja desde hace años para los veromesiánicos de Catania?»

Según Fioravanti, los veromesiánicos de Catania, cuya cabeza y corazón es Giuseppe Montorfano, se hacen pasar por unos católicos que alimentan el empeño de regresar a la fe primitiva, aunque en realidad son unos millonarios aburridos que se distraen organizando fechorías alrededor del mundo. «Chantajean a científicos para que publiquen informes falsos, roban reliquias para profanarlas, contratan a dementes para que destruyan cuadros en los museos, reclutan a islamistas patosos para que cometan atentados, envían mercenarios a países en guerra para que añadan atrocidades absurdas a las que se producen de por sí en cualquier guerra, ofrecen recompensas a pirómanos, crean empresas en internet para vender falsificaciones de fármacos que acaban envenenando a los clientes, encargan asesinatos absurdos y dejan pistas falsas para reírse de la policía… Así son los veromesiánicos de Catania, y hay decenas de ellos repartidos por el mundo. Dicen que la propagación del mal y de la desgracia es una forma de redención, pero en el fondo lo que hacen es divertirse, porque han elegido al resto de la humanidad como bufones.» Me permití sugerir que se trataba de una especie de nihilistas. «Más bien una especie de hijos de la grandísima puta», me corrigió. Aquello, como no hace falta precisar, me sonaba un poco a paranoia de vejez de Fioravanti, que tanto lleva corrido, aunque nada más lejos de mi ánimo que el ponerle en duda su relato, por haber sido educado yo en el respeto a los mayores. Aun así, no pude dejar de comentarle que me extrañaba que Sam perteneciera a esa secta, ya que no casa con el mexicano la predilección por universalizar la desdicha —que al fin y al cabo se universaliza sola—, al ser él de natural atolondrado y poco amigo de la reflexión, blablablero y tramposo, sí, quién lo duda, aunque partidario de la alegría y de corazón de fondo amable, a pesar de que haya que estar perdonándole demasiadas cosas en demasiadas ocasiones. «Benítez organiza diversiones para ellos, pero está fuera de la secta. No tiene dinero suficiente para estar dentro.»

Aquello, bien mirado, y fuese verídico o no, resultaba maravilloso y escalofriante como posibilidad: una comunidad selecta de millonarios psicóticos dedicados a jugar con la realidad como si la realidad fuera un juguete. Y la verdad es que lo tendrían muy fácil, porque el miedo colectivo es mucho más poderoso que el pánico individual. (Llamas desde una cabina pública a la policía y anuncias que has inyectado una solución líquida de cianuro en un producto de un supermercado de la ciudad, aunque no especificas de qué producto ni de qué supermercado se trata, como es lógico. Si la policía no te hace caso, porque está hasta la gorra de lunáticos de impostura, llamas al periódico: allí se hacen eco de todo con tal de que sea malo. A los dos minutos de hacerse pública la noticia, no habrá nadie en toda la ciudad que se atreva a comprar siquiera una lata de conservas.) (Por ejemplo.) (Y lo mejor de todo: ni siquiera sabes dónde conseguir una solución líquida de cianuro.) «Los veromesiánicos reciben con mucha alegría las noticias que el resto de la gente escucha o lee con sobrecogimiento. Esa es su recompensa», precisó Fioravanti. «Por ahí va a venirle al mundo el Apocalipsis.»

Les confieso que mi pensamiento estaba saturado de información conjetural, indemostrable y por tanto irrefutable, así que prefiero no imaginar siquiera cómo tendrán ustedes el suyo a cuenta de esta historia que, en el fondo, ni les va ni les viene.

«No retrases lo del pago, Jacob, que tengo las vacas flacas. Da recuerdos míos a Corina.» Y cavilando me quedé, a falta de otra ocurrencia.

Una tarde estaba yo con Marta en La Rosa de California y entró tía Corina. En aquel momento quise tener el don de la invisibilidad (que, según el alquimista del XVII conocido como el Pequeño Alberto, se consigue con solo llevar debajo del brazo un corazón de gallina negra, de murciélago o de rana), ya que la situación me resultaba incómoda. Porque es curioso: tía Corina y yo jamás nos hemos hecho confidencias sobre nuestra vida sentimental, y mucho menos sobre mis visitas al Club Pink 2, por supuesto. Como si fuésemos ángeles. Como si nuestro cuerpo —y su exigencia de cuerpos— sólo existiese de puertas para afuera. Aparte de Louis Campbell, su pretendiente perpetuo, y de mi ex ya difunta, nuestros amoríos vienen a ser una cofradía de fantasmas para el otro, y materia vedada de forma tácita en nuestras conversaciones, aunque me consta que ella juega aún a fascinarse el corazón en sus jueves noctámbulos, porque a veces se le escapan comentarios delatores, y me alegra que siga agarrada a la vida, porque el problema viene cuando te das por vencido y te sientes como un habitante de la Atlántida, con todo hundiéndose a tu alrededor, incluidos tus pies.

Agaché la cabeza y me cubrí la cara con la mano, pero sé que tía Corina me vio, aunque fingió despiste. («¿Te pasa algo?» Por suerte, Marta se conforma con respuestas sencillas.)

Nada más entrar en casa, tía Corina, que estaba anotando algo en su diario políglota, me dijo: «He pasado esta tarde por La Rosa de California y te he comprado un budín de chocolate y castañas». Y comprendí que nuestro pacto de silencio sobre el asunto seguía vigente. Y me pareció bien, aunque no pude evitar sentir la incomodidad del furtivo.

Los misterios tienen una gran ventaja, a saber: que pueden dejar de ser tales de repente.

Se formó mucho revuelo en el barrio: sirenas de bomberos y de policía, desalojo del edificio, equipos de radio y de televisión, curiosos... Había ardido la tienda de Electrodomésticos Marconi, paredaña con el palacio de los condes de Huéjar, y el humo salía por la puerta como el duende negro de una lámpara maravillosa.

La mano incendiaria había sido la del zapatero Andrade, que andaba fugado. «Llegó el loco, roció de gasolina la tienda, le pegó fuego y salió por pies», nos precisió un vecino cuando nos sumamos al tropel de fisgones. Según parece, el dueño de Electrodomésticos Marconi es el cabecilla de la plataforma vecinal que presiona al Ayuntamiento para que tome cartas en el asunto del palacio ruinoso, cuya propiedad anda difusa por no sé qué laberintos testamentarios, y es él quien firma los escritos de protesta que dirigen al alcalde, el que remueve el ánimo del vecindario y el promotor de varias caceroladas, ya que se tiene por el más perjudicado, pues el negocio, según se queja, se le llena de ratas y de malos olores. De modo que Andrade, ante el panorama de verse privado del disfrute de su cripta, que tanto significa para su fantasía descacharrada y voladora, había decidido atacar el trono del enemigo.

«Esto se veía venir», nos comentó uno de los vecinos desalojados del edificio. «Si no hemos puesto cincuenta denuncias, no hemos puesto ninguna.» Otro se refirió, indignado, a los anónimos: CONOCERÉIS EL DOLOR. ARDERÁ VUESTRA CASA. Y es que Andrade, según sabía todo el mundo salvo nosotros, se había dedicado a repartir mensajes amenazantes por los buzones del barrio, al no estar reñida su locura con la diligencia ni con la sistematización.

«¿Tú ves? Casi todos los misterios son ridículos, por muy solemnes que parezcan», concluyó tía Corina cuando volvíamos a casa. «Pobre Andrade. Con lo bien que le sentaba su papel de guardián de la cripta...»

Por lo demás, y hasta donde sé, Andrade sigue huido al día de hoy, de modo que la gente del barrio no descarta la posibilidad de nuevas fechorías, aunque ojalá se equivoque.

Pocos días después de esto que les he contado, el portero nos subió un paquete. En un principio, pensé que se trataba de otro envío misterioso, que era la tónica de los tiempos. Pero resultó ser un envío menos misterioso que sorprendente, pues nos lo remitía el primo Walter desde Hendaya, donde andaba ocupado en no sabría decirles yo qué, y es probable que él tampoco.

> Sé que no tengo perdón de Dios, por más que Dios se perdone a sí mismo todas las atrocidades que se le pasan a diario por su chola sagrada, pero me confieso arrepentido de mi deslealtad y doy por hecho que, en toda sociedad de raíces ideológicas judeocristianas, el arrepentimiento sigue significando algo, por poco que sea.
>
> Tengo que daros una noticia desagradable: el lote del gitano

Maya dadlo por perdido, porque se mató hace poco en la carretera de Coimbra mientras hacía otra mudanza. Ya sólo puede hacer negocios con su primo Lucifer —aunque Maya es capaz de robarle las calderas para vendérselas luego al encargado del Purgatorio.

Me avergüenza haber caído tan bajo, pero, una vez que caes, lo normal es que caigas para abajo, a menos que sepas levitar. Y yo no sé.

Como prueba de buena voluntad, os mando estas menudencias.

Os quiere,

WALTER.

En el paquete venían dos aguafuertes de Ricardo Baroja, bien bonitos y sombríos, aunque me temo que de tirada pirata, una caja de bombones belgas con una tarjeta en la que se había tomado la molestia de especificar PARA CORINA y una botella de ron jamaicano con otra tarjeta en la que especificaba PARA JACOB. Unos bombones para una diabética, en fin, y una botella de ron para un abstemio. Aquello tenía una solución fácil, aunque les confieso que me molestó el trasfondo del error: no haberse percatado siquiera de nuestros problemas y costumbres más evidentes, atareado como andaba en fingir su moribundez, que sólo con su aspecto ya fingía de sobra. Pero tampoco pretendo hacer de eso un drama familiar. Todos miramos a casi todos los demás de refilón, como sombras con las que compartimos la caverna, sin más complicidades ni ahondamientos que los que impongan las circunstancias. Y, al fin y al cabo, esos despistes ontológicos —digámoslo así— pueden producirse incluso entre personas que llevan la vida juntas. (Sin ir más lejos, tía Corina está convencida de que me entusiasma el budín de chocolate y castañas, que me gusta más bien poco y que me resulta además indigesto, y no me atrevo a decírselo para no quitarle la pequeña ilusión de ir a comprármelo cuando quiere tener un detalle conmigo.)

«Mira lo que nos ha mandado el primo Walter», le dije a tía Corina cuando volvió de hacer unas compras. «Estupendo. No se conformó con robarnos y ahora quiere envenenarnos. Qué despilfarro de criatura», y cambiamos las tarjetas de los regalos, y los bombones resultaron ser excelentes, y a otra cosa.

«La mujer partió, con el corazón ilusionado, hacia tierras muy lejanas, donde su vida no tuviese pasado ni el futuro fuese más que el instante venidero, para dejar que su corazón se meciera al ritmo de la brisa bajo la sombra de las parras griegas», declamó tía Corina con voz teatralizada. «¿De quién es?» Y le dije que ni idea. «Sería un milagro que lo supieses. Es de Sally Osmond, una novelista irlandesa a la que nadie lee hoy, salvo yo, que practico la filantropía literaria. Es tan cursi, que hasta llega a parecer una bruta.» Pero esa vez la adivinanza bibliográfica no se quedó ahí. «El caso es que Louis me ha invitado por milésima vez a pasar una temporada en Kalámata, para dejar que mi corazón se meza bajo la sombra de una parra griega, y le he prometido que me voy para allá la semana que viene.» Me quedé confuso. «¿Una temporada larga?» Se encogió de hombros. «Dejémoslo en una temporada, que es un concepto extensible a voluntad.»

Y, a la semana siguiente, tía Corina se fue.

Su partida me descolocó, me dolió y me dejó desconsolado, por ese orden, y vagaba yo por la casa como un preso en su celda, hablando solo, dándome argumentos para el victimismo, porque los sentimientos afectivos contrariados se aferran siempre a una misma paradoja: «Eres un egoísta porque te preocupas más de ti mismo que de mí», y yo alimentaba ese extravío como se alimenta a un monstruo, y el monstruo rugía dentro de mi razón. Ni siquiera me apetecía demasiado ver a Marta, y mis encuentros con ella eran fríos y más bien de trámite, y notaba que le dolía aquel despego.

A miles de kilómetros de donde estaba su vida, tía Corina vivía el ensueño de otra vida, pero daba yo por hecho que ya se le pasaría la ventolera, porque, a determinadas alturas, resulta muy difícil prescindir de la memoria atávica de nuestro ser, por mucho que organicemos carnavales metafísicos para sacar a ese ser de su rutina y nos escapemos durante un rato de quienes en verdad somos, porque lo somos y lo seremos sin redención posible, por muy lejos que nos lleve nuestra ilusión de una fuga. Al fin y al cabo, los humanos pueden clasificarse en infinitud de categorías, pero yo al menos me inclino a dividirlos entre los que asumen las cosas como son y como vienen y los que se empeñan en que las cosas sean como ellos quieren y que lo sean en el momento en que lo quieran ellos. Los primeros son melancólicos y apacibles, a fuerza de fatalistas; los segundos, diligentes y levantiscos, a fuerza de utópicos. No obstante, unos y otros tienen algo en común: suelen ser igualmente desdichados.

«¿Te pasa algo?», me preguntaba Marta a cada instante, y a cada instante le decía que no. «A ti te pasa algo.»

Casi todas las noches, hablaba por teléfono con tía Corina. Me contaba anécdotas y yo no le contaba nada, porque le aseguraba que no tenía nada que contar.

Y un día, de repente, comprendí. Y me avergoncé mucho de mí mismo.

¿Qué comprendí? Pues comprendí que tía Corina no se había ido a Kalámata por un arrebato pasional —ya que a Louis Campbell lo tenía aparcado desde hacía un par de décadas, y por miles se cuentan las invitaciones que le ha hecho para que lo visite—, sino para favorecer mi relación con Marta. Comprendí, en definitiva, que se había ido allí porque sabe de sobra lo mismo que de sobra sé yo: que estamos abocados a compartir nuestra vida mientras uno de los dos siga en pie, al haber forjado el tiempo un pacto inviolable entre ambos, un pacto jamás formulado pero siempre sobreentendido, y respetado siempre. Por decirlo a la manera —imagino— de Sally Osmond, somos dos destinos entrelazados e imposibles de desmadejar sin que el destino de cada cual se anule de inmediato, y eso es hermoso y terrible, hermoso y terrible en una proporción idéntica, que es precisamente lo que le otorga grandeza y a la vez desolación.

Con su huida a Kalámata, tía Corina renunciaba a los derechos emocionales que se derivaban de ese pacto nuestro, y me liberaba de él. Al tomar la decisión de irse, había anticipado su generosidad a mi mezquindad ante su partida, y fue una lección que aprendí con los ojos llenos de lágrimas, ya ven ustedes, como un niño.

Para colmo, se me coló en casa un grillo que se pasaba la noche cantando, y cada noche me irritaba más su concierto. Supongo que resultaría favorable para mi reputación decir ahora que el canto del grillo me daba compañía en momentos difíciles, pero sería falso: logré localizarlo y lo maté. De un pisotón, como se matan tantas otras cosas invisibles. Tras aquel crimen, volvió a espesarse el silencio de mi noche, aunque no conseguía dormir bien y seguido.

Como me aburría mucho, y dado que mis comezones se habían apaciguado, sí, aunque aún latían, llamé una tarde al profesor Negarjuna Ibrahima a París. Tuve suerte y lo pillé entre gira y gira. Antes de nada, intentó resolver el asunto del pago de la consulta, que me exigió mediante cibertarjeta, pues se ve que no descuida las finanzas aquel dómine de supranaturalismos, aunque no pude satisfacerlo por desconocer yo esa modalidad de dinero. «Es igual. Hoy va a salirle gratis. Mire: en el sarcófago de Colonia hay lo que cada cual quiera que haya. Cualquier fe se cimienta sobre vapores. En cuanto al interés de alguien por querer robar aquello, no olvide que todos somos mercaderes de espejismos. No puedo decirle más sin engañarle. Veo muchas cosas. Muchas. Pero nada de lo que veo tiene sentido global, porque no pasa de ser una maraña de gente que entra y sale de un escenario para entonar su monólogo absurdo. Me da la impresión de que usted está buscando la punta de su propia nariz. Usted es el náufrago que sueña que intenta alcanzar en vano la isla en la que está teniendo esa pesadilla. Y eso es todo. Sea como sea, olvídese del asunto cuanto antes y piense en otra cosa, porque la vida consiste en eso: en ir renovando el repertorio de alucinaciones.» Y ahí quedó la revelación: niebla sobre niebla, humo contra humo y vacío envasado al vacío, como si dijéramos.

Estoy recogiendo velas, y esta narración se acerca a su fin.

Creo que tía Corina tiene razón, según suele. He procurado exponer una serie de hechos reales mediante un esquema novelístico, pero se da el caso de que las novelas no pueden respetar la realidad, aunque se valgan de ella para elaborar artificios caprichosos y perfectos, y en ese matiz se diferencian de la realidad, que elabora artificios igualmente caprichosos, aunque imperfectos. En las grandes novelas, la realidad no es un punto de partida, sino una meta. Las ficciones excelsas edifican un simulacro de realidad que resulta más sólido, comprensible y consecuente que la realidad misma, que muchas veces no hay por dónde cogerla. Y, bueno, aquí falta algo, no sé: un broche, un círculo que se cierre, un festival de simetrías.

Lamento en el alma haberles decepcionado. (A menos que consideremos, no sé, que la simetría no representa un mérito, sino un defecto.)

Si algún día encuentro ese broche, si algún día consigo cerrar el círculo y establecer simetrías, tengan por seguro que ustedes serán los primeros en enterarse.

Me doy cuenta ahora de que procurar convertir las experiencias propias en relato es un error si uno no se llama Casanova o Marco Polo. Es decir, si uno no tiene una vida que es un puro fantaseo por sí misma, aparte de las fantasías que cada cual se sienta con derecho a añadirle, ya que, en materia de autobiografía, todo el mundo tiende a darle mucho barniz al cuadro, para que brille. La narración de una vida exige amplificaciones vanidosas. Una vida humilde y rutinaria da para poco, pero nadie se da cuenta de que su vida es humilde y rutinaria hasta que se decide a contarla.

Si alguien lee algún día estos papeles, le rogaría que entendiese todo esto, en suma, como un memorial caótico de unos lances sin porqué, sin para qué y sin más sentido que el que tienen las cosas que nos pasan a cada instante y que, sin darnos cuenta, conforman una trama misteriosa: el día de ayer resulta inconsecuente con respecto al de hoy, y el de hoy será incoherente con respecto al de mañana, y a ese cajón de sastre le damos el nombre de *vida*. «La historia de mi vida...», decimos a veces con orgullo, como si se tratase de un ciclo impecable de acción y pensamiento, cuando todo no es más que una suma de acciones fortuitas y de pensamientos que tiran a contradictorios. Nos empeñamos en comprender, pero nos olvidamos con frecuencia de comprender lo básico, aunque me duela decirlo: que no hay gran cosa que comprender, quizá porque comprender la vida conduce a la negación de la vida: en el momento en que la comprendemos, nos echamos a temblar. ¿Y a quién le gusta temblar?

Sigo viéndome con Marta, y bien, a pesar de que sus razonamientos tienden a descolocarme un poco: «La existencia de

Dios es algo que puede discutirse, no digo yo que no. Pero lo que no puede discutirse es la existencia del alma. Por ahí no paso». Y me limito a otorgar con el silencio, porque no creo que la existencia o inexistencia del alma merezca una controversia entre nosotros, cuando se supone que lo que ambos buscamos es la armonía, pues de lo contrario corremos el riesgo de que la mariposa se nos reconvierta en gusano. (Lo que decía mi padre: «Si una mujer te gusta de verdad, te gustará incluso la forma en que vomita», pero me temo que siempre será mejor no verla vomitar. Por si acaso.) No sé con exactitud lo que espero de ella ni mucho menos lo que espera ella de mí, porque los sentimientos son como las huellas digitales: todas son lo que son, pero no hay dos idénticas. «¿Qué es para ti la felicidad?», y le contesto lo que se me ocurre en ese instante. «Pues para mí, mis dos hijas.» Y así vamos.

Una tarde me dijo que se iba a Santander a pasar una semana con una hermana suya que está casada también con un joyero, así que me sentí doblemente solo, lo que me vino bien para algunas cosas y mal para otras, como suele ocurrir.

En esas, se dejó caer por casa un par de veces Lolo Letaud, empeñado en aliviarme el abandono con su nueva fantasía: una novela sobre unos sabios de la corte andalusí de Almanzor que construyen una máquina del tiempo y que viajan al futuro para piratear inventos y para alterar el presente.

Y poco más.

A su regreso, Marta me trajo de regalo un pisacorbatas de oro y marfil, digno de un dandy. Y seguimos viéndonos a diario, ya digo, alimentando nuestra relación inocente, sin que ninguno de los dos se decida a ir más allá, tal vez por desconfianza ante el futuro, que es siempre un cara o cruz. «¿Sabes lo que te digo? Que yo no creo mucho en esa gente que dice que adivina el futuro con una baraja de cartas.» Y le aseguro —qué más da— que yo tampoco. «Eso iría contra la lógica del tiempo y contra Dios», y le digo que sí. Y paseamos un poco.

Y quedamos para el día siguiente. Y nos despedimos, sin grandes inquietudes. Porque los enamorados jóvenes salen de caza como los leopardos, y se desloman para conseguir una presa. Los viejos, en cambio, somos como los camaleones: sacamos la lengua cuando se nos posa cerca un insecto y lo devoramos con ojos melancólicos. Y a otra cosa.

«Tras jornadas penosas en la Cólquide, regresó la doncella al hogar con pies cansados y con los ojos repletos de las maravillas infinitas del mundo... ¿De quién es?», oí nada más entrar en casa. «No me digas que no lo sabes, porque es muy fácil.»

Después de pasarse poco más de un mes en Kalámata, volvió sin aviso tía Corina, con muy buen color y con el ánimo puesto a punto. «Aquello no es para mí. Resulta que bajo las parras griegas el corazón se mece igual que en todas partes. Ay, nos gusta pensar que la intensidad de la vida está siempre en otro sitio, pero la vida está siempre donde tiene que estar. Y mi vida está aquí.» Y me alegré mucho de que así fuera.

Creo que estarán de acuerdo conmigo en que, a partir de cierta edad, el tiempo se revaloriza y acorta su necesidad de tiempo, y no sé si me explico. (Creo que no...) Dicho de otro modo: tía Corina me había dado un plazo suficiente para que tomase yo algún tipo de decisión con respecto a mi relación con Marta sin sufrir interferencias, porque si a una persona adulta no le basta un mes para tomar una decisión fundamental, caben al menos dos hipótesis: que la decisión no es tan fundamental como parece o que la persona adulta es el mismísimo Peter Pan. Y yo no había tomado otra decisión que la de dejarme llevar por la marea, a la espera de que mis sentimientos resolvieran su conflicto por sí solos, a pesar de que los sentimientos resultan poco fiables como guía, por ser como las veletas.

Después de todo, lo primordial estaba claro: vayamos a donde vayamos y con quien vayamos, tía Corina y yo iremos juntos. Si hay que dejar a gente por el camino, mala suerte. (Mala tal vez para nosotros, pero se trata, al fin y al cabo, de nuestra suerte.) Sé que a tía Corina le preocupa mucho lo que habrá de ser de mí cuando ella falte. Me trata todavía como se trata a un niño, el niño de ojos asombrados que escucha cuentos de reyes mitológicos y de alquimistas medievales. Pero el niño ha envejecido y tanto ella como yo podemos estar ya a un paso de la muerte.

Un par de días después de su regreso, tía Corina me propuso que le presentara a Marta, lo que en cierto modo suponía una violación de nuestro pacto tácito de silencio sobre esas cuestiones, y en La Rosa de California nos reunimos los tres.

«Es una mujer guapa y, a su modo, muy discreta. Y debe de andar bien de dinero, ¿no?», me comentó tía Corina cuando volví a casa, después de acompañar a Marta a la suya. «Si la cosa prospera, quiero que te quede claro quién va a ser la madrina.»

Y con eso estaba todo dicho, porque las cosas pueden decirse de muchas maneras.

El problema de narrar acontecimientos en tiempo real es que las previsiones pueden tomar un rumbo imprevisto.

Y mis previsiones han tomado un rumbo de esos, y en forma de fantasma: el de mi padre. (Como en *Hamlet*.)

Ayer por la tarde estaba yo ordenando facturas y papeles. Lolo Letaud me había anunciado su visita, porque era su cumpleaños, y prometió traer una tableta de turrón de chocolate a la esencia de romero para celebrarlo a lo grande entre los dos, pues anda él también muy sensible a los encantamientos de la golosina parda, que debe de darle impulso para la puesta en pie de sus utopías, como en su tiempo se lo dio al caballero Goethe para las suyas, según se cuenta.

Había pensado regalarle a Lolo el báculo del mago Tamiro (o tal vez Temuro), y sobre la mesa lo tenía yo, igual que en su día los faraones. Como no hace falta decir, sabía que, aparte del turrón, Lolo traería bajo el brazo su nueva novela, y aquello era la parte amarga de la efeméride, pues vanamente confiamos en que el prójimo se eche a la calle sin sus obsesiones.

Tía Corina había quedado con las viudas, con las que ahora sale mucho, pues se ve que los jueves se les quedan cortos. Una de ellas colgaba un par de cuadros en una exposición dedicada a mostrar los logros de los alumnos de un taller de pintura para adultos, y allá se fueron, a celebrarlo, porque incluso unas dalias al óleo o un paisaje con lago son pretextos legítimos para agarrarse a la cola de la vida. «Volveré pronto», y le rogué que fuese así, porque aún anda tocada del golpe último, y la salud no siempre tiene billete de vuelta.

A eso de las seis y media o siete, sonó el timbre y me dispuse a saborear el turrón de chocolate a la esencia de romero y a convertirme en oyente atónito de la nueva novela de Lolo Letaud, que ya debe de andar por el centenar de páginas, pues de momento nadie le ha pisado —que sepamos al menos— la ocurrencia. Pero, cuando acerqué el ojo a la mirilla, me di cuenta de que la novela era otra.

«Escucha, güey. Dale un abrazo de empatía a tu compadre.» Y Sam me abrazó. «Este es Pancho Mendoza. El hermano Panchito», y Panchito, que llevaba un maletín, pretendió abrazarme también, aunque le di esquinazo, porque creo que los afectos deben someterse a patrones lógicos. «Traigo buenas noticias, cuate», y quedé a la espera. «Ya tengo casi a punto mi Prisma Teológico.»

Sam entró en casa como si fuese la suya, y detrás de él entró Panchito, que miraba todo como si le pusiera precio, lo que hablaba a las claras de su forma de ganarse el pan. «Qué de recuerdos, compadre.» Y nos sentamos.

Al instante volvió a sonar el timbre. A través de la mirilla vi una versión convexa de Lolo Letaud, con el turrón en una mano y con una carpeta en la otra. Abrí la puerta y salí al descansillo. «Hoy no va a poder ser. Me han venido unos inspectores de Hacienda», y aquello resultó ser mano de santo, pues se fue sin más trámite que el de apiadarse de nosotros.

«Creo que me debes bastantes explicaciones, Sam», y asintió con gesto dócil. «Ya lo sé, cuate. Por eso estoy aquí. Me remordía la conciencia.» Interpreté aquello como un mal síntoma, pues no casa con el mexicano el remordimiento, que es un sentimiento más propio del resto del mundo que de él. «¿Por dónde empezamos, güey?» Se frotó las manos y las mejillas. «Mira, compadre. A Panchito pongo por testigo. Voy a contarte la verdad.»

Y la verdad se supone que era lo que me apresuro a narrarles...

Según Sam, el causante de todo el embrollo en que nos habíamos visto envueltos había sido mi padre, y me quedé como acaban de quedarse ustedes, pues si bien es verdad que los difuntos —como suponía el santo de Hipona— no se van nunca del todo, también lo es que su reino no es en rigor el presente, porque era ya lo que faltaba. Ante mi gesto, que no sé con exactitud qué logró expresar, Sam insistió: «Te hablo en serio. Tu viejo era un chingón único, güey». Se supone que, poco antes de caer postrado, mi padre procuró dar varios golpes estelares, aunque ni a tía Corina ni a mí nos consta que hiciera nada especial en aquella época, ya que andaba abatido por tener que despedirse de un mundo que era para él una especie de parque de atracciones, con sus castillos de pólvora y sus tómbolas imprevisibles. Viajaba, sí, y andaba de humor crispado, y apenas comía, y hablaba mucho por teléfono cuando paraba en casa, pero lo atribuíamos al desasosiego propio de quien sabe que va a irse muy lejos sin maleta alguna, a no ser la del alma inmortal, en el caso de que se verifique la conveniencia del adjetivo.

«Lo que tú quieras, compadre. Pero estoy contándote las cosas como fueron.» El tal Panchito, que no había abierto la boca, ratificó aquello con un movimiento de cabeza. «Vayamos por partes, ¿te parece?»

De entrada, me reveló que, a principios de 1997, mi padre, por encargo de Montorfano y a espaldas de tía Corina y de mí, había organizado el robo de las reliquias de la catedral coloniense y lo había resuelto con éxito, para indignación de la Fraternidad de Heliópolis, ya que, según Sam, no hay duda posible de que allí se veneraron durante casi medio siglo los restos mortales de Champagne, de Dujols y de Faugeron. Pero, una vez que recibió el botín de manos de sus operarios, se llevó una sorpresa, pues en el lote iban también varias losas de piedra verde. «¿Vas a decirme que...?» Y Sam se abrió de brazos. «Exacto, güey. La Tabla de Esmeralda en persona.» De modo que, con aquella operación, mi padre no sólo se ganó la aversión de los alquimistas de Heliópolis, sino también la de la congregación que encabeza y sigue encabezando el envenenador Abdel Bari. «Pero la bronca no acabó ahí...»

Según Sam, hubo una segunda sorpresa, ya que en cada uno de los tres cofres que contenían los restos de los santones laicos de la Fraternidad de Heliópolis había un objeto inesperado: una réplica del anillo del rey Salomón —concebido para mantener a raya a los demonios—, una llave en forma de ojo y un reloj de arena, que eran los objetos que en realidad ansiaban poseer los veromesiánicos y, a su vez, la razón última del encargo que Montorfano le hizo a mi padre, pues lo que menos interesaba a los de Catania eran las reliquias en sí. «Pero tampoco quedaron contentos, güey, porque tu viejo se la jugó al siciliano.» Por lo visto, mi padre, al saberse ya muy tocado del ala y con nada que arriesgar, y puesto que, según él, los veromesiánicos sólo le habían encargado en rigor el robo de las reliquias, le exigió a Montorfano una cantidad que ascendía al doble de la acordada por la entrega de aquellos tres objetos, quise pensar en aquel instante que para dejarnos a tía Corina y a mí en una situación desahogada tras su fallecimiento, pues ningún aliciente tenía ya para él la codicia, que es vicio propio de gente con salud. Con arreglo a lo convenido, mi padre le hizo llegar a Montorfano las reliquias, pero se reservó los objetos, a la espera de una nueva negociación.

Montorfano, como era lógico, le anunció que iba a matarlo, que, se mire como se mire, es una amenaza de efectos muy relativos para un moribundo, porque el raro sistema de armonías que rige nuestro universo consiente que incluso el hecho de ser un moribundo tenga sus ventajas. A falta de entendimiento, en suma, la entrega no se llevó a cabo, por mucho que Montorfano buscó a mi padre para hacerle entrar en razón, aunque sin éxito, ya que, cuando logró enterarse de dónde vivía, mi pobre padre ya no vivía en ninguna parte. «El peligro lo corríais en realidad vosotros, güey, porque el siciliano pensaba venir aquí, poneros la casa patas arriba y mandaros a la gloria.» Pero se ve que mi padre, en un rapto de sensatez —esa sensatez que desde que le vio la cara a la muerte tenía arrinconada—, previó aquello y, pocos días antes de morir, le hizo llegar a Montorfano, a través de Gerald Hall, una réplica de la réplica del anillo del rey Salomón, una réplica de la llave en forma de ojo y una réplica del reloj de arena, manufacturadas las tres por antiguos artesanos de la casa Putman, cuyas habilidades pasmosas ya he referido, de modo que nadie podía dudar a simple vista de su autenticidad, y con esa modalidad de vista se dieron por satisfechos los de Catania. El dinero que consiguió sacarle Gerald Hall a Montorfano por la gestión de la entrega —que no fue mucho— se lo quedó, aunque no por rapiña, claro está, sino porque mi padre tenía una deuda contraída con él, que de ese modo se saldaba. «Tu viejo estaba arruinado, güey, y al final hizo cosas rarísimas», y aquello me ofendió, quizá porque sospechaba que era cierto. «No sé cómo no lo chingaron antes de que lo chingara la pelona.»

Por otra parte, se supone que mi padre procuró venderle la Tabla de Esmeralda a Abdel Bari, aunque le pidió por ella tantísimo dinero que el egipcio no pudo hacerse ni ilusiones. «Y por eso el gordo anda detrás de ti, compadre. Sabe que la Tabla la tienes tú», y me revolví en el sillón, porque aquello era ya un desatino. «No tengo la Tabla», pero Sam negó con la cabeza: «La tienes».

Entretanto, el llamado Panchito había abierto su maletín y trajinaba con herramientas. «Hay que reventar la caja fuerte, compadre. Walter no pudo, pero Panchito es capaz de abrir el cielo en dos mitades», y el aludido sonrió.

Como ustedes pueden imaginar, la pregunta era breve pero obligada: «¿Walter?».

Walter y Sam se conocieron, según parece, en Ibiza y se declararon almas gemelas, aunque no sé de dónde se sacaron esa simetría, ya que ambos son irrepetibles, no sé si para bien. (No hay que desestimar, en cualquier caso, los efectos filantrópicos de los psicotrópicos.) Y así, entre tú eres la hostia sagrada y yo soy la rehostia consagrada, y viceversa, Sam contrató a mi primo para que nos abriese la caja fuerte mientras estábamos en Colonia, aunque, al no poder con ella, se conformó con llevarse casi todo lo demás, con la ayuda inestimable de su socio.

Les confieso que aquello me sacó de quicio. «¿Qué quieres, güey? Tenía que ser así. Corina y tú debían estar lejos de aquí y el puto Walter me aseguró que él podría con la caja, ¿va? ¿Tengo yo culpa de eso?» Como era lógico, le pregunté que por qué tía Corina y yo debíamos estar lejos de nuestra casa. «Porque si se quedaban aquí los iban a liquidar», y en ese preciso instante tuve la certeza de que estaba mintiéndome. «Montorfano es un burro a dos patas, güey, pero su hijo es más listo que los sabios de Grecia.» Según Sam, el hijo del siciliano, escamado ante la inoperancia de aquellos objetos, pues ninguno de los experimentos ocultistas en que los implicaban los veromesiánicos tenía buen fin, recurrió hace unos meses a unos expertos que certificaron la falsedad tanto del anillo de Salomón como de la llave y del reloj de arena que en su día entregó Gerald Hall, de parte de mi padre, a Montorfano. Por si fuese poco, y ya puesto, mandó que hicieran la prueba del carbono 14 a las reliquias, a pesar de que los veromesiánicos jamás les dieron importancia como vestigios santos, pues les constaba su falsedad como tales. «El resultado te lo puedes imaginar, güey. Huesos de los años setenta. Y además de mono.»

El hecho de que algo —al margen de su grado de verosimilitud— resulte perfectamente comprensible no quiere decir que lo comprendamos, y yo comprendía poco. «Los mandé a ustedes a Colonia para salvarles la vida, ¿comprendes ahora? Tenía que robarles a ustedes para salvarles el pellejito, güey. ¿Tan difícil es eso de entender?» Y siguió contándome: Tarmo Dakauskas —el verdadero, el que vive en Luxemburgo— era el encargado de coordinar los intereses de Albert Savage, de Abdel Bari y de Giuseppe Montorfano, quienes, por causas distintas, seguían sintiéndose perjudicados por las maniobras de mi padre y empeñados en adueñarse de lo que suponían que habíamos heredado tía Corina y yo. Por su parte, el propio Dakauskas, al estar al servicio del Vaticano, tenía también intereses particulares en el asunto: recuperar las reliquias robadas, fuesen de quienes fuesen, pues eso a él le daba igual. Por lo visto, Sam hizo un pacto con Dakauskas: si el estonio le aseguraba que ni tía Corina ni yo sufriríamos daño alguno, Sam se encargaría de hacerle llegar el lote completo, a saber: las reliquias de los alquimistas, los fragmentos de la Tabla de Esmeralda y los tres objetos auténticos que reclamaban Montorfano y los suyos.

Comoquiera que el primo Walter se había incorporado a la profesión (o dicho tal vez con más exactitud: se había expuesto en la lonja), Sam consideró que sería el operario idóneo, por tener acceso a nuestra casa en virtud del parentesco. Pero se equivocó, claro está, ya que Walter sólo parece servir para ser Walter, y el hecho de serlo no reporta demasiados beneficios a nadie, empezando quizá por él mismo, pues me temo que vive muy esclavo de sí. «Tu primo me pareció un buen elemento, güey. El cabrón me mareó con Aristóteles y con su putísima madre.» Pero, claro, con Aristóteles no se abre una caja fuerte. «Ese mamahostias va a pedirte perdón ahora mismo.» No sé qué se habría metido Sam en el cuerpo, pero el caso es que se sacó del bolsillo el teléfono y marcó un número. «Oye, tú, perro mal parido, ponte ahorita mismo de rodillas y pídele perdón a mi compadre», y me pasó el teléfono. «¿Walter?» Pero no tuve respuesta. «Creo que se ha cortado.» Sam cogió el teléfono, se lo llevó a la oreja y volvió a marcar. «Se ha esfumado el cabrón», y ahí quedó la cosa.

Le pregunté a Sam qué sentido tenía, oído lo oído, el paripé de la operación de Colonia, ya que ninguno le encontraba yo. «Eso fue cosa de Dakauskas.» Al parecer, Tarmo Dakauskas proyectó un robo masivo de reliquias para demostrar a sus clientes eclesiásticos que era necesario reforzar la seguridad, y de ese modo aumentar él sus ganancias, así tuviese que sacrificar para ello la libertad de todos los implicados en aquel *corpus vile.* De todos salvo de nosotros, por supuesto, en virtud de lo apalabrado con Sam, a quien la memoria de mi padre mantenía incondicionalmente de nuestra parte, según me juró por la memoria del suyo. «Aparte de eso, la cosa era cargarse al Penumbra, güey.» Con una sonrisa que pretendí que fuese irónica, le comenté que el Penumbra estaba vivo. «¿Quién chingados te ha dicho eso?», y su sorpresa pareció sincera. «Ese puto está más muerto que la Muerte, cuate.» Le dije que Gerald Hall lo había visto en Londres más vivo que la Vida. «¿Gerald Hall? Pero si Gerald fue quien lo mandó a la guillotina, güey. ¿En qué sistema planetario vives tú?» Y ahí me quedé descolocado. «Gerald fue quien le dio el chivatazo a Dakauskas de que el Penumbra iba a poner un petardo en la catedral de Colonia, güey. ¿Cómo carajo va a verlo vivo Gerald Hall?»

Miren ustedes, les digo la verdad: a esas alturas, yo no sabía qué creer ni qué no, en el caso de que hubiese algo digno de ser creído.

«¿Y Cristi?» Pero salió por la tangente: «Esa se ha quedado ya huérfana, güey... ¿Listo, Panchito?». Y se levantaron al unísono. «¿Le echamos un tiento a la caja, compadre?» Los acompañé a la biblioteca y les pedí que me ayudasen a apartar el mueble que disimulaba la puerta de la vieja Rosengren. «Nadie ha podido con ella», les advertí. «Pero Panchito es un fenómeno», y a la labor se puso Panchito.

Mientras aquel fenómeno faenaba, Sam siguió mareándome: «Hoy en día las cosas son más complicadas que en tus tiempos, compadre. Esto es ya la nave borracha de los loquitos». Yo tenía muchas preguntas que hacerle, pero de momento desistí, porque se me vinieron encima al menos un par de sentimientos complicados: una especie de tristeza abstracta y una sensación inconcreta de humillación. Sabía que Sam estaba tratándome como a un viejo idiota, jugando con mi miedo y con mis indecisiones, con mi falta de desenvoltura en los negocios y, sobre todo, con mi pasado. «Todo esto lo hago para honrar la memoria de tu jefe, güey. Aquí está tu cuate para protegerte de todo mal», y ya me abatí.

Por muy fenómeno que fuese Panchito, el caso era que no conseguía abrir la caja fuerte. La auscultaba con un fonendoscopio, giraba la rueda a derecha y a izquierda, pero aquello seguía blindado. «¿Algún problema, Panchito?» Y Panchito se limitaba a bufar un poco, hasta que una de las veces se decidió a la manifestación verbal: «Creo que esto va a abrirse según el código criptológico de Hauser».

Panchito nos explicó en qué consistía tal código, aunque me declaro incapaz de transcribir su explicación, porque entendí poco de ella. Me pidió, eso sí, que escribiera en un papel el nombre completo de mi padre. Le di el papel y se puso de nuevo a la tarea. «Vamos a ver, la ele equivale a la raíz cuadrada de 38, menos 0,007, con dos giros a la derecha, tres a la izquierda y...», musitaba Panchito.

Sam cogió de la mesa el báculo del nigromante africano que yo pensaba regalarle a Lolo y se puso a jugar con él. Aunque no me importaba demasiado la respuesta a esas alturas, le pregunté a Sam que quién me lo había mandado. «¿Esto? Esto es un puto palo de mierda, ¿no? Vamos a ver... ¡Espíritus de la noche, vengan a mí, por la virtud y el poder de su rey y por las siete coronas y cadenas de sus reyes, para ponerse a mis órdenes!», y golpeó el respaldar de una silla con la contera en forma de áspid. «¡Que se separen los mares!» Y un golpe. «¡Que el cielo se ponga verde!» Y otro golpe. «¡Que antes de morirme me la chupe Lupita Ponderoso!» Y así.

«Lo que te dije, compadre. Un puto palo», y preferí abandonar la cuestión en ese punto.

Mientras tanto, Panchito hacía operaciones matemáticas. «Esto no va.» Me pidió entonces que le escribiese en otro papel la fecha de nacimiento de mi padre y volvió a sus especulaciones.

«Mira, compadre, voy a decirte algo que no le he dicho a nadie», y expectante me quedé. «Cuando termine de construir mi Prisma Teológico, serás el segundo en verle el careto a Dios. Y gratis.»

Panchito se incorporó. «Algo no va bien, Sam.» Y Sam se

puso de mal humor, hasta el punto de patear la puerta de la caja. «Pues sigue, carajo. De aquí no salimos sin abrirla», y di por hecho que allí nos moriríamos de viejos los tres.

A eso de las once, llegó tía Corina.

Sam y yo estábamos sentados en el salón, hablando de mil cosas que opto por no referir, al ser consciente de que ya he abusado bastante de la paciencia de todos ustedes. Panchito, mientras tanto, seguía partiéndose los dedos y el entendimiento ante la caja inquebrantable.

«¿Qué haces tú por aquí?» Sam abrazó a tía Corina, que venía con un par de ginebras encima y con aspecto alegre aunque alarmante, porque el día menos pensado vamos a ver... Sam le contó lo mismo que me había contado a mí, aunque en versión muy abreviada y con pequeñas variantes que no vienen al caso. «¿Y pretendes abrir la caja fuerte?» Sam le dijo que no había más remedio si queríamos vivir seguros. «Pues como ese Panchito no compre una bomba nuclear en la tienda de los chinos de la esquina, no sé yo.» Sam jugueteaba con el báculo, hasta que, una de las veces en que lo giraba, se quedó mirando con fijeza la empuñadura de latón. «Eh, eh, aquí hay algo.» Se levantó y fue a la biblioteca. «Prueba con esto, Panchito.» Panchito miró aquello y se puso a trajinar con la rueda. A los pocos segundos, la puerta se abrió, para asombro de todos. «¡Aquí estaba la clave, carajo!», y vimos que, en efecto, en la empuñadura del báculo había la siguiente inscripción, grabada en miniatura entre arabescos: 3d477i0i0d.

Sam se apresuró a apartar a Panchito y sacó de la caja un cofre, una sombrerera, algunos fajos de papeles, un par de cajas de cartón, una de latón y cuatro trozos de piedra verde. «¡Por tu chingada madre, esto es la Tabla de Esmeralda!», y nos quedamos observando aquella hermosura rota en pedazos. «Parece peridoto», sugirió tía Corina. «La antigua piedra del sol de los egipcios», precisó. Como se ve que los demás no teníamos tantos conocimientos de gemología, nos pareció bien, así que peridoto. El cofre resultó contener tres bolsas de terciopelo granate que a su vez contenían varios huesos de textura terrosa. En la sombrerera, envueltos en paño idéntico, encontramos tres cráneos. En la caja de latón aparecieron el anillo, la llave en forma de ojo y el reloj de arena que tanto ansiaban poseer los veromesiánicos de Catania. En las cajas de cartón había papeles, cartas y fotografías sin otro valor aparente que el sentimental, y tía Corina no se resistió a curiosear en ellos.

Sam puso encima de una mesa el anillo salomónico, metió la llave en forma de ojo en un orificio que tenía en una de sus bases el reloj de arena y lo puso encima del anillo. Curiosamente, la arena del reloj comenzó a ascender, y les confieso que me sorprendió aquel truco. «¿Lo ven? Es la inversión del tiempo, güey. El milagro del tiempo que vuelve sobre sus pasos. Esto va a cambiar el rumbo de la humanidad.» Y recogió todo aquello. A continuación, montó sobre la misma mesa las cuatro losas verdes y puso gesto de satisfacción. «¿Crees que esa es la verdadera Tabla de Esmeralda?», le pregunté. «No creo, compadre. Pero eso da un poco igual, ¿no? Casi todas las cosas verdaderas son falsas en el fondo.» Y ahí lo dejamos.

«Asunto resuelto, güey. Ya pueden vivir tranquilos. Aquí tienen esto», y me tendió un sobre. «Nueve mil euros. Por las molestias generales.»

Reconozco que la capacidad de reacción no es mi mayor virtud, pero tía Corina está muy dotada de ella. «Un momento, Sam. ¿Quieres llevarte todo esto? Pues pon ahora mismo encima de la mesa los sesenta mil euros que llevas en los bolsillos. Si no, ahí está la puerta para que te vayas con lo que llegaste.» Y Sam, sin rechistar —con lo que él es—, empezó a sacarse sobres de todos los bolsillos. «Esto habría que celebrarlo, ¿verdad, güey?»

Tras contar los billetes, tía Corina preparó algo de picar y a eso de la una, después de hablar de demasiadas cosas que no me siento con ganas de referir, por ser de esencia ociosa, se fueron los visitantes.

Tía Corina se quedó un rato removiendo los papeles de mi padre que habían aparecido en la caja fuerte. De repente soltó una carcajada. «¿De qué te ríes?», le pregunté a la segunda carcajada. «Mañana te cuento. Ahora mismo tengo la cabeza un poco a lo María Antonieta, ya sabes.»

Dormí mal. Tía Corina se levantó tarde, lo que aumentó mi zozobra. «Cuenta», le dije en cuanto apareció por el salón con cara sonriente. Y mientras desayunaba me contó lo que les cuento.

En 1891, en el curso de unas excavaciones arqueológicas, se exhumó en Cádiz un sarcófago fenicio perteneciente a un hombre que debió de ser principal, ya fuese por su cargo o por su hacienda, o tal vez por ambas cosas, a juzgar por el esmero que presentaba la labor del artista funerario.

Un profesor conquense llamado Pelayo Quintero y Atauri, que acabó siendo director del Museo de Bellas Artes de Cádiz, dio por hecho —él sabría por qué— que el huésped de aquel sarcófago estuvo casado y que dispensó a su esposa un enterramiento tan digno como el suyo, de manera que podía tenerse por segura la existencia de un sarcófago femenino de características similares, y sólo era cuestión de implorar al albur ese regalo.

La búsqueda de aquel segundo sarcófago acabó convirtiéndose en obsesión para Quintero y Atauri, que en vano entretuvo la ilusión de su descubrimiento hasta su muerte, ocurrida en 1946.

Tenía este Quintero y Atauri un chalet por la parte de extramuros, y sus herederos acabaron vendiéndolo. Una vez demolido el chalet, a la hora de realizar las excavaciones arqueológicas que por ley son preceptivas, se produjo la sorpresa: justo en la parte del solar en que estuvo el dormitorio del afanoso Quintero y Atauri, apareció el segundo sarcófago, aquel sarcófago con el que había soñado despierto, aquel sarcófago que había poblado sus duermevelas como la imagen de un tesoro perseguido.

Quintero y Atauri tuvo, en fin, un sueño, pero nunca supo que dormía sobre ese sueño.

«¿Me explico?» Me quedé caviloso antes de darle una respuesta. «Creo que sí, no sé.» Pero ella no tardó en hacerme otra pregunta: «¿Sí o no?».

Mi respuesta no podía ser rotunda. Me acordé de los planetas hechos de diamante, ya que todos vivimos oteando el horizonte para vislumbrar los barcos que lleguen cargados de tesoros o la ruta que conduzca a un tesoro, pero jamás se nos ocurre mirar la tierra que pisamos cada día de nuestra existencia, aunque la mayoría de las veces esa tierra pisoteada es el único tesoro accesible: un lugar insignificante en el universo.

Nos habían hecho ir a Colonia para buscar algo que teníamos al alcance de la mano. Pero ¿por qué? «Porque tu padre lo dispuso de ese modo.» Preferí no preguntar. «¿No me preguntas nada, tú, que eres el jefe de los signos de interrogación?» Negué con la cabeza. «¿Estás enfadado?» Y me encogí de hombros. «Te conozco. Si no me haces preguntas, es que estás enfadado.» Puede que tuviera razón, pero, como tampoco se trataba de eso, le comenté que lo más desconcertante de todo, al menos para mí, era que la combinación estuviese grabada en la empuñadura de aquel báculo que viajó desde El Cairo hasta nuestra casa sin que supiésemos quién me lo hizo llegar. «No lo sabrás tú, querido», y sonrió.

Aquello me cogió desprevenido por todos los flancos. «¿Quién?» Demoró un poco la respuesta. «Quien menos te imaginas... ¿Queda café?... Pues yo misma.» Y no quedaba café.

«Como comprenderás, no iba a dejarte solo en El Cairo, con lo que tú eres, y contraté a un detective de allí para que te siguiera los pasos.» Le agradecí aquel maternalismo, pero también me pareció un insulto a estas alturas de la vida. «No estaba tranquila. Compréndelo.» Y procuré comprender, aunque sin entusiasmo. Por lo visto, el detective, mientras me esperaba a la puerta del hotel, le compró el báculo al vendedor callejero —que no era más que eso— para quitárselo de encima, pues no paraba de incordiarle con la historia proverbial del mago de África, que es historia que exige paciencia por parte de la razón. El detective debió de soltarle cuatro piastras y media, como suele decirse, y el marchante lo dejó en paz.

Cuando el detective llamó a tía Corina para darle el informe del día, le comentó que había tenido que comprar el báculo, lo que suponía un gasto extra que reflejaría en la minuta, y ella, para tenderme una broma, le indicó que me lo mandara por correo, con el añadido de la nota caligrafiada: RECUERDO DE EL CAIRO. El envió llegó, como recordarán ustedes, cuando estaba ingresada en el hospital, de modo que el báculo quedó olvidado por la casa. O eso creía yo... «No, no me olvidé. Se lo llevé a un joyero para que grabara en él la combinación de apertura de la caja fuerte.»

Y en ese preciso instante me declaré desterrado de la realidad.

«Yo conocía la combinación. Pero no podía decirte nada, porque te hubieras puesto pesado, ¿comprendes?» (¿Pesado? ¿En qué sentido?)

Cuando andaba yo por Córdoba intentando venderle el

lote de chatarra egipcia al argentino Casares, tía Corina llamó al Falso Príncipe y le contó el plan que me había propuesto Sam Benítez en El Cairo. El principesco Simone, según parece, realizó algunas pesquisas y le aconsejó finalmente que nos dejásemos llevar, ya que no apreciaba ningún peligro en la operación, al considerarla inviable: una mera «maniobra espejismo», que es como solemos designar aquellas operaciones que se quedan en nada, pero no por fracaso, sino porque su planteamiento no es otro que ese: amagar una acción que —por la razón que sea— jamás va a llevarse a cabo, al ser más importante —por la razón que sea— su preparación que su ejecución.

«Simone fue una de las últimas personas a las que visitó tu padre, y eso no podía ser casualidad.» Y, en efecto, no lo era: el Falso Príncipe le confesó a tía Corina que mi padre le había confiado la combinación de la caja fuerte, con la especificación de que viniese a casa, recuperase su contenido y resolviera las cuestiones pendientes con los veromesiánicos de Catania, con los congregantes de Abdel Bari y con los hermanos de Heliópolis. El dinero que el Falso Príncipe obtuviese con aquellas operaciones serviría para saldar una deuda que mi padre tenía contraída con él, pues parecía confirmarse que mi progenitor acabó en la ruina. «Pero Simone siempre ha sido un caballero y no vino a vaciarnos la caja fuerte. El príncipe de Lampedusa nunca hubiese hecho una cosa así, y el Falso Príncipe no haría algo que repugnase a su colega y maestro», y se rió. «¿Entiendes ahora por qué tenía yo tanto interés en ir a verle a París? ¿O me tomas ya por una vieja maniática que tiene siempre la cabeza a las tres de la tarde?» Me explicó que el Falso Príncipe se negó al principio a darle la combinación de la caja, con el argumento de que era él en cualquier caso quien tendría que gestionar su contenido, pues esa fue la palabra que dio a mi padre, y la palabra dada etcétera, y no por el dinero etcétera, sino por el honor y todo eso etcétera, lo que obligó a tía Corina a recurrir al mataharismo: «Tuve que medio acostarme con él para que me la diera. Casi nos cuesta la vida a los dos». Según parece, el Falso Príncipe instó a tía Corina a que no abriera la caja hasta que él se lo indicase, pues prefería tener dispuesto el rumbo de las mercancías heteróclitas que allí se guardaban, y ella había cumplido la promesa.

«Como es lógico, tenías que conocer la clave de apertura, por si me daba por morirme de repente. La anoté enseguida en todos los tomos de mi diario, porque espero que leas ese blablablá cuando yo falte. Sólo lo escribo para eso. De todas formas, me pareció bonito el detalle de grabarla en el báculo. Ya sabes, un poco de entresijo, porque dejar una estela de misterio prestigia mucho a los difuntos.»

El hecho de que tía Corina tuviese secretos para mí me produjo tristeza, ya que daba yo por sentado que éramos cómplices incondicionales. «Y eso no es todo. Mira esto», y me tendió uno de los papeles que habían aparecido en la caja fuerte. Estaba escrito en francés. Debajo de un escudo historiado que enmarcaba el lema UBER CAMPA AGNA, leí lo que podría traducirse más o menos como sigue:

> YO, MIGUEL VINUESA CEJADOR, MIEMBRO ORGULLOSO DE LA FRATERNIDAD DE HELIÓPOLIS, ACEPTO LA CUSTODIA DE LOS TESOROS ETERNOS QUE MIS HERMANOS EN LA FE DE LA CIENCIA MÁS SECRETA Y LUMINOSA ME ENCOMIENDAN PARA SU PRESERVACIÓN Y JURO POR MI VIDA MANTENERLOS A SALVO DE IMPOSTORES, TERGIVERSADORES Y AVENTUREROS.

El documento estaba fechado el 3 de abril de 1997. «¿Vas comprendiendo ya?» Le dije que menos que nunca. Porque da la casualidad de que Miguel Vinuesa Cejador soy yo. «No importa. Tienes todo el resto de tu vida para comprenderlo.»

Pero me temo que ni siquiera tres vidas me harían comprender ni la mitad.

Le expresé mi inquietud por el destino de todo aquello que se había llevado Sam Benítez, ente que participa de la categoría de los impostores, de los tergiversadores y de los aventureros. «Tenía que ser así. No te preocupes. Todo eso estará ya donde tiene que estar, aunque no puedo decirte dónde», y sonrió con dulzura. «El día 3. Abril es el mes cuarto. 1997. Todos esos números suman treinta y tres. ¿Lo entiendes? Esa es la clave numérica. Busca la respuesta en esa cifra. No pienso decirte nada más.» Treinta y tres... Según los seguidores del gnóstico Pablo de Samosata, ese guarismo indica el inicio del proceso de muerte en los varones, al coincidir con la edad en que fue asesinado Jesucristo: a los treinta y tres años, el cuerpo mortal de todo hombre empieza a prepararse para morir, y comienza su putrefacción orgánica para poder ascender algún día, en situación de fantasma purificado, junto al Padre. (Pero ¿y qué?) «Te he dicho que no pienso decirte nada más. Averígualo.» (Según el iluminado decimonónico apellidado Benchimol, vecino que fue de la ciudad de Vaduz, el treinta y tres es el número que representa la inversión de los idénticos para formar un único ser: si giras el primer tres del guarismo y lo unes con el otro tres, te dará como resultado un ocho, que es un número cerrado: dos círculos herméticos, hermanos del cero y de la nada, y así sucesivamente.) (Pero ¿y qué?)

Desde aquel instante hasta el día de hoy, me duele confesar que entre tía Corina y yo se ha abierto una especie de foso de niebla, una tierra incógnita, un abismo disimulado con hojarasca. No se trata, por supuesto, de una cuestión de esencia sentimental, porque mi corazón la reconoce con la intensidad de siempre, sino más bien de un factor de extrañeza sentimental, digamos.

«Tu padre tenía muchos secretos. Piensa en él. Reconstrúyelo. Devuélvelo a la vida. Convierte a alguien que fue siempre un extraño para ti en un amigo invisible. Aún estás a tiempo.» Y me faltaba suelo bajo los pies.

¿Pensar en mi padre? ¿Reconstruirlo? ¿Devolver a la vida a un ser que jamás me hizo sitio en su vida?

(Y las preguntas se suceden en este instante: ¿de qué está hecho el pasado?, ¿de qué estamos hechos?)

...Los días fueron pasando, que es lo que mejor saben hacer. Sin novedades. Como si la vorágine de los últimos meses se hubiese instalado en esa zona tan curiosa de la conciencia que nos vuelve irreconocibles ante nosotros mismos con respecto a determinados episodios del pasado.

Me había hecho la promesa de no volver a preguntar nada de todo aquel asunto a tía Corina. Pero la incumplí, por supuesto.

«¿Por qué sabías que Sam llevaba sesenta mil euros encima?» Fue a la biblioteca, abrió un cajón del escritorio, sacó un papel y me lo tendió. «Por esto.» Se trataba de un pagaré, fechado en marzo de 1997, que había encontrado entre los papeles que salieron de la caja fuerte. En él, Sam le reconocía a mi padre una deuda de diez millones de pesetas.

«¿Qué es con exactitud lo que no sé, lo que me impide comprender todo lo demás?» Suspiró. Según tía Corina, lo que mi padre guardaba en la caja fuerte pertenecía a Sam Benítez. En 1997, mi padre y Sam organizaron el robo de las reliquias de la catedral de Colonia y, con la ayuda de Tarmo Dakauskas, lo llevaron a buen término, dato que el propio Sam me reveló en su última visita.

Para evitar problemas y posibles suspicacias de gestión, decidieron repartirse el botín del siguiente modo: Dakauskas se quedó con las presuntas reliquias de los reyes con la intención de simular que las rescataba de manos sacrílegas y que las reintegraba, a cambio de una cantidad razonable, al arzobispado coloniense, pues andaba ya el estonio preparándose el camino como agente de seguridad del Vaticano para ese tipo de cuestiones; Sam Benítez se quedó con el anillo salomónico, con la llave y con el reloj para colocárselos a los veromesiánicos de Catania y mi padre, en fin, se quedó con la Tabla de Esmeralda para negociar con Abdel Bari.

Pero en pura previsión se quedó aquello, ya que se manifestaron contrariedades: el arzobispo se negó a pagar ni un marco a Dakauskas, Sam acabó muy a las malas con Montorfano y mi padre acabó peor aún con Abdel Bari.

Sam le compró a Dakauskas las reliquias, por esa tendencia suya a comprar cuanto sale a la venta. También le compró a mi padre la Tabla, aunque no tenía liquidez en ese momento y le firmó un pagaré. De todas formas, como Sam no encontraba clientes para aquella mercancía, mi padre se prestó a hacerse cargo de la custodia del lote y a guardarlo en su caja fuerte.

...Y resulta que, a la vuelta de los años, Dakauskas y Sam deciden simular un robo en la catedral de Colonia para avivar el mercado y, de ese modo, colocar todo aquello que teníamos en casa, delante de la nariz, y que nos encargaron buscar en la lejana Colonia.

Así, tanto Dakauskas como Sam...

«Esta tarde, a las seis, tenemos cita con el médico», me recordó tía Corina, y se me puso el ánimo sombrío.

Es verdad que me gusta hacer preguntas, supongo que para evitar el estupor, pero me gusta bastante menos que me las hagan:

1) ¿Está tomándose la medicación con regularidad o cuando le parece?

2) ¿Ha notado un aumento de peso con las nuevas pastillas?

3) ¿Sigue escribiendo?

4) ¿Sabe distinguir lo que escribe de lo que vive?

5) ¿Duerme mejor?

Y similares.

Suele ser tía Corina quien contesta, ya que opto por hacerme el ido, que supongo que es lo que se espera de mí. No sé si se trata de una buena estrategia, pero el caso es que funciona, que es al fin y al cabo lo fundamental de cualquier estrategia, y las tres últimas veces he salido de la consulta sin decir palabra. A este paso, conseguiré no oír siquiera, y entonces ese trámite mensual se evidenciará como inútil. Porque inútil es, en el fondo, toda esta cuestión, que se sustenta en una pregunta equivocada: «¿Qué es la verdad?». La pregunta con sentido práctico sería otra: «¿Por qué se supone que la verdad está obligada a ser verdad?». Respetemos, no sé, las proclamas de la cofradía de los impostores, escuchemos los cánticos exaltados de la procesión de los delirantes, aceptemos el éxtasis organizativo de los imposibles…

Aparte de eso, imaginemos el interrogatorio siguiente:

—¿Qué somos?

—Nuestro pensamiento.

—¿Qué es nuestro pensamiento?

—Lo que somos y lo que no.

—¿Qué somos y qué no?

—Lo que disponga nuestro pensamiento.

Y así hasta el infinito, o casi.

¿Síndrome de sir John Mandeville, como lo llama tía Corina? No sé. Venimos de una estirpe muy remota: la de los que ven lo invisible, la de quienes oyen lo inaudible y la de quienes tocan lo impalpable… Y además lo cuentan. Somos los que imaginan, y estamos enfermos. (Al fin y al cabo, hablar de «imaginación enferma» no implica un diagnóstico, sino un pleonasmo.) Salgo a la calle y empiezan a configurarse los dragones. Cierro los ojos y se abren los abismos. Abro los ojos y los abismos siguen ahí.

Un día me nació por dentro Jacob, el que subió la escalera, mi socio en el mercado de la fábula, el que me susurra. ¿Y yo qué hago, damas y caballeros? Señoras y señores, amigos todos, ¿qué hago yo conmigo?

(Dioses despiadados de la suposición, tened piedad.)

(Piedad de quien se arrastra implorante hasta vuestros altares vacíos, etcétera.)

Anoche fui a los Billares Heredia, porque habíamos organizado un campeonato por parejas y no podía fallarle a Mahmud.

La peña comentaba, así por encima, las noticias estelares de la jornada, los acontecimientos baladíes de su barrio, los incidentes domésticos, y las carambolas parecían sucederse como un pretexto para aquella tertulia inestable, siempre de trama errabunda, en la que se pasa sin transición de un terremoto a un maremoto, de un gol a una ley, de un dolor de muelas a un genocidio, ya que la cosa es hablar, por esa cualidad mágica que tienen las palabras de acercar soledades y fundirlas en un solo organismo que durante unos instantes se siente acompañado y comprendido.

Y allí eché el rato.

De vuelta a casa, iba pensando en muchas cosas a la vez, y eso nunca es bueno, porque el pensamiento necesita un orden si no quiere degenerar en sentimiento.

Después de ver un escaparate con varios maniquíes desvestidos, barajé la idea de coger un taxi y pasarme por el Club Pink 2 para charlar durante un rato de asuntos artificiales con alguna muchacha, pero la descarté, porque hay ocasiones en que a los espejismos se les transparenta demasiado el armazón.

Tía Corina estaba dormida en la biblioteca, con un libro en el regazo. Me senté frente a ella y me quedé observándola. Me pregunté cómo hubiese sido mi vida sin ella y no acerté a darme ninguna contestación, sin duda porque no la hay. Me pregunté también qué hubiese sido de ella sin mi padre, y en la imaginación se me estampó un campo anochecido y frío, y una silueta pensativa avanzando por un camino encharcado, hablando en rumano consigo misma. Y, como la melancolía suele derivar en patetismo, me pregunté también cómo nos llegará la muerte, con qué pasos vendrá: rápidos o sigilosos, educada o tremenda. A cuál de los dos nos palpará primero. En qué lugar dirá: «¿No me esperabas?». Y en aquello me pasé un buen rato, por esa cosa que tiene la mente de torturarse sin porqué, hasta que tía Corina abrió los ojos, se los frotó y se desperezó. «¿Qué hora es ya?» Y nos fuimos a dormir. Para que la vida prosiguiera. Para proseguir nosotros en la vida. Mal que bien, de acuerdo, pero firmes. En medio de la tempestad, sí, pero con el ancla bien agarrada al fondo abisal de este espejismo. Defendiendo nuestro pasado para defendernos del futuro, que jamás es de nadie, en fin, como quien dice.